1917년, 당신이 태어난 해로군요.
그로부터 100년이 흘렀지만 당신이 보여준 과학적 지식,
상상력과 미래의 무궁무진한 가능성에 우리는
오늘도 찬사와 경의를 보냅니다. 지금 있는 그곳은
당신이 그리던 모습과 닮아 있나요?
아니면 생각과는 조금 달랐을까요. 어찌 되었든,
편히 쉬시길. SF의 위대한 거장이여. _happy

KB045227

조지 오웰 이후 가장 위대한 SF작가라는 말에
백 퍼센트 공감합니다. _2017의 잰

이성의 영역인 인류의 발전
그리고 우주와 미지를 엮어내
감동으로 풀어내는 위대한 작가.
_永夜晨月

인류는 더 이상 혼자가 아니다.
그렇습니다. 아서 클라크 경.
당신과 함께 저 또한 그런 꿈을 꿉니다,
두렵고도 강렬한 꿈을. _메릴랜드

인간 너머, 우주 너머까지 뻗어간
그의 상상력에 경의를 표합니다. _솔가

우주 시대를 열 다양한 개념들을 제시한
우주 개발자이자 미래 인류 세대를 위해
끊임없이 고민했던 미래학자 아서 C. 클라크.
탄생 100주년 진심으로 축하합니다. _scott

2017년 아서 C. 클라크
탄생 100주년을 맞아
한국 독자들이 전하는
축하 글입니다.

유년기의 끝

CHILDHOOD'S END

by Arthur C. Clarke

아서 C. 클라크 지음 ㅡ 정영목 옮김

유년기의 끝

SIGONGSA

차례

나는 《유년기의 끝》을 1952년 2월에서 12월 사이에 썼으며, 이후 1953년 봄에 전면적으로 수정 작업을 했다. 그중 1부는 제임스 블리시의 창의적인 편집 과정을 거쳐 1950년에 발표된 내 초기 단편 〈수호천사〉를 기반으로 하고 있다.

내가 이렇게 날짜를 언급하는 이유는 작품을 역사적 측면에서 조망할 수 있도록 하기 위해서다. 1953년 8월 24일 밸런타인 북스 출판사에서 이 책이 처음 출간됐을 때, 지금의 많은 독자들은 아직 태어나지도 않았을 테니까. 최초의 지구 궤도 인공위성이 그로부터 4년 뒤에 등장했는데, 가장 낙관적인 우주 마니아조차도 우주시대가 그렇게 코앞에 다가왔으리라고는 상상하지 못했었다—우리가 생각한 최선은 '세기가 바뀔 무렵' 정도였으니까. 그때 만약 어떤 사람이 내가 앞으로 10년 안에, 달로 떠나는 첫 탐사선에서 고작 10킬로미터 거리에 서 있게 될 거라고 말했다면, 나는 대놓고 그를 비웃었을 것이다.

그러나 이 책이 열여섯 살이 되었을 때 이미 암스트롱과 올드린은 '고요의 바다'에 착륙했고 미국과 소련의 우주 경쟁에서 결국 승리했다. 1989년 나는 이 소설의 이야기가 다음 세기에 어울릴 수 있도록 도입부를 손보기로 했다.* 그 작업을 절반쯤 끝냈을 때, 부시 대통령은 아폴로 11호의 달 착륙 20주년 기념식에서 미국 우주 탐사 프로그램의 다음 목적은 화성이 될 것이라 선언했다. 애석하게도 금세 사람들의 뇌리에서 잊혀진 목적이 되었지만.

이번 판본에서 나는 다시 원래의 도입부로 돌아갔다. 하지만 1989년에 쓴 도입부도 이 책 말미에 수록했는데, 부분적으로는 감상적인 이유 때문이다. 5년 전 나의 절친한 친구이자 우주비행사인 알렉세이 레오노프** 덕분에 나는 영광스럽게도 스타 시티***를 방문할 기회가 있었고, 그곳을 방문하는 최초의 서방 세

*아서 C. 클라크는 1989년 개정판을 위해 새로운 도입부를 집필했다. 소련을 주축으로 하여 세계 각국의 과학자들이 힘을 합쳐 화성 탐사를 계획하는 도중 미지의 우주선이 찾아오는 내용으로, 냉전 종식 이후 클라크가 새로운 세기와 우주 계획에 대해 가진 희망을 잘 보여준다. 소련이 붕괴된 이후의 판본에서는 처음의 도입부를 다시 사용하기로 하지만, 서문에서 확인할 수 있듯이 작가 개인적으로는 1989년의 도입부에 애착을 가졌던 것으로 보인다.
**인류 최초의 우주 유영을 성공한 비행사로, 이후 소장의 지위에 올라 소련의 우주비행사들의 구심점이 된 인물. 소련 붕괴 후 정계로 진출하여 미국과의 우주 기술 협력과 ISS 건설에 지대한 공헌을 했다.
***'유리 가가린 우주인 훈련센터'를 위시한 구소련의 우주 개발 단지가 모인 소도시로, 정식 명칭은 즈보즈드니 고로도크('별의 도시'라는 뜻). 과거엔 비밀 구역이었으나 소련의 몰락 이후 전 세계의 우주인이 모여드는 국제도시로 성장했다.

계 사람 중 하나가 될 수 있었다. 그 덕에 그 '유명한 동상' 앞에
도 서보고, 유리 가가린이 죽은 이후 시계를 멈춰놓았다는 집무
실에도 들러보았다.

이 책을 집필했던 1950년대 초, 나는 흔히 말하는 초자연적
현상의 증거라는 것들에 패나 정신을 쏟고 있는 상태였기 때문
에 그런 내용을 소설의 중심 주제로 삼았다. 그러나 40년이 지
난 지금은, 요크셔 방송국에서 수백만 달러를 들인 TV 프로그
램 〈미스터리한 세계〉와 〈기묘한 힘의 세계〉* 제작을 맡으며 연
구를 계속한 결과, 나는 거의 완벽하게 회의주의 쪽으로 돌아서
게 되었다. 온갖 주장이 허공으로 소멸해버리는 모습과, 수많은
초자연적 현상의 시범이 거짓으로 드러나는 장면을 목격했던
것이다. 이런 배움의 길은 고통스럽게 길고 때로는 당황스럽기
까지 했다.

《유년기의 끝》이 처음 등장했을 때, 많은 독자들은 도입부의
고지 사항에 어안이 벙벙했을 것이다. "이 책에서 주장하는 내
용은 작가의 의견이 아닙니다"라는 문장 말이다. 이 선언은 단
순한 농담이 아니었다. 그보다 1년 앞서 나는 《우주 탐사(The
Exploration of Space)》를 출간했고 거기서는 인류가 우주로 뻗어
나가는 미래에 대해 긍정적인 모습을 그려 보였으니까. 그러니
당시 '우주는 인류를 위한 것이 아니다'라고 말하는 책을 내면

---

*〈아서 클라크의 미스터리한 세계(Arthur C. Clarke's Mysterious World)〉(1980), 〈아서
클라크의 기묘한 힘의 세계(Arthur C. Clarke's World of Strange Powers)〉(1985). 전자는
세계 각지의 괴수나 UFO 등을, 후자는 다양한 초자연적 현상을 검증하는 내용으로
구성되었다.

서 갑자기 배교자가 된 것처럼 보이고 싶진 않았던 것이다.

지금의 나는 그 선언의 대상을 99퍼센트의 '초자연적 현상'(전부 가짜는 아니겠지, 설마?)과 100퍼센트의 UFO '조우' 이야기 쪽으로 돌리고 싶다. 만약 이 작품이 속기 쉬운 사람들을 현혹시키는 대중 매체의 사기 행각에 일조했다고 밝혀진다면 나는 굉장히 괴로울 것이다. 서점, 신문 가판대, 방송 전파 모두가 UFO 이야기, 초능력, 점성술, 피라미드 에너지, 영매술 등 마음을 썩게 만드는 것들로 오염되어 있다―세기말의 퇴폐적인 분위기가 폭발하는 순간을 노려 온갖 사기를 치는 자들이 있는 게 아닐까…….

그렇다면 초자연적 현상과 외계로부터의 방문자 모두를 다루는 《유년기의 끝》은 더 이상 의미가 없는 작품이 되는 것일까? 전혀 그렇지 않다. 다른 무엇보다 이 작품은 소설이지 않은가! 우리는 1898년에 화성인들이 실제로 등장해서 워킹 지역을―또는 1938년 뉴저지 지역을*―통구이로 만들어버리지 않았어도 웰스의 《우주 전쟁》을 즐길 수 있다. 그리고 지금까지 기억조차 하지 못할 정도로 여러 번 말했듯이, 나는 온 우주에 생명이 가득하다는 사실을 조금도 의심치 않는다. SETI(외계 지적 생명체 탐사)는 이제 천문학의 한 갈래로 온전하게 받아들여지고 있다. 여전히 연구할 대상을 확보하지 못한 과학 분야라는 점은 놀

*1938년 뉴저지에서 오손 웰스 감독이 허버트 조지 웰스의 소설 《우주 전쟁》(1898)을 라디오 방송으로 개작해 뉴스 속보 형식으로 내보냈는데, 일부 청취자들이 이를 실제 상황으로 착각해 대혼란이 일었고, 이 소동은 다음 날 〈뉴욕타임스〉 1면을 장식했다.

라울 것도, 실망스러울 것도 없는 일이다. 별의 목소리를 들을 수 있는 기술을 가지게 된 지 고작해야 한 인간의 반생 정도 시간밖에 흐르지 않았으니까.

출간하고 얼마 지나지 않아 《유년기의 끝》의 영화 제안이 들어왔다. 이후 이 작품은 수많은 사람들의 손을 거치며 수많은 각본가들에 의해 개작되었다. 한동안 나는 수치스러운 매카시즘 시기를 피해 넘어온 도망자 한 명과 함께 일하게 되었다. 바로 〈카사블랑카〉의 각본가로 유명하고, 〈2001 스페이스 오디세이〉의 배우 키어 둘리가 출연한 〈여우(The Fox)〉의 각본을 쓰기도 한 하워드 코치였다! 하워드와 오손 웰스가 함께 쓴, 미국을 공포에 떨게 한(이전 문단을 보라) 그 악명 높은 라디오 대본을 여섯 자리 금액에 넘겨받았을 때는 정말 행복했다.

할리우드에서 들려오는 최신 소식에 따르면, 《유년기의 끝》의 현재 소매가는 내가 1956년에 완벽하게 만족하고 합의한 액수의 수백 배에 달한다고 한다. 그리고 내 작품이 실제로 영화관에 걸리지는 못했지만, 놀라운 흥행을 거둔 〈인디펜던스 데이〉에서 보여준 매우 인상 깊은 장면을 통해, 수백만의 관객들이 작품의 도입부를 스크린 위에서 감상할 수 있었다.

따라서 언젠가/만약 《유년기의 끝》이 영화로 만들어지는 날이 온다면, 영화 관객들은 분명 우리 쪽이 〈인디펜던스 데이〉를 베꼈다고 생각할 것이다. 하지만 한참 전에 이런 광경에 대해 저작권을 걸어놓은 작가가 있으니, 바로 시어도어 스터전이다. 1947년에―그렇다, 무려 1947년에!―그는 잊을 수 없는 제목의 단편을 하나 썼고, 그 마지막 문장이 이러했다. "하늘은 우주선으로 가득 차 있었다."

그러나 그의 단편이 발표되기 6년 전에, 나는 실제로 바로 그런 광경을 목격했다. 오해는 마시라, SF를 너무 많이 써서 갑자기 정신이 나가거나 한 것은 아니다⋯⋯.

1941년 어느 아름다운 여름 저녁, 내 가장 친한 친구였던 고아서 밸런타인 클리버의 차를 얻어 타고 런던으로 향하던 중의 일이었다. 그는 롤스로이스사(社) 로켓 부서의 선임 기술자였고, 나와 마찬가지로 영국우주탐사협회의 열정적인 회원이었다.

태양이 우리 뒤편으로 저물고 도시까지는 20마일 정도 남은 때였다. 작은 언덕마루를 넘어가고 있을 때, 밸런타인이 눈앞에 펼쳐진 광경에 너무 놀라 차를 세우고 말았다. 아름답고 동시에 경이로운 광경이었다. 하지만 미래의 세대는 그 모습을 다시 볼 수 없을 것이다. 우리의 기술 문명이 이미 그 단계를 넘어버렸기 때문이다, 다행인지 불행인진 모르겠지만.

수십, 수백 개의 반짝이는 은빛 '방공 기구'*가 런던 상공에 고정되어 있었다. 몽땅한 어뢰 형태의 기구가 마지막 남은 햇살을 반사하는 모습은, 정말로 우주인의 함대가 도시를 뒤덮고 있는 것처럼 보였다. 우리는 도시를 지키기 위해 세운 공중의 방벽, 그리고 그를 필요하게 만든 눈앞의 위협 따위는 잊어버리고 한

---

*과거, 적의 항공 행로를 방해하기 위한 목적으로 하늘에 띄워놓던 커다란 풍선 모양의 기구.

참 동안 머나먼 미래를 꿈꾸며 서 있었다.

《유년기의 끝》은 어쩌면 바로 그 순간 잉태된 것일지도 모른다.

2000년 6월 17일
스리랑카 콜롬보에서
아서 C. 클라크

이 책에서 주장하는 내용은
작가의 의견이 아닙니다.

I

CHILDHOOD'S END

지구와 오버로드

1

그 옛날 태평양의 심연에서 타라투아 섬을 융기시켰던 화산은 50만 년 동안 깊은 잠에 빠져 있었다. 그러나 머지않아 이 섬은 태어날 때 받았던 것보다 훨씬 더 격렬한 불의 세례를 받게 될 것이다. 라인홀트는 생각에 잠겨 발사대 쪽을 흘끗 보았다. 라인홀트의 눈길은, 아직도 콜럼버스 호를 둘러싸고 있는 피라미드 모양의 발판을 따라 올라가고 있었다. 지상에서 60미터 위로 솟은 우주선의 이물은 석양의 마지막 빛을 받아 빛나고 있었다. 오늘밤은 콜럼버스 호에게는 얼마 남지 않은 지구에서의 밤들 가운데 하나였다. 얼마 후면 콜럼버스 호는 광대한 우주의 무수한 별들이 만들어낸 빛의 바다를 누비고 다니게 될 것이다.

섬의 등뼈에 해당하는 이곳, 바위 언덕 위의 무성한 야자나무 그늘은 굉장히 조용했다. 발사대 쪽에서 이따금 공기 압축기가 털털거리는 소리나, 노동자의 희미한 외침 소리만이 들릴 뿐이었다. 라인홀트는 야자나무가 우거져 있는 이 장소를 좋아했다. 라인홀트는 저녁마다 이곳에 있는 자신의 조그만 제국을 살펴보러 왔다. 그러나 콜럼버스 호가 별들을 향해 불길을 뿜으며 사납게 치솟아 오를 때, 야자나무들이 모두 폭발해 원자로 변해버릴 것을 생각하면 그는 이유 없이 슬퍼졌다.

산호초 너머에서 항공모함 제임스 포레스탈 호가 탐조등을 켜고 어두운 밤바다를 비추고 있었다. 태양은 이제 완전히 떨어져버렸고 금방 어두워지는 적도의 밤이 벌써 동녘으로부터 밀려오고 있었다. '저 항공모함에 탄 친구들은 소련 잠수함이 정말로 해안 가까이까지 접근해올 거라고 생각하는 걸까?' 라인홀트는 약간 냉소적인 기분으로 그렇게 생각했다.

소련을 생각하자, 라인홀트의 생각은 늘 그렇듯이 콘라트에게로, 그리고 1945년 격동기의 봄 아침으로 되돌아갔다. 그로부터 30년 이상이 지났지만 제3제국이 동서로부터 밀려오는 파도에 부서지던 마지막 나날의 기억은 희미해지지 않았다. 피난민 행렬이 끝도 없이 물결을 이루며 지나가던 폐허가 된 프러시아의 마을에서 그들이 악수를 하고 헤어질 때, 콘라트의 지친 푸른 눈, 그리고 턱의 텁수룩한 금빛 수염을 라인홀트는 아직도 생생하게 기억하고 있었다. 그 이별은 그 뒤 세상을 뒤흔든 동과 서의 분열을 상징하고 있었다. 콘라트가 모스크바로 가는 길을 택했기 때문이었다. 그때 라인홀트는 그가 바보라고 생각했지만, 지금은 그렇게 확신할 수 없었다.

지난 30년 동안 라인홀트는 콘라트가 죽었을 거라고 생각했다. 기술정보부의 샌드마이어 대령이 그 소식을 전해준 것은 불과 일주일 전의 일이었다. 라인홀트는 샌드마이어를 그다지 좋아하지 않았고, 그쪽도 마찬가지인 걸로 알고 있었다. 그러나 둘 다 그런 감정을 일하는 데까지 개입시키지는 않았다.

　샌드마이어 대령은 완벽하게 관료적인 태도로 입을 열었다. "호프만 씨, 방금 워싱턴으로부터 깜짝 놀랄 만한 정보를 입수했소. 물론 극비 사항이지만, 기술 실무진이 좀 더 빠르게 일을 진행할 필요가 있다는 것을 깨닫게 해주기 위해 알려주기로 결정했소." 대령은 자신의 말이 주는 효과를 극대화하기 위해 말을 끊었다. 그러나 그 제스처는 라인홀트에게는 소용없었다. 어찌되었든 라인홀트는 무슨 이야기가 나올지 이미 알고 있었기 때문이었다.

　"이 정보에 따르면 소련이 우리를 거의 따라잡았다는군. 그들은 일종의 원자력 추진 장치를 보유하고 있소. 어쩌면 우리 것보다 더 우수한 것일지도 모르지. 게다가 소련이 바이칼 호수 연안에 우주선을 건조중이라는 소문도 나돌고 있더군. 얼마나 진척이 되었는지는 모르지만, 정보부 쪽에서는 올해 안에 발사할 수도 있다고 생각하고 있소. 당신도 이 일이 어떤 의미를 지니는지 잘 알 거요."

　'아무렴 잘 알고말고. 경주가 시작되었고 우리가 이길 수 없을지도 모른단 뜻이지.'

　"누가 그쪽 팀을 이끄는지 알고 있습니까?" 라인홀트는 물어보긴 했지만, 특별히 답을 기대한 것은 아니었다. 그러나 놀랍게도 샌드마이어 대령은 타자 친 서류를 한 장 내밀었고, 그 첫머리에 콘라트 슈나이더라고 적혀 있었다.

"당신이 페네뭔데*에 있을 때 여기 적혀 있는 사람들과 알고 지내지 않았소? 따라서 이들이 일하는 방법에 대해서도 대강 짐작할 수 있을 거요. 이들 가운데 당신이 알고 있는 사람들에 대해 가능한 자세하게 메모를 해주었으면 좋겠소. 그들의 전문 분야라든가, 그들이 가지고 있던 뛰어난 아이디어 등에 대해. 워낙 오래전 일이라 무리한 요구인지도 모르겠소만 한번 노력해보시오."

"이 중에서 중요한 인물이 있다면 콘라트 슈나이더 한 사람뿐일 거요. 천재적인 사람이었지요. 나머지는 그저 유능한 엔지니어들에 불과합니다. 30년 동안 콘라트 슈나이더가 무슨 일을 했을지는 하느님만 알고 계실 거요. 기억해두십시오. 콘라트 슈나이더는 아마 우리의 연구 성과를 모두 알고 있을지도 모르지만, 반면에 우리는 그쪽의 성과를 하나도 모르고 있잖습니까. 따라서 그쪽이 단연 유리한 위치에 있습니다."

라인홀트는 정보부를 비판하고자 하는 뜻으로 그런 이야기를 한 것은 아니었지만 샌드마이어는 잠시 불쾌해하는 것 같았다. 이윽고 대령은 어깨를 으쓱하며 말했다.

"그건 장담점이 있는 거지요. 당신 스스로도 그렇게 말한 적

*독일 북동부 메클렌부르크 포오포메른 주에 있는 마을로 제2차 세계대전 당시 이곳에는 V형(V-weapons)이라고 불린 독일의 로켓과 미사일 연구 실험 시설이 있었다.

이 있지 않소? 우리의 자유로운 정보 교환은, 설사 우리가 비밀 몇 개를 노출시킨다 해도 좀 더 빠른 진보를 뜻하오. 소련의 연구 부서들은 아마 자기네 사람들이 뭘 하는지도 모르는 채 근무 시간의 반을 보내고 있을 거요. 우린 민주주의가 먼저 달에 도달할 수 있다는 것을 보여주어야만 하오."

'민주주의라고, 바보 같은!' 라인홀트는 혼자 생각한 걸 입 밖에 낼 정도로 어리석지는 않았다. '콘라트 슈나이더라는 이름은 선거인 명부에 등재된 백만 명의 이름과 맞먹는 가치가 있어. 콘라트는 소련의 자원을 등에 업고 지금까지 무슨 일을 했을까? 어쩌면 지금쯤, 콘라트의 우주선은 이미 지구의 대기를 지나 우주를 향해 날아가고 있는지도 모르지.'

타라투아 섬에서 이미 진 해는, 바이칼 호수 위에서는 아직도 머리 위에 높이 걸려 있었다. 그 태양 밑으로 콘라트 슈나이더와 핵 과학부 부인민위원인 그리고리예비치는 모터 시험장에서 천천히 걸어 돌아오고 있었다. 마지막 굉음이 호수를 가로질러 사라진 지 10분이 지났는데도, 여전히 귀가 멍멍했다.

그리고리예비치가 불쑥 물었다. "왜 시무룩한 표정이오? 당연히 기뻐해야 하는 것 아니오. 이제 한 달 후면 우리는 저걸 쏘아 올릴 수 있고, 양키 놈들은 보나마나 분해서 숨도 못 쉴 텐데."

옆에서 슈나이더가 대답했다. "평소처럼 낙관적이로군요. 엔진이 작동한다 해서 모든 일이 끝나는 건 아닙니다. 지금으로서는 심각한 장애가 보이지 않는 건 사실입니다만 전 타라투아에서 온 보고 때문에 걱정하고 있습니다. 호프만이 얼마나 대단한 친구인가는 이미 말씀드렸지요. 게다가 호프만은 수십 억 달러의 지원을 받고 있습니다. 호프만의 우주선을 찍은 사진들이 선명하지는 않지만, 완성이 머지않은 것처럼 보이더군요. 그리고 5주 전에 호프만이 엔진 시험을 했다는 건 이미 확인된 사실입니다."

그리고리예비치는 웃음을 터뜨렸다. "걱정 마시오. 놀랄 사람들은 바로 그들이니까. 기억해두시오. 그쪽에서는 우리에 대해 전혀 모르고 있소."

슈나이더는 궁금했다. '과연 그 말이 사실일까?' 그러나 그는 아무런 의심을 내비치지 않는 쪽이 더 안전하다고 판단했다. 만일 그랬다간 그리고리예비치는 비비 꼬인 수많은 경로들을 파헤쳐 들어갈 것이다. 그러다 어디선가 말이 새나갔다는 사실이 드러나면, 결백을 입증하기 위해 굉장한 고생을 할 게 뻔했다.

슈나이더가 본부 건물로 들어서자 경비병이 경례를 했다. 여기엔 기술자와 거의 같은 수의 군인들이 있다는 것을 슈나이더는 우울하게 떠올렸다. 그러나 그것이 소련인들이 일하는 방식이었다. 그게 하는 일에 방해만 되지 않으면, 그는 아무런 불평도 하지 않았다. 분통이 터질 만한 예외적인 일들이 있긴 했지만, 작업은 대체로 그가 바란 대로 진행되었다. 그와 라인홀트 가운데 누가 최선의 선택을 했는지는 오직 미래만이 알고 있는 것이다.

슈나이더가 최종 보고서를 작성하고 있을 때였다. 밖에서 들리는 외침 소리에 일이 중단되었다. 그는 잠시 책상에 가만히 앉아, 도대체 무슨 일이기에 단지의 엄한 규율이 흐트러졌을까 생각해보았다. 잠시 후 슈나이더는 창문 쪽으로 걸어갔고, 밖을 내다본 순간 평생 처음으로 절망이라는 말의 의미를 알았다.

라인홀트가 바위 언덕을 내려오고 있을 때, 별들은 이미 그 주위의 사방을 둘러싸고 있었다. 먼바다에서는 포레스탈 호가 여전히 빛의 손가락들로 수면을 어루만지고 있었다. 해변을 따라 더 먼 곳에서는, 콜럼버스 호를 둘러싼 발판아 전구를 켠 크리스마스트리처럼 빛을 발하고 있었다. 불쑥 튀어나온 우주선 이물만이 별들을 가로질러 어두운 그림자처럼 떠올라 있었다.

숙소의 라디오에서는 댄스 음악이 울려 퍼지고 있었고 라인홀트는 자기도 모르게 그 리듬에 맞추어 발걸음을 빨리하고 있었다. 모래 가장자리를 따라 난 좁은 길에 이르렀을 때 라인홀트는 이상한 예감에 사로잡혀 걸음을 멈추고 말았다. 그는 어리둥절한 표정으로 땅에서 바다, 다시 바다에서 땅을 둘러보았다. 라인홀트는 잠시 후에야 하늘을 볼 생각을 했다.

순간 라인홀트 호프만은 알았다. 콘라트 슈나이더와 마찬가지로 자신이 경쟁에서 뒤졌다는 사실을. 더구나 그는 두려워하던 것과는 달리 몇 주나 몇 달 차이가 아니라, 수천 년 차이로 뒤처져 있었다. 라인홀트가 감히 추측할 수 없는 높이 이상의 높은 하늘에서, 별들 사이를 가로지르고 소리 없이 떠 있는 거대한 그림자들은, 그의 콜럼버스 호와 구석기인의 통나무배의 차이 이상으로 훨씬 진보된 것이었다. 영원으로 느껴질 만큼 오랜 시간 동안 라인홀트는 거대한 우주선들이 압도적인 웅장함을 자랑하며 하강하는 것을 지켜보고 있었다. 그러나 그것은 아주 짧은 순간 동안 벌어진 일이었다. 마침내 라인홀트는 우주선들이 성층권의 희박한 대기를 뚫고 지나가며 내는 아스라한 비명을 들을 수 있었다.

일평생의 작업이 한순간에 쓸려가버린 것에 대한 안타까움은 없었다. 라인홀트는 인류를 별에 도달시키기 위해 노력해왔다. 그런데 막 성공할 찰나에 차디찬 인간에게 초연했던 별이 인류에게로 내려온 것이다. 역사가 숨을 죽이는 순간이었고 빙산이 자신의 모체인 얼어붙은 절벽에서 떨어져 나와 외롭고 당당하게 바다를 항해하듯, 갑자기 현재가 과거로부터 단절되는 순간이었다. 과거의 세월들이 이룩해놓은 것은 이제 무(無)에 지나지 않았다. 라인홀트의 머릿속에서는 오직 하나의 생각만이 메아리치고, 또 메아리치고 있었다.

'인류는 이제 더 이상 혼자가 아니다.'

2

국제연합 사무총장은 커다란 창에 기대서서, 43번 가로 향해 거북이 운행을 하고 있는 차량들을 물끄러미 내려다보고 있었다. 그는 때때로, '이렇게 동료 인간들보다 훨씬 높은 위치에서 일을 해도 되는가' 하는 생각에 빠지곤 했다. 그 생각은, 동료들과 적정 거리를 유지하는 것은 바람직한 일이지만 그것이 자칫 잘못하다가는 무관심으로 바뀔 수가 있다는 우려를 나타내는 것일 수도 있고, 아니면 뉴욕에서 산 지 20년이 지났는데도 좀처럼 줄어들지 않는 고층 빌딩에 대한 혐오감을 정당화하려는 생각에서 비롯된 것일 수도 있었다.

등 뒤에서 문이 열리는 소리가 들렸다. 그러나 사무총장 스톰그렌은 보좌관 피터 밴 라이버그가 방에 들어와도 고개를 돌리지 않았다. 밴 라이버그는 어김없이 자동 온도 조절기 앞에서 발을 멈추고 못마땅한 표정을 지었다. 사무총장이 냉장고 같은 방에서 산다는 것은 세계적인 농담거리였기 때문이었다. 사무총장 스톰그렌은 보좌관이 창가까지 오기를 기다렸다가, 그제야 밑에 펼쳐지는, 낯익지만 여전히 매혹적인 파노라마에서 눈을 떼었다.

"늦는군." 그가 말했다. "웨인라이트는 5분 전에 여기 도착했어야 하지 않은가."

"방금 경찰에서 연락이 왔습니다. 꽤 많은 행렬이 웨인라이트를 뒤따르는 바람에, 교통을 방해하고 있다고 합니다. 곧 도착하겠지요."

밴 라이버그는 잠시 말을 끊었다가 퉁명스럽게 덧붙였다. "아직도 웨인라이트를 만나는 게 좋다고 생각하십니까?"

"유감이지만 이제 와서 어쩌겠나. 일단 승낙한 일이니까 하는 수 없지. 게다가 자네도 알겠지만, 내가 먼저 웨인라이트를 만나자고 제의한 것은 아니지 않은가."

스톰그렌은 책상으로 다가가, 그의 유명한 우라늄 문진(文鎭)을 만지작거렸다. 초조한 건 아니었다. 단지 결심이 안 서고 있을 뿐이었다. 웨인라이트가 늦는 게 다행이다 싶었다. 회견이 시작될 때 스톰그렌이 도의적으로 약간 우월한 입장에 설 수 있을 테니까. 논리와 이성을 존중하는 사람들이 생각하는 것과는 달리, 인간이 하는 일에서는 그런 사소한 것들이 더 크게 작용을 하는 법이다.

"아, 저기 오는군요!" 밴 라이버그가 갑자기 창문에 얼굴을 갖다 대며 말했다. "대로를 따라 오고 있습니다. 3천 명은 되겠는데요."

스톰그렌은 수첩을 집어 들고 보좌관 옆으로 갔다. 반 마일 정도 떨어진 곳에서, 작지만 단단하게 뭉친 것처럼 보이는 군중이 국제연합 사무국 건물을 향해 천천히 움직이고 있었다. 군중은 푯말들을 들고 있었지만, 너무 멀어 읽을 수가 없었다. 그러나 스톰그렌은 거기 무슨 내용이 적혀 있는지 너무나 잘 알고 있었다. 곧 사람들이 외치는 구호의 불길한 박자가, 차량들의 소음을 넘어 스톰그렌의 귀에까지 들려왔다. 갑자기 혐오감이 물밀 듯이 엄습해왔다. 이제 이만하면 이 세상에 시위대와 슬로건의 노호도 사라질 때도 되지 않았는가!

군중은 건물로 바짝 다가오고 있었다. 여기저기서 공중에 대고 주먹을 치켜드는 것을 보니 군중은 스톰그렌이 위에서 지켜보고 있다는 것을 아는 게 틀림없었다. 그것은 분명 스톰그렌더러 보라고 하는 동작이었지만 그렇다고 군중이 스톰그렌에게 도전하는 것은 아니었다. 피그미족이 거인을 위협하듯, 이 성난 주먹들은 스톰그렌의 머리 위 50킬로미터 위의 하늘에 떠 있는, 어슴푸레한 은빛 구름처럼 보이는 오버로드 함대의 기함(旗艦)을 향한 것이었다.

'캐렐런은 이 모든 것을 지켜보며 아주 즐거워하고 있겠지.' 스톰그렌은 생각했다. 이 면담 자체가 감독관의 교사 없이는 절대 이루어질 수 없는 것이었기 때문이다.

스톰그렌이 자유연맹의 지도자를 만나는 것은 이번이 처음이었다. 스톰그렌은 이 행동이 현명한지에 대한 생각은 아예 접어 두기로 했다. 왜냐하면 캐렐런의 계획들은 단순한 인간의 이해를 뛰어넘어 불가사의한 경우가 종종 있었기 때문이다. 스톰그렌은 아무리 최악의 경우라 해도 이 회견 자체가 물의를 일으킬 것이라고 생각하지 않았다. 오히려 웨인라이트를 만나는 것을 거부했을 경우, 자유연맹은 그 사실을 무기로 삼아 스톰그렌을 공격했을 것이다.

알렉산더 웨인라이트는 40대 후반의 잘생기고 훤칠한 남자였다. 스톰그렌이 아는 바로는, 웨인라이트는 정직한 사람이었다. 그만큼 두 배로 위험한 인물이기도 했다. 웨인라이트가 내건 대의명분이 어떻든, 그리고 그가 끌어 모으는 추종자들이 어떻든 간에, 사람들은 웨인라이트의 성실함 때문에 그를 싫어할 수가 없었다.

밴 라이버그가 약간 긴장된 말투로 짤막하게 소개를 하고 나자, 스톰그렌은 바로 본론으로 들어갔다.

"당신이 방문한 주된 목적은 '세계연방' 계획에 대해 공식 항의를 제기하기 위한 것으로 알고 있소. 내 말이 맞습니까?"

웨인라이트는 엄숙한 표정으로 고개를 끄덕였다.

"네, 맞습니다, 사무총장 각하. 아시다시피, 지난 5년 동안 우리는 인류에게 직면한 위험을 일깨우려 노력해왔습니다. 하지만 그 일은 매우 힘겨운 일이었습니다. 대다수의 사람들이 오버로드들이 마음대로 세계를 다스리는 데 만족해했기 때문입니다. 그럼에도, 5백만이 넘는 각 나라의 애국자들이 우리 청원서에 서명을 했습니다."

"세계 45억의 인구를 생각할 때 그리 대단한 숫자는 아닌 것 같은데요."

"하지만 무시 못 하는 숫자이기도 합니다. 그리고 서명한 사람들만 있는 것이 아니라, 그들 주위에도 이 연방 계획의 정당성은 말할 것도 없고, 그게 과연 현명한 것이냐에 대해 심각한 의문을 제기하는 사람들이 많이 있습니다. 아무리 캐렐런 감독관이 막강한 힘을 지니고 있다 해도, 단지 펜을 한 번 긁적거리는 것만으로 인류의 천 년 역사를 말소해버릴 수는 없습니다."

"캐렐런의 힘에 대해 제대로 알고 있는 사람이 누가 있단 말이오?" 스톰그렌이 쏘아붙이고는 말을 이었다. "내가 아주 어렸을 때 유럽연방은 꿈에 불과했소. 그런데 어른이 되었을 땐 현실이 되어 있었지. 그리고 그건 오버로드들이 도착하기 이전의 일이오. 캐렐런은 우리가 시작한 일을 마무리 지으려는 것뿐이오."

"유럽은 문화적으로 또한 지리적으로 하나의 독립 지역입니다. 하지만 지구는 그렇지 않습니다. 그 두 문제는 완전히 다릅니다."

스톰그렌이 비꼬는 투로 대답했다. "오버로드들에게는 아마 지구가 우리 조상들이 생각했던 유럽보다 작게 느껴질 거요. 그리고 나도 인정하는 바이지만, 오버로드들의 견해는 우리의 견해보다 훨씬 성숙된 것이오."

"저를 지지하는 많은 사람들이 동의하지 않을지도 모르지만,

전 연방이 궁극적 목표가 되어서는 안 된다고 말하는 게 아닙니다. 하지만 그런 연방은 내부로부터 나와야 하지, 외부에서 강제해서 될 일이 아닙니다. 우리 운명은 우리 자신이 결정해야 합니다. 인간의 일에 대한 참견은 이제 더 이상 있어선 안 됩니다!"

스톰그렌은 한숨을 쉬었다. 전에도 수백 번이나 들은 이야기였다. 이번에도 그는 자유연맹이 받아들일 수 없는 대답을 해줄 수밖에 없다는 것을 잘 알고 있었다. 스톰그렌은 캐렐런을 믿었고, 이 사람들은 그렇지 않았다. 이것이 근본적인 차이였고, 스톰그렌으로서도 어쩔 수 없는 일이었다. 다행인지 불행인지, 자유연맹 쪽에서도 할 수 있는 일이 없었다.

스톰그렌이 말했다. "몇 가지 물어봅시다. 당신은 오버로드들이 세계에 안정, 평화, 번영을 가져왔다는 사실을 부정할 수 있소?"

"그건 사실입니다. 그러나 대신 그들은 우리로부터 자유를 빼앗았습니다. 인간은 단지 빵만으로……"

"……사는 게 아니다, 이 말이오? 그래요, 그 말은 사실이오. 하지만 지금은 모든 인간이 빵이라도 확실히 먹을 수 있는 첫 시대 아니오. 사실 우리가 잃은 자유란 것이 대체 뭐요?"

"신의 인도 하에, 우리 자신의 삶의 방향을 결정할 자유가 바로 그것입니다."

'마침내 핵심에 이르렀군' 하고 스톰그렌은 생각했다. 아무리 교묘하게 위장을 한다 하더라도, 기본적으로 이 갈등은 종교적인 문제에서 비롯된 것이었다. 웨인라이트는 다른 사람들에게 그가 성직자라는 사실을 절대 잊지 못하게 하는 사람이었다. 이제는 성직자의 하얀 옷깃을 달고 다니지 않았지만, 왠지 사람들은 아직도 웨인라이트의 목에 그 옷깃이 달려 있다는 인상을 받았다.

스톰그렌이 말했다. "지난달에, 약 1백 명의 주교, 추기경, 랍비들이 감독관의 정책을 지지한다는 공동 선언문에 서명을 했소. 온 세계의 종교 지도자들은 당신과 뜻을 달리하는 것 같소."

웨인라이트는 벌컥 화를 내며 고개를 세차게 저었다.

"종교 지도자들 대다수는 눈을 감고 있습니다. 그들은 오버로드들에게 매수되었습니다. 그들이 위기를 깨달을 때는 이미 늦었을 것입니다. 인류는 주체성을 잃고, 노예 종족이 되고 말 겁니다."

잠시 침묵이 흘렀다. 이윽고 스톰그렌이 대답했다.

"난 사흘 후에 감독관을 다시 만나기로 했소. 그때 당신의 반대 의견을 전하도록 하겠소. 온갖 의견들을 전하는 게 내 의무이니까. 하지만 변하는 건 아무것도 없을 거요. 그건 장담할 수 있소."

"또 한 가지가 있습니다." 웨인라이트는 천천히 말을 이어갔다. "우리는 오버로드들에 대해 많은 의혹을 가지고 있습니다. 그중 가장 불쾌한 것은 그들의 비밀주의입니다. 사무총장 각하, 당신만이 캐렐런과 이야기를 해본 유일한 인간입니다. 그러나 당신조차도 캐렐런을 본 적이 없으니! 우리가 캐렐런의 동기를 의심하는 것도 놀랄 일은 아니지 않습니까?"

"캐렐런이 인류를 위해 해준 일들이 있는데도 말이오?"

"네. 그 모든 일에도 불구하고도 말이지요. 저는 우리가 캐렐런의 전지전능함과 비밀주의 가운데 어느 것을 더 싫어하는지 잘 모르겠습니다. 캐렐런이 감출 게 없다면, 왜 자신을 드러내지 않는 겁니까? 다음에 감독관과 만나실 때는 반드시 그것을 물어봐주십시오!"

스톰그렌은 입을 다물었다. 이 점에 대해서는 그도 할 말이 없었다. 적어도 상대방을 납득시킬 만한 말을 그도 생각해내지 못했다. 스톰그렌은 종종 과연 자기 자신은 납득하고 있는지 의문스러울 때가 있었다.

물론 그것은 그들의 관점에서 보자면, 아주 작은 작전에 불과했다. 그러나 지구로서는 이제까지 일어난 어떤 사건보다도 중대한 사건이었다. 한 무리의 거대한 우주선들이 알 수 없는 우주의 심연 저쪽에서 밀어닥쳤을 때, 지구인들은 아무런 예고도 받지 못했다. 이런 상황은 SF에서는 수도 없이 이야기된 것이었으나, 실제로 그런 일이 일어나리라고 믿었던 사람은 아무도 없었다. 마침내 동이 텄다. 도시들 위에 희미한 빛을 발하며, 조용히 떠있는 우주선은 인류가 수백 년을 쫓아가도 따라잡을 가망이 없는 고도로 발달한 과학을 상징하고 있었다. 우주선들은 엿새 동안 인간의 도시들 위에 꼼짝도 않고 떠 있었으며, 그들이 인간의 존재를 알고 있다는 어떤 암시도 주지 않았다. 그러나 어떤 설명도 필요 없었다. 그 강력한 우주선들이 뉴욕, 런던, 파리, 모스크바, 로마, 케이프타운, 도쿄, 캔버라 등의 도시 상공에 정지한 채 떠 있다는 사실을 절대 우연이라고 볼 수는 없었다.

심장이 얼어붙을 것 같은 나날이 계속되는 가운데 몇몇 사람들은 우주선에 대해 추측해보았다. '이것은 인간에 대해 전혀 모르는 종족이 머뭇거리다가 다가온 것이라고 볼 수 없다. 그 움직임도 소리도 없는 우주선 속에서 외계의 뛰어난 심리학자들이 인간의 반응을 지켜보며 연구하는 중인 게 틀림없다. 긴장이 정점에 달했을 때, 그들은 행동을 개시할 것이다.'

엿새째 되는 날, 자신을 지구의 감독관이라고 밝힌 캐렐런이 모든 무선 주파수를 엄폐하는 강력한 전파로 온 세계에 자기소개를 했다. 캐렐런은 영어를 워낙 완벽하게 구사했기 때문에, 그 뒤 한참 동안 대서양을 사이에 두고 논쟁이 벌어졌을 정도였다. 그러나 그 연설 자체보다 더 강한 충격을 준 것은 연설문의 내용이었다. 어떤 기준에서 보더라도, 그 연설문은 최상급의 작품이었고 인간에 대한 완전하고도 절대적인 이해를 보여주고 있었다. 연설을 통해서 캐렐런이 보여준 박식함과 능란한 말솜씨는 아직 인류에게 보여주지 않은 심원한 지식을 약간 드러내 보임으로써 인류를 압도하려는 의도임에 틀림없었다. 캐렐런이 연설을 끝냈을 때 지구의 국가들은 불안하게 주권을 유지하던 시절은 끝이 났다는 것을 알았다. 지역적 혹은 국내적인 정치 권력은 아직 인류의 손에 있었지만 국제 문제라는 더 넓은 영역에서는 최고의 결정권이 인간의 손을 떠나버렸다. 논쟁도 항의도 모두 부질없었다.

세계의 모든 나라들이 그런 권력 축소에 순순히 굴복하리라고 기대할 수는 없는 노릇이었다. 그러나 적극적 저항은 곤혹스러울 정도로 어려운 일이었다. 오버로드들의 우주선들을 파괴하는 것이 설사 가능하다 하더라도, 그것은 곧 그 밑에 있는 도시들마저 절멸시키는 결과가 되기 때문이다. 그런데도 한 강대국은 시도를 했다. 아마도 그 일의 관계자들은 일석이조를 노렸을 것이다. 그들이 원자폭탄을 날려 보낸 목표물은 인접한 적대국가의 수도 위에 떠 있는 우주선이었기 때문이다.

비밀 통제실의 스크린에 커다란 우주선의 모습이 확대되어 나타난 순간, 소수의 장교들과 기술자들의 마음은 오만 가지 감정으로 찢어졌을 것이다. 만일 성공할 경우에 남아 있는 다른 우주선들은 어떤 행동을 취할 것인가? 앞으로 다른 우주선들마저 때려 부수고, 인류는 다시 한 번 독자적인 길을 갈 수 있을 것인가? 아니면 캐렐런은 자신을 공격한 자들에게 무시무시한 복수를 자행할 것인가?

원자폭탄이 우주선에 충돌하여 폭발하면서 화면은 갑자기 공백이 되었다가 이내 몇 마일 떨어진 공중 카메라에 잡힌 영상으로 바뀌었다. 찰나였다. 태양처럼 이글이글거리는 엄청난 화염이 하늘을 가득 채우고 있어야 했다.

하지만 아무런 일도 일어나지 않았다. 커다란 우주선은 아무런 해도 입지 않고, 하늘 위에서 강한 햇빛을 받으며 떠 있었다. 원자폭탄이 우주선에 닿지 못한 것도 아니었다. 도대체 원자폭탄이 어떻게 된 것인지 아무도 알 수가 없었다. 게다가 캐렐런은 그 일을 주도한 국가에 어떤 행동도 취하지 않았을 뿐만 아니라 그런 공격이 있었다는 사실조차 내색하지 않았다. 캐렐런은 그저 그들을 경멸하듯 무시해버렸다. 사건의 관계자들은 캐렐런이 끝내 아무런 보복 조치도 취하지 않자 전전긍긍했다. 캐렐런의 이러한 행동은 어떠한 처벌보다도 더 효과적이고 더 기를 죽이는 것이었다. 공격을 했던 정부는 몇 주 뒤 내부 인사들 사이의 반목으로 붕괴되어버렸다.

오버로드들의 정책에 대해 소극적으로 저항하는 사람도 있었다. 보통 캐렐런은 그런 사람들을 그대로 놔두는 방식으로 대체해나갔다. 그러다 보면 그들은 협조를 거부함으로써 자기만 피해를 입을 뿐임을 알게 되었다. 반항하는 정부에 직접적인 행동을 취한 경우는 딱 한 번밖에 없었다.

1백 년이 넘는 시간 동안 남아프리카 공화국은 인종 분쟁의 중심지였다. 양 진영의 선의를 가진 사람들이 갈등하고 있는 사람들 사이에 다리를 놓으려 했으나 소용이 없었다. 공포와 편견의 골이 너무 깊이 파여 있어, 어떠한 협력도 불가능했다. 역대 정부들은 단지 그 편협성에 정도의 차이만 있었을 뿐이었다. 온 나라 안에 증오와 내란의 여파가 독처럼 퍼져 있었다.

어떤 시도로도 남아프리카 공화국에서 자행되는 차별을 끝낼 수 없다는 것이 명백해지자, 캐렐런은 경고를 했다. 단지 날짜와 시간만 말했을 뿐 더 이상은 없었다. 사람들은 불안해했다. 그러나 두려움이나 공포는 거의 없었다. 오버로드들이 무고한 사람과 죄 있는 사람을 동시에 죽이는 폭력적이거나 파괴적 행동을 취할 것이라고 생각하는 사람은 아무도 없었기 때문이었다.

실제로도 그들은 어떤 행동도 취하지 않았다. 그 대신 경고한 시각, 태양이 케이프타운에서 자오선을 통과할 때 갑자기 사라져버렸을 뿐이다. 태양이 있던 자리에는 연한 자줏빛의 유령 같은 형체만이 남아 있었다. 열도 빛도 없었다. 어떻게 된 일인지, 먼 우주에서, 서로 엇갈리는 두 개의 장(場)에 의해 태양의 빛이 편광되어 어떠한 방사물도 통과할 수가 없었다. 영향을 받은 지역은 지름 5백 킬로미터로, 완벽한 원형을 이루었다.

이 시위는 30분 동안 계속되었다. 그것으로 충분했다. 다음 날 남아프리카 정부는 소수 백인에게 완전한 시민권을 회복시켜주겠다고 발표했다.

이런 사건들이 간헐적으로 발생할 때를 제외하고 인류는 오버로드들을 세상의 자연스러운 질서의 일부로 받아들였다. 그 후 세상이 원래 상태로 돌아가는 데는 오랜 시간이 걸리지 않았다. 갑자기 잠에서 깬 립 밴 윙클*이 느낀 변화만큼 지구에는 커다란 변화가 나타났다. 인간들 사이에서 오버로드에 대한 기대가 생겨난 것이다. 인류는 오버로드들이 희미하게 빛을 발하는 우주선에서 내려와 모습을 나타내기를 기다리고 있었다.

---

*워싱턴 어빙(Washington Irving)의 《스케치북》에 수록되어 있는 단편소설의 주인공으로 20년 동안 산속에서 계속 잠자다가 산을 내려온 뒤 세상의 변한 모습에 놀란 게으름뱅이이다.

5년이 지나도 그 기다림에 여전히 응답이 없었다. 스톰그렌은 그것이 모든 문제의 원인이라고 생각했다.

스톰그렌의 차가 착륙장에 들어섰을 때 평소처럼 구경꾼들과 대기 중인 카메라가 원을 그리고 있었다. 스톰그렌의 차는 착륙장으로 들어섰다. 사무총장은 보좌관과 몇 마디를 나누고, 서류 가방을 받아들고, 구경꾼들의 무리 안으로 걸어 들어갔다.

캐렐런은 스톰그렌을 결코 오래 기다리게 하는 법이 없었다. 군중 사이에서 갑자기 "아!" 하는 탄성이 터져 나왔다. 하늘에서 은빛 구가 숨이 멎을 만큼 빠른 속도로 내려오더니 점점 커져 갔다. 질풍이 몰아치면서 스톰그렌의 옷이 휘날렸다. 아주 작은 우주선은 지구와 닿으면 마치 감염이라도 될 것처럼 지상 몇 센티미터 위에 아슬아슬하게 떠 있었다. 그리고 스톰그렌에게서는 불과 50미터밖에 떨어져 있지 않았다. 스톰그렌이 천천히 앞으로 걸어가자 이음새 하나 없는 금속 외피에 주름이 잡히더니 순식간에 입구가 생겼다. 그에게는 익숙하지만 세계 최고의 과학자들에게는 여전히 놀랍고 신기한 장면이었다. 스톰그렌은 우주선 안에 하나뿐인, 은은한 조명이 밝혀진 방으로 걸어 들어갔다. 입구는 있지도 않았던 것처럼 닫혀버리고, 그와 동시에 바깥의 모든 소리와 광경도 사라져버렸다.

입구는 5분 뒤에 다시 열렸다. 움직인다는 느낌은 없었지만, 스톰그렌은 자신이 지금 지상 50킬로미터 위에 있는, 캐렐런의 우주선 심장부에 머물고 있다는 것을 알고 있었다. 오버로드들의 세계로 들어온 것이다. 스톰그렌은 자신 주위에서 오버로드들이 그들만 아는 신비한 일을 하고 있다는 것을 감지했다. 스톰그렌은 다른 어떤 사람보다도 오버로드들에게 가까이 가 있었지만 하계에 있는 수백만 명과 다름없이, 오버로드들의 신체적 특성에 대해서는 전혀 아는 바가 없었다.

회랑 끝에 있는 작은 방에는 비전 스크린과 그 밑에 있는 의자 하나와 탁자 하나 외에는 어떤 가구도 없었다. 오버로드들의 의도대로, 그 방에서 스톰그렌은 그것을 만든 존재들에 대해서 어떤 단서도 찾을 수 없었다. 비전 스크린에는 늘 그랬던 것처럼 여전히 아무것도 나타나 있지 않았다. 스톰그렌은 때때로 꿈속에서, 갑자기 비전 스크린이 켜지면서 온 세상을 괴롭혔던 비밀이 드러나는 것을 상상하기도 했다. 그러나 그 꿈은 실현되지 않았다. 네모난 어둠 뒤에는 완전한 신비가 숨겨져 있었다. 그러나 동시에 힘과 지혜도 숨겨져 있었다. 그리고 무엇보다도, 아래의 행성에서 기어 다니고 있는 조그만 생물들에 대한 친밀감이 느껴졌다.

감추어진 스피커로부터 차분하고 전혀 서두르는 기색이 없는 목소리가 들려왔다. 스톰그렌이 잘 아는 목소리였지만 다른 사람들은 역사상 단 한 번밖에 들어본 적이 없는 목소리였다. 묵직한 저음의 목소리만이 캐렐런의 신체적 속성을 짐작할 수 있게 하는 유일한 실마리였다. 그 목소리의 주인공이 위압적일 정도의 큰 덩치를 가지고 있다는 인상을 주었기 때문이다. 캐렐런은 컸다. 어쩌면 인간보다 훨씬 더 클지도 모를 일이었다. 어쩌면 과학자들이 캐렐런의 유일한 연설 기록을 분석한 후에 이야기한 대로, 그건 기계음일지도 모른다. 그러나 스톰그렌은 도저히 그 목소리를 기계의 목소리라고 믿을 수가 없었다.

"리키, 난 당신이 웨인라이트와 이야기하는 것을 듣고 있었소. 웨인라이트를 어떻게 생각하시오?"

"그의 지지자들 가운데 다수는 그렇지 않을지 몰라도, 그 사람은 정직한 사람입니다. 그 사람을 어떻게 해야 할까요? 연맹 자체는 위험하지 않지만, 일부 극단주의자들은 공개적으로 폭력을 옹호합니다. 난 우리 집에도 경비원을 세워야 하지 않을까 생각하고 있습니다. 그럴 필요가 없기를 바랍니다만."

캐렐런은 가끔 그렇듯이 성가시다는 듯이 주제를 비켜갔다.

"세계연방의 세부 계획이 발표된 지도 이제 한 달이 되었소. 나를 승인하지 않는 7퍼센트가 상당히 불어났소? 아니면 모르겠다고 답한 12퍼센트가?"

"아직은 그렇지 않습니다. 하지만 그건 중요하지 않습니다. 내가 우려하고 있는 것은 당신을 지지하는 사람들조차도 당신의 존재에 대해 의구심을 품고 있다는 점입니다. 즉 이런 비밀주의는 이제 끝낼 때가 되었다는 게 전반적인 의견입니다."

캐렐런은 한숨을 쉬었다. 기술적으로는 완벽한 한숨이었지만, 어쩐지 부자연스러웠다.

"그건 당신의 감정이기도 하겠구려. 안 그렇소?"

그 질문은 너무나 수사적이라 스톰그렌은 굳이 대답할 필요성을 느끼지 못했다.

스톰그렌은 진지한 목소리로 말했다. "지금의 상황이 내 일을 얼마나 어렵게 만드는지 당신은 알고 있습니까?"

"지금의 상황이 내 일이라고 쉽게 만들어주는 건 아니오." 캐렐런은 다소 감정을 띤 목소리로 말을 이어갔다. "난 사람들이 나를 감독관으로 생각하지 말고, 식민 정책을 시행하려고 하는 일개 공무원에 불과하다는 걸 기억해주었으면 좋겠소. 나는 그 식민 정책을 입안하는 데는 손도 대지 못하는 공무원에 불과하다오."

아주 매력적인 설명이라고 스톰그렌은 생각했다. 하지만 어디까지가 진실인지 그는 알 수 없었다.

"왜 모습을 감추는지에 대해 어떤 이유라도 알려줄 수 없습니까? 그 이유를 모르기 때문에 근거 없는 소문만 나도는 것이 아니겠습니까?"

캐렐런은 그 풍부한 저음의 웃음을 터뜨렸다. 인간의 웃음이라고 보기에는 너무나 울림이 컸다.

"이제 내가 뭐가 되어야 하는 거요? 내가 로봇이라는 설은 아직도 계속되고 있소? 지네 같은 걸로 생각되기보다는 그래도 진공관들로 이루어진 덩어리가 훨씬 낫지. 아 참, 어제《시카고 트리뷴》에서 날 지네로 묘사한 만화를 보았소! 원본을 달라고 해볼까 생각 중이요."

스톰그렌은 입을 꾹 다물고, 뚱한 표정을 지었다. '캐렐런은 자신의 의무를 너무 가볍게 여길 때가 많아.' 스톰그렌은 종종 그렇게 생각했다.

"이건 심각한 일입니다." 스톰그렌이 질책하는 투로 말했다.

"친애하는 리키, 내가 지금의 상황을 심각하게 받아들인다면 나는 내 여력으로 인류를 건사할 수 없소!"

스톰그렌은 자기도 모르게 웃음을 지었다.

"그건 나한테 별 도움이 안 되는 이야기로군요, 안 그렇습니까? 난 저 아래 내려가서, 내 동료 인간들에게 당신이 비록 모습을 나타내지는 않지만, 당신에게는 감출 것이 없다고 설득해야 합니다. 그건 쉬운 일이 아닙니다. 호기심이라는 것은 인간의 특성 중 가장 지배적인 것들 가운데 하나이니까요. 언제까지나 그걸 무시하고 있을 수는 없습니다."

캐렐런도 인정했다. "우리가 지구에 왔을 때 봉착한 문제들 가운데 이게 가장 어려운 문제요. 당신은 다른 문제들에 대해서는 우리의 지혜를 신뢰했소. 따라서 이 문제에 대해서도 우리를 믿어주기만 하면 되는 거요!"

"나야 당신을 신뢰하지만, 웨인라이트는 그렇지 않습니다. 웨인라이트의 지지자들도 마찬가지이고요. 설사 그들이 그 문제에 대해 안 좋게 해석한다 해도 우리가 어떻게 그들을 비난할 수 있겠습니까."

잠시 침묵이 흘렀다. 순간 어떤 소리가 희미하게 들려왔다. 어쩌면 감독관이 약간 몸을 움직여서 나는 소리인지도 모른다.

"당신도 웨인라이트와 그 무리가 왜 나를 두려워하는지 알지 않소?" 캐렐런이 물었다. 캐렐런의 목소리는 마치 큰 성당의 회당에서 커다란 오르간 음들이 울려 퍼지는 것같이 우울하게 들렸다. 캐렐런이 말을 계속했다. "세계의 모든 종교에서 웨인라이트와 같은 사람을 볼 수 있을 거요. 그들은 우리가 이성과 과학을 대표한다는 것을 알고 있소. 때문에 그들이 자신의 믿음에 대해 아무리 자신감을 갖고 있다 해도, 우리가 그들의 신을 넘어뜨릴까 봐 두려워하고 있는 거요. 반드시 무슨 의도적인 행동에 나서지 않더라도 뭔가 좀 더 미묘한 방법으로 말이오. 과학은 종교의 가르침을 무시하는 것만으로도 종교를 파괴할 수 있소. 내가 알고 있는 한, 이제까지 누구도 제우스나 토르*가 존재하지 않는다는 것을 입증한 적은 없소. 그럼에도 지금은 그런 신들을 따르는 사람이 거의 없소. 웨인라이트 역시 우리가 그들 신앙의 기원에 대한 진실을 알고 있을까 봐 두려워하고 있는 거요. 그들은 궁금하겠지. 우리가 인류를 얼마나 오랫동안 지켜보고 있었을까? 우리가 마호메트가 히즈라**를 시작하는 것을 보았을까? 모세가 유대인들에게 율법을 주는 것을 보았을까? 우리가 그들이 믿는 이야기들 가운데 거짓들을 모두 알고나 있지 않을까?"

"알고 있습니까?" 스톰그렌이 거의 혼잣말처럼, 작은 소리로 물었다.

"리키, 설사 그들이 공개적으로 인정하지는 못한다 해도, 이것이 바로 그들을 괴롭히는 두려움이오. 분명히 말하지만 인간의 신앙들을 파괴하는 것이 우리에게도 즐거운 일은 아니오. 하지만 세계의 모든 종교들이 다 옳을 수는 없고, 인간도 그것을

*북유럽 신화의 천둥, 전쟁, 농업을 주관하는 신.
**마호메트가 종교 박해를 피해 메카에서 메디나로 피신했던 사건이다.

알고 있소. 조만간 인간은 진실을 배우게 될 거요. 하지만 아직 때가 되지 않았소. 우리의 비밀주의에 대해서는, 그게 우리의 문제들을 악화시킨다는 당신의 말은 맞소. 하지만 그것은 내가 어쩔 수 없는 일이오. 나도 당신과 마찬가지로, 우리가 이렇게 모습을 감추고 있어야 한다는 것이 안타깝소. 하지만 거기에는 그럴 만한 이유들이 있소. 어쨌든 내 상관들로부터 말을 들어보 도록 하겠소. 어쩌면 당신을 만족시켜주고 또 자유연맹을 진정 시켜줄 답이 나올지도 모르지. 자, 이제 협의 사항으로 들어가 다시 녹음을 시작하는 게 어떻겠소?"

벤 라이버그가 근심스러운 얼굴로 물었다. "어떻습니까? 이번 에는 운이 좀 따랐습니까?"

"모르겠네." 스톰그렌은 피곤한 듯 대답했다. 그러고는 서류 철을 책상 위에 던지고 의자에 털썩 주저앉았다. 그가 말을 이었 다. "캐렐런은 지금 그의 상관들과 협의를 하고 있네. 그게 누군 지, 무엇인지는 모르겠지만. 어쨌든 캐렐런은 아무런 약속도 하 지 않으려 했네."

피터가 불쑥 끼어들었다. "잠깐만요, 방금 생각이 났는데요. 우리가 무슨 이유로 캐렐런 위에 또 누가 있다고 믿어야 합니 까? 우리가 이름을 붙여준 '오버로드'들은 모두 그 우주선들을 타고 여기 지구에 와 있다고 해보죠. 오버로드들은 어쩌면 달리 갈 데가 없는지도 모르고, 그 사실을 우리에게 숨기고 있는지도 모릅니다."

"기발한 이론이로군." 스톰그렌은 싱긋 웃으며 덧붙였다. "하지만 그건 얼마 되지는 않지만, 내가 캐렐런의 배경에 대해 알고 있는 것이나 내가 추측하고 있는 것과 모순되는걸."

"얼마나 알고 계시는데요?"

"글쎄, 캐렐런은 종종 자신의 이곳에서의 지위가 잠정적인 것이라고 이야기를 하네. 그리고 그것 때문에 자신의 본래 일을 하지 못하고 있다고 말하지. 아마 그 본래의 일이란 무슨 수학 같은 건가 보던데. 한 번은 내가 액턴*의 권력 부패 이론에 대해 한마디 한 적이 있었네. 절대적인 권력은 절대로 부패한다고 말이야. 난 캐렐런이 그 말에 어떤 반응을 보일지 알고 싶었네. 캐렐런은 그 동굴에서 울려나오는 것 같은 소리로 웃음을 터뜨리더니 말했네. '나한테는 그런 일이 일어날 위험이 없소. 우선 난 여기서 일을 일찍 끝내면 끝낼수록, 더 빨리 내가 사는 곳으로, 여기서 수십 광년이 떨어진 곳으로 돌아갈 수 있소. 그리고 두 번째로, 난 절대 권력을 가지고 있는 게 절대 아니오. 난 그저 감독관에 불과할 뿐이오.' 물론 캐렐런이 일부러 거짓말을 한 것일 수도 있지. 하지만 그거야 내가 알 수 없는 일일세."

"캐렐런은 신이로군요, 그렇지 않습니까?"

"그래, 우리 기준에서 보자면 그렇지. 하지만 캐렐런도 미래에 대해서는 뭔가 두려워하는 게 있는 것 같아. 난 그게 뭔지 상상조차 할 수 없지만, 사실 그게 내가 캐렐런에 대해 알고 있는

---

*영국의 자유주의적 역사가, 도덕가로 "권력은 부패하는 경향이 있으며, 절대 권력은 절대적으로 부패한다"는 말을 남겼다.

전부라네."

"뭐 확실한 이야기는 아니로군요. 제 이론은 캐렐런의 소함대가 우주에서 길을 잃어 새로 머물 곳을 찾고 있다는 겁니다. 캐렐런은 자신들의 숫자가 얼마나 적은지 우리에게 알려주려 하지 않습니다. 어쩌면 다른 모든 우주선들은 자동으로 움직일 뿐이고, 오버로드는 캐렐런 하나뿐일지도 모릅니다. 겉모습만 위압적일 뿐인지도 모르죠."

"자넨 SF소설을 너무 많이 읽었어."

밴 라이버그는 약간 부끄러운 듯 싱긋 웃더니 대답했다.

"'우주의 침략자'는 끝이 예상한 것과는 전혀 다르지 않습니까? 분명 제 이론은 캐렐런이 절대 모습을 드러내지 않는 이유를 설명해줍니다. 캐렐런은 오버로드는 자기 하나뿐이라는 것을 알려주고 싶지 않은 겁니다."

스톰그렌은 개의치 않듯 고개를 저었다.

"자네의 설명은 진실이라고 하기에는 너무 기발해. 비록 우리는 그 존재를 추측할 수 있을 뿐이지만, 감독관의 배후에는 위대한 문명이 있는 게 틀림없네. 그리고 그 문명은 인간에 대해 아주 오랫동안 알고 있었네. 캐렐런 자신도 우리에 대해 수세기 동안 연구를 해온 것이 틀림없어. 예를 들어, 캐렐런이 영어를 구사하는 것을 보게. 영어를 관용 어법에 맞게 구사하는 방법을 나한테 가르쳐줄 정도라네!"

"캐렐런이 모르는 것이 하나라도 있던가요?"

"아 물론, 많이 있지. 하지만 다 사소한 것들뿐이네. 캐렐런은 완벽한 기억력을 가지고 있다고 생각하네만, 캐렐런이 굳이 배우려 들지 않은 것이 약간 있지. 예를 들어, 캐렐런이 완벽하게 이해하는 언어는 영어뿐일세. 비록 지난 2년 동안 단지 날 놀리기 위해 핀란드어를 상당히 배우긴 했지만. 하지만 핀란드어야 서둘러 배울 필요가 없는 것 아닌가! 캐렐런은 〈칼레발라〉*에서 많은 구절들을 인용하지. 반면 난 부끄럽게도 몇 줄밖에 모르네. 캐렐런은 또한 모든 정치가들의 이력을 알고 있네. 때로는 그 이야기를 들으면서 캐렐런이 무슨 자료를 사용했는지까지 알아맞힐 수 있을 정도라니까. 그리고 역사와 과학에 대한 지식은 완벽해 보이네. 자네도 우리가 지금까지 캐렐런으로부터 배운 것이 얼마나 많은지 알고 있지 않나. 이런 걸 하나씩 따로 보자면, 캐렐런의 정신 능력이 인간이 성취할 수 있는 범위를 크게 벗어나 있다는 생각은 들지 않아. 하지만 캐렐런처럼 혼자서 그 모든 걸 다 할 수 있는 사람은 없지 않은가."

"그건 제가 이미 결론을 내린 것과 비슷하군요. 우린 캐렐런을 두고 끝도 없이 논쟁을 하지만, 결국에는 늘 똑같은 질문으로 돌아오고 맙니다. 도대체 왜 모습을 드러내지 않는가? 캐렐런이 모습을 드러낼 때까지는, 저는 계속 이론을 만들어낼 테고, 자유연맹은 계속 난리를 칠겁니다."

밴 라이버그는 반항적인 눈으로 천장을 올려다보며 말을 이었다.

*핀란드의 민족 서사시.

"감독관 각하, 어느 어두운 늦은 밤, 난 몇 명의 기자들이 로켓을 타고 당신네 우주선에 잠입하기를 바랍니다. 아마 대단한 특종이 되겠지요!"

들었는지 못 들었는지 캐렐런은 아무런 신호도 보내지 않았다. 그러나 물론 캐렐런은 듣지 못했다.

오버로드들이 지구에 온 첫 해에 오버로드들의 강림은 예상했던 것과는 달리 인간 생활에 그다지 큰 변화를 가져오지 않았다. 오버로드들의 그림자가 도처에 있었지만 그것은 조심성 있는 그림자에 불과했다. 지구의 모든 대도시에서는 천정(天頂)을 배경으로 반짝거리는 은빛 우주선을 볼 수 있었지만, 시간이 좀 지나자 사람들은 그것을 해와 달과 구름처럼 당연히 있어야 할 것으로 여겼다. 대부분의 사람들은 그들의 생활수준이 끊임없이 높아지는 것이 오버로드들 때문이라는 것을, 막연하게나마 의식하고 있었다. 드문 일이긴 했지만, 사람들이 걸음을 멈추고 그런 생각을 해볼 때면, 사상 처음으로 전 세계에 평화가 온 것이 그 소리 없는 우주선들 때문이라는 것을 깨닫고, 그 정도는 고마워하게 되었다.

그러나 이런 것들은 사람들이 받아들이고 금방 잊어버리는 아주 소소한 이로움이었다. 오버로드들은 멀리 떨어져 있었고, 인류에게 얼굴을 감추고 있었다. 캐렐런은 존경과 찬사를 받을 수는 있었다. 그러나 현 정책을 유지하는 한 이보다 더 많은 것을 얻을 수는 없었다. 오직 국제연합 본부에 있는 무선 텔레타이프를 통해서만 인간과 이야기를 하는 이 올림포스*의 존재들에 대해 사람들이 느끼는 분노는 어쩔 도리가 없었다. 캐렐런과 스톰그렌 사이에 벌어지는 일은 절대 대중에게 공개되지 않았으며 때로는 스톰그렌 자신도 왜 감독관이 이런 면담을 필요로 하는지 궁금해했다. 어쩌면 적어도 한 인간과는 직접 접촉을 할 필요를 느끼는지도 모른다. 어쩌면 스톰그렌이 이런 개인적 지원을 원한다고 생각하는지도……. 만일 그런 거라면, 사무총장은 진심으로 고마워했다. 자유연맹에서 자신을 '캐렐런의 사환'이라고 경멸적으로 부르든 말든, 신경 쓰지 않았다.

오버로드들은 개별적으로 국가나 정부와 관계를 맺은 일이 한 번도 없었다. 오버로드들은 그들이 도착했을 때 존재하던 국제연합 기구를 그대로 인정했으며, 그곳에 필요한 무선 장비를 설치하라고 했다. 그리고 사무총장의 입을 통해 오버로드들은 명령을 발표했다. 소련 대표가 기회 있을 때마다 긴 연설을 통해 아주 정확하게 지적했듯이, 이것은 유엔 헌장에 위배되는 일이었다. 그러나 캐렐런은 괘념하지 않았다.

하늘에서 내려오는 메시지들을 통해 그렇게 많은 학대, 어리석은 행동, 죄악이 사라져버렸다는 것은 놀라운 일이었다. 오버로드들이 도착하는 것과 더불어, 국가들은 이제 더 이상 서로를 두려워할 필요가 없다는 것을 알게 되었으며, 실험을 해보기 전부터 이미 기존 무기들로 별들 사이를 누빌 수 있는 고도의 문명

*그리스 신화에서 신들이 머문다는 전설의 산.

에 대항하기에는 역부족이라는 사실을 절감했다. 이렇게 해서 인류 행복의 가장 큰 장애물 가운데 하나가 단번에 사라져버린 것이다.

오버로드들은 정부가 억압적이거나 부패하지만 않다면, 정부의 형태에 대해서는 대체로 무관심한 편이었다. 지구에는 아직도 민주주의, 군주제, 선의의 독재 체제, 공산주의, 자본주의가 공존하고 있었다. 이것은 인생을 살아가는 데 오직 하나의 방법밖에 없다고 확신하던 사람들에게는 아주 놀라운 일이었다. 어떤 사람들은 캐렐런이 기존의 사회 형태를 모두 쓸어버릴 체제의 도입을 구상하느라, 사소한 정치적 개혁에는 굳이 신경 쓰지 않는 것이라고 생각했다. 그러나 이것 역시 오버로드들에 대한 다른 갖가지 소문과 마찬가지로 추측일 뿐이었다. 아무도 오버로드들의 동기에 대해서는 알지 못했다. 그리고 오버로드들이 어떤 미래로 인류를 인도해가고 있는지에 대해서도 아무도 알지 못했다.

3

스톰그렌은 요즘 잠을 제대로 이룰 수가 없었다. 이상한 일이었다. 이제 얼마 안 있으면 직책에서 오는 근심을 영원히 덜어버릴 수 있을 텐데. 스톰그렌은 인류에게 40년 동안 봉사해왔으며, 인류의 정복자들에게 5년 동안 봉사했다. 돌이켜 보건대, 자신의 야망을 그만큼 최대한으로 달성한 사람도 찾아보기 힘들 것이다. 어쩌면 그게 문제인지도 모른다. 은퇴 후 그가 얼마나 오래 살지는 모르겠지만 삶에 정열을 불어넣어줄 목표가 더 이상 없었다. 아내 마사는 죽고, 아이들은 일가를 이루며 살고 있으니 스톰그렌에게 남겨진 세상의 끈은 소원해질 대로 소원해진 상태였다. 어쩌면 스톰그렌은 자신을 오버로드들과 동일시하여 인류에게 거리를 둔 채 살아왔는지도 모르는 일이다.

이렇게 불안한 밤을 보내던 어느 날 밤, 기계 관리자가 이제까지 돌리지 않았던 기계를 작동하듯 스톰그렌의 뇌가 갑자기 돌아가기 시작했다. 이럴 때는 억지로 잠을 청하려고 해도 소용없다는 것을 그는 잘 알고 있었다. 그는 결국 내키지 않은 마음으로 침대에서 나왔다. 스톰그렌은 가운을 걸치고 아파트 옥상에 있는 정원으로 나갔다. 스톰그렌의 직속 부하들은 모두 이보다 훨씬 호화로운 숙소에서 살고 있었다. 하지만 그에게 필요한 것으로 따지자면 이곳도 큰 편이었다. 스톰그렌은 이미 더 이상의 재산도 명예도 필요치 않을 정도의 최고의 위치에 이르러 있었다.

밤은 너무나 더워서 답답할 정도였다. 그러나 하늘은 맑았고, 환한 달은 남서쪽에 나직이 걸려 있었다. 막 밝아지려다 얼어붙은 새벽처럼 10킬로미터 떨어진 곳의 스카이라인에서는 뉴욕의 네온사인이 빛을 발하고 있었다.

잠든 도시 위로, 스톰그렌은 자신이 인간들 가운데 유일하게 올라가보았던 곳으로 눈을 들어올렸다. 비록 먼 곳이었지만, 캐렐런의 우주선이 달빛을 받아 반짝이는 것을 볼 수 있었다. '감독관은 뭘 하고 있을까?' 스톰그렌은 오버로드들은 잠을 자지 않는다고 생각하고 있었다.

아주 높은 곳에서, 운석 하나가 빛나는 창으로 천공의 돔을 꿰뚫고 있었다. 빛을 발하는 꼬리는 잠시 희미하게 반짝이더니 이윽고 사라져버렸다. 별들만이 남아 있었다. 그것을 보며 그는 냉엄한 생각을 떠올렸다. '1백 년이 지나도 캐렐런은 여전히 자신만 아는 목표를 향해 인류를 이끌고 있겠지. 하지만 이제 넉

달이면 다른 사람이 사무총장이 될 거야.' 그 사실 자체는 괜찮았다. 중요한 것은 그 어두운 스크린 뒤에 있는 존재가 어떤 존재인지 알아내기에는 시간이 턱없이 모자란다는 사실이었다.

오버로드들의 비밀주의가 자신을 괴롭히고 있다는 것을 인정한 것은 불과 며칠밖에 안 되는 일이었다. 스톰그렌은 캐렐런을 믿고 있었기 때문에 최근까지 아무런 의심도 하지 않았다. 그런데 엉뚱하게도 자유연맹의 저항이 스톰그렌에게 영향을 미치게 된 것이다. 인간이 노예가 되었다는 그들의 선전은 단순히 선전에 불과했다. 진정으로 그렇게 믿는 사람도, 옛날로 다시 돌아가기를 바라는 사람도 거의 없었다. 인간은 캐렐런의 보이지 않는 통치에 익숙해졌지만 자신을 다스리는 존재에 대한 의문은 점점 더 커져갔다. 하지만 그게 어디 탓할 일인가.

자유연맹은 캐렐런에게 반대하는 조직 가운데 가장 큰 조직일 뿐 유일한 조직은 아니었다. 그 외에 오버로드들을 돕고 있는 인간들에게 대항하는 조직은 수없이 많았다. 이 조직들의 결성 이유와 정책 또한 엄청나게 다양했다. 어떤 조직들은 종교적 관점에서 결성되었으며, 어떤 그룹들은 단지 열등감을 표현일 뿐이었다. 당연한 일이지만, 그런 그룹들은 마치 19세기의 교양 있는 인도인들이 영국인 총독을 생각할 때 느꼈던 것과 비슷한 감정을 품고 있었다. 침략자들은 지구에 평화와 번영을 가지고 왔다. 하지만 그 대가가 무엇인지 누가 아는가? 역사를 보면 안심할 수 없다. 서로 다른 문화 수준을 가진 인종들 사이의 접촉은 제아무리 평화스럽다 하더라도 결국 둘 가운데 후진적인 사회가 말살되는 결과를 낳을 수밖에 없다. 어디 그런 일이 한두 번이던가. 개인뿐만 아니라 민족들도 자신이 감당할 수 없는 도전에 직면했을 때는 기력을 잃을 수 있다. 비록 오버로드들의 문명이 베일 속에 싸여 있기는 하지만 그 또한 인류가 넘어야 하는 큰 산맥이었다.

옆방에서 팩시밀리 기계가 희미하게 딸깍거리는 소리를 내며 중앙 뉴스에서 보내는 시간별 요약 뉴스를 쏟아내고 있었다. 스톰그렌은 안으로 들어가 서류를 대충 훑어보았다. 지구 반대편에서 자유연맹의 활동은 그다지 독창적이지 않은 머리기사를 만들어냈다. **인간은 괴물들에게 지배받고 있는가?** 신문은 그렇게 묻고는 인용을 해나갔다.

자유연맹의 동부 구역 회장인 C. V. 크리슈난 박사는 오늘 마드라스에서 회의를 주재하면서 이렇게 말했다. "오버로드들이 이렇게 행동하는 이유는 아주 간단하다. 그들의 신체 형태가 너무 인간과 다르고 혐오스러워, 감히 인류 앞에 모습을 드러내지 못하고 있는 것이다. 난 감독관에게 이것을 한 번 부정해보라고 도전하는 바이다."

스톰그렌은 넌더리를 내며 종이를 내던져버렸다. 이 혐의가 사실이라 해도, 그게 정말 중요한 문제일까? 그런 생각은 이미 낡은 것이었으며, 그 자신은 그런 생각 때문에 걱정해본 적이 없었다. 스톰그렌은 생물학적 형태가 아무리 이상하다 하더라도 시간이 지나면 받아들일 수 있고, 심지어 아름다움마저 발견할 수 있다고 믿는 사람이었다. 정말 중요한 것은 몸이 아니라 마음이었다. '만일 내가 이것을 캐렐런에게 납득시킬 수만 있다면, 오버로드들이 정책을 바꿀지도 모른다. 오버로드들은 그들이 지구로 온 직후 신문들을 가득 채웠던 상상화의 절반만큼도 끔찍하지 않을 게 틀림없으니까!'

그러나 그가 현 상황의 끝을 보고 싶어 하게 된 것은, 단지 자신의 후임자를 고려해서만이 아니었다. 스톰그렌은 이것이 결국엔 무엇보다 그 자신의 호기심 때문이라는 것을 인정할 만큼 정직한 사람이었다. 그는 한 개인으로서 캐렐런을 알게 되었지만 캐렐런이 어떤 생물인지 알게 되기 전까지는 절대 만족할 수 없을 것 같았다.

다음 날 아침, 스톰그렌이 제시간에 출근을 하지 않자 피터 밴 라이버그는 놀랍기도 했고 약간 화도 났다. 사무총장은 사무실로 나오기 전에 다른 곳들에 들렸다 오는 경우가 잦았지만 그럴 때마다 언제나 어디 들렸다 간다는 말은 꼭 미리 해주었다. 게다가 오늘 아침에는 설상가상으로 스톰그렌을 찾는 긴급한 메시지들이 몇 개 있었다. 밴 라이버그는 스톰그렌을 찾느라 여러 부서에 전화를 해보다가 결국 넌더리를 내며 포기하고 말았다.

정오가 되자 더 이상 가만히 있을 수가 없었던 밴 라이버그는 스톰그렌의 집으로 차를 보냈다. 10분 뒤 윙윙거리는 사이렌 소리와 함께 경찰 순찰차가 루즈벨트 로(路)로 질주하자 밴 라이버그는 심장이 멎을 것만 같았다. 그 순찰차에 탄 사람들은 뉴스 에이전시들과 한통속인 게 틀림없었다. 밴 라이버그는 순찰차 가 자신을 향해 다가오는 것을 지켜보고 있었다. 이미 라디오를 통해서 밴 라이버그가 단순한 보좌관이 아니라, 국제연합 사무 총장 대리라는 사실이 온 세상에 알려진 상태였다.

밴 라이버그는 자신이 안고 있는 문제들이 좀 가벼운 것이었다 면 스톰그렌의 실종에 대한 언론의 반응을 연구하는 것도 재미 있겠다고 생각했을 것이다. 지난 한 달 동안 세계의 신문들은 명 확하게 둘로 나뉘었다. 서구 언론들은 전반적으로 모든 사람들 을 세계의 시민으로 만들겠다는 캐렐런의 계획에 찬성했다. 반 면 동구 국가들은 국가적 자존심을 내걸고 격렬하게 저항했다. 동구 국가들 가운데는 독립한 후 한 세대도 지나지 않은 나라들 도 있었다. 이들 국가들은 힘들여 쟁취한 것을 얄팍한 속임수에 넘어가 다시 빼앗길 수는 없다고 생각했다. 오버로드들에 대한 비판은 광범위했고 또 격렬했다. 초기 캐렐런을 극단적으로 경 계하던 시기가 지나자, 언론은 그에게 마음껏 무례하게 굴어도 아무 일도 일어나지 않는다는 것을 금방 알아차렸다. 이제 언론 은 계속 거침없이 떠들어대고 있었다.

이런 공격들 때문에 세상은 시끄러웠어도 이것이 다수의 목 소리를 대변하지는 못했다. 이제 곧 영원히 사라지게 될 국경 지 대에는 경비병들의 수가 두 배로 늘어났지만, 군인들은 아직은 뭐라 표현하기 힘든 친근한 태도로 서로를 바라보고 있었다. 정치가들과 장군들은 마구 고함을 지르고 미친 듯이 날뛰어댔지만, 조용히 기다리고 있는 수백만의 사람들은 이제 곧 역사 가운데 길고 피비린내 나는 한 시기가 끝나게 될 것이라고 느끼고 있었다.

그런데 스톰그렌이 갑자기 사라졌다. 아무도 그가 어디 있는지 알지 못했다. 오버로드들이 인간들과 이야기하는 통로로 삼았던 유일한 사람을 잃게 되었다는 사실을 깨닫자 세계는 일순 잠잠해졌다. 언론과 라디오 시사 해설가들은 갑자기 입이 마비되어버린 것 같았다. 그러나 그 침묵 속에서도 자유연맹의 목소리는 들려왔다. 그들은 불안한 표정으로 자신들이 스톰그렌 실종과는 아무런 관련이 없다고 주장하고 있었다.

스톰그렌이 잠에서 깼을 때 사방은 암흑 그 자체였다. 스톰그렌은 너무 졸린 나머지 주위가 어둡다는 것을 깨닫지 못했다. 이윽고 의식이 돌아오기 무섭게 그는 벌떡 일어나 앉으며 침대 옆의 스위치를 찾기 위해 벽을 더듬거렸다.

어둠 속에서 싸늘하게 느껴지는 돌벽이 손에 만져졌다. 너무나 예기치 못한 충격에 스톰그렌은 몸도 마음도 마비되고 말았다. 이윽고 자신의 감각조차 믿을 수 없다는 듯이 그는 침대에 무릎을 꿇고 손가락 끝으로 낯선 벽을 더듬어보기 시작했다.

그런 행동을 한 지 얼마나 시간이 지났을까. 갑자기 딸깍 하는 소리와 함께 어두운 방의 한 부분이 스르르 열렸다. 희미한 조명을 뒤로하고 서 있는 남자의 실루엣이 보였다. 이윽고 문이 닫히더니 사방은 다시 칠흑 같은 어둠에 휩싸였다. 너무 순식간에 일어난 일이라 스톰그렌은 미처 자신이 누워 있는 방을 볼 기회도 없었다.

잠시 후 느닷없이 강한 손전등 빛이 그의 눈을 멀게 했다. 빛줄기는 스톰그렌의 얼굴을 가로질러 깜빡이다가, 한동안 꾸준하게 스톰그렌의 몸을 비추었다. 이어 빛줄기가 밑으로 내려오면서 침대 전체가 드러났다. 스톰그렌은 자신의 침대가 거친 널빤지 위에 매트리스가 하나 놓인 것에 불과하다는 것을 알았다.

어둠 속에서 부드러운 목소리가 들려왔다. 유창한 영어였지만 말하는 사람이 어느 지역 출신인지 짐작할 수 없는 독특한 악센트가 섞여 있었다.

"아, 사무총장 각하, 깨어난 모양이군요. 몸 상태는 어떻소."

그 말 끝 어딘지 모르게 스톰그렌의 주의를 끄는 것이 있었다. 그 바람에 화가 나서 터뜨리려던 힐문은 입술 끝에서 사라지고 말았다. 스톰그렌은 물끄러미 어둠 속을 바라보며 차분하게 대답했다. "내가 얼마 동안이나 의식을 잃고 있었소?"

상대방은 껄껄 웃음을 터뜨렸다.

"며칠 되지요. 부작용은 없다고 들었는데, 그게 사실이니 다행이오."

한편으로는 시간을 벌기 위해 또 다른 한편으로는 자기 몸의 반응을 시험해보기 위해, 스톰그렌은 두 다리를 침대 밑으로 내려보았다. 아직도 잠옷을 입고 있었다. 잠옷은 심하게 구겨져 있고, 흙도 많이 묻어 있어서 꼬질꼬질해 보였다. 몸을 움직이자 스톰그렌은 현기증을 느꼈다. 불쾌할 정도는 아니었지만 스톰그렌은 무슨 약을 먹은 게 틀림없다고 확인했다.

스톰그렌은 빛 쪽을 돌아보며 날카로운 목소리로 물었다.

"여기가 어디요? 웨인라이트는 이 사실을 알고 있소?"

"자, 너무 그렇게 흥분할 필요는 없소." 그림자 속의 인물이 화제를 돌렸다. "아직 그런 이야기를 할 때가 아니오. 아마 배가 몹시 고플 테니 옷을 입고 식사나 하러 갑시다."

타원형의 빛은 방을 가로질렀다. 처음으로 스톰그렌은 방의 형태를 알 수 있었다. 이곳은 방이라고 할 수도 없었다. 벽들은 그냥 바위벽이었으며, 대충 다듬어 모양을 만들어놓은 것에 지나지 않았다. 스톰그렌은 자신이 지하에, 아마도 아주 깊은 곳에 있다는 걸 깨달았다. 그리고 만일 며칠 동안 의식을 잃고 있었던 것이라면, 이곳이 지구의 어느 지역인지 짐작조차 할 수 없었다.

빛이 이번에는 상자 위에 널린 옷가지를 비추었다.

어둠 속에서 목소리가 말했다. "이거면 충분할 거요. 이곳에서는 세탁하기가 힘들어요. 그래서 내가 당신 양복 두어 벌과 셔츠 대여섯 벌을 가져왔소."

"그것 참 친절하시구려." 스톰그렌은 웃는 기색 없이 대답했다.

"가구와 전등이 없어서 미안하오. 이곳은 어떤 면에서는 편리하지만, 편의 시설은 좀 부족한 편이오."

"무엇이 편리하단 말이오?" 스톰그렌은 셔츠를 입으면서 물었다. 익숙한 천이 손에 닿자 묘하게도 마음이 놓였다.

"그냥 편리하오. 참, 우린 함께 오랜 시간을 보낼 것 같으니, 날 '조'라고 불러주시오."

"당신 국적이 어떻게 되는지는 모르겠지만 당신은 폴란드인이이겠지? 난 당신의 본명을 발음할 수 있을 것 같소. 이름으로 치면 핀란드 이름들이 발음하기 힘든 경우가 더 많으니까."

잠깐 침묵이 흘렀고 불빛이 순간적으로 흔들렸다.

"나 참, 이런 일을 예상했어야 하는데." 조가 체념한 듯 말을 이었다. "보아하니 당신은 이런 경험을 꽤 많이 한 모양이군."

"나 같은 지위가 있는 사람에게는 유용한 취미지. 추측이긴 하지만, 당신은 미국에서 성장했을 것이오. 하지만 폴란드를 떠난 것은……"

"그만, 됐소." 조가 단호하게 대답하고는 말을 이었다. "이제 옷을 다 입은 것 같으니……. 고맙소."

이 조그만 승리에 기분이 좋아진 스톰그렌은 문을 향해 걸어갔다. 조는 스톰그렌이 나갈 수 있도록 옆으로 비켜섰다. 스톰그렌은 조 옆을 지나면서 그가 무장을 하고 있을지 궁금해했다.

'아마도 틀림없이 무장을 했을 거야. 아니면, 이 주위에 그의 동료들이 많겠지.'

복도에는 석유램프들이 군데군데 희미하게 밝혀져 있었다. 처음으로 스톰그렌은 조를 분명하게 볼 수 있었다. 쉰 살쯤 된 남자로, 몸무게가 90킬로그램은 족히 나갈 것 같았다. 전 세계 어느 나라 군대의 것이라고도 생각할 수 없는 때 묻은 전투복부터 왼쪽 손가락에 낀, 언뜻 봐도 눈이 휘둥그레질 정도로 커다란 인장(印章)이 새겨진 반지에 이르기까지 모든 것이 엄청나게 컸다. 몸집이 이렇게 크면 구태여 총을 가지고 다닐 필요도 없을 것 같았다. '이곳에서 나가기만 하면, 이 자를 추적하는 건 어렵지 않겠군.' 스톰그렌은 이렇게 생각했다. 그러면서도 조 역시 그 사실을 아주 잘 알고 있을 거라는 데 생각이 미치자 다시 우울해졌다.

주위의 벽은 군데군데 콘크리트로 덮여 있었지만 대부분은 천연 바위벽이었다. 스톰그렌은 자신이 어떤 폐광에 있다는 것을 알아차렸다. 확실히 이보다 더 좋은 감옥은 없을 것 같았다. 지금까지는 자신이 납치되었다는 사실에 불안해하지 않았다. 무슨 일이 있더라도 오버로드들이 그 광대한 정보를 활용하여 자신을 곧 찾아내고 구출해줄 것이라고 생각했다. 그러나 더 이상 그렇게 확신할 수가 없었다. '난 벌써 며칠이나 사라져 있지 않았던가. 그런데도 아무런 일도 일어나지 않았다. 캐렐런의 힘에도 한계가 있는 게 틀림없다. 만일 내가 정말로 어떤 외딴 대륙에 묻혀 있는 것이라면, 오버로드들의 모든 과학으로도 나를 찾지 못할지도 몰라.'

가구도 없이 침침한 불만 밝혀진 방에는, 탁자를 가운데 놓고 두 사람이 앉아 있었다. 스톰그렌이 들어서자, 그들은 관심을 나타내듯 고개를 빳빳이 들었다. 상당히 정중한 태도였다. 한 사람이 샌드위치 한 조각을 내밀었다. 아무리 배가 고파도 이렇게 끼니를 때운다는 것은 마음에 들지 않았지만 스톰그렌은 주저하지 않고 받아들였다. 그를 납치한 사람들도 이보다 더 나은 식사를 하는 것 같지는 않았다.

스톰그렌은 식사를 하면서 재빨리 주위의 세 사람을 대강 훑어보았다. 조가 단연 눈에 띄는 인물이었다. 꼭 몸집이 커서 그런 것만은 아니었다. 나머지 둘은 조의 보좌관이 분명했고 별 특색 없는 사람들이었다. 스톰그렌은 그들이 하는 이야기를 듣고 그들의 출신을 짐작할 수 있을 것 같았다.

별로 깨끗해 보이지 않는 잔에 포도주가 담겨 나왔다. 스톰그렌은 남은 샌드위치를 삼키고 포도주를 마셨다. 그제야 겨우 마음이 안정되었다. 그는 몸집이 커다란 폴란드인을 돌아보았다.

스톰그렌은 침착한 어조로 말했다. "자, 이제 이게 다 무슨 일인지, 도대체 당신이 여기서 얻으려고 하는 게 무엇인지 말해줄 수 있지 않겠소."

조는 목소리를 가다듬었다.

"한 가지 분명하게 해둘 게 있소. 이건 웨인라이트와는 아무런 관계가 없는 일이오. 웨인라이트 역시 다른 사람들과 마찬가지로 놀랐을 거요."

스톰그렌은 대충 그럴 거라고 짐작하고 있었다. 하지만 왜 조가 군이 그 점을 밝히는지 궁금했다. 스톰그렌은 오랫동안 자유연맹 내부에 또는 그 외곽에 극단적인 운동 조직이 존재할 거라고 의심하고 있었다.

스톰그렌이 말했다. "그냥 궁금해서 묻는 것인데, 어떻게 날 납치했소?"

스톰그렌은 조가 이 질문에 대답을 해줄 거라고는 기대하지 않았다. 때문에 조가 기꺼이, 심지어 기다렸다는 듯이 답을 해주자 그는 허를 찔린 기분이었다.

조는 경쾌한 목소리로 대답했다. "꼭 할리우드의 스릴러 영화 같았소. 우린 캐렐런이 당신을 감시하고 있는지 어떤지 확신할 수가 없었소. 그래서 좀 치밀하게 준비를 해야 했지. 당신은 에어컨디셔너에서 나오는 가스 때문에 쓰러졌소. 그건 간단한 일이었소. 그리고 우리는 당신을 안아다 차에 실었소. 그것도 아무런 문제가 없었소. 하지만 이런 일은 우리 쪽 사람들이 한 게 아니오. 에, 우리는 이런 일을 하는 전문가들을 고용했소. 캐렐런은 그들을 잡을 수도 있었소. 사실 잡을 줄 알았지. 하지만 그렇게 똑똑하지는 않더군. 차는 당신 집을 떠나 뉴욕에서 1천 킬로미터도 떨어지지 않은 곳에 있는 긴 터널로 들어갔소. 그리고 약속한 시간에 터널 건너편으로 나왔소. 물론 차 안에 당신과 꼭 닮은 사람이 약에 취한 채 누워 있었소. 한참 후 당신을 태운 차가 들어갔던 쪽에서 금속 상자들을 실은 커다란 트럭이 나타났소. 트럭은 어느 공항으로 달렸고, 거기에서 상자들은 화물기에 적재되었소. 물론 완벽하게 합법적인 사업적 목적을 위한 업무였지. 아마 그 상자들의 소유자들은 우리가 그 상자들을 어떻게 이용했는지 알면 까무러칠 거요.

그러는 동안 실제로 그 일을 했던 차는 도망치듯 캐나다 국경을 향해 달려가고 있었소. 실제로 결과가 어떻게 되었는지는 모르겠고 또 관심도 없소. 이제 곧 알게 되겠지만 말이오. 그리고 당신도 내 솔직함을 높이 평가해주기 바라오. 우리의 계획의 성패는 한 가지에 달려 있소. 우리는 캐렐런이 지구의 표면에서 벌어지는 모든 일을 보고 들을 수 있다고 믿고 있소. 하지만 아무리 캐렐런이라도 과학이 아니라 마술을 사용하지 않는 한, 지구의 지하는 보지 못할 거요. 따라서 캐렐런도 터널 안에서 바꿔치기가 이루어졌다는 것은 모를 거요. 알게 되었을 때는 이미 늦었겠지. 우리가 모험을 감행한 것은 사실이오. 그래도 안전장치 한두 가지는 설치해두었소. 그 이야기는 지금 하지 않겠소. 우리가 그걸 또 사용할지 모르니까, 지금 이야기해버리면 아까운 것 아니겠소.”

조가 모든 이야기를 아주 신나게 했기 때문에, 스톰그렌은 웃지 않을 수 없었다. 그러나 그는 아주 혼란스러웠다. 계획은 아주 교묘했고 캐렐런이 속았을 가능성 또한 높았다. 스톰그렌은 심지어 오버로드들이 자신을 보호하기 위해 어떤 형태의 감시를 해왔는지에 대해서도 자신할 수 없었다. 분명 조도 그 점에 대해서는 몰랐을 것이다. 어쩌면 그래서 조가 이렇게 솔직하게 이야기를 해준 것인지도 모른다. 스톰그렌의 반응을 확인하기 위해. ‘그래, 내 속마음이야 어떻든 간에, 나는 지금 자신만만한 태도를 보여줘야 해.’

스톰그렌이 경멸하듯 말했다. “오버로드들을 그렇게 쉽게 속일 수 있다고 생각했다면 당신들은 하나같이 어리석은 바보들이오. 그건 그렇고 도대체 이런 짓을 해서 당신들에게 무슨 이득이 있다는 거요?”

조가 담배를 권했다. 스톰그렌이 거절하자, 그는 자신의 담배에 불을 붙이고 탁자 가장자리에 앉았다. 탁자가 위험스럽게 삐거덕거리는 소리를 내자 조는 얼른 탁자에서 뛰어내렸다.

조가 입을 열었다. "우리 동기는 뻔한 거요. 우리는 말로는 아무 소용이 없다는 것을 알았소. 그래서 다른 방법을 택할 수밖에 없소. 전에도 지하 운동이 있었소. 캐렐런에게 아무리 큰 힘이 있다고 한들, 우리를 상대하기는 쉽지 않을 거요. 우리는 우리의 독립을 위해 싸우러 나선 사람들이오. 오해하지 마시오. 폭력적인 일은 없을 테니까. 어쨌든 처음에는……. 하지만 오버로드들은 인간 대리인들을 이용해야 할 터이고, 그럼 우리도 어쩔 수 없이 그런 대리인들을 아주 불편하게 만들어주게 될 거요."

'내가 그 시작이란 말인가' 하고 스톰그렌은 생각했다. 그는 조가 해준 이야기가 전체적인 이야기 가운데 얼마나 될까 궁금해졌다. '이 자들은 이런 깡패 같은 방법이 캐렐런에게 조금이라도 영향을 줄 수 있을 거라고 생각하는 것일까?' 한편, 잘 조직된 저항 운동이 생활을 아주 불편하게 만들 수 있다는 것은 엄연한 사실이었다. 조는 오버로드들이 통치하는 데 유일한 약점을 잡고 있었다. 궁극적으로 오버로드들의 모든 명령은 인간 대리인들을 통해 이행되었다. 만일 이 대리인들이 겁을 집어먹고 오버로드들에게 복종하지 않게 된다면, 전 체제가 붕괴할 수도 있었다. 하지만 그것은 가능성이 아주 희박한 일이었다. 스톰그렌은 캐렐런이 곧 어떤 해결책을 찾아낼 것이라고 확신했다.

마침내 스톰그렌이 물었다. "날 어쩌려는 거요? 내가 인질이오?"

"걱정 마시오. 당신은 우리가 잘 돌봐줄 테니까. 며칠 있으면 손님이 몇 사람 올 거요. 그때까지는 우리가 최선을 다해 당신을 대접하겠소."

조가 자신의 모국어로 몇 마디 덧붙였다. 그러자 다른 사람 하나가 새 카드 한 벌을 꺼냈다.

조가 말했다. "당신을 위해 특별히 이걸 준비했소. 며칠 전 《타임》에서 당신이 포커를 잘한다는 기사를 봤소." 조가 갑자기 목소리를 엄숙하게 바꾸고 기대에 찬 표정으로 말을 이었다. "당신 지갑에 현금이 많았으면 좋겠구려. 뒤져볼 생각 같은 건 하지 않았소. 하지만 어쨌든 여기서 수표를 받을 수는 없는 노릇이니까."

스톰그렌은 조의 행동에 기가 질려 멍한 표정으로 물끄러미 조를 바라보았다. 그리고 그는 이건 정말 우스운 상황이라고 생각했다. 순간 직책에서 오는 모든 근심과 걱정들이 사라지고 어깨가 가벼워지는 것 같았다. '이제부터는 밴 라이버그가 쇼를 할 차례야. 무슨 일이 생기든, 내가 할 수 있는 것은 아무것도 없어. 그리고 이제 이 환상에 젖은 범죄자들은 나와 포커를 하자고 하고 있으니.'

갑자기 스톰그렌은 머리를 뒤로 젖히고 웃음을 터뜨렸다. 이렇게 속 편하게 웃어보기는 몇 년 만에 처음이었다.

웨인라이트가 진실을 말하고 있는 게 틀림없다고 확신하면서도 밴 라이버그는 기분이 언짢았다. '웨인라이트도 나름대로 의심을 하고는 있겠지만 누가 스톰그렌을 납치했는지는 알지 못할 거야. 또 웨인라이트가 납치를 용인할 사람도 아니야.' 한동안 자유연맹의 과격파가 웨인라이트에게 좀 더 적극적인 정책을 채택하라고 압력을 넣었다는 것을 잘 알고 있었다. 그러나 이제 과격파들이 스스로 행동을 취하기 시작했던 것이다.

납치는 사전에 치밀하게 준비된 일이었다. 그리고 과격파들은 이 일에 대해 한 치의 의심도 하지 않았다. 스톰그렌은 지구 어느 곳에 살아 있는 것이 분명했다. 하지만 그는 스톰그렌을 추적한다는 것은 가망 없는 일이라고 여겼다. 그러면서도 그는 '무슨 수를 써야만 한다. 그것도 서둘러서 해야만 한다'고 판단했다. 평소 캐렐런에 대해 불평불만을 늘어놓기는 했지만 사실 밴 라이버그는 캐렐런에 대해 질릴 정도로 경외심을 품고 있었다. 감독관에게 직접 다가가야 한다고 생각만 해도 눈앞이 깜깜해졌다. 그러나 뾰족한 대책이 없었다.

통신부는 거대한 건물의 맨 꼭대기 층 전체를 차지하고 있었다. 멀리까지 팩시밀리들이 줄지어 놓여 있었다. 팩시밀리들은 윤전기가 신문을 찍어내듯 각종 통계표나 문서를 토해내고 있었다. 생산량을 나타내는 도표, 국세 조사 보고서, 그리고 세계의 경제 조직을 형성하는 갖가지 자료들까지. 캐렐런의 우주선 어딘 가에도 이렇게 큰 방이 분명히 있을 것이다. 그리고 그곳에서 지구에서 보내온 통신문을 정리하느라 분주하게 움직일 정체를 알 수 없는 존재를 생각하자 밴 라이버그는 등골이 오싹

했다.

그러나 밴 라이버그는 오늘만큼은 이 기계들이나, 그 기계들이 다루고 있는 일상적인 일에는 관심이 없었다. 밴 라이버그는 스톰그렌만이 들어갈 수 있는 작은 개인 서재로 들어갔다. 밴 라이버그의 명령에 따라, 통신실장은 자물쇠를 강제로 뜯고는 그를 기다리고 있었다.

"이건 보통 텔레타이프입니다. 표준형 타자기 자판을 가지고 있지요. 그림이나 도표 정보를 보낼 수 있는 팩시밀리도 보유하고 있지만 그런 건 필요 없다고 하셔서 준비하지 않았습니다."

밴 라이버그는 멍한 표정으로 고개를 끄덕이며 말했다. "그거면 됐소. 고맙소. 여기 오래 있지는 않을 거요. 내가 나가면 다시 이곳을 잠그고, 열쇠들은 다 날 주시오."

밴 라이버그는 통신실장이 나가기를 기다렸다가 기계 앞에 앉았다. 그 역시 이 기계가 거의 사용되지 않는다는 것을 알고 있었다. 거의 모든 일이 매주 열리는 캐렐런과 스톰그렌 사이의 회의를 통해 처리되었기 때문이다. 이 기계는 말하자면 비상용 통신 회로와 같은 것이었기 때문에, 밴 라이버그는 아주 빨리 회답이 올 거라고 기대하고 있었다.

밴 라이버그는 잠시 머뭇거리다가, 숙달되지 않은 손가락으로 자신의 메시지를 치기 시작했다. 기계는 낮은 소리를 냈고, 잠시 후 어두운 화면에서 단어들이 희미한 빛을 발했다. 밴 라이버그는 등을 뒤로 젖힌 채 답을 기다렸다.

1분도 채 지나지 않았을 때 기계가 다시 낮은 소리를 내기 시작했다. 처음 가지는 의문은 아니었지만, 밴 라이버그는 감독관은 잠도 없나 하는 생각을 했다.

메시지는 간결한 만큼이나 도움도 되지 않았다.

정보 없음. 모든 문제는 전적으로 당신의 판단에 맡기겠음.

K.

밴 라이버그는 자신에게 얼마나 막중한 책임이 맡겨지고 있는가를 깨달았다. 그러나 씁쓸하기만 할 뿐, 아무런 만족감이 없었다.

스톰그렌은 지난 사흘 동안 자신을 납치한 사람들을 철저하게 분석했다. 중요한 사람은 조 하나뿐이었다. 다른 사람들은 별 볼 일 없었다. 자생적으로 결성된 불법적 운동 단체라면 어디에서나 발견할 수 있는 쓰레기들이었다. 자유연맹의 이상은 그들에게 아무런 의미가 없었다. 그들의 유일한 관심은 최소한의 노동으로 생계를 유지하고자 하는 것이었다.

조는 비록 이따금씩은 다 큰 아기 같다는 느낌을 주기도 했지만, 다른 사람들보다는 훨씬 복잡한 인간이었다. 끝도 없는 포커 게임은 격렬한 정치적 논쟁으로 끝나기 일쑤였으며, 스톰그렌은 곧 이 덩치 큰 폴란드인이 자신이 내건 대의에 대해서 한 번도 진지하게 생각해본 적이 없다는 것을 분명히 알게 되었다. 감정과 극단적인 보수주의가 조를 지배하고 있었다. 조국 독립을 위한 오랜 투쟁이 조가 살아가는 이유였다. 아직도 조는 과거 속에서 살고 있었다. 조는 독특한 생존자였으며, 질서 정연한 세상에는 아무 쓸모가 없는 사람들 가운데 하나였다. 그렇게 될지 모르겠지만 조와 같은 유형의 사람들이 사라진다면 세상은 더 안전해지기는 하겠지만 그다지 재미있을 것 같지는 않았다.

스톰그렌의 마음속에서는 캐렐런이 자신을 찾는 데 실패했다는 의심이 점점 불거져갔다. 스톰그렌은 허세를 부리려 했지만 납치범들은 좀처럼 넘어가지 않았다. 납치범들은 스톰그렌을 잡아온 것에 대해 캐렐런이 어떤 반응도 보이지 않자 그들은 계획대로 일을 추진해도 된다는 확신을 가졌다.

조가 손님이 몇 사람 올 것이라는 이야기를 했을 때, 스톰그렌은 놀라지 않았다. 납치범 일행은 시간이 지날수록 초조한 빛을 여실히 내비쳤다. 스톰그렌은 안전이 확인되었기 때문에 과격파의 지도자들이 자신을 만나러 올 것이라고 추측하고 있었다.

조가 예의바르게 손짓을 하여 스톰그렌을 거실로 불렀을 때 그들은 이미 흔들거리는 탁자 주위에 모여 있었다. 스톰그렌은 납치범이 전에는 보지 못했던 거대한 권총을 자랑스럽게 차고 있는 것을 보자 웃음이 났다. 다른 둘은 보이지 않았고, 조마저도 약간 행동의 제약을 받는 듯했다. 스톰그렌은 곧 자신이 이제 조보다 훨씬 더 높은 사람들을 마주하고 있다는 것을 알 수 있었다. 그는 자신과 마주하고 있는 사람들을 보면서, 언젠가 본 소련 혁명의 초기에 레닌과 그의 동료들이 함께 찍은 사진을 보는 듯한 착각에 빠졌다. 이 여섯 명의 사람들은 소련의 혁명가들과 같은 지적인 힘, 강철 같은 결단력, 그에 못지않은 비정함을 보여주고 있었다. 조와 같은 사람들은 해가 될 게 없었다. 그러나 지금 여기 있는 사람들은 이 조직의 배후에 있는 진짜 두뇌들이었다.

스톰그렌은 짧게 고개를 끄덕이고, 유일하게 비어 있는 자리에 다가갔다. 그는 침착한 모습을 보여주려고 애를 썼다. 스톰그렌이 다가가자, 탁자 맞은편에 있던 나이가 들고 땅딸막한 사람이 몸을 앞으로 기울이며 잿빛 눈으로 그를 꿰뚫는 듯이 응시했다. 스톰그렌은 그 눈길에 마음이 불편해져 원래 의도와는 달리 먼저 말을 하고 말았다.

"조건을 토론하러 온 것 같구려. 내 몸값은 얼마요?"

스톰그렌은 뒤쪽에서 어떤 사람이 자신의 말을 속기하고 있다는 것을 감지할 수 있었다. 그는 그들의 민첩한 사무 처리에 혀를 내둘렀다.

지도자가 듣기 좋은 웨일스식 악센트로 대답했다.

"시치미 떼지 마시오, 사무총장. 우리는 돈이 아니라 정보에 관심을 가지고 있소."

'흐음, 그랬군.' 스톰그렌은 생각했다. 그는 전쟁 포로였고 이것은 신문(訊問)이었다.

다른 사람이 부드럽고 경쾌한 말투로 말을 받았다.

"당신도 우리 동기가 뭔지는 알 거요. 원한다면 우리를 저항 운동가라고 부르시오. 우리는 조만간 지구가 자신의 독립을 위해 싸워야 한다고 믿고 있소. 동시에 그러한 투쟁은 사보타지나

불복종과 같은 간접적 방법을 통해서 이루어질 수밖에 없다는 것 또한 알고 있소. 우리가 당신을 납치한 것은 캐렐런에게 우리 조직의 우수성을 보여주기 위함이지만, 보다 중요한 목적은 당신이 오버로드들에 대해 조금이라도 알고 있는 유일한 사람이기 때문이오. 당신은 합리적인 사람이오. 스톰그렌 씨. 우리에게 협조만 해주면 금방 자유의 몸이 될 수 있을 거요."

"알고 싶어 하는 게 정확히 뭐요?" 스톰그렌이 신중하게 물었다.

조직의 지도자의 그 특이한 눈이 스톰그렌의 마음 깊은 곳까지 탐색하는 듯했다. 그 눈은 스톰그렌이 평생 보았던 어떤 눈과도 달랐다. 이윽고 노래하는 듯한 목소리가 대답했다.

"당신은 오버로드들이 정말로 어떤 존재인지 알고 있소?"

스톰그렌은 거의 웃을 뻔했다.

"솔직히 말하겠는데 나 역시 당신들과 마찬가지로 그것을 알고 싶어 안달하는 사람이오."

"그럼 우리 질문에 답을 해주겠소?"

"확실한 약속은 못 하겠지만 그래도 아는 만큼은 해보겠소."

조가 약하게 안도의 한숨을 쉬었다. 방은 기대감으로 수선스러워졌다.

또 한 사람이 말했다. "우리는 당신이 캐렐런을 만날 때 펼쳐지는 주위 환경에 대해 대강은 알고 있소. 하지만 당신이 그 상황을 상세하게 묘사해주었으면 좋겠소. 중요한 것은 하나도 빼놓지 말고 말이오."

'그거야 해될 게 없는 일이지'라고 스톰그렌은 생각했다. 스톰그렌은 전에도 그런 묘사를 여러 번 해보았다. 그리고 그것을 해주면 자신이 협조한다는 인상을 줄 수도 있을 것 같았다. 여기 있는 사람들은 예리한 정신을 가진 사람들이었다. '이 사람들이라면 뭔가 새로운 것을 발견할 수 있을지도 모르지. 이 사람들은 나에게서 끌어낼 수 있는 새로운 정보를 모두 환영할 거야. 그들이 공유할 수 있는 한은.' 그리고 스톰그렌은 지금으로서는 그것이 캐렐런에게 어떤 식으로든 해가 될 거라고는 생각조차 하지 않았다.

그는 호주머니 안을 더듬다가 연필과 낡은 봉투 하나를 꺼냈다. 스톰그렌은 말을 하면서 빠른 속도로 그림을 그려 나갔다.

"겉으로 볼 때는 추진 기관 같은 것이 없는 조그만 우주선이 정기적으로 나를 데리고 캐렐런의 우주선으로 올라간다는 것을 당신들도 물론 알고 있을 거요. 우주선은 선체로 들어가오. 당신들도 틀림없이 그 과정을 찍은 망원 사진들을 보았을 거요. 그러고는 문이 다시 열리고, 그걸 문이라고 부를 수 있을지는 모르겠지만, 난 조그만 방으로 들어가오. 그 방에는 탁자 하나, 의자 하나, 스크린 하나가 있소. 그 방의 모양은 대충 이렇소."

스톰그렌은 그 평면도를 늙은 웨일스인에게로 밀었으나, 그 이상한 눈은 평면도를 보지 않았다. 두 눈은 여전히 스톰그렌의 얼굴에 고정되어 있었다. 스톰그렌은 그 눈을 지켜보았다. 그 눈 깊은 곳에서 무슨 변화가 일어나는 것 같았다. 방은 완전한 침묵 속으로 빠져들었다. 순간 웨일스인 뒤에서 조가 갑자기 흠

칫 숨을 삼키는 소리가 들렸다.

스톰그렌은 당황하고 화가 나 다른 지도자를 노려보았다. 그러는 가운데 그는 점차 상황을 이해할 수 있게 되었다. 스톰그렌은 머리에 피가 치솟아 오르는 것을 느끼면서 얼른 그 종이를 둘둘 뭉쳐 발밑에 내동댕이쳤다.

스톰그렌은 이제 왜 그 잿빛 눈이 그렇게 이상하게 느껴졌는지를 알았다. 그의 맞은편에 앉은 사람은 장님이었던 것이다.

밴 라이버그는 더 이상 캐렐런과 접촉하려고 하지 않았다. 그의 부서에서 하는 일 가운데 많은 부분인 통계 자료를 보낸다든가, 세계 뉴스를 요약한다든가 하는 일들은 자동으로 계속되고 있었다. 파리에서는 법률가들이 현재 제안되어 있는 세계 헌법을 놓고 격론을 벌이고 있었지만 그것은 밴 라이버그가 당장 신경 쓸 일이 아니었다. 감독관이 최종 초안을 원하는 시한은 아직도 두 주나 남아 있었다. 설사 그때까지 준비가 안 된다 하더라도, 캐렐런은 자신의 생각에 적합하다고 여겨지는 것을 택할 게 틀림없었다.

그리고 스톰그렌에게서는 아직 아무런 소식이 없었다.

갑자기 '비상' 전화가 울렸다. 밴 라이버그는 수화기를 집어 들고 귀에 바짝 갖다 댔다. 그러더니 그는 화들짝 놀라며 창문 쪽으로 뛰어갔다. 거리 전체에서 사람들의 탄성이 터져 나왔고 차량들은 속도를 늦추다 못해 아예 정지해버렸다.

사실이었다. 오버로드들의 결코 변하지 않는 상징인 캐렐런의 우주선이 하늘에서 사라져버렸다. 밴 라이버그는 안간힘을 써가며 하늘의 이곳저곳을 샅샅이 살폈으나 우주선은 아무리 애써도 찾을 수 없었다. 순간 갑자기 빠른 속도로 밤의 장막이 내려앉는 것 같았다. 거대한 우주선이 북쪽으로부터 내려오고 있었다. 우주선 아래쪽으로 천둥을 품은 구름 같은 검은 그림자가 드리웠다. 우주선은 뉴욕의 마천루들 위를 스치듯이 낮게 날고 있었다. 그 거대한 괴물이 빠르게 돌진해오자 그는 자신도 모르게 몸을 움츠렸다. 밴 라이버그는 오버로드의 우주선들이 얼마나 거대한지 익히 잘 알고 있었다. 그러나 멀리 하늘 위에 떠 있는 모습을 보는 것과 악마가 몰고 오는 구름처럼 머리 바로 위를 지나가는 모습을 보는 것은 달랐다.

마치 개기 일식 때 같은 어둠 속에서, 밴 라이버그는 우주선과 그 무시무시한 괴물 같은 그림자가 남쪽으로 사라지는 것을 지켜보았다. 아무런 소리도 없었다. 작은 바람 소리조차 없었다. 밴 라이버그는 무척이나 가깝게 느껴졌음에도 그것이 최소한 머리 위 1킬로미터 위에서 날아갔다는 것을 뒤늦게 깨달았다. 이윽고 충격파에 맞은 건물이 한 번 흔들리자 유리창이 도미노 현상을 일으키듯 와르르 깨지기 시작했다.

사무실에서 전화벨이 모두 한꺼번에 울리기 시작했다. 그러나 밴 라이버그는 움직이지 않았다. 그 무한한 힘의 존재에 충격을 받아 마비되어버린 듯, 창틀에 기대어 계속 남쪽만 바라보고 있었다.

이야기를 하고 있는 내내 너무나 여러 가지 생각이 스톰그렌의 머릿속에서 교차하고 있었다. 한편으로는 자신을 납치한 사람들을 무시하려는 마음이 들었고 다른 한편으로는 그들의 도움을 받아 캐렐런의 비밀을 풀 수 있기를 바라기도 했다. 위험한 게임이었으나 놀랍게도 스톰그렌은 그 게임을 즐기고 있었다.

눈먼 웨일스인이 상황을 주도하고 있었다. 그가 스톰그렌이 오래전에 버렸던 가설들을 검토하고 폐기하는 등 여러 가지 가능성을 타진해보는 것을 지켜보는 것은 매우 흥미로운 일이었다. 그러나 별다른 소득을 얻지는 못했다. 곧 웨일스인은 뒤로 등을 기대며 한숨을 내쉬었다.

웨일스인은 체념하듯 말했다. "아무런 소용이 없군. 이런 토론만으론 우리가 원하는 걸 얻을 수 없소. 이제 행동이 필요할 때요." 앞을 못 보는 그의 두 눈이 생각에 잠겨 스톰그렌을 물끄러미 바라보고 있는 것 같았다. 잠시 웨일스인은 초조한 듯 탁자를 두드렸다. 스톰그렌이 본 중 가장 자신 없는 태도였다. 이윽고 웨일스인이 말을 이었다.

"사무총장, 나는 약간 놀라고 있소. 당신이 오버로드들에 대해 자세히 알려고 하는 노력을 전혀 기울이지 않았다는 것에 대해 말이오."

"어떻게 하면 좋을 것 같소?" 스톰그렌은 관심을 감추며 차갑게 물었다. "내가 캐렐런과 이야기를 하는 방에는 하나의 출구만 있고, 그 출구는 바로 지구로 통하는 문이라는 이야기는 이미 했소."

또 한 사람이 생각에 잠긴 표정으로 말을 받았다. "뭔가 탐지할 수 있는 도구를 만들어내는 것도 가능한 일일 것 같소. 난 과학자는 아니지만, 그 문제를 연구해볼 수는 있소. 만일 우리가 당신한테 자유를 준다면, 당신은 기꺼이 그런 계획에 협조하겠소?"

스톰그렌은 화가 치밀어올랐다. "마지막으로 내 입장을 분명히 밝혀두겠소. 캐렐런은 통일된 세계를 만들기 위해 일을 하고 있소. 난 그의 적들을 도와주는 행동은 어떤 것도 하지 않을 거요. 캐렐런의 궁극적 계획이 무엇인지 나도 모르지만, 그것이 좋은 것이라는 확신은 있소."

"그 점에 대한 실질적인 증거가 있소?"

"캐렐런의 우주선들이 지구의 하늘에 나타난 이후 캐렐런이 보여준 모든 행동들이 그 증거요. 궁극적으로 보아 유익하지 않았던 행동이 있다면, 어디 하나라도 들어보시오." 스톰그렌은 잠시 말을 끊고, 과거를 쭉 훑어보았다. 자신도 모르게 웃음이 새어나왔다.

"당신들이 오버로드들이 가진 본질적인 자비심에 대한 하나의 증거만 대보라고 한다면, 그들이 도착한 지 한 달이 채 안 되었을 때의 일을 말하고 싶소. 동물 학대와 관련된 것이었소. 설사 내가 그 전에 캐렐런에 대해 의심을 가지고 있었다 해도, 그 명령으로 인해 그런 의심들은 모두 다 사라졌소. 비록 그 명령이 그가 내렸던 다른 어떤 명령보다 더 골치 아픈 것이긴 했지만 말이오!"

'그건 과장이라고 할 수 없어.' 스톰그렌은 생각했다. 그 사건은 특별한 것이었으며, 오버로드들이 잔인함을 증오한다는 것을 처음으로 보여준 일이었다. 그런 감정과 더불어, '정의'와 '질서'에 대한 오버로드들의 생각은 그들의 삶 전체를 지배하는 것 같았다. 밖으로 드러난 그들의 행동만 보고 판단한다면 말이다.

그리고 그때 캐렐런은 처음이자 마지막으로 분노, 또는 적어도 분노의 외형이라도 보여주었다. 캐렐런의 메시지는 이러했다. "당신들은 원한다면 서로 죽여도 좋소. 그리고 그것은 당신들과 당신들 자신의 법의 문제요. 하지만 당신들이 음식이나 자기방어를 위한 것 이외의 목적으로 당신들과 함께 살고 있는 동물을 죽인다면 내가 당신들한테 책임을 물을 거요."

이런 금지령이 어디까지 해당되는 것인지, 또는 캐렐런이 그것이 준수되도록 하기 위해 어떤 조치를 취할지는 아무도 몰랐다. 하지만 사람들은 오래 기다릴 필요가 없었다.

그 일은 마드리드에서 일어났다. 투우사와 조수들이 투우장 안으로 들어갔을 때 그곳은 이미 관중으로 만원이었다. 모든 게 정상적으로 보였다. 밝은 햇빛은 전통 의상 위로 따갑게 내리쬐고 있었으며, 많은 관중은 전에도 수도 없이 그래왔듯이 자신이 좋아하는 투우사를 열렬히 맞이하고 있었다. 그러나 여기저기에서 사람들이 근심스럽게 하늘을 올려다보았다. 모두들 마드리드 상공 50킬로미터 높이에 떠 있는 은빛 형체를 보고 있었던 것이다.

이어 창을 든 투우사들이 자리를 잡자, 황소가 콧김을 내뿜으며 투우장으로 들어섰다. 투우사들은 말을 이끌고 적을 맞으러 나가려 했지만, 여윈 말들은 공포에 콧구멍을 넓게 벌린 채 햇빛 속에서 계속 방향을 바꾸었다. 처음으로 창이 번쩍이면서 황소에게 가 닿는 순간, 지구상에서는 여태껏 들어본 적이 없는 소리가 들렸다.

그것은 1만 명의 사람들이 황소와 똑같은 상처를 입은 듯이 통증을 호소하며 내지르는 비명 소리였다. 하지만 1만 명의 사람들이 정신을 차린 후 자신의 몸을 보았을 때 아무런 이상이 없었다. 그것으로 마드리드의 투우는 끝이 났다. 그 소식은 급속히 전해져 지구상에서는 더 이상 투우 경기가 열리지 않았다. 투우 팬들은 얼마나 큰 충격을 받았는지 배상을 해달라는 사람이 열 명 가운데 하나뿐일 정도였다. 그리고 런던의 〈데일리 미러〉는 스페인 사람들에게 국가 스포츠로 투우 대신 크리켓을 채택하는 것이 어떻겠냐며 불난 집에 부채질하는 격으로 보도를 했었다.

"어쩌면 당신 말이 옳을 수도 있소." 늙은 웨일스인이 대답했다. "그들의 기준에 따르면, 오버로드들의 동기가 선한 것일 수도 있소. 그리고 그 기준도 가끔 우리의 기준과 같을 때가 있소. 하지만 그들은 침입자들이오. 우린 그들에게 이리로 와서 우리 세상을 바꾸어, 수세기 동안 사람들이 지키기 위해 싸웠던 이상들과 국가들을 파괴해달라고 청한 적이 없소."

스톰그렌이 반박했다. "난 자유를 위해 싸워야 했던 작은 나라 출신이오. 그런데도 난 캐렐런 편이오. 당신들이 캐렐런을 귀찮게 할 수도 있고, 심지어 캐렐런이 목적을 달성하는 것을 미루게 할 수 있을지도 모르오. 그래도 차이가 없소. 당신들이 지금 가지고 있는 신념이 진실하다는 건 의심할 바 없소. 세계국가가 도래했을 때 작은 나라들의 전통과 문화는 사라져버릴 거라는 두려움도 이해는 하지만 당신들은 틀렸소. 과거에 집착하는 것은 소용없는 짓이오. 오버로드들이 지구에 오기 전에 이미 주권국가는 붕괴되고 있었소. 오버로드들은 단지 그 과정을 단축시켰을 뿐이오. 이제 아무도 그 흐름을 되돌릴 수는 없소. 그리고 아무도 그런 시도를 해서는 안 되오."

대답이 없었다. 맞은편에 앉은 사람은 움직이지도 말을 하지도 않았다. 웨일스인은 입을 반쯤 벌리고 앉아 있었고 그의 눈은 멀었을 뿐 아니라 생기도 없었다. 웨일스인 주위의 다른 사람들도 똑같이 움직이지 않았다. 부자연스럽고 긴장된 자세 그대로 얼어붙어버린 것이다. 스톰그렌은 알 수 없는 공포에 사로잡혀 숨을 헐떡거리며, 벌떡 일어나 문을 향해 뒷걸음질을 쳤다. 갑자기 침묵이 깨졌다.

"멋진 연설이었소, 리키. 고맙소. 그럼 이제 그만 가보도록 합시다."

스톰그렌은 몸을 빙글 돌려, 컴컴한 회랑을 물끄러미 바라보았다. 스톰그렌의 눈 높이에 특색 없는 구(球)가 하나 떠 있었다. 그것이 오버로드들이 납치자들을 향해 작동시킨 힘의 원천이라는 것은 의심할 바가 없었다. 분명하진 않았지만, 마치 졸린 여름날 벌집에서 나는 듯한 희미하게 웅웅거리는 소리가 들리는 것 같았다.

"캐렐런! 와주었군요! 한데 무슨 짓을 한 겁니까?"

"염려 말아요. 저 사람들은 괜찮을 거요. 뭐 마비라고 부를 수도 있겠지만, 그보다는 훨씬 약한 거요. 저 사람들은 그저 정상보다 몇 천 배 느리게 살고 있을 뿐이오. 우리가 가고 나면 무슨 일이 있었는지도 모를 거요."

"경찰이 올 때까지 여기에 저대로 둘 겁니까?"

"아니. 훨씬 더 좋은 계획이 있소. 난 저들을 보내줄 거요."

스톰그렌은 스스로 생각해도 놀라울 만큼 안도했다. 그는 작별인사를 하듯 마지막으로 한 번 작은 방과 그 방에 있는 얼어붙은 사람들을 둘러보았다. 조는 한 발로 서서, 아주 멍청한 표정으로 허공을 바라보고 있었다. 갑자기 스톰그렌은 웃음을 터뜨리며 호주머니를 더듬었다.

"환대해주어 고맙소, 조. 기념품을 하나 남겨두어야 할 것 같군."

스톰그렌은 종잇조각들을 들추다가 마침내 원하던 숫자를 찾았다. 이어 비교적 깨끗한 종이에 조심스럽게 써 나갔다.

맨해튼 은행 앞
조에게 일백삼십오 달러 오십 센트($135.50)를 지불하시오.
R. 스톰그렌

스톰그렌이 그 종이를 폴란드인 옆에 놓자, 캐렐런의 목소리가 물었다.

"도대체 뭘 하는 거요?"

"우리 스톰그렌 집안사람들은 언제고 빚은 갚고 살지요. 나머지 둘은 속임수를 썼지만, 조는 공정하게 게임을 했습니다. 적어도, 그가 속이는 걸 보지는 못했습니다."

그는 기분이 아주 좋고 마음 또한 가벼웠다. 마흔 살 정도는 젊어진 것 같았다. 스톰그렌이 문으로 걸어가자 금속 구는 그가 지나가도록 길을 비켜주었다. 스톰그렌이 보기에 그 구는 일종의 로봇인 것 같았다. 스톰그렌은 그것을 보면서 캐렐런이 어떻게 겹겹이 쌓여 있는 미지의 바위 층들을 뚫고 자신에게로 올 수 있었는지 알 수 있었다.

구에서 캐렐런의 목소리가 흘러나왔다. "곧장 1백 미터를 가시오. 그러고 나서 왼쪽으로 방향을 틀고, 내가 다시 말할 때까지 가시오."

스톰그렌은 서두를 필요가 없다는 것을 깨달았지만 그래도 부지런히 걸어갔다. 구는 그의 뒤를 지키기 위해서인 듯 복도의 원래 있던 자리에 그냥 떠 있었다. 1분쯤 후에 스톰그렌은 두 번째 구를 만났다. 회랑의 갈림길에서 기다리고 있었다.

"이제 5백 미터만 더 가면 되오. 다시 만날 때까지 왼쪽으로 계속 따라가시오."

스톰그렌은 입구까지 가는 동안 구와 여섯 번 만났다. 처음에는 구가 눈 깜짝할 새에 쫓아와 스톰그렌보다 앞서 가는가 하는 생각도 했다. 이어 스톰그렌은 구의 사슬이 광산 깊은 곳까지 완벽한 회로를 이루고 있는 것이라고 짐작했다. 입구에서도 일군의 경비병들이 어색한 자세의 조각상들처럼 서 있었고, 또 하나의 구가 감시를 하고 있었다. 몇 미터 떨어진 언덕 경사면에서는 스톰그렌이 캐렐런에게 갈 때마다 타는 조그만 비행선이 놓여 있었다.

스톰그렌은 잠시 햇빛 속에서 눈을 깜빡이며 서 있었다. 이윽고 주위에 있는 광산에서 사용하던 망가진 기계들이 눈에 들어왔다. 그 너머로 버려진 철도들이 산 경사면으로 뻗어가고 있는 게 보였다. 몇 킬로미터 떨어진 산의 발치는 빽빽한 숲이 감싸고 있었고, 그 너머 멀리 커다란 호수의 물이 희미한 빛을 발하고 있었다. 스톰그렌은 자신이 남아메리카 어딘가에 와 있다고 생각했지만 왜 그런 인상을 받았는지는 정확히 알 수 없었다.

스톰그렌은 조그만 비행선으로 들어가면서, 마지막으로 광산 입구와 그 주위의 얼어붙은 사람들을 보았다. 이어 뒤로 문이 닫히고, 그는 안도의 한숨을 쉬며 낯익은 긴 의자에 주저앉았다.

스톰그렌은 한동안 숨을 몰아쉬다가, 마음에서 우러나온 말 한마디를 내뱉었다.

"어떻게 된 일입니까?"

"더 일찍 구하지 못해 미안하오. 하지만 그들의 수뇌부가 이곳에 모일 때까지 기다리는 일이 얼마나 중요했는지는 당신도 잘 알 것으로 믿고 싶소."

스톰그렌이 흥분하여 대답했다. "그러니까 내가 어디 있는지 알았단 말입니까? 만일 내 생각이 맞으면……"

"너무 서두르지 마시오. 적어도 내가 설명을 다 할 때까진 기다려줘야 할 것 아니오!"

스톰그렌이 어두운 얼굴로 대답했다. "좋습니다. 말해보십시오." 스톰그렌은 자신이 정교한 함정에 내건 미끼에 지나지 않았다는 생각이 들기 시작했다.

"난 한동안 당신한테 '추적 장치' 같은 걸 달아놓았소. 아까 그친구들은 내가 지하까지 당신의 위치를 추적할 수 없다고 생각했는데 그건 맞소. 하지만 난 그 친구들이 당신을 광산까지 데려오는 것은 알 수 있었소. 터널에서 차를 바꿔치기 한 것은 기발했소. 그러나 차에서 추적 장치 반응이 감지되지 않았기 때문에 그 계획은 발각되었고, 난 곧 다시 당신을 찾을 수 있었소. 그 다음부터는 기다리기만 하면 되는 일이었지. 내가 당신의 행방을 알아내지 못했다고 주모자들이 판단한다면 그들이 그곳에 모일 거라고 나는 보았소. 그때 그들을 일망타진할 수 있다고 생각한 거요."

"하지만 놓아줄 거라면서요!"

"지금까지는 난 이 행성의 45억의 사람들 가운데 누가 그 조직의 진짜 우두머리들인지를 알 도리가 없었소. 이제 그들의 정체가 확인되었으니, 난 지구상 어디에서도 그들의 움직임을 추적할 수 있고, 원하기만 하면 그들의 행동을 자세히 살펴볼 수도 있소. 그게 그들을 가두어두는 것보다 훨씬 낫소. 만일 그들이 움직이기만 하면, 남아 있는 그들의 동지도 드러날 거요. 그들은 효과적으로 무력화된 것이고, 그들도 그것을 잘 알고 있소. 당신이 어떻게 구출되었는지 그들은 전혀 이해할 수 없을 거요. 당신은 그들 눈앞에서 그냥 눈 깜짝할 사이에 사라진 것이니까."

캐렐런의 낮은 웃음소리가 작은 방에서 메아리쳤다.

"어떤 면에서는 이 모든 일이 희극이오. 하지만 궁극적인 목적은 있소. 난 이 조직에 있는 수십 명의 사람들을 걱정할 뿐 아니라, 다른 곳에 존재하는 다른 조직의 사기에 미치는 영향도 고려해야만 하오."

스톰그렌은 잠시 입을 다물었다. 비록 완전히 납득한 것은 아니었지만, 캐렐런의 생각을 이해할 수 있었고, 그러자 그의 분노도 상당히 누그러졌다.

스톰그렌이 마침내 입을 열었다. "내 임기가 얼마 안 남은 이 마당에 이래야 한다는 건 서글픈 일이지만 지금부터는 관저에 경비원을 두어야겠군요. 다음 번에는 밴 라이버그가 납치될 수도 있으니까. 그런데 밴 라이버그는 어떻게 해나가고 있습니까?"

"난 지난 한 주 동안 신중하게 그 사람을 살폈고, 일부러 그를 도와주지 않았소. 전반적으로는 아주 잘했소. 하지만 당신을 대신할 사람은 못 되오."

"밴 라이버그에게는 다행이군요." 스톰그렌은 아직도 화가 완전히 풀리지 않아 그렇게 대답하고는 화제를 돌렸다. "그런데 우리한테 당신 모습을 보여주는 문제에 대해서는 당신 상관들로부터 아직 아무런 소식이 없습니까? 그것은 당신의 적들이 내세울 수 있는 가장 강한 주장이 될 겁니다. 그들은 반복해서 나한테 말했습니다. '우리는 오버로드들을 볼 때까지는 절대 그들을 신뢰할 수 없다'라고."

캐렐런은 한숨을 쉬었다.

"아니. 아무 이야기도 듣지 못했소. 하지만 답이 무엇일지는 나도 잘 알고 있소."

스톰그렌은 그 문제를 더 이상 다그치지 않았다. 전 같았으면 그랬을지도 모르지만, 이제 새로운 계획이 그의 마음을 차지하고 있었다. 스톰그렌을 신문한 사람의 말이 되살아났다. '그래, 어쩌면 어떤 장치를 만들 수 있을지도 몰라……'

감금 상태에서는 그것을 거부했지만, 자신의 자유 의지로는 충분히 시도해볼 수도 있었다.

4

불과 며칠 전만 하더라도 스톰그렌은 지금 자신이 계획하고 있
는 일을 행동으로 옮길 생각조차 하지 못했다. 그러나 돌이켜보
면 이 삼류 텔레비전 드라마 같은, 우스꽝스러울 정도로 신파조
인 납치 사건이 그의 새로운 계획에 커다란 영향을 미친 듯했다.
스톰그렌으로서는 평생 처음으로 회의실에서 말로 하는 전투와
는 전혀 다른 격렬한 행동을 염두에 두고 있었다. 어떤 바이러스
가 스톰그렌의 핏줄에 침투한 것이 틀림없었다. 아니면 스톰그
렌은 그가 생각했던 것보다 훨씬 빠르게 제2의 유년기로 다가서
고 있는 것인지도 모른다.

순수한 호기심이 강력한 동기로 작용했고, 자신을 속인 것에
대한 복수심 또한 강력한 동기가 되었다. 그것이 비록 선의의 의
도를 가진 것이었다고 하나, 스톰그렌은 감독관을 용서하고 싶

지 않았다.

스톰그렌이 알리지 않고 듀발의 사무실로 들어섰을 때, 피에르 듀발은 전혀 놀라는 표정이 아니었다. 그들은 오랜 친구였을 뿐 아니라, 사무총장이 과학부장을 개인적으로 찾아가는 일이 별로 특별한 것은 아니었다. 혹시 캐럴런이 감시 도구나 그의 졸개들 가운데 하나를 이 현장에 출동시켰다 해도, 이 만남이 이상하다고 생각할 이유는 없었다.

한동안 두 사람은 일 이야기를 하고, 정치적인 소문에 대해 이야기를 했다. 이어 스톰그렌은 약간 머뭇거리면서 본론으로 들어갔다. 스톰그렌이 이야기를 해나가자 정자세로 듣고 있던 늙은 프랑스인의 눈썹은 꾸준히 1밀리미터씩 위로 올라가 마침내 앞머리와 거의 붙어버리고 말았다. 듀발은 한두 번 무슨 말을 하려다가, 그냥 입을 다물어버렸다.

스톰그렌이 말을 끝내자, 과학자는 예민한 표정으로 방을 둘러보았다.

"그가 듣고 있을 것 같나?"

"그럴 수는 없을걸. 그는 나를 보호하기 위해, 나한테 추적 장치라고 부르는 걸 붙여놓기는 했네. 하지만 그건 지하에서는 작동되지 않지. 그래서 내가 여기 자네의 동굴까지 자네를 찾아온 것 아닌가. 이곳은 모든 형태의 방사 물질로부터 보호되고 있지, 안 그런가? 캐럴런은 마술사가 아니라네. 내가 어디 있는지만 알 뿐이야."

"자네 말이 맞기를 바라네. 그건 그렇다 치고, 캐럴런이 자네가 하려는 일을 알았을 때, 문제가 생기지 않겠나? 자네도 알다시피, 캐렐런도 결국 그것을 알게 될 테니까."

"그런 위험도 감수할 생각이네. 게다가 우리는 서로 잘 이해하고 있지 않나."

물리학자는 연필로 장난을 치다가, 한동안 허공을 응시했다.

"꽤 어려운 문제로군. 하지만 마음에 들어." 듀발은 한참 있다가 불쑥 그렇게 말했다. 그리고 서랍에서 거대한 서류 뭉치를 꺼냈다. 이제까지 스톰그렌이 본 것 가운데 가장 큰 서류 뭉치였다. 곧 듀발은 빠르게 무슨 독특한 속기 기호 같은 것을 휘갈겨 쓰기 시작했다.

"좋아. 만일 하나라도 빠뜨려선 안 되니까 한 번만 더 말해주게. 캐렐런과 만날 때 방 안의 광경을 되도록 자세하게 이야기해주게. 아무리 사소해 보이는 것이라도 절대 빼먹어선 안 되네."

"별로 말할 것도 없어. 그 방은 금속으로 만들어져 있고, 8평방미터에 4미터 높이야. 한 1미터 크기의 비전 스크린이 옆에 붙어 있고, 그 바로 밑에는 책상이 하나 있네. 가만, 내가 대신 그림을 그리는 게 더 빠르겠군."

스톰그렌은 자신이 잘 알고 있는 그 방을 빠르게 그려서 그 그림을 듀발에게 밀어주었다. 그러다가 지난번에 있었던 이와 같은 광경을 기억하고는, 약간 몸을 떨었다. 그 눈먼 웨일스인과 동료들은 어떻게 되었을까? 내가 갑자기 사라진 것에 어떤 반응을 보였을까?

프랑스인은 이마에 주름을 잡고 그림을 살폈다.

"이게 다인가?"

"그렇다네."

듀발은 넌더리가 난다는 듯이 콧방귀를 뀌었다.

"조명은 어떤가? 자네는 완전한 어둠 속에 앉아 있나? 환기와 난방은……"

스톰그렌은 과학자 특유의 폭발하듯 호기심을 나타내는 태도에 웃음을 지었다.

"천장 전체가 빛을 내네. 그리고 내가 짐작하는 바로는, 스피커가 달린 격자창을 통해 공기가 들어오는 것 같아. 공기가 어떻게 빠져나가는지는 모르겠네. 어쩌면 일정한 시간마다 환기가 되는 것인지도 모르지. 그건 눈치채지 못했네. 난방기는 전혀 보이지 않아. 하지만 방은 늘 따뜻하더군."

"그러니까 수증기는 빙결하지만 이산화탄소는 그렇지 않다는 거로군."

스톰그렌은 케케묵은 농담에 미소를 지었다.

"이만하면 설명은 다한 것 같네." 스톰그렌은 그 이야기를 마치고 다음 이야기로 넘어갔다. "내가 캐렐런의 우주선 안에서 늘 캐렐런을 만나는 방까지 타고 올라가는 기계 안에 있는 방은 엘리베이터 안처럼 특색이 없어. 긴 의자와 탁자만 없다면, 엘리베이터라고 해도 손색이 없을 걸세."

몇 분 동안 침묵이 흘렀다. 물리학자는 서류 뭉치에 작은 글씨로 꼼꼼하게 낙서를 하고 있었다. 스톰그렌은 그 모습을 지켜보면서 듀발 같은 사람이 왜 과학계에서 더 큰 자취를 남기지 못했는지 의아해했다. 듀발은 스톰그렌 자신 따위는 비교도 되지 않을 만큼 머리가 좋은 사람인데. 스톰그렌은 미국 국무부에 있는 한 친구의 냉혹하지만 그다지 정확하지는 못한 비평을 기억했다. "프랑스인들은 세계 최고 수준의 2류를 만든다." 듀발은 그 말이 타당함을 입증해주는 사람이었다.

물리학자는 만족한 듯 고개를 끄덕이더니 몸을 앞으로 기울이며 연필로 스톰그렌을 가리켰다.

"자네는 캐렐런의 비전 스크린이 진짜로 비전 스크린이라고 생각하는 건가?"

"난 언제나 그걸 당연시했는걸. 꼭 비전 스크린처럼 보이거든. 그러면 그게 비전 스크린이 아니라면 무엇이란 말인가?"

"자네가 그게 비전 스크린처럼 보인다고 했을 때…… 그러니까 자네 말은 그게 우리의 비전 스크린처럼 보인다는 뜻 아닌가?"

"물론이지."

"난 그 자체가 의심스러운 일이라고 생각하네. 난 오버로드들이 우리가 쓰는 일반 비전 스크린과 같은 조악한 것을 자신들의 장비로 사용하지는 않을 거라고 확신해. 아마 그들은 허공에 직접 이미지를 구현할 거야. 그렇다면 왜 캐렐런이 굳이 텔레비전 시스템을 사용하는가? 늘 가장 간단한 해답이 최고의 답이라네. 자네가 말하는 '비전 스크린'이 사실은 한쪽에서만 보이는 유리창처럼 간단한 것이라고 생각하는 것이 훨씬 설득력이 있지 않겠나?"

스톰그렌은 자신에게 너무 화가 났다. 그는 말없이 과거를 돌이켜보았다. 처음부터 스톰그렌은 한 번도 캐렐린의 이야기에 도전해본 적이 없었다. 그러나 지금 돌이켜 보건대, 감독관이 텔레비전 시스템을 사용하고 있다는 이야기를 한 적이 한 번이라도 있었던가? 스톰그렌은 그냥 그것을 당연시했다. 물론 듀발의 가설이 옳다고 가정할 경우에 그 일은 전반적으로 심리적인 속임수였으며, 자신은 완전히 속은 것이다. 스톰그렌은 지금도 또 결론으로 비약하고 있었다. 그러나 아직 그것이 사실이라고 증명할 수 있는 아무런 증거가 없었다.

"만일 자네 말이 옳다면, 난 그저 유리창만 부수면 된다는 거로군……."

듀발은 한숨을 쉬었다.

"전문가가 아니면 그건 곤란한 일이야. 자네가 손으로 그걸 깰 수 있을 것 같아? 또 가령 깰 수 있다고 해도 그렇지. 캐렐린이 우리와 똑같은 공기를 호흡하고 있을 것 같은가? 가령 그가 염소(鹽素) 대기 속에서 살고 있다고 한다면 자네들 양쪽이 다 곤란하지 않겠나?"

스톰그렌은 자신이 약간 바보가 된 느낌이 들었다. '이 정도 생각은 나도 할 수 있는 건데……'

"그래, 그럼 자네는 나더러 어쩌라는 건가?" 스톰그렌이 약간 신경질 난 목소리로 물었다.

"생각을 좀 해보고 싶네. 우선 우리는 내 이론이 옳은가를 확인해야 하고, 그럴 경우에는 그 스크린이 무슨 물질로 만들어졌는가를 알아야 하네. 내 직원 둘을 시켜 그 일을 해보라고 하겠네. 그런데, 자네는 감독관을 찾아갈 때 서류가방을 들고 간다며? 그게 자네가 오늘 들고 온 건가?"

"그래."

"그거면 충분히 크군. 그걸 다른 가방으로 바꾸어서 주의를 끌 필요는 없지. 더군다나 캐렐런은 그 가방에 익숙해져 있을 테니까 말이야."

"나더러 뭘 어떻게 하라는 건가? 엑스레이 장비를 감추고 가란 말인가?"

물리학자는 싱긋 웃었다.

"아직은 모르겠네. 하지만 뭔가 생각을 해낼 걸세. 한두 주 후에, 뭘 넣고 갈지 알려주겠네."

물리학자는 피식 웃음을 터뜨리더니 덧붙였다.

"이런 일들을 보니 뭐가 생각나는 줄 아나?"

"대충 짐작이 가는군." 스톰그렌이 바로 대답하고는 말을 이었다. "독일 점령기에 자네가 불법 무전기를 만들었던 때가 기억난 거겠지."

스톰그렌이 답을 알아맞히자 듀발은 실망한 표정을 지었다.

"아마 내가 전에 한두 번 그 이야기를 한 적이 있는 모양이로군. 하지만 또 다른 게 있네."

"뭔가?"

"만일 들통 나게 되면, 나는 자네가 왜 그런 장치를 필요로 했는지 전혀 몰랐던 걸세."

"과학자는 자기 발명품에 대해 사회적 책임을 져야 한다느니 마느니 떠들 때는 언제고? 정말이지 피에르, 자네 부끄러운 줄 알게."

스톰그렌은 안도의 한숨을 내쉬며 타자 친 두꺼운 서류 뭉치를 내려놓았다.

"마침내 그게 해결이 되었다니 정말 다행입니다. 이 몇 백 쪽에 인류의 미래가 담겨 있다니 기분이 묘하군요. 세계연합이라니! 난 내 평생에 이걸 보리라곤 전혀 생각도 못했는데!"

스톰그렌은 서류를 서류가방에 집어넣었다. 서류가방 뒤쪽은 스크린의 어두운 사각형에서 10센티미터도 떨어져 있지 않았다. 이따금씩 스톰그렌의 손가락들이 반은 의식적으로, 그리고 초조한 동작으로 서류가방의 자물쇠를 만지작거리고 있었다. 그러나 회담이 끝날 때까지는 감추어진 스위치를 켤 생각이 없었다. 뭔가 잘못될 가능성이 있었다. 듀발은 캐렐런이 아무것도 알아채지 못할 거라고 장담했지만 무슨 일이 일어날지는 아무도 모를 일이었다.

스톰그렌은 거의 간절하기까지 한 태도를 감추지 못하고 말을 이었다. "자, 나한테 무슨 소식이 있다고 했는데, 그건 아마……"

"그렇소. 몇 시간 전에 결정을 통보받았소."

그가 하는 말이 의미하는 게 무엇일까? 스톰그렌은 궁금했다. '물론 감독관이 그와 고향 사이에 있는 헤아릴 수 없는 우주의

심연을 넘어서 모성(母星)과 연락이 되었다는 뜻은 아니겠지?'
아니면 밴 라이버그의 설대로 어떤 정치적 행위의 결과도 예측
할 수 있는 컴퓨터에게 자문을 구한 것인지도 모른다.

캐렐런이 말했다. "자유연맹과 그 패들이 별로 만족할 것 같
진 않지만, 어쨌든 긴장을 완화하는 데는 도움이 될 거요. 어쨌
든 이건 기록에 남기지 않을 거요.

리키, 당신은 우리가 신체적으로 당신들과 아무리 다르다 해
도, 인류는 곧 우리에게 익숙해질 것이라고 자주 이야기를 했
소. 그건 당신이 상상력이 부족하기 때문이오. 당신 혼자는 그
럴 수 있을지도 모르지. 하지만 세상 대부분의 사람들은 아직도
어느 정도 적절한 수준까지 교육이 되지는 못했소. 그래서 편견
과 미신에 사로잡혀 있는데, 그것을 근절하는 데는 수십 년이 걸
리오.

당신도 우리가 인간 심리에 대해서는 좀 안다는 것을 인정할
거요. 우리는 현재의 발전 상태에서 우리가 세상에 모습을 드러
냈을 때 무슨 일이 벌어질지 상당히 정확하게 알고 있소. 이 점
은 당신한테도 자세히 이야기를 할 수가 없소. 따라서 날 믿고
내 분석을 받아들여야만 하오. 하지만 우린 분명한 약속을 할 수
있소. 그게 당신들한테 어느 정도 만족을 줄 수는 있을 거요. 50
년 뒤 그러니까 지금으로부터 두 세대 뒤에 우리는 우주선에서
내려갈 것이고, 인류는 그대 우리의 모습을 있는 그대로 보게 될
거요."

스톰그렌은 잠시 입을 다물고 감독관의 말을 소화하고 있었

다. 스톰그렌은 지금 캐렐런의 말을 통해서 지난날에 그가 느꼈던 만족을 다시 경험하고 있었다. 사실 그는 고대하던 대답을 듣게 된 것에 대해 약간 혼란을 느꼈다. 잠시 결심이 흔들렸다. '진실은 시간이 지나면 밝혀질 것이다. 내가 꾸민 음모는 불필요하고 어쩌면 지혜롭지 못한 것인지도 모른다. 그래도 이 계획을 내가 계속 밀고 나가는 이유는 50년 뒤에 내가 살아 있지 않을 것이기 때문이다.'

캐렐런은 스톰그렌의 우유부단한 태도를 보았는지 말을 계속했다.

"당신이 실망했다면 미안하오. 하지만 적어도 가까운 장래의 정치 문제들은 당신의 책임이 아닐 거요. 아직도 당신은 우리의 두려움이 근거 없는 거라 할지도 모르겠소. 하지만 우리는 앞으로 일어날지 모르는 위험에 대해 설득력 있게 설명할 수 있다는 것을 믿어주시오."

스톰그렌은 몸을 앞으로 기울이고, 가쁘게 숨을 쉬었다.

"그러니까 이미 인간이 당신들을 본 적이 있다는 거로군요!"

"그런 말은 하지 않았소." 캐렐런은 재빨리 대답하고는 말을 이었다. "우리가 감독해야 하는 관할 행성이 당신네 행성 하나만은 아니오."

그러나 스톰그렌은 쉽게 물러날 사람이 아니었다. "과거에 다른 종족이 지구에 찾아왔었다는 것을 암시해주는 많은 전설들이 있습니다."

"나도 알고 있소. 나도 역사 연구부의 보고서는 읽었소. 그걸 읽어보니, 지구는 꼭 우주의 교차로 같은 느낌이 들더군."

스톰그렌은 아직도 희망을 잃지 않고 말했다. "당신들이 전혀 모르는 방문이 있었을지도 모릅니다. 당신들은 수천 년 동안 우리를 빠짐없이 관찰해왔기 때문에 그런 일은 없을 거라고 생각할 테지만 말이오."

"물론 그렇게 생각하오." 캐렐런이 성의 없게 대답하자 그 순간 스톰그렌은 결심했다.

스톰그렌은 불쑥 이야기를 꺼냈다. "캐렐런, 아까 들은 말에 대해서는 성명서의 초고를 만들어 보내겠습니다. 당신을 번거롭게 할 권리는 앞으로 보류해두겠습니다. 하지만 기회가 닿는 대로 당신네의 비밀을 알아내는 데 모든 힘을 다 기울이겠습니다."

"그 점은 나도 잘 알고 있소." 감독관이 껄껄댔다.

"그럼 괜찮다는 겁니까?"

"물론 괜찮고말고. 핵무기나 독가스 등 우리 우정을 위협할 모든 것에는 선을 긋겠지만 말이오."

스톰그렌은 도대체 캐렐런이 어떤 추측을 하고 있는지 궁금했다. 스톰그렌은 감독관의 농담에 그가 자신의 뜻을 충분히 이해하는 것 같기도 했고 더 나아가서 격려의 의미까지 담겨 있는 듯했다.

"그렇게 생각한다니 기쁩니다." 그는 가능한 한 평탄한 어조로 말했다. 스톰그렌은 일어서면서, 서류가방의 뚜껑을 덮었다. 스톰그렌의 엄지손가락이 손잡이를 따라 미끄러졌다.

스톰그렌은 되풀이했다. "즉시 성명서 초안을 작성하여 오늘 안으로 텔레타이프로 송신하겠습니다."

스톰그렌은 이야기를 하면서 단추를 눌렀다. 순간 자신의 모든 두려움이 근거 없는 것이었음을 깨달았다. 캐렐런의 감각은 인간의 감각보다 예민하지 않았다. 감독관은 아무것도 눈치채지 못한 것 같았다. 왜냐하면 작별 인사를 하고 방문의 개폐 암호를 말하는 캐렐런의 목소리에는 아무런 변화가 없었기 때문이다.

그런데도 스톰그렌은 백화점 경비원의 눈을 피해 물건을 훔치는 사람과 같은 기분을 느꼈다. 그는 등 뒤에서 벽이 스르르 닫히는 것을 확인한 후에야 안도의 한숨을 내쉴 수 있었다.

밴 라이버그가 말했다. "저도 제 가설들이 그다지 쓸 만하지 않다는 것을 인정합니다. 하지만 이건 어떻게 생각하는지 말해주십시오."

"꼭 해야 하나?" 스톰그렌이 한숨을 쉬었다.

밴 라이버그는 스톰그렌의 기분을 모르는 것 같았다.

"이건 사실 제 아이디어는 아닙니다." 밴 라이버그는 겸손하게 한마디 하더니 말을 이었다. "체스터턴*의 추리소설에서 착안했지요. 이런 아이디어를 얻었습니다. 오버로드들이 아무것도 감출 게 없다는 사실을 감추고 있다고 생각하면 어떨까요?"

*영국의 언론인, 소설가. 사제 겸 탐정 브라운 신부가 등장하는 연작 추리소설로 유명하다.

"나한테는 약간 복잡하게 들리는군." 스톰그렌은 은근히 흥미를 느끼며 말했다.

밴 라이버그는 진지하게 말했다. "이 가설이 의미하는 것은 이겁니다. 그들이 육체적으로 우리와 똑같은 인류가 아닐까 하는 거지요. 우리 인간은 인류보다 지적 능력이 월등히 뛰어난 고등 생물에게 지배되는 건 참을 수 있어도 그것이 같은 인류라면 절대 견딜 수 없다는 것을 그들은 잘 알고 있을 겁니다."

"아주 기발하군. 자네의 다른 가설들과 마찬가지로 말이야. 자네 가설들에 작품 번호를 좀 매겼으면 좋겠구먼. 그래야 내가 놓치지 않고 따라갈 수 있을 테니 말이야. 그 가설에 대한 반론은……"

그러나 그 순간 알렉산더 웨인라이트가 안내되어 들어왔다.

스톰그렌은 웨인라이트가 무슨 생각을 하고 있는지 궁금했다. 또한 웨인라이트가 자신을 납치했던 사람들과 연락을 했는지도 궁금했지만 스톰그렌은 그런 일은 없었을 거라고 생각했다. 폭력을 용인하지 않는 웨인라이트의 태도를 그는 진짜라고 믿고 있었기 때문이다. 웨인라이트의 운동에 참여했던 과격파들은 완전히 참패를 당했기 때문에 그들은 오랫동안 세상 앞에 나서기 힘들 일이었다.

스톰그렌이 성명서 초안을 읽어주자 자유연맹 지도자는 신중하게 귀를 기울였다. 스톰그렌은 웨인라이트가 이렇게 그를 불러 읽어주는 행동을 고맙게 여기기를 바랐다. 이것은 사실 캐렐런의 아이디어였다. 나머지 세상 사람들은 앞으로 12시간이 지나야 오버로드들이 그들의 손자들에게 한 약속에 대해 알게 될 것이었다.

"50년이라⋯⋯" 웨인라이트가 생각에 잠긴 표정으로 말을 이었다. "그건 기다리기엔 너무 긴 시간입니다."

"인류에겐 그럴 수도 있지만, 캐렐런에겐 그렇지 않소." 스톰그렌이 대답했다. 이제야 비로소 스톰그렌은 이 문제에 대한 오버로드들의 해결책이 얼마나 교묘한가를 깨달았다. 이것은 캐렐런에게는 그들이 필요로 하고 있는 숨 쉴 여유를 줌과 더불어, 자유연맹으로부터는 그 주장의 근거를 박탈하는 것이다. 스톰그렌은 연맹이 항복을 할 거라고 생각하지는 않았다. 그러나 심각한 타격을 받을 것은 분명했다. 분명 웨인라이트도 이것을 깨닫고 있었다.

웨인라이트는 적의에 차서 말했다. "50년이면 사태는 결정적으로 우리에게 불리하게 되겠지요. 우리에게도 독립된 시대가 있었다는 것을 기억하고 있는 사람은 모두 죽고 없을 테니까요. 인류는 조상들로부터 계승한 것을 잊어버리고 마는 겁니다."

'말, 공허한 말이야.' 스톰그렌은 생각했다. '인류가 한때 그것을 위하여 싸우고 죽었던 말, 이제 다시는 그것을 위하여 죽거나 싸우지 않을 말. 이제 그런 일이 없을 테니 세상은 앞으로 더 나아지겠지.'

스톰그렌은 웨인라이트가 떠나는 것을 지켜보면서, 자유연맹이 앞으로 남은 세월 동안 여전히 큰 분란을 야기할까 봐 근심스러워했다. 하지만 그것은 후임자가 처리할 문제라고 그는 마음의 부담을 벗어버렸다.

　세상에는 시간만이 치료해줄 수 있는 일들이 있었다. 악한 사람이야 없애버릴 수가 있었지만, 미혹당한 선한 사람은 어쩔 도리가 없었다.

　"여기 자네 서류가방이 있네." 듀발이 말했다. "새 것이나 다름없어."

　"고맙네." 스톰그렌은 가방을 꼼꼼히 살피면서 말을 이었다. "이제 어떻게 된 일인지 이야기해줘도 되지 않겠나? 그리고 다음에는 무엇을 할지도."

　물리학자는 자신이 하는 일에 깊숙이 빠져 있는 것 같았다.

　"내가 이해할 수 없는 것은 우리가 너무 쉽게 그 일을 해냈다는 것일세. 자, 만일 내가 캐렐런이라면……"

　"하지만 자넨 캐렐런이 아닐세. 요점을 말하게. 우리가 뭘 발견한 건가?"

　"원 참, 북구인이라는 인종은 왜 그리 성급하고 흥분을 잘하는지 모르겠군!" 듀발은 한숨을 쉬고는 말을 이었다. "우리가 한 일은 일종의 저출력 레이더 장치를 만든 걸세. 고주파 외에 원적외선도 사용했네. 사실 어떤 초인적인 눈을 가진 생물에게도 절대로 보이지 않는 전자파라는 전자파는 모두 사용했지."

　"어떻게 그렇게 자신할 수 있나?" 스톰그렌은 자기도 모르게 기술적인 문제에 흥미를 느끼며 물었다.

　"음, 아주 절대적이라고는 못 하지만 말이야." 듀발이 내키지 않는 투로 인정을 하고는 말을 이었다. "하지만 캐렐런은 정상

조명 밑에서 자네를 보잖아. 그렇지 않나? 따라서 캐렐런의 눈은 분광 범위에서 우리 눈과 대략 비슷할 것이 틀림없네. 어쨌든 그건 효과가 있었어. 우리는 자네가 말하던 그 스크린 뒤에 커다란 방이 있다는 것을 증명할 수 있었네. 그 스크린은 한 3센티미터 두께인데, 그 뒤의 공간은 적어도 직경이 10미터는 되네. 맞은편 벽에서는 어떤 전자파 반사도 탐지할 수가 없었지만, 그거야 우리가 기껏 사용할 수 있었던 저출력으로는 기대하기 힘든 노릇이었지. 하지만 우린 이걸 얻었네."

듀발은 단 하나의 파동 선이 도드라져 있는 사진 한 장을 내밀었다. 한 군데에서는 지진계에 나타난 약한 지진의 물결처럼 꼬여 있었다.

"이 작은 파동이 보이나?"

"그래. 그게 뭔가?"

"캐렐런일세."

"이럴 수가! 틀림없나?"

"거의 확실하네. 서 있거나 어떤 자세를 하고 있었는지는 모르겠지만 아무튼 스크린 너머 약 2미터쯤 되는 곳에 있었네. 만일 해상도가 약간만 좋았어도 캐렐런의 몸집의 크기도 추측해 볼 수 있었을 텐데."

보일 듯 말 듯한 선의 굴곡을 물끄러미 바라보는 스톰그렌의 표정에서는 만감이 교차했다. 캐렐런이 신체를 가지고 있다는 사실조차도 아직까지 입증되지 않았다. 아직도 그 증거는 확실치 않았지만 스톰그렌은 자연스럽게 받아들이고 있었다.

듀발이 말했다. "다음 문제는 그 스크린이 보통의 빛을 어느정도까지 전도하는지를 측정하는 일이었네. 거기에 대해서는어느 정도의 개념을 얻었다고 생각하네. 어차피 조금쯤 틀리는건 별것 아니니까. 자네도 물론 알겠지만 완전한 일방 투명 유리라는 건 있을 수 없네. 그렇게 보이는 건 단지 빛의 정도 문제지.캐렐런은 어두운 방에 있고 자네는 밝은 방에 있었다는 것뿐일세." 듀발은 껄껄거리더니 덧붙였다. "자, 우린 그걸 바꿀 생각이야!"

듀발은 마치 모자 속에서 하얀 토끼를 꺼내는 마술사와 같은태도로, 책상에 손을 집어넣더니 보통 것보다 길쭉한 손전등을꺼냈다. 그 한쪽 끝이 나팔꽃 모양으로 벌어져서 전체적으로 나팔꽃을 연상시켰다.

듀발은 빙그레 웃었다.

"보기만큼 위험하지는 않네. 자넨 이 기계의 끝부분을 스크린에 갖다 대고 스위치를 누르기만 하면 돼. 그러면 아주 강렬한광선이 나가 10초 동안 지속될 거야. 자넨 그 동안 이걸 휘두르면서 구경을 하면 되네. 모든 빛이 그 스크린을 통과할 것이고,따라서 자네 친구의 모습을 선명하게 부각시켜줄 걸세."

"설마 캐렐런이 다치진 않겠지?"

"처음에는 빛을 밑으로 보냈다가 서서히 위로 올리면 괜찮을거야. 그렇게 하면 그의 눈이 빛에 익숙해질 만한 시간이 생기니까. 그가 우리와 비슷한 반사 신경을 가지고 있다는 건 대강 상상이 가네. 우리도 그를 장님으로 만들고 싶은 마음은 없으니까 말일세."

스톰그렌은 의심스러운 표정으로 그 기계를 보며, 손에 들어
보았다. 지난 몇 주 동안 계속 양심에 찔렸다. 캐렐런은 비록 이
따금씩 기가 질릴 정도로 솔직하긴 했지만 언제나 애정으로 스
톰그렌을 대해주었다. 그들이 함께할 시간이 끝나가는 마당에,
스톰그렌은 그런 관계를 망칠지도 모르는 일을 하고 싶지는 않
았다. 그러나 그는 이미 감독관에게 여러 차례 경고했으며, 만
일 캐렐런이 자기 마음대로 할 수 있는 것이라면 오래전에 모습
을 드러냈을 것이라고 확신했다. 이제 결정은 스톰그렌이 해야
했다. 그들의 마지막 만남이 끝날 때 스톰그렌은 캐렐런의 얼굴
을 볼 예정이었다.

물론 캐렐런에게 얼굴이 있다면.

스톰그렌이 처음에 느끼던 초조함은 오래전에 사라지고 없었
다. 캐렐런은 자신이 구사하기 좋아하는 문장들을 복잡하게 엮
어가면서 많은 이야기를 하고 있었다. 스톰그렌은 한때 그것이
캐렐런의 재능들 가운데 가장 멋진 것이라고 생각했다. 그러나
그것도 더 이상 놀랍지 않았다. 그것 역시 감독관의 다른 재능들
과 마찬가지로 순수한 지적 능력의 결과일 뿐 특별한 재능이 아
니라는 것을 알게 되었기 때문이다.

케렐런은 인간의 말과 보조를 맞추기 위해 자신의 생각들의
속도를 늦추려 할 때 문학적 문장들을 사용하고는 했다.

"자유연맹이 설사 낙담 상태에서 회복된다 해도, 당신이나 당

신 후임자가 지나치게 걱정할 필요는 없소. 자유연맹은 지난 달 내내 매우 조용했고 다시 활동이 활발해지더라도 몇 년 동안 위험한 존재는 되지 못할 거요. 오히려 자신의 적들이 무엇을 하는지 아는 것은 당신이나 나에게 중요한 일이므로 연맹에 대한 관심을 늦추지 마시오. 만일 연맹이 경제적 곤란에 처하게 되면, 내가 지원을 해줄 생각도 갖고 있소."

스톰그렌은 캐렐런이 농담을 하는 건지 아닌지 분간할 수 없는 경우가 많았다. 스톰그렌은 무표정한 얼굴로 계속 듣기만 했다.

"연맹은 곧 그들의 주장 가운데 하나를 버려야 할 거요. 지난 몇 년 동안 당신의 특별한 지위에 대해 상당히 비판이 많았소. 모두 약간 유치한 것이긴 하지만. 난 내 행정 업무 초기에는 당신의 특별한 지위가 매우 귀중하다고 생각했소. 그러나 세계는 내가 계획한 대로 움직이고 있기 때문에 더 이상 그럴 필요가 없을 것 같소. 앞으로는 내가 지구와 맺는 모든 관계는 간접적이 될 터이고, 사무총장직은 원래의 형태와 비슷하게 되돌아갈 거요.

다음 50년 동안 많은 위기들이 닥치겠지만 모두 무사히 지나갈 거요. 미래상은 아주 분명하오. 그리고 언젠가는 모든 곤란한 문제들이 잊혀질 거요. 당신네들처럼 긴 기억을 가지고 있는 종족에게도."

캐렐런이 마지막 말에 특별한 악센트를 주자 스톰그렌은 그 자리에서 바로 얼어붙었다. 스톰그렌이 아는 한, 캐렐런은 절대

실언을 하는 사람이 아니었다. 심지어 경솔한 말을 할 때도, 그 것은 소수점 이하 몇 자리까지 계산을 한 결과였다. 그러나 질문을 할 시간은 없었다. 물론 답도 안 해주겠지만. 감독관은 다시 화제를 바꾸었다.

"당신은 우리의 장기 계획에 대해 자주 물어보았소. 물론 세계국가의 건설은 첫 단계에 불과할 뿐이오. 당신은 살아서 그것이 완성되는 것을 볼 거요. 하지만 그 변화는 워낙 눈에 띄지 않는 것이라, 막상 세계국가 시대가 와도 알아챌 사람은 거의 없을 거요. 그 후에는 느린 강화 기간이 있을 거요. 그동안 당신네 종족은 우리를 맞을 준비를 하게 되오. 그런 다음에 우리가 약속한 날이 올 거요. 그때 당신이 없을 거라고 생각하니 정말 유감스럽소."

스톰그렌은 눈을 크게 떴다. 그러나 그의 눈은 스크린이라는 어두운 장벽 너머 먼 곳에 고정되어 있었다. 스톰그렌은 미래를 보고 있었다. 자신이 절대 볼 수 없는 오버로드들의 커다란 우주선들이 지구로 내려가, 기다리는 세계 앞에 문을 열 날을 상상하고 있었다.

캐렐런이 말을 계속해 나갔다. "그날 인류는 심리적 단절을 경험하게 될 거요. 하지만 그 영향은 결코 오래 지속되지는 않을 거요. 그 시대의 사람들은 그들의 조상들보다 훨씬 더 강해져 있을 테니까. 우리는 그 사람들이 날 때부터 그 사람들의 삶의 일부가 되어 있어서, 그들이 우리를 만날 때에는 지금 당신들이 그런 것처럼 그렇게 이상하게 느끼지는 않을 거요."

스톰그렌은 캐렐런이 이렇게 관조적인 분위기에 빠진 것은 처음 보았다. 그러나 스톰그렌은 놀라지 않았다. 그는 감독관 성격의 몇몇 측면만 봤을 뿐이라고 생각하고 있었다. 그는 캐렐런의 진정한 모습을 알지 못했고, 또 어쩌면 인간은 그것을 알 수 없는 존재인지도 모른다. 다시 한 번 스톰그렌은 감독관의 진짜 관심은 다른 데 있다는 느낌을 받았다. 3차원의 체스 명인이 체커 게임*을 하듯이 그가 지구를 다스리고 있는 건 그의 거대한 목표의 일부에 지나지 않는다는 생각을 떨칠 수가 없었다.

"그 다음에는요?" 스톰그렌이 조용히 물었다.

"그 다음에는 우리의 궁극적인 일을 시작할 거요."

"난 그게 무엇인지 종종 궁금했습니다. '우리 세계를 정연하게 만들고 인류를 문명화시키는 것은 오직 수단일 뿐이다. 당신은 무언가 다른 목적을 가지고 있을 게 틀림없다.' 그런 생각을 했습니다. 우리가 우주로 나가 당신의 세계를 볼 수 있을까요, 혹시 당신들이 하는 일을 도울 수 있을까요?"

"그렇다고 할 수도 있소." 뭐라 설명할 수 없지만 캐렐런의 분명한 목소리 뒤에는 슬픈 기색이 역력했다. 스톰그렌은 묘하게도 마음이 혼란스러웠다.

"하지만 만약 당신들이 인간을 가지고 한 실험이 실패한다면? 우리도 원시적인 종족들을 다룰 때 그런 일을 겪었지요. 물론 당신들도 나름대로 실패한 일이 있겠지요?"

*서양 장기로 체스판에서 두 사람이 열 두 개의 말을 써서 하는 놀이이다.

"그렇소." 너무 작은 소리라 스톰그렌은 간신히 알아들을 수 있었다. 캐렐런이 말을 이었다. "우리 역시 실패한 적이 있소."

"그럴 땐 어떻게 합니까?"

"기다렸다가 다시 시도하는 거지."

침묵이 흘렀다. 5초 동안 지속되었을 것이다. 캐렐런이 다시 입을 열었을 때 그의 말은 너무 예기치 못한 것이라, 스톰그렌은 어떤 반응도 할 수가 없었다.

"잘 가요. 리키!"

캐렐런은 의표를 찔렀다. 어쩌면 그것도 이미 너무 늦은 것인지도 모르지만. 스톰그렌의 마비 상태는 1분밖에 지속되지 않았다. 이어서 스톰그렌은 재빠른 동작으로 투광기를 꺼내 유리에 갖다 대고 눌렀다.

소나무 숲이 거의 호수 끝까지 펼쳐져 있어, 호수 가장자리에서만 좁은 띠 모양을 하고 있는 잔디밭이 들어서 있었다. 매일 저녁 날씨만 따뜻하면 스톰그렌은 아흔이라는 나이에도 불구하고 이 잔디밭을 따라 부잔교(浮棧橋)까지 걸어갔다. 석양이 수면에 가라앉는 것을 보고 난 다음, 숲에서 쌀쌀한 밤기운이 몰려오기 전에 그는 집으로 돌아오곤 했다. 이것이 스톰그렌의 일과였다. 이 단순한 산책이 그에게 굉장한 안정감을 주었다. 그는 체력이 남아 있는 한 이 일을 계속할 생각이었다.

호수 너머 저 멀리, 서쪽에서부터 뭔가가 다가오고 있었다. 그것은 스톰그렌을 향해 굉장한 속도로 날아오고 있었다. 낮이든 밤이든 한 시간마다 북극을 횡단하는 항공기들을 제외하면 이 지역에서 비행기를 보는 일은 흔치 않았다. 그러나 그 비행기들은 흔적을 남기지 않았다. 가끔 파란 성층권을 배경으로 비행운이 남아 있을 뿐이었다. 지금 날아오는 것은 작은 헬리콥터였다. 그리고 그 헬리콥터는 분명히 스톰그렌 쪽을 향해 날아오고 있었다. 스톰그렌은 호숫가를 훑어보다가, 더 이상 피할 도리가 없자 잔교 앞에 있는 나무 벤치에 앉았다.

그 기자의 태도가 너무나 공손해서 스톰그렌은 놀라움을 느꼈다. 그는 자기가 세계의 원로일 뿐만 아니라 조국 이외의 곳에서는 신화 같은 존재라는 사실을 거의 잊고 살아왔다.

기자는 말했다. "스톰그렌 씨, 소란을 피워 대단히 죄송합니다만, 방금 오버로드에 관한 뉴스가 들어왔습니다. 그래서 당신의 의견을 좀 여쭈어볼까 하고요."

스톰그렌은 보일 듯 말듯 얼굴을 찌푸렸다. 오랜 세월이 지났음에도, 그는 여전히 캐렐런과 마찬가지로 '오버로드'라는 말을 싫어했다.

"다른 데서 이미 이야기했던 것에 더 이상 덧붙일 만한 게 없소."

기자는 강한 호기심이 담긴 얼굴로 스톰그렌을 바라보았다.

"그렇게 말씀하실 줄 알았습니다. 하지만 바로 얼마 전에 무슨 수수께끼 비슷한 이야기를 저희가 입수했습니다. 지금부터 약 30년 전에 과학국의 기술자 한 사람이 당신을 위해 특별한 장치를 만들었다는 이야기를 들었습니다. 그것에 대해 말씀해주실 수 없을까 하고 이렇게 찾아뵈었습니다."

스톰그렌은 잠시 동안 잠자코 있었다. 어느덧 그의 마음은 과거로 돌아가고 있었다. 스톰그렌은 비밀이 드러났다는 사실에는 놀라지 않았다. 오히려, 그렇게 오랫동안 비밀이 지켜졌다는 것이 놀라울 뿐이었다.

스톰그렌은 천천히 일어서서, 다시 잔교를 따라 걸어가기 시작했다. 기자는 몇 걸음 뒤에서 따라왔다.

스톰그렌이 말했다. "그 이야기에는 약간의 진실이 포함되어 있소. 내가 캐렐런의 우주선을 마지막으로 방문했을 때, 난 그 장치를 가지고 갔소. 혹시나 감독관의 모습을 볼 수 있을까 하는 희망을 가지고 말이오. 좀 어리석은 짓이긴 했지만 글쎄, 난 그때 겨우 예순 살밖에 안 되었으니까."

스톰그렌은 혼자 껄껄거리고 나서 말을 이었다.

"하지만 이렇게 일부러 먼 곳을 찾아와 들을 만한 이야기는 못 되오. 결국 그것은 생각대로 되지 않았으니까."

"뭔가를 보셨습니까, 보았습니까?"

"아무것도 못 봤소. 안됐지만 댁도 기다려야 할 거요. 이제 20년 만 기다리면 되는 일 아니오!"

'20년 만. 그래, 캐렐런이 옳았어. 그때가 되면 세상은 준비가 될 거야. 30년 전 내가 이 기자에게 한 것과 똑같은 거짓말을 듀발에게 했을 때는 준비가 되지 않았지만.'

캐렐런은 스톰그렌을 믿어주었다. 그리고 스톰그렌은 그의 신뢰를 배반하지 않았다. 스톰그렌은 감독관이 자신의 계획을 처음부터 알고 있었고, 그의 마지막 행동까지 다 예측하고 있었다고 확신했다.

그렇지 않다면, 왜 투광기의 광선이 비추었을 때 그 거대한 의자가 텅 빈 채였겠는가? 동시에 스톰그렌은 너무 늦은 것인지 모른다는 두려움에 사로잡혀, 손전등처럼 생긴 투광기를 이리저리 움직여 보았다. 사람 키의 두 배 높이가 되는 금속 문은 스톰그렌이 그 문을 쳐다보자마자 빠르게 닫히고 있었다. 빠르긴 했지만 스톰그렌이 아무것도 못 볼 만큼 빠르지는 않았다.

'그래, 캐렐런은 나를 신뢰했어. 내가 결코 풀 수 없는 수수께끼에 사로잡힌 채 남은 생애 동안 긴 황혼의 세월로 뛰어드는 것을 차마 볼 수 없었던 거겠지.' 캐렐런은 감히 그의 위에 도사리고 있는 미지의 힘들에 도전하지는 못했지만 (그 힘들도 캐렐런과 같은 종족일까?) 자신이 할 수 있는 일은 모두 해주었다. 만일 그것이, 캐렐런이 그들에게 복종하지 않은 일이라 해도 그들은 그것을 절대 증명할 수 없을 것이다. 스톰그렌은 알고 있었다. 그것은 캐렐런이 자신에게 애정을 가지고 있다는 마지막 증거였다는 사실을. 설사 그것이, 인간이 헌신적이고 영리한 개에 대해 품고 있는 애정과 같은 것인지도 모른다고 해도. 그러나 그런 애정치고는 진심에서 우러난 것이었으며, 스톰그렌은 살아가는 동안 그보다 큰 기쁨을 맛본 적이 없었다.

"우리 역시 실패한 적이 있소."

'그래요, 캐렐런, 그건 사실입니다. 그런데 인간의 역사가 동트기 전에 실패한 것이 바로 당신입니까?' 스톰그렌은 생각했다. '그것은 분명 실패였어. 그 메아리는 모든 시대에 들려오고, 모든 인간 종족의 유년기를 사로잡고 있었으니까. 캐렐런, 설사 50년이 지난다 해도, 당신이 세상의 그 모든 신화와 전설의 힘을 능가할 수 있을까요?'

그러나 스톰그렌은 두 번째 실패는 없을 것임을 알았다. 두 종족이 다시 만나게 되었을 때, 오버로드들은 인류의 신뢰와 우정을 얻게 될 터였다. 오버로드들의 모습 때문에 충격을 받는다 해도, 그것이 그 일을 망치지는 못할 터였다. 그들은 함께 미래로 들어갈 것이며, 과거를 어둡게 한 미지의 비극은 선사시대의 어두운 회랑을 따라 영원히 잊혀지게 될 게 분명했다.

그리고 스톰그렌은 바랐다. 언젠가 캐렐런이 다시 자유로이 지구 위를 걷게 될 때, 이 북구의 숲에 와서, 자신의 첫 친구가 되었던 인간의 무덤가에 서주기를.

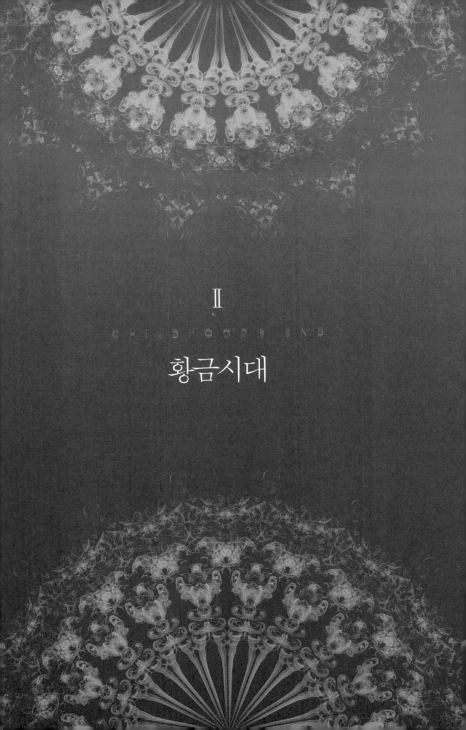

II

CHILDHOOD'S END

황금시대

5

"드디어 오늘입니다!" 전 세계의 라디오에서 수백 개의 언어로 이 말이 흘러나오고 있었다. "드디어 그날이 왔다!" 수많은 신문의 머리기사가 같은 말을 하고 있었다. '오늘이 바로 그날이다!' 카메라맨들은 캐렐런의 우주선이 내려올 광대한 빈 터 주위를 둘러싸고, 장비들을 확인하고 또 확인하며 생각했다.

그들은 이제 캐렐런의 우주선이 지금 뉴욕 상공에 떠 있는 단한 척밖에 없다는 것을 알고 있었다. 그렇다. 다른 도시 상공에 있었던 우주선들은 실제로 존재하지 않았던 것이다. 그 사실이 밝혀진 것은 바로 어제의 일이었다. 오버로드의 대우주 선단은 아침 해에 스러지는 안개처럼 사라져버렸다.

가끔 우주 저편에서 날아왔다가 다시 사라지는 공급선들만이 진짜였다. 결국 한 사람의 일생에 버금가는 긴 세월 동안 각국의 수도 위에 걸려 있던 은색 우주선들은 단순한 환영이었다. 어떤 기술이 그것을 가능하게 했는지는 아무도 몰랐다. 그것들이 캐렐런의 우주선에서 내보낸 환상이라는 사실은 거의 확실했지만 광선의 속임수라고 단정할 수는 없었다. 레이더도 사람의 눈과 마찬가지로 착각을 했고, 우주선단이 처음으로 지구의 하늘에 나타났을 때 대기가 갈라지는 듯한 날카로운 소리를 두 귀로 분명히 들었다고 주장하는 사람들이 아직도 생존해 있었기 때문이다.

그러나 그런 사실은 중요하지 않았다. 중요한 것은 캐렐런이 이제 더 이상 자신의 힘을 과시할 필요를 느끼지 못한다는 점이었다. 캐렐런은 자신의 심리적 무기들을 던져버린 것이다.

"우주선이 움직이고 있다!" 그 말은 순식간에 지구의 구석구석까지 전달되었다. "서쪽으로 향하고 있다!"

우주선은 시속 1천 킬로미터도 안 되는 속도로, 성층권의 높고 텅 빈 공간으로부터 천천히 내려와, 역사와 두 번째로 만나기 위해 대평원으로 움직이고 있었다. 우주선은 기다리고 있는 카메라들과 빽빽이 들어선 수천 명의 구경꾼들 앞에 조심스럽게 내려앉았다. 그래서 구경꾼들은 텔레비전을 둘러싼 수백만의 사람들보다 더 많은 것을 볼 수가 없었다.

우주선의 그 엄청난 무게를 생각하면 땅이 갈라지고 흔들려야 마땅했다. 그러나 우주선은 아직도 별들 사이를 누비는 힘에 지탱되고 있었다. 우주선은 땅에 떨어지는 눈송이처럼 사뿐하게 땅에 입을 맞추었다.

지상 20미터에 솟아 있는 활 모양으로 굽은 우주선의 벽은 마치 물처럼 부드럽게 흐르는 듯한 희미한 빛을 발했다. 이윽고 거울처럼 매끄럽게 반짝이는 벽면에 커다란 입구가 나타났다. 먹이를 노리는 사냥개의 눈처럼 번뜩이는 카메라 렌즈도 그 내부에 있는 것을 보지 못했다. 마치 동굴 입구처럼 컴컴한 그늘을 드리운 입구가 불쑥 열렸기 때문이었다.

그때 동굴 속에서 눈부시게 번쩍이는 널찍한 문이 나타나더니 어느새 땅을 향해 뻗어왔다. 그것은 언뜻 보기에 한 장의 금속판 같았으며, 양쪽에 난간이 달려 있었다. 어디에도 계단 같은 것은 없었다. 경기용 썰매가 미끄러져 내려가는 길처럼 가파르고 매끄러워서 누가 봐도 일반적인 방법으로는 오르지도 내리지도 못할 것 같았다.

온 세계가 숨을 죽이고 그 컴컴한 입구를 지켜보았다. 아직도 안에서는 아무런 움직임이 없었다. 순간 몇 번 들어보지는 못했지만 절대 잊을 수 없는 캐렐런의 목소리가 어떤 보이지 않는 장치에서 부드럽게 흘러나왔다. 캐렐런의 메시지는 도저히 예상하지 못했던 것이었다.

"통로 발치에 아이들이 몇 명 있군. 그 가운데 두 아이가 올라와 나를 맞이해주었으면 싶소."

잠시 침묵이 흘렀다. 곧이어 남자아이와 여자아이 하나가 군중을 헤치고 걸어 나왔다. 두 아이는 전혀 의식이 없는 듯 조용히 통로를 향해 다가가 역사 속으로 들어갔다. 다른 아이들도 뒤따랐으나, 우주선에서 캐렐런이 껄껄 웃는 소리가 발을 멈추었다.

"둘이면 충분해요."

가슴 설레는 모험을 고대하며 여섯 살 정도로 보이는 두 아이는 금속 미끄럼틀에 재빨리 뛰어올랐다. 그때 첫 번째 기적이 일어났다.

아이들은 밑에 있는 사람들과 근심스러워 하는 부모들(그들은 너무 늦긴 했지만 아마 《하멜른의 피리 부는 사나이》의 이야기를 기억했을 것이다)을 향해 손을 흔들며 빠른 속도로 가파른 경사면을 올라가기 시작했다. 그러나 아이들의 다리는 움직이지 않고 있었다. 곧 그 아이들의 몸이 그 독특한 통로에 맞추어 적당한 각도로 기울어져 있다는 것이 뚜렷하게 보였다. 그 통로는 자체의 중력을 지니고 있었다. 지구의 중력은 무시해버릴 수 있는 힘이었다. 아이들은 여전히 이 신기한 경험을 즐기고 있었으며, 자기들이 무엇에 이끌려 올라가는지 궁금해하다가 결국 우주선 안으로 사라지고 말았다.

온 세상에 20초 동안 거대한 침묵이 깔렸다. 비록 나중에는 아무도 그게 그렇게 짧은 시간이었다고 믿을 수가 없었지만, 순간 거대한 입구의 어둠이 앞으로 움직여 나오는 것 같더니, 캐렐런이 햇빛 속으로 나타났다. 남자아이는 캐렐런의 왼팔에 앉아 있었고, 여자아이는 오른팔에 앉아 있었다. 두 아이는 캐렐런의 날개를 가지고 장난을 치느라 너무 바빠, 자기들을 지켜보는 수많은 사람들을 의식하지 못했다.

기절한 사람이 많지 않았다는 사실은 오버로드들의 심리학과 그들의 신중한 준비 덕분이었다. 그렇지만 세상 모든 사람들의 마음속에는 오래전부터 내려온 공포가 순간적으로 되살아났을 것이다. 결국 이성이 그 공포를 영원히 몰아내기는 했지만.

의심할 여지도 없었다. 가죽으로 만들어진 듯한 강인한 날개, 짧은 뿔, 침이 거꾸로 선 꼬리까지 다 있었다. 모든 전설들 가운데 가장 끔찍한 것이 미지의 과거로부터 살아 나타난 것이다. 더구나 그것은 지금 미소를 지으면서 밝은 햇빛 아래에 그 거대한 몸을 빛내며, 자신을 완전히 믿고 있는 인간의 아이들을 양팔에 얹고 흑단빛의 웅장한 모습을 자랑하며 위엄 있게 서 있었다.

6

50년이란 세월은 세상과 사람들을 거의 알아보지 못할 정도로 바꿀 만큼 긴 시간이었다. 그 일을 위해 필요한 것이라면 오직 사회 구조에 대한 견실한 지식, 의도하는 목표에 대한 분명한 비전, 그리고 힘뿐이었다.

오버로드들은 그 모든 것을 가지고 있었다. 그들의 목표는 드러나지 않았지만, 그들의 지식은 분명했다. 그들의 힘도 마찬가지였다.

그 힘은 여러 형태를 띠고 있었다. 그리고 지금 오버로드들에게 자신들의 운명을 지배받고 있는 인간이 실제로 알고 있는 사실은 아직 미미한 수준이었다. 거대한 우주선에 숨겨져 있는 힘이 대단하다는 것은 누구나 알 수 있었다. 그러나 그처럼 잠자고 있는 엄청난 힘 뒤에는 더 미묘한 다른 무기가 숨겨져 있었던 것이다.

캐렐런은 스톰그렌에게 이렇게 말한 적이 있었다. "모든 정치 문제는 힘을 올바르게 쓰면 해결할 수 있소."

"그건 좀 냉소적인 말 같군요." 스톰그렌이 미심쩍은 표정으로 대답하고는 말을 이었다. "그건 꼭 '힘이 정의다'라는 말처럼 들립니다. 우리의 지난 역사를 돌아봐도 힘으로 문제를 해결한 적은 없었죠."

"중요한 것은 '올바르게'라는 말이오. 당신들은 진정한 힘을 가져본 적도 없고, 또 그 힘을 적용하는 데 필요한 지식을 배운 적도 없소. 어떤 문제든 능률적인 접근 방법과 비능률적인 접근 방법이 있기 마련이오. 예를 들어, 당신네 나라들 가운데 어떤 독재자가 다스리고 있는 나라가, 나에게 반기를 든다고 해봅시다. 그런 위협에 대한 가장 비능률적인 대응은 원자탄이란 형태의 힘일 거요. 만일 내가 그를 응징하는 데 충분한 폭탄들을 사용한다면, 그 해결책은 완전하고 최종적일 것이오. 그러나 그런 방식은 내가 말한 대로, 비능률적인 것이오. 설령 그 방식에 결함이 없더라도 말이오."

"그러면 능률적인 해결책은요?"

"조그만 무선 송신기와 같은 작은 힘만 있으면 되지. 그리고 그 장치를 작동시키는 데 드는 것과 비슷한 기술을 필요로 하오. 중요한 것은 힘의 적용이지 양이 아니기 때문이오. 만일 히틀러가 어디를 가든 자신의 귀에서 작은 목소리가 들렸다면, 히틀러가 독일의 독재자로 얼마나 버텼을 거라고 생각하오? 또는, 다른 소리들은 다 삼키고 잠을 못 자게 할 만큼 큰 하나의 음만 꾸준하게 들렸다면? 이런 방식이 야만적이지 않다는 건 당신도 인정할 거요. 그렇지만 결과적으로 그건 트리튬 폭탄만큼이나 막강한 것이오."

"알겠습니다. 그리고 숨을 곳도 없겠군요?"

"내가 그럴 필요만 강하게 느낀다면 내가 보유하고 있는 장치를 보내지 못할 곳은 없소. 따라서 나는 이 지위를 유지하기 위해 정말로 과격한 방법은 쓰지 않아도 되는 것이오."

사실 커다란 우주선들에 상징적인 의미 이상의 뜻은 없었다. 그리고 이제 세상 사람들은 그 우주선들이 하나 외에는 모두 환영에 불과하다는 사실을 알게 되었다. 그렇지만 그 존재만으로도 우주선들은 지구의 역사를 바꾸어버렸다. 이제 그들의 일은 끝났지만, 그들의 업적은 그들 뒤에 남아 수백 년 동안 메아리치게 될 터였다.

캐렐런의 계산은 정확했다. 오버로드들의 혐오스런 외양으로 인한 충격은 금방 사라졌다. 미신으로부터 자유로워진 것을 자랑스러워하면서도 오버로드들을 제대로 마주 보지 못하는 사람들은 여전히 많았다. 뭔가 이상한 것이 있었다. 이성이나 논리를 넘어선 무언가가 있었다. 중세 사람들은 악마를 믿었고 또 두려워했다. 그러나 지금은 21세기이다. 결국 종족의 기억과 같은 것이 정말로 있었단 말인가?

물론 오버로드들, 또한 그와 같은 종족에 속한 존재들이 인류의 고대인들과 격렬한 갈등을 빚었다는 것이 일반적 가정이었다. 기록된 역사에 아무런 흔적이 남아 있지 않은 것을 보면, 그 만남은 아주 먼 과거의 일임에 틀림없었다. 이것이 또 하나의 수수께끼였지만, 캐렐런은 그 해결에 아무런 도움을 주지 않을 것 같았다.

오버로드들은 인간에게 그 모습을 드러내긴 했지만, 그들의 달랑 하나 남아 있는 우주선을 떠나는 일이 거의 없었다. 어쩌면 땅 위에서 생활하는 것이 신체적으로 불편하다고 생각하는지도 모른다. 몸의 크기나 날개를 보면 그들이 지구보다 훨씬 더 중력이 약한 곳에서 왔다는 것을 알 수 있기 때문이다. 그들은 언제나 복잡한 구조의 벨트를 차고 나타났는데, 사람들은 그 벨트가 그들의 무게를 지탱해주고 의사소통을 할 수 있게 해준다고 믿었다. 그들은 햇빛을 직접 받으면 고통스러워했기 때문에, 절대 햇빛 아래에서 오래 머무르지 않았다. 야외에 긴 시간 있어야 할 때는 검은 안경을 썼는데, 그건 왠지 잘 어울리지 않았다. 그들은 지구의 공기로 호흡을 할 수 있는 것 같았지만, 때로는 조그만 가스 실린더를 휴대하고 다니며 이따금 들이마시기도 했다.

어쩌면 이런 신체적인 문제들 때문에 그들이 지구와 거리를 두고 있는지도 모른다. 인류 가운데 실제로 오버로드를 직접 만난 사람은 극소수였기 때문에, 캐렐런의 우주선에 얼마나 많은 오버로드들이 타고 있는지 추측할 수 있는 사람은 없었다. 한 번에 다섯 명 이상이 한꺼번에 나타나는 일은 없었지만, 그 거대한 우주선에는 수백, 심지어 수천 명이 타고 있을지도 모른다.

오버로드들이 모습을 드러내면서, 여러 측면에서 해결된 문제보다는 새로 발생한 문제가 많았다. 그들의 기원은 여전히 알려지지 않았으며, 그들의 생물학적 특성도 끝없는 추측의 원천이 되었다. 오버로드들은 많은 문제들에 대해 관대하게 정보를 제공했지만, 어떤 문제들에 대해서는 비밀스럽게 행동했다. 그러나 이런 문제는 대개 과학자들만 괴롭히는 문제들이었다. 보통 사람들은 오버로드들을 만나고 싶어 하지는 않았지만, 그들이 세상에 해준 일에 대해서는 고마워하고 있었다.

이전의 어떤 시대의 기준으로 봐도 현재는 유토피아였다. 무지, 질병, 궁핍, 공포 등은 사실상 존재하지 않았다. 악몽이 새벽과 함께 사라지듯이, 전쟁에 대한 기억은 과거 속으로 사라져 희미해졌다. 곧 전쟁은 모든 살아 있는 사람들의 경험의 테두리밖에 놓이게 될 터였다.

인류가 그 힘을 건설적인 면으로 돌리면서 지구는 급속도로 변모해갔다. 말 그대로, 신세계가 되었다. 여러 세대 동안 인류에게 공헌해온 많은 도시들을 차례차례 재건하고 가치가 없어지면 과감하게 정리해서 박물관의 표본으로 만들었다. 이런 식으로 이미 많은 도시들이 사라졌다. 산업과 상업의 형태가 완전히 변해버렸기 때문이다. 생산은 대부분 자동화되고 무인공장이 쉴 새 없이 소비재를 시장으로 쏟아냈기 때문에, 생활필수품들은 거의 무료로 공급되었다. 사람들은 자기가 원하는 것을 얻기 위해 일을 하기도 했지만, 대부분은 일하지 않고 자기가 원하는 대로 살았다.

세계는 단일 국가가 되었다. 예전의 나라 이름을 여전히 쓰고

126

있긴 했지만 그것은 우편배달을 위해 관례적으로 구분해둔 것 뿐이었다. 모든 사람들이 영어를 능숙하게 구사했고 문맹이 사라졌다. 텔레비전을 볼 수 없는 사람도 없었으며, 원하기만 하면 24시간 내에 누구나 달에 갈 수 있었다.

범죄는 사실상 자취를 감추었다. 범죄 그 자체가 불필요한 동시에 불가능한 것이 되었기 때문이다. 아무것도 부족하지 않은 상태에서, 훔친다는 것은 의미가 없었다. 그리고 잠재적인 범죄자들 모두가 오버로드들의 감시에서 벗어날 수 있는 길은 없다는 것을 알고 있었다. 통치 초기에 오버로드들은 법과 질서를 위하여 아주 효과적으로 개입했으며, 아무도 거기서 얻은 교훈을 잊지 않고 있었다.

그래도 치정에서 비롯된 범죄만큼은 드물게 일어났다. 이제 심리적인 문제들 가운데 아주 많은 것들이 해소되었기 때문에, 인류는 훨씬 더 분별 있고 이성적인 동물이 되었다. 그리고 지난 시대에 악덕이라 매도된 것도 이제는 그저 별난 행동으로만 간주되었다. 최악의 경우에도 행실이 나쁘다는 소리 이상은 듣지 않았다.

가장 두드러진 변화들 가운데 하나는 20세기의 가장 큰 특징이라 할 수 있는 사회나 문화 현상이 변화는 속도가 늦추어졌다는 점이다. 삶은 이전 시대 보다 훨씬 한가하고 여유로웠다. 따라서 삶에 대한 열정이 줄어들어 소수의 사람들은 불편해했지만, 대다수의 사람들은 그런 여유를 즐겼다. 서구인들은 다른 지역의 사람들은 모두 알고 있었던 사실, 즉 여가가 나태로 이어지지 않는 한 안일한 생활도 결코 나쁘지 않다는 것을 새삼스레 배우게 되었다.

미래에 무슨 문제가 생길지는 몰라도, 아직 인류는 늘어난 여가 시간을 부담스럽게 느끼지 않았다. 교육은 훨씬 더 완벽하게 이루어졌고 기간은 더 길어졌다. 스무 살 전에 학업을 마치는 이는 소수였지만, 그것도 첫 단계에 불과했다. 그들은 보통 스물다섯이 되면 여행과 경험을 통해 생각의 폭을 넓힌 뒤에 다시 대학으로 돌아가 적어도 3년은 더 대학에서 보냈기 때문이다. 그런 뒤에도, 남은 인생 동안 관심이 가는 주제에 대해 다시 강의를 듣기도 했다.

이렇게 신체적 성숙의 초기 단계를 지나 오랫동안 지속되는 인간의 수련 기간은 많은 사회적 변화를 가져왔다. 그중에는 이전 시대에 이미 변했어야 한 것들이 상당히 많았다. 예전 사람들은 문제에 직면하기를 거부하던가 그럴 필요성이 없는 척했을 뿐이었다. 그중에서도 섹스 습관과 형태는 완전히 변해버렸다. 지금까지의 형태는 두 가지 발명품에 의해 사실상 완전히 붕괴되었다. 그 발명품이란 우습게도 전적으로 인간이 발명한 것으로 오버로드들과는 상관이 없었다.

첫 번째는 완전히 믿을 수 있는 경구 피임약이었고 두 번째는 친자 확인법이었는데 그것은 정밀한 혈액검사에 기초를 둔 것으로, 지문처럼 확실하여 전혀 오류가 없었다. 이 두 가지 발명이 인간 사회에 미친 영향은 오직 파괴적이라는 말로밖에 묘사할 수 없는 것으로, 이것은 청교도적인 탈선의 마지막 잔재를 완전히 쓸어버렸다.

또 하나의 큰 변화는 교통의 눈부신 발전이었다. 항공 수송이 완벽해진 덕분에, 누구든 마음만 먹으면 어디든 자유롭게 갈 수 있었다. 하늘에는 지상의 길보다 공간이 훨씬 많았다. 그리하여 21세기에는 도로와 자동차를 통해 국가를 발전시킨 위대한 미국의 업적보다 훨씬 큰 규모로 교통의 발전이 이루어졌다. 그것은 세상에 날개를 달아주었다.

문자 그대로는 아니었지만 일반적인 개인 비행기나 에어카에는 날개가 전혀 없었고, 눈에 보이는 표지판들도 사라져버렸다. 심지어 헬리콥터에 달려 있던 프로펠러도 추방되었다. 하지만 인류는 아직 반중력을 발견하지는 못했다. 오직 오버로드들만이 그 놀라운 비밀을 알고 있었다. 인류의 에어카들은 라이트 형제들도 이해할 만한 동력으로 움직였다. 직접 사용하기도 하고 또 경계층 통제라는 좀 더 미묘한 형태로 사용하기도 하는 제트엔진이 인간의 비행기들을 하늘에서 더욱 자유롭게 날 수 있게 만들어주었다. 오버로드들의 어떤 법이나 칙령도 필요없이, 어디에나 존재하는 조그만 비행기들은 인류의 서로 다른 종족 사이의 마지막 장애를 힐소해버렸다.

심오한 것들 역시 사라져버렸다. 완전히 세속적인 시대였다. 오버로드들이 오기 전에 존재했던 신앙들 가운데, 아마도 모든 종교들 가운데 가장 간결한, 순수한 형태의 불교만이 여전히 살아남아 있었다. 기적과 계시에 바탕을 둔 종교의 가르침들은 완전히 사라지고 말았다. 교육 수준이 높아지면서, 그런 종교들은 이미 전부터 천천히 붕괴되고 있었다. 그러나 오버로드들은 한 동안 그 문제에 대해서 누구의 편도 들지 않았다. 캐렐런은 종교에 대한 관점을 말해달라는 요청을 자주 받았지만, 그는 인간의 종교는 다른 사람들의 자유에 간섭하지 않는 한 인간의 문제라고 말할 뿐이었다.

인간의 호기심이 없었다면, 어쩌면 낡은 신앙들은 몇 세대 동안 더 살아남았을지도 모른다. 오버로드들은 시간 이동을 할 수 있다고 알려졌기 때문에 역사가들은 수차례 캐렐런에게 몇 가지 오래된 논쟁을 해결해달라고 호소했다. 어쩌면 그런 질문 공세에 지친 것인지도 모른다. 그러나 캐렐런은 자신의 관대함이 낳은 결과에 대해 아주 잘 알고 있었을 것이 틀림없다.

캐렐런이 세계역사재단에 영구적으로 빌려준 도구는 시간과 공간의 좌표를 결정하는 정교한 통제 장치를 가진 텔레비전 수상기에 불과했다. 하지만 그것은 캐렐런의 우주선에 있는 훨씬 더 복잡한 기계, 누구도 알 수 없는 원리로 작동하는 기계에 연결되어 있는 것이 틀림없었다. 그냥 통제 장치만 조정하면, 과거로 향하는 창문이 열렸다. 순식간에 지난 5천 년 동안의 인간의 역사 대부분에 접근할 수 있었다. 그러나 기계가 더 내려가지 않으려는 시기로 시간을 맞추면, 당혹스럽게도 텅 빈 화면만이 나왔다. 어떤 자연적인 원인이 있을 수도 있었고, 오버로드들이 일부러 검열을 하기 때문인지도 모른다.

이성적인 사람에게는 경전에 쓰여 있는 이야기들을 모두 사실로 받아들이지는 않겠지만 그것이 준 충격은 엄청났다. 그 장치를 통해 누구도 의심하거나 부인할 수 없는 사실들이 폭로되었다. 오버로드의 과학이라는 미지의 마술은 세상의 모든 커다란 종교의 진정한 시발점을 드러내주었다. 그 시발점들 대부분은 거룩하고 엄숙했다. 그러나 그것으로는 종교가 성립되기에 충분치 않았다. 며칠 안에, 대부분의 메시아들은 그 신성을 잃어버렸다. 진실이라는 불쾌하고 정열 없는 빛이 비추자, 2천 년 동안 수백만 명의 영혼을 지탱해왔던 신앙들은 아침 이슬처럼 사라져버렸다. 그들이 만들어냈던 모든 선과 모든 악이 갑자기 과거로 떠내려가서 더 이상 인간의 마음에 호소할 수 있는 힘을 잃어버린 것이다.

인류는 이렇게 해서 오래전부터 내려온 신들을 잃어버렸다. 그리고 인류는 새로운 신을 필요로 하지 않을 만큼 성숙했다.

아직 깨닫는 사람은 거의 없었지만, 종교의 몰락은 과학의 쇠퇴와 때를 같이해서 일어나고 있었다. 기술자들은 많았지만 지식의 지평선을 확대시키려는 진정한 과학자들은 드물었다. 호기심은 여전히 왕성했고 그것을 충족시킬 만한 시간도 충분했지만 호기심을 만족시키려는 노력은 본격적인 과학 연구에서 사라졌다. 오버로드들이 오래전에 발견해놓았을지도 모르는 비밀들을 찾기 위해 평생을 소비한다는 것은 쓸모없는 일로 여겨졌던 것이다.

이런 쇠퇴는 한편으로는 동물학, 식물학, 관찰 천문학과 같은 과학들의 엄청난 번영으로 위장되고 있었다. 자신의 즐거움을 위해 과학적 사실을 수집하는 아마추어 과학자들의 수가 이렇

게 많았던 적이 없었다. 그러나 이런 사실들의 상관관계를 정리
하는 학자들은 거의 없었다.

온갖 종류의 투쟁과 갈등의 종말은 또한 창조적 예술의 실직
적인 종말을 뜻하기도 했다. 아마추어든 전문가든 예술가는 많
았지만 한 세대 동안 문학, 음악, 회화, 조각 분야에서는 눈에 띠
게 탁월한 새로운 작품이 창조되지 않았다. 세상은 여전히 절대
돌아올 수 없는 과거의 영광에 의존하고 있었다.

그러나 몇 명의 철학자들 외에는 현재의 심각한 상황에 대해
걱정하지 않았다. 인류는 새로 발견한 자유를 맛보는 데 열중하
여 현재의 쾌락을 넘어서서 생각하지 못했다. 마침내 이곳에 유
토피아가 도래한 것이다. 그리고 아직 새로운 사회는 모든 유토
피아의 가장 큰 적인 권태에 공격당하지 않는 상태였다.

아마 오버로드들은 다른 모든 문제에 대한 답을 가지고 있는
것과 마찬가지로 그것에 대한 답도 가지고 있었을 것이다. 오버
로드들이 도착한 후 인간의 한 평생에 해당하는 시간이 흘렀지
만, 그들의 궁극적인 목적이 무엇인지 아무도 모르는 상태에서
인류는 오버로드들을 신뢰하게 되었으며, 캐렐런과 그의 동료
들을 오랫동안 고향을 떠나 있을 수밖에 없게 만든 그 초인간적
인 이타주의도 아무 의심 없이 받아들이게 되었다.

만일 그것이 진정한 이타주의라고 한다면 말이다. 지상에는
아직도 오버로드들의 정책이 과연 인류의 진정한 복지와 늘 일
치하는가에 대해 의심하는 사람들이 몇몇 있었다.

7

루퍼트 보이스가 자신의 파티 초대장을 보냈을 때, 초대받은 사람들이 오게 되는 거리를 다 합치면 엄청났다. 열두 명만 꼽아 보아도 다음과 같았다. 오스트레일리아 애들레이드의 포스터 부부, 아이티의 쉰버거 부부, 트로츠키그라드의 패런 부부, 미국 신시내티의 모라비아 부부, 파리의 이반코 부부, 남태평양 이스터 섬 부근이지만 해저로 약 4킬로미터는 내려가 있는 곳에 살고 있는 설리번 부부. 30명만 초청했지만 40명이 넘게 나타났다는 것은 루퍼트에게는 상당히 흡족한 일이었다. 오직 크라우제 부부만이 그를 실망시켰다. 그러나 그것은 그 부부가 국제 날짜 변경선을 깜빡 잊고 24시간 늦게 도착했기 때문에 벌어진 일이었다.

정오가 되자 주차장에는 비행기들이 엄청나게 모여들었다.

나중에 도착한 사람들은 착륙할 곳을 찾은 다음에 먼 거리를 걸어와야 했다. 비행기들은 일인용 딱정벌레 비행기에서 가족용 리무진 비행기까지 다양했는데, 리무진은 실용적인 비행기라기보다는 하늘을 나는 궁전 같은 느낌을 주었다. 그러나 이 시대에는 손님이 이용한 운송 수단만 보고 그 사람의 사회적 지위를 짐작할 수는 없었다.

미티어 비행기가 나선형을 그리며 내려가는 동안 진 모렐이 갑자기 소리를 질렀다. "세상에. 어쩌면 이렇게 흉한 집이 있을까. 꼭 누가 밟아 뭉갠 상자 같네."

약간 구식인지라, 자동 착륙에 대한 불신감을 완전히 버리지 못한 탓에 조지 그렉슨은 하강 속도 통제 장치를 만진 다음 대답했다.

"이 각도에서 집을 판단하는 건 공정하지 못하지." 조지는 분별력 있게 대답하고는 덧붙였다. "지상에서는 여기서 보는 것하고는 아주 달라 보일 테니까."

조지는 착륙 장소를 고른 후, 공중에서 자신의 비행기를 움직여 다른 미티어 비행기와 기종을 알 수 없는 비행기 사이에 착륙했다. 진의 눈에는 매우 빠르기는 하겠지만, 아주 불편해 보이는 비행기였다. 아마 루퍼트의 기술자 친구 중 하나가 직접 만든 거겠지. 하지만 그런 일은 법으로 금지되어 있을 텐데.

비행기에서 내리자 더위가 제트 엔진에서 나오는 불길처럼 그들을 덮쳤다. 몸에서 수분을 쫙 빨아들이는 것 같았다. 조지는 자신의 살갗에 금이 가는 광경을 상상했다. 물론 이런 일을 당한 것은 그들의 잘못이기도 했다. 두 사람은 3시간 전에 알래스카를 떠났는데, 선실 온도를 외부에 맞추어 조정하는 것을 깜빡했던 것이다.

진이 숨을 헐떡이며 말했다. "이런 데서 어떻게 살아! 난 이곳 기후가 통제되고 있는 줄 알았는데."

"통제되고 있는 거야." 조지가 대답했다. "이곳은 한때 완전한 사막이었지. 하지만 지금 이곳을 자세히 보라고."

"어서 와요. 안에 들어가면 괜찮을 거요!"

루퍼트의 목소리가 실제보다 약간 크게 그들의 귀에서 낭랑하게 울려댔다. 주인은 비행기 옆에 서서 양손에 음료수를 한 잔씩 들고, 건달 같은 표정으로 두 사람을 내려다보고 있었다. 루퍼트가 두 사람을 내려다보는 것은 그의 키가 3미터가 훌쩍 넘기 때문이었다. 게다가 루퍼트는 반투명하게 보였다. 그의 몸을 통해 저쪽 편이 보였다.

"손님들한테 이런 장난을 치다니!" 조지가 말하며, 음료수 잔을 집어 들었다. 간신히 키가 닿았다. 물론 조지의 손은 루퍼트의 손들을 그냥 뚫고 지나가버렸다. 조지가 말을 이었다.

"우리가 집에 도착했을 때는, 좀 더 실속 있는 걸 주게나!"

"걱정 말게!" 루퍼트가 웃음을 터뜨리고는 덧붙였다. "지금 주문을 하라고. 그럼 두 사람이 도착했을 때는 다 준비가 되어 있을 테니까."

"액체 공기에서 냉각시킨 맥주 두 잔." 조지는 즉시 대답하고는 말을 이었다. "곧 그리로 갈 테니까."

루퍼트는 고개를 끄덕이더니, 보이지 않는 탁자에 두 잔 가운데 하나를 내려놓고, 마찬가지로 보이지 않는 통제 장치를 작동시켜, 곧 시야에서 사라져버렸다.

진이 말했다. "참 나! 난 이런 장치들이 작동되는 것은 처음 봤어요. 어떻게 루퍼트가 저런 걸 손에 넣었을까요? 난 오버로드들만 가지고 있는 줄 알았는데."

"루퍼트가 원하는 걸 손에 넣지 못하는 걸 본 적 있어? 저건 루퍼트한테는 장난감에 불과해. 루퍼트는 자기 스튜디오에 편안히 앉아서 아프리카 반을 돌아다닐 수 있어. 더위도 없고, 벌레도 없고, 몸을 움직일 필요도 없지. 냉장고는 언제나 손닿는 곳에 있고, 스탠리*와 리빙스턴**이 이걸 봤으면 뭐라고 했을까?"

태양 때문에 두 사람은 더 이상 말을 못하고 루퍼트의 집까지 갔다. 현관문(그들 앞에 있는 나머지 유리벽과 구별하기가 쉽지 않았다)에 가까이 다가가자, 팡파레가 울리면서 문이 자동으로 열렸다. 진은 하루가 끝나기 전에 그 소리에 질려버릴 것 같은 예감이 들었는데, 이 추측은 제대로 들어맞았다.

시원한 현관에서 루퍼트 보이스의 새로운 아내인 보이스 부인이 그들을 맞았다. 사실 보이스 부인이야말로 손님들이 이렇게 많이 모이게 된 주된 이유였다. 아마 이런 이유가 아니더라

*영국의 아프리카 탐험가, 언론인으로 행방불명된 리빙스턴을 찾기 위해 아프리카로 파견되었고, 탕가니카 호반에서 병에 걸린 리빙스턴과 극적으로 조우했다.
**영국의 선교사, 탐험가로 나일 강의 원류를 찾아 아프리카 오지들을 탐험했다.

도, 지금 온 사람들의 반가량은 루퍼트의 새 집을 보기 위해 모였을 것이다. 그러나 머뭇거리던 사람들도 루퍼트가 새 부인을 얻었다는 소식을 듣고 한 번 가보기로 결심했던 것이다.

보이스 부인을 적당하게 묘사할 형용사는 하나밖에 없었다. 새로운 보이스 부인은 마음을 야릇하고 산란하게 만드는 여자였다. 아름다움이 거의 상식이 된 세계에서조차, 남자들은 보이스 부인이 방에 들어서면 그쪽으로 고개를 돌렸다. 조지는, 보이스 부인에게 4분의 1쯤 니그로의 피가 흐르고 있을 거라고 추측했다. 그러나 그녀의 이목구비는 그리스 조각 같았고 윤기가 흐르는 머리는 풍성하고 길었다. 오직 검은 살갗의 풍부한 질감만이 부인이 혼혈이라는 것을 보여주었다. '초콜릿'이라는 흔해 빠진 단어만이 그녀의 피부 색깔에 어울리는 유일한 표현 같았다.

"진과 조지, 맞나요?" 보이스 부인은 손을 내밀며 말을 이었다. "만나서 정말 반가워요. 루퍼트는 마실 것을 가지고 이상야릇한 장난을 치고 있어요. 자, 어서 들어가서 다른 분들과 인사하세요."

부인의 목소리는 낮게 깔리는 풍부한 음역의 알토였다. 조지는 누가 등뼈에 대고 플루트를 연주하는 것처럼 몸이 떨리는 것을 느꼈다. 그는 안절부절못하며 어딘지 부자연스러운 미소를 띠고 있는 진을 한참 동안 보고 있다가 그제야 겨우 목소리의 안정을 되찾았다.

"만나서, 만나서 정말 반갑습니다." 조지는 더듬거리며 그렇게 대답하고는 덧붙였다. "오늘 파티를 무척 고대하고 있었습니다."

진이 말을 받았다. "루퍼트는 늘 멋진 파티를 열지요." 진이 '늘'이라는 말을 강조했기 때문에 누구라도 그 말이 루퍼트가 결혼할 때마다 멋진 파티를 연다는 뜻이라는 것을 알 수 있었다. 조지는 약간 얼굴을 붉히며, 질책하는 눈길로 진을 보았다. 그러나 여주인은 진의 가시 돋힌 말을 전혀 눈치채지 못한 것 같았다. 그녀는 아주 사근사근한 태도로 두 사람을 라운지로 안내했다. 이미 루퍼트의 수많은 친구들 중 대표적인 사람들이 라운지를 빽빽하게 채우고 있었다. 루퍼트 자신은 텔레비전 기술자의 통제 장치처럼 생긴 콘솔 앞에 앉아 있었다. 조지는 그것이 아까 자신들을 마중 나왔던 루퍼트의 모습을 투사한 장치라고 생각했다. 루퍼트는 지금 비행기 착륙장에 내리고 있는 두 사람을 또 놀라게 하면서 그 장치의 시범을 보이느라 바빴다. 그러나 그 와중에도 잠깐 틈을 내 진과 조지에게 인사를 하고, 그들의 음료를 다른 사람에게 주었다고 사과했다.

"하지만 저기 가면 많이 있네." 루퍼트는 한 손으로 아무렇게나 뒤쪽을 가리키며 다른 손으로는 통제 장치를 조정했다. 루퍼트가 말을 이었다. "편안하게 있게나. 자넨 여기 있는 사람들 대부분을 알잖아. 모르는 사람들은 마이아가 소개해줄 걸세. 와줘서 고맙네."

"초대해줘서 고마워요." 진이 형식적으로 대답했다. 조지는 이미 바 쪽으로 가고 있었다. 진은 조지 뒤를 따라가며, 가끔 아는 사람들 만날 때마다 인사를 나누었다. 참석한 사람들 가운데 4분의 3은 전혀 모르는 사람이었다. 루퍼트가 여는 파티는 늘 그랬다.

"이제 탐험을 해봐야죠." 음료를 마시고, 아는 사람들에게 손을 흔든 후 진이 조지에게 제안했다. "집이 좀 보고 싶어요."

조지는 노골적으로 뒤에 있는 마이아 보이스를 흘끔거리며 진의 뒤를 따라갔다. 조지의 눈이 진이 아주 싫어하는 멍한 표정을 짓고 있었다. '남자들의 속성이 근본적으로 일부다처제라는 건 정말 짜증나는 일이야. 반면에 만일 남자들이 그렇지 않다면……. 그래, 어쩌면 지금 이대로가 더 나을지도 몰라.'

조지는 루퍼트의 새 집에 있는 경이로운 물건들을 살펴보면서 금방 정상으로 돌아왔다. 집은 두 사람이 살기에는 너무 큰 것 같았지만, 많은 손님들이 자주 찾아온다는 것을 생각하면 그렇다고 할 수도 없었다. 집은 이층이었다. 위층은 아래층보다 훨씬 더 커서 바깥으로 뻗어 있는 베란다는 일층에 그늘을 드리웠다. 집 안에는 마치 우주선 내부처럼 기계 장치가 많았는데 특히 부엌은 비행기의 조종실처럼 꾸며져 있었다.

진이 말했다. "불쌍한 루비! 이곳이 마음에 들었을 텐데."

하지만 전 보이스 부인인 루비를 별로 동정하지 않는 조지가 대답했다. "내가 들은 바로는 그 오스트레일리아인 남자 친구와 무척 행복하게 지낸다던데."

이것은 워낙 널리 알려진 사실이라, 진도 반박할 수가 없었다. 그러자 진은 재빨리 화재를 바꾸었다.

"저 여자는 아주 예쁘네요, 안 그래요?"

조지는 그 정도 함정을 피하지 못할 정도로 긴장을 풀고 있지는 않았다.

"아, 그런 것 같군." 조지는 무관심하게 대답하고는 덧붙였다. "물론, 브루넷*을 좋아하는 사람에 한해서 말이야."

"당신은 브루넷을 그다지 좋아하지 않는다는 뜻으로 받아들이겠어요." 진이 상냥하게 대답했다.

"질투하지 마." 조지는 껄껄거리며, 진의 백금색 머리카락을 쓰다듬었다. "가서 서재를 보지. 그게 몇 층에 있을까?"

"틀림없이 여기에 있을 거예요. 아래층에는 더 이상 공간이 없어요. 게다가 여기에 있는 게 전체적인 설계도와 맞아요. 먹고 자는 것과 같은 기본적인 생활은 모두 아래층에서 해결하게 되어 있는 것 같으니까. 아마도 여기는 오락과 게임을 위한 곳일 거예요. 아직도 수영장을 위층에 만든 건 미친 짓이라는 생각이 들지만 말이에요."

"뭐, 그럴 만한 이유가 있겠지." 조지가 시험 삼아 문 하나를 열어보며 덧붙였다. "루퍼트는 이곳을 지을 때 전문가의 조언을 받았을 거야. 자기 혼자 생각으로 도저히 이렇게 지을 수가 없을 테니까."

"아마 그 말이 맞을 거예요. 만일 루퍼트가 설계를 했다면, 문 없는 방들에 서로 연결되지 않은 계단들이 즐비했을 거예요. 사실, 난 루퍼트가 혼자 설계한 집이라면 안에 들어가보는 게 두려

---

*거무스르한 피부에 검은 머리와 검은 눈을 가진 사람을 말하며, 명칭의 유래는 중세의 통속적인 시에 자주 나타난 이상적인 여성 '갈색 머리의 귀여운 아가씨(petite brune)'에서 비롯된 것으로 알려져 있다.

울 것 같아요."

"여기로군." 조지가 처음 육지를 본 항해사처럼 자랑스럽게 말하고는 덧붙였다. "여기 있는 보이스의 엄청난 장서들 말이야 그 가운데 루퍼트가 직접 읽은 게 얼마나 될까?"

서재는 집의 한쪽 면 전체를 따라 놓여 있었다. 그러나 실제로는 큰 책장들이 가로 놓여, 여섯 개의 작은 방으로 나뉘어 있었다. 조지의 기억이 정확하다면, 여기에는 약 1만5천 권의 장서가 있었다. 마술, 심리 연구, 점, 텔레파시 등의 막연한 주제로 출간된 것들 가운데 중요한 것은 다 있었고, 초심리 물리학이라는 범주에 들어갈 수 있는 모호한 현상들을 다룬 것도 망라되어 있었다. 이런 이성의 시대에 살고 있는 사람의 취미치고는 아주 독특했다. 어쩌면 이것은 루퍼트의 도피주의의 독특한 형태인지도 모른다.

조지는 서재에 들어가는 순간 이상한 냄새가 나는 걸 느꼈다. 희미한 냄새였지만 서재 전체에 배어 있었고, 불쾌하기보다는 낯설었다. 진도 그것을 알아차렸다. 진은 이마를 찌푸리고 무슨 냄새인지 확인하려고 애쓰고 있었다. 조지는 어렴풋이 초산 냄새일지도 모른다는 생각을 했다. 초산에 가까운 냄새였다. 하지만 뭔가 다른 냄새도…… 섞여 있었다.

서재는 탁자 하나, 의자 두 개, 쿠션 몇 개를 놓을 만한 크기의 작고 트인 공간에서 끝나고 있었다. 아마 루퍼트가 독서를 하는 곳인 모양이었다. 그런데 누군가 그곳에서, 부자연스러울 정도로 침침한 불빛 아래서 책을 읽고 있었다.

진은 약간 숨을 헐떡거리며 조지의 손을 움켜잡았다. 어쩌면 진의 반응도 당연하다고 할 수 있었다. 텔레비전 화면에서 보는 것과, 현실에서 만나는 것은 전혀 다른 문제니까. 웬만한 것에는 놀라지 않는 조지가 얼른 상황에 대처했다.

"방해가 되지 않았나 모르겠군요." 조지가 정중하게 말을 이어갔다. "여기 누가 있는지 몰랐습니다. 루퍼트가 말을 하지 않아서……"

오버로드는 책을 내려놓고, 두 사람을 자세히 보더니, 이어 다시 책을 읽기 시작했다. 동시에 여러 가지 일을 할 수 있는 존재로부터 나온 행동이긴 했지만, 그 행동에는 예의에 어긋난 것이 하나도 없었다. 그럼에도 인간 관찰자들에게는 그 광경이 마치 정신분열증 환자의 행동처럼 혼란스럽게 보였다.

오버로드가 상냥하게 말했다. "나는 라샤베락이라고 합니다. 유감스럽지만 난 별로 사교적이지는 못해서요. 하지만 루퍼트의 서재는 벗어나기가 정말 어려운 곳이라."

진은 신경질적인 웃음이 튀어나오려는 것을 간신히 참았다. 가만 보니 우연히 만난 이 오버로드는 2초에 한 쪽 꼴로 책을 읽고 있었다. 그렇지만 진은 오버로드가 모든 내용을 소화하고 있을 것임을 의심하지 않았다. '혹시 두 눈으로 각각 읽어나가는 건 아닐까?' 진은 마음속으로 생각했다. '그리고 물론, 오버로드는 브라유 점자*를 배워 손가락으로 읽는 것도 가능하겠

---

*1829년 프랑스의 맹인 L. 브라유(L. Braille)가 고안한 것으로 발명자의 이름을 따서 명칭을 브라유라고 한다. 세계 각국에서 통용되고 있는 가장 대중적인 점자 체계다.

지…….' 그 결과 떠오른 모습은 너무 희극적일 정도로 불편해 보였다. 그래서 진은 그런 생각을 억누르기 위해 일부러 대화에 끼어들었다. 사실, 지구의 통치자들하고 이야기를 나눌 기회가 매일 있는 것은 아니지 않은가.

조지는 서로 소개를 하고 난 뒤, 진이 말을 하도록 내버려두었다. 다만 진이 요령 없이 이상한 소리만 하지 않기를 바랐다. 조지 역시 진과 마찬가지로 오버로드를 직접 본 것은 이번이 처음이었다. 오버로드들이 사교상 정부 관리들, 과학자들, 사업상 만나는 사람들과 어울린다는 것은 알았지만 평범한 개인 파티에 참석했다는 이야기는 들은 적이 없었다. 따라서 이 파티가 겉으로 보이는 것과는 달리 평범한 파티가 아니라는 추론도 가능했다. 루퍼트가 오버로드의 장비를 하나 갖고 있다는 것도 그런 생각을 뒷받침해주는 사실이었다. 조지는 무슨 일이 벌어지고 있는지 궁금해졌다. '루퍼트를 따로 만나게 되면 반드시 따져봐야지.'

의자가 너무 작았기 때문에 라샤베락은 그냥 바닥에 앉아 있었다. 1미터 정도 떨어져 있는 쿠션에 손을 대지 않은 걸 보니, 쿠션이 없어도 편안한 모양이었다. 라샤베락의 머리는 바닥에서 약 2미터 높이밖에 안 떨어져 있었고, 덕분에 조지는 이 외계의 생물체를 살펴볼 수 있는 독특한 기회를 가질 수 있었다. 그러나 불행히도 조지는 지구의 생물체에 대해서도 거의 아는 게 없었기 때문에, 이 외계의 생물체에 대해 새로 알아낼 수 있는 것이 별로 없었다. 오직 독특하지만 불쾌하다고 할 수만은 없는, 산(酸) 냄새만이 새로울 뿐이었다. 오버로드는 인간에게서 어떤 냄새를 맡을까? 조지는 좋은 쪽이기를 바랐다.

라샤베락에게는 사람의 모습과 비슷한 데가 하나도 없었다. 조지는 만일 무지하고 겁에 질린 야만인들이 오버로드들을 멀리서 보면 날개 달린 인간들로 착각할 수 있고, 그래서 악마를 그린 초상화를 금방 떠올릴 수 있을 것 같다고 생각했다. 그러나 이렇게 가까이서 보니, 그런 착각들 가운데 일부는 사라졌다. 작은 뿔들(도대체 무엇에 쓰는 것일까? 조지는 궁금했다)은 듣던 대로였고 신체는 인간과 전혀 다른 진화의 계통에서 나온 오버로드들은 포유류도 곤충도 파충류도 아니었다. 척추가 있는지조차 확실치 않았다. 마치 갑옷 같은 오버로드들의 딱딱한 외피가 그들을 지탱해주는 유일한 틀일 수도 있었다.

라샤베락의 날개들은 접혀 있었기 때문에 조지는 날개를 뚜렷하게 볼 수 없었다. 그러나 비늘이 돋은 파이프 모양의 꼬리는 동그랗게 뭉쳐서 엉덩이 밑에 깔려 있었다. 침처럼 생긴 미늘은 화살촉이라기보다 오히려 큼직하고 넓적한 다이아몬드 모양에 가까웠다. 이제 상식처럼 된 이야기에 따르면, 그 용도는 새의 꼬리 깃털들처럼 비행할 때 균형을 유지하기 위한 것이라고 한다. 이처럼 빈약한 사실과 추측에 근거하여 과학자들은 오버로드들이 낮은 중력과 밀도 높은 대기를 가진 세계에서 왔다고 결론을 내렸다.

갑자기 보이지 않는 곳에 있는 스피커에서 루퍼트의 목소리가 울려 퍼졌다.

"진! 조지! 도대체 어디 숨어 있는 거야? 내려와서 파티에 참석하라고. 화제가 무르익고 있네."

"나도 가는 게 좋겠군요." 라샤베락은 책을 책꽂이에 올려놓으며 말했다. 라샤베락은 그 동작을, 바닥에서 움직이지도 않고 아주 쉽게 했다. 조지는 처음으로 라샤베락이 두 개의 엄지손가락과 그 사이에 다섯 개의 손가락을 가지고 있다는 것을 알았다. 조지는 생각했다. '14진법으로 하는 산수라니 정말 싫을 거야.'

라샤베락이 일어서는 것은 볼 만한 광경이었다. 오버로드는 천장에 머리가 닿지 않도록 몸을 굽히고 있었다. 설사 오버로드들이 인간과 섞이기를 바란다 해도 여러 가지 어려움이 많을 것 같았다.

지난 30분 동안 손님들이 또 몇 차례 도착해서 이제 방은 사람들로 만원이었다. 라샤베락이 방에 들어서자 상황은 훨씬 더 심각해졌다. 다른 방에 있던 손님들까지 라샤베락을 보려고 달려 나왔기 때문이었다. 루퍼트는 사람들의 열광적인 반응에 매우 흡족해하는 게 틀림없었다. 진과 조지는 아무도 그들을 아는 체하지 않아서, 별로 즐겁지가 않았다. 사실, 그 둘이 오버로드 뒤에 서 있었기 때문에, 두 사람을 볼 수 있는 사람이 거의 없었다.

루퍼트가 소리쳤다. "라시, 이리 오셔서 제 친구들을 좀 만나보십시오. 하하, 이 긴 의자에 앉으시면 머리가 천장에 닿지 않을 겁니다."

라샤베락은 꼬리를 어깨에 걸치고, 부빙들 사이를 조심스럽게 헤쳐가는 빙산처럼 방을 가로질렀다. 라샤베락이 루퍼트 옆에 앉자, 방이 훨씬 넓어진 것 같았다. 조지는 안도의 한숨을 내쉬었다.

"오버로드가 서 있을 때는 밀실 공포증이 느껴지더군. 루퍼트가 어떻게 오버로드를 초대했는지 모르겠어. 재미있는 파티가 될 것 같아."

"루퍼트가 오버로드를 애칭으로 부르는 걸 좀 봐요. 그것도 공적인 자리에서 말이에요. 그래도 오버로드는 그다지 신경 쓰는 거 같지 않네요. 정말 이상한 일이야."

"틀림없이 오버로드는 그렇게 부르는 걸 싫어할 거야. 문제는 루퍼트가 자랑하는 걸 너무 좋아한다는 거지. 게다가 눈치도 없고. 그 말을 들으니 당신이 물어보았던 질문들 몇 가지가 생각나는군."

"뭐라고요?"

"그러니까 '여기 얼마나 계셨어요?', '캐렐런 감독관에 대해서 어떻게 생각하세요?', '지구가 마음에 드시나요?'라는 질문 말이야. 정말이지, 곤란한 일이야! 오버로드들하고는 그런 식으로 말해서는 안 돼!"

"왜 안 되는지 모르겠군요. 누군가는 그런 질문을 할 때도 됐잖아요."

토론이 말다툼으로 변하기 전에 쉰버거 부부가 다가와 말을 걸어와 네 사람은 곧 두 사람씩 갈라졌다. 여자들은 보이스 부인에 대한 이야기를 하기 위해 한쪽으로 몰려갔고, 남자들 역시 물론 관점은 달랐지만 똑같은 화제를 입에 올리기 위해 반대쪽으로 몰려갔다. 조지의 가장 오랜 친구들 가운데 하나인 베니 쉰버거는 그 주제에 대해 많은 정보를 가지고 있었다.

쉰버거가 말했다. "제발 아무한테도 말하지 마. 루스도 이건 모르니까. 어쨌든 저 여자를 루퍼트한테 소개한 게 바로 나야."

조지가 부러운 듯 대답했다. "내 생각에는 저 여자는 루퍼트한테 너무 과분한 것 같아. 하지만, 오래가진 않을 테니, 뭐. 저 여잔 곧 루퍼트한테 싫증을 낼 거야." 조지는 그렇게 생각하자 기분이 상당히 좋아졌다.

"믿지 못할지 모르지만 말이야, 저 여자는 미인일 뿐만 아니라, 착한 여자일세. 이제 누군가 루퍼트를 돌봐줄 때야. 그리고 저 여자야말로 바로 그 일을 할 만한 여자지."

루퍼트와 마이아는 둘 다 라샤베락 옆에 앉아 정식으로 손님들을 대접하고 있었다. 루퍼트의 파티는 어떤 공통 화제를 가지고 있는 경우가 드물었다. 보통 대여섯 그룹으로 나뉘어 각자 자기들의 관심사에 열중하곤 했다. 그러나 이번만큼은 참석자 모두가 공통의 화제를 발견했다. 조지는 보이스 부인이 좀 안됐다는 생각이 들었다. 오늘은 보이스 부인의 날이 되었어야 하는데, 라샤베락의 그림자에 가려 빛을 보지 못했기 때문이다.

"이보게." 조지는 샌드위치를 우물거리며 말을 이었다. "도대체 어떻게 루퍼트가 오버로드와 친해지게 된 거지? 이제까지 이런 경우는 들어본 적이 없어. 하지만 루퍼트는 아주 당연한 것처럼 말했지. 그런데 우리를 초대하면서 그런 얘기를 하지 않았잖아."

베니는 껄껄 웃었다.

"루퍼트답게 우리를 깜짝 놀라게 해주려는 거였겠지. 직접 물어보지 그래. 하지만 사실 이번 일이 처음은 아니잖아. 캐렐런은 백악관과 버킹엄 궁 파티에도 갔지. 그리고……"

"아니, 그건 경우가 다르지! 루퍼트는 평범한 시민에 불과하단 말이야."

"라샤베락도 하급 오버로드인지도 모르지. 어쨌든 직접 물어보라고."

"알았네. 루퍼트와 단둘이 있게 되면 그렇게 하지."

"그러려면 꽤 오래 기다려야 할걸."

베니 말이 옳았다. 그러나 이제 파티 분위기가 무르익어 가고 있었기 때문에, 기다리는 건 쉬웠다. 라샤베락이 나타나서 참석자들 사이에 감돌았던 딱딱한 분위기는 사라지고 없었다. 오버로드 주위에는 아직도 몇 사람이 모여 있었지만, 다른 곳에서는 평소대로 자유롭게 흩어져서 이야기하고 있었다.

조지는 굳이 고개를 돌려볼 것도 없이 이곳에 다양한 인물들이 와 있음을 알았다. 유명한 영화 제작자, 이름 없는 시인, 수학자, 배우 두 명, 원자력 엔지니어, 수렵 감시인, 주간지 편집자, 세계은행의 통계 담당자, 거장 바이올리니스트, 고고학 교수, 천체 물리학자 등이 있었다. 조지 자신의 직업인 텔레비전 스튜디오 디자인 분야에서는 다른 사람이 오지 않았다. 조지는 일터로부터 멀리 벗어나 있고 싶었기 때문에 그것은 다행스러운 일이었다. 조지는 자신의 일을 사랑했다. 사실 인류 역사상 처음으로 이 시대에는 누구나 자기가 좋아하지 않는 일은 하지 않아도 되었다. 그러나 조지는 하루 일이 딱 끝나면 스튜디오 문을 걸어 잠글 수 있는 사람이었다.

조지는 마침내 주방에서 루퍼트와 단둘이 만날 수 있었다. 루퍼트는 여러 가지 술을 가지고 실험을 하고 있었다. 실험에 푹 빠져 있는 루퍼트에게 세상 이야기를 하기는 좀 그랬지만, 조지는 필요할 때는 냉정하게 말할 수 있는 사람이었다.

"이봐, 루퍼트." 조지는 가장 가까운 탁자에 엉덩이를 걸치고 말을 이었다. "좀 설명을 해줘야 하는 것 아닌가?"

"음." 루퍼트는 생각에 잠겨 입안에서 혀를 굴리더니 덧붙였다. "진이 아주 약간 더 들어간 것 같군."

"피하지 말라고. 술 취한 척하지 마. 자네가 멀쩡하다는 걸 잘 아니까. 자네의 오버로드 친구는 어디서 온 건가? 여기서 뭘 하고 있는 거지?"

"내가 말하지 않았나? 모두에게 설명을 한 줄 알았는데. 자네가 그 자리에 없었을 수도 있겠군. 물론, 자넨 서재에 숨어 있었으니까." 루퍼트가 껄껄 웃었지만 조지에게는 불쾌한 웃음이었다. 루퍼트가 말을 계속했다. "라시가 여기 오게 된 건 그 서재 때문이야."

"이상한 일이군!"

"왜?"

조지는 말을 끊었다. 루퍼트는 자신의 독특한 장서를 매우 자랑스럽게 생각하고 있었기 때문에 이제부터는 조심스럽게 얘기

해야 했다.

"음…… 글쎄. 오버로드들의 과학 수준을 고려할 때, 그들이 심령 현상이니 뭐니 하는 터무니없는 것들에 관심을 가질 이유가 없을 것 같은데."

"터무니없든 아니든 오버로드들은 인간 심리에 관심을 가지고 있어. 그리고 난 그들에게 많은 걸 알려줄 수 있는 책들을 좀 가지고 있지. 내가 이곳으로 이사 오기 직전, 하급 오버로드(under-overlord)인지 아니면 지배 하급자(over-underlord)인지 하는 사람이 나에게 연락을 해서, 내 희귀 장서 가운데 약 50권 정도를 빌릴 수 없겠느냐고 묻더군. 대영 박물관의 도서관 사서 한 사람이 나를 소개시켜준 것 같아. 물론, 자넨 내가 뭐라고 대답했는지 짐작할 수 있겠지."

"상상할 수가 없군."

"후후, 난 장서를 마련하는 데 20년이 걸렸다고 아주 정중하게 말했지. 당신들이 내 책을 보는 건 좋지만 내 집에서 읽는 게 좋겠다고 대답했어. 그렇게 해서 라시가 왔고, 그동안 하루에 스무 권 정도를 읽었지. 그 친구가 그 책들을 어떻게 생각하는지 알았으면 좋겠어."

조지는 그 광경을 머릿속으로 떠올리면서, 역겹다는 듯이 어깨를 으쓱했다.

"솔직히 내가 오버로드들을 너무 과대평가한 것 같군. 난 그들이 관심을 기울일 만한 더 좋은 일이 많다고 생각했는데."

"자넨 구제할 수 없는 물질주의자로군. 진은 절대 동의하지 않을 것 같은데. 하지만 자네처럼 실용적인 관점에서 보더라도, 오버로드들이 그런 주제에 관심을 기울이는 건 이해할 수 있는 일이네. 자네도 관심이 있는 원시 종족의 미신은 연구하겠지!"

"그렇지." 조지는 별 확신 없이 말했다. 탁자가 딱딱하게 느껴져, 조지는 일어섰다. 루퍼트는 이제 만족스럽게 술을 섞어, 다시 손님들에게로 향하고 있었다. 벌써 루퍼트를 부르는 불평 섞인 소리들이 들려오고 있었다.

조지가 말했다. "루퍼트! 가기 전에 한 가지만 더 대답해줘. 우리를 놀라게 한 그 입체 텔레비전 장치는 어떻게 손에 넣었나?"

"그저 거래의 일부일 뿐이야. 난 그게 내 일에 얼마나 중요한지를 말했지. 그래서 라시가 적당한 부서에 제안을 한 거고."

"내가 너무 둔한 걸 용서해주게나. 자네의 새로운 일이 뭔가? 물론 그게 동물과 무슨 관계가 있다는 건 짐작하네만."

"맞아. 난 수의사지. 내 진료 범위는 수천 킬로미터에 달하는 정글에 걸쳐 있네. 그리고 내 환자들은 날 찾아오지 않기 때문에, 내가 환자들을 찾아야 하네."

"꽤 바쁘겠군."

"그럼. 작은 동물들을 상대하고 있다가는 장사가 안 되니까 사자나 코끼리나 코뿔소 같은 놈들을 위주로 진료하고 있지. 매일 아침 난 백 미터 높이에 통제 장치를 설치해두고, 스크린 앞에 앉아 땅을 훑어보지. 그래서 병에 걸린 동물이 발견되면, 내임상치료법이 효과가 있기를 바라며 비행기로 출동하지. 때로는 좀 까다롭기도 해. 사자 같은 녀석들은 쉽지만 공중에서 코뿔소 몸에 마취제를 주사하는 건 정말 힘든 일이야."

"루퍼트!" 옆방에서 누가 소리쳤다.

"자네 때문에 이게 뭔가! 자네와 얘기를 하느라 다른 손님들이 있다는 걸 잊어버렸잖아. 자, 저 쟁반을 들어. 저건 베르무트주가 든 거야. 섞이면 곤란해."

조지가 옥상으로 나가는 길을 발견한 것은 해 지기 바로 직전의 일이었다. 그는 여러 가지 그럴 만한 이유들 때문에 머리가 약간 아팠고, 그래서 아래층의 소음과 혼란으로부터 벗어나고 싶었다. 조지보다 춤을 훨씬 잘 추는 진은 파티를 즐기며 조지와 같이 나가려고 하지 않았다. 조지는 진의 그런 행동에 화가 났다. 술기운 탓인지 야릇한 상상을 자꾸 하게 되었기 때문이다. 조지는 별 밑에서 혼자 조용히 우울해하기로 했다.

지붕에 올라가려면, 위층까지 에스컬레이터를 타고 올라가, 냉방 설비의 통풍구를 돌아나가는 나선형 계단을 올라가야 했다. 그러면 승강구를 통해 넓고 평평한 지붕으로 나갈 수 있었다. 루퍼트의 비행기가 한쪽 끝에 있었다. 지붕의 중앙에는 정원이 꾸며져 있었지만 제대로 관리하지 않은 듯 지저분했다. 그리고 나머지는 단순한 전망대로, 접는 의자 몇 개가 놓여 있었다. 조지는 접는 의자 하나에 주저앉고는 도도한 눈으로 주위를 둘러보았다. 자신이 눈앞에 보이는 모든 것의 왕이 된 것 같은 기분이 들었다.

누가 보더라도, 장관이라 할 만했다. 루퍼트의 집은 커다란 분지의 가장자리에 있었다. 분지는 동쪽으로 경사를 이루며 내려가 5킬로미터 떨어진 곳에 있는 늪지와 호수들로 이어졌다. 서쪽으로는 땅이 평평했으며, 정글이 루퍼트의 뒷문에 이를 정도로 가까이 있었다. 그러나 정글 너머로는, 적어도 50킬로미터는 될 것 같은 거리에, 산의 윤곽이 눈에 안 보이는 커다란 벽처럼 북에서 남으로 이어져 있었다. 산꼭대기는 눈으로 덮여 있었고, 그 위의 구름들은 석양에 물들어 붉게 타오르고 있는 듯했다. 조지는 먼 누벽과 같은 산들을 보며, 갑자기 술이 깨는 듯한 기분과 함께 경외심을 느꼈다.

해가 지자마자 무례할 정도로 성급하게 튀어나온 별들이 너무 낯설게 보였다. 조지는 남십자성을 찾았지만 보이지 않았다. 그는 천문학을 잘 모르기 때문에 별자리 몇 개밖에 찾을 수 없었다. 그나마 그 익숙한 친구들마저 안 보이자 마음이 어수선해졌다. 정글에서 손에 쥐어질 듯 기분 나쁠 정도로 가깝게 들려오는 소리들도 마찬가지였다. '신선한 공기는 이만하면 됐어. 흡혈박쥐나 그런 유쾌한 친구들이 탐사를 위해 날아오기 전에 파티장으로 돌아가는 게 좋겠군.'

그가 막 몸을 움직이려는데, 다른 손님이 승강구에서 나타났다. 너무 어두워 누구인지 알 수가 없었기 때문에, 조지는 소리를 질렀다. "안녕하시오. 댁도 질려서 올라온 거요?" 보이지 않는 사람이 웃음을 터뜨렸다.

"루퍼트가 자기가 찍은 영화 몇 편을 보여주기 시작했습니다. 하지만 전에 다 본 거라서 말입니다."

"담배나 한 대 태우시오."

"고맙습니다."

라이터, 조지는 그런 골동품을 좋아했다. 라이터 불빛에 이제 그 손님을 알아볼 수 있었다. 소개받을 때 이름을 들었겠지만 다른 20명의 낯선 이름들과 마찬가지로 듣는 순간에 잊어버렸을 것이다. 그러나 이 흑인은 왠지 낯익은 데가 있었다. 불현듯 조지에게 떠오르는 생각이 있었다.

"우린 만난 적이 없는 것 같지만, 댁은 혹시 루퍼트에게 새로 생긴 처남 아니오?"

"맞습니다. 잰 로드럭스입니다. 모두들 마이아와 좀 닮았다고 하지요."

조지는 잰이 새로 생긴 매형 때문에 고생할 생각을 하니 그가 안쓰러워졌다. 그래서 충고를 해줄까 생각했지만 그는 이 불쌍한 친구가 스스로 알게 되도록 놔두기로 마음먹었다. 사실, 이번에는 루퍼트도 완전히 정착할 가능성이 있지 않은가.

"난 조지 그렉슨이오. 루퍼트의 유명한 파티에 와본 건 이번이 처음이겠지요?"

"네. 이런 파티를 하면 새로운 사람들을 많이 만날 수 있을 것 같군요."

"그리고 새로운 인간만 만나는 게 아니지. 내가 오버로드를 사교적인 자리에서 만나게 된 건 이번이 처음이오."

잰은 대답하기 전에 잠시 머뭇거렸다. 조지는 자신이 무슨 민감한 부분을 건드린 게 아닌지 의아해했다. 그러나 대답에서는 아무것도 드러나지 않았다.

"저도 전에는 한 번도 본 적이 없습니다. 물론 텔레비전에서는 봤지만요."

거기서부터 대화는 시들해졌다. 잠시 후 조지는 잰이 혼자 있고 싶어 한다는 것을 깨달았다. 어차피 쌀쌀해지고 있었기 때문에 조지는 잰을 두고 파티장으로 돌아갔다.

정글은 이제 고요했다. 잰이 통풍구의 곡선을 그리고 있는 벽에 몸을 기댔을 때 유일하게 들은 소리는 집이 그 기계 허파로 숨을 쉬면서 내는 희미한 웅얼거림뿐이었다. 잰은 무척 외로웠다. 그리고 그게 그가 바라는 것이기도 했다. 또한 잰은 매우 좌절하고 있었다. 그러나 그 좌절감은 그가 전혀 바라지 않은 것이었다.

8

어떤 유토피아도 모든 사람을 만족시킬 수 없다. 물질적 조건이 개선되면서 전에는 꿈도 꾸지 못했던 힘과 부를 가지게 되었지만 동시에 수준도 높아지기 때문에 불만을 가지게 된다. 그리고 설령 외부적인 조건이 모두 충족된다고 해도 여전히 정신의 탐색과 마음의 갈망은 남아 있게 된다.

재 로드릭스는 자신의 운을 고맙게 생각하는 사람이 아니었지만, 이전 시대에 태어났더라면 훨씬 더 커다란 불만을 가졌을 것이다. 1세기 전이었다면, 잰의 피부색은 아마도 옴짝달싹도 못할 정도의 엄청난 장애가 되었을 것이다. 그러나 오늘날 피부색은 아무런 의미도 없었다. 21세기 초에 흑인들에게 백인들이 검둥이라고 불렀을 때 흑인들이 보여주었던 반응은 이미 사라지고 없었다. '검둥이'라는 편리한 말은 이제 품위 있는 사교계에서도 금기가 아니었고 모두들 아무런 거리낌 없이 그 말을 사용하고 있었다. 그것은 공화주의자나 감리교도, 보수주의자나 자유주의자와 같은 단어와 마찬가지로 그저 자연스러운 단어일 뿐이었다.

잰의 아버지는 매력적이지만 약간 무능한 스코틀랜드인이었다. 한때 프로 마술사로서 상당한 이름을 얻은 바 있었는데 그가 마흔다섯 살이라는 젊은 나이에 죽은 이유는 그의 조국에서 나는 가장 유명한 생산품인 스카치위스키를 과도하게 마셨기 때문이다. 잰은 아버지가 술에 취한 모습을 한 번도 보지 못했지만, 그렇다고 아버지가 술이 깨어 있는 모습을 본 적도 없는 것 같았다.

아직도 정정한 로드릭스 부인은 에든버러 대학교에서 고등 확률론에 대해 강의한다. 석탄처럼 검은 피부의 로드릭스 부인이 스코틀랜드에서 태어났고, 반면에 국적을 상실한 금발의 남편은 거의 평생을 아이티에서 산 것은, 21세기 사람들의 극단적인 유동성을 잘 보여주는 예였다. 마이아와 잰은 한 번도 하나의 집을 가져본 적이 없었고, 마치 두 개의 셔틀콕처럼 부모들의 가족 사이를 왔다 갔다 했다. 양쪽 모두에게서 좋은 대접을 받았고 또 재미도 있었지만, 아버지에게서 물려받은 두 사람의 변덕스런 성격을 고치는 데는 도움을 주지 못했다.

스물일곱이 된 잰은 아직도 대학 생활을 몇 년 남겨 두고 있었고, 자신의 앞길을 진지하게 생각하는 것은 그 다음 일이었다. 잰은 1세기 전이었다면 아주 이상하게 여겨졌을 커리큘럼을 따라, 별 무리 없이 학사 학위를 받았다. 잰의 전공은 수학과 물리학이었는데 그는 부전공으로 철학과 음악 감상을 택했다. 이 시대의 높은 기준을 고려하더라도, 잰은 일급의 아마추어 피아니스트였다.

3년 후면 잰은 천문학을 부전공으로 하여, 공학 물리학 박사 학위를 따게 될 터였다. 그러기 위해서는 열심히 공부를 해야 했지만 잰은 그런 도전을 환영하는 편이었다. 잰은 세계에서 가장 아름다운 곳에 자리 잡은 고등교육기관에서 공부를 하고 있었다. 그가 다니는 케이프타운 대학교는 테이블 산 발치에 보금자리를 틀고 있었다.

잰은 물질적으로는 걱정할 것이 없었으나 그래도 불만을 느끼고 있었고 자신의 삶을 개선할 방도를 찾을 수가 없었다. 설상가상으로 마이아가 행복해진 것이 잰의 고민의 주된 원인이 되고 있었다. 물론 잰이 조금이라도 샘을 내는 것은 아니었다.

잰은 여전히 모든 사람은 평생 단 한 번의 진실한 사랑을 한다는, 엄청난 고통의 원인이 되고 수많은 시의 주제가 되기도 한 낭만적인 환상으로 괴로워하고 있었다. 잰은 뒤늦은 나이에 평생 처음으로 지조보다는 아름다움으로 명성을 날리는 한 여자에게 빠져들었다. 로지타 치엔은 자신의 피 속에 만주국 황제의 피가 흐르고 있다고 주장하는 여자였다. 잰 말고도 케이프타운 대학 이학부의 대다수 학생들이 그녀를 찬미하고 있었다. 잰은 그녀의 꽃처럼 섬세한 아름다움에 끌렸던 것인데, 두 사람의 사랑은 상당한 데까지 진전되었다가 갑자기 끝이 나고 말았다.

물론 시간이 지나면 극복할 수 있을 것이다. 다른 남자들은 비슷한 재난을 겪고도 치명적인 상처 없이 살아남아, 심지어 '난 이제 그 여자에게 그랬던 것처럼 한 여자에게 모든 것을 바칠 수 있는 진실한 사랑은 할 수 없을 거야!'라면서 자신의 사랑을 추억으로 승화시키기도 한다. 그러나 그렇게 여유 있는 태도는 먼 미래에나 가능한 일이었다. 아직도 그의 마음에 난 상처는 완전히 회복되지 않았다.

잰의 다른 불만들도 그보다 쉽게 치유될 수는 없는 것이었다. 그것은 오버로드들이 그의 야망을 형성하는 데 끼친 영향과 관련되어 있었기 때문이다. 잰은 마음뿐만 아니라 정신도 낭만적이었다. 인류가 하늘을 정복한 이후 수많은 젊은이들이 그랬듯이, 잰도 아직 탐험하지 못한 우주의 바다를 향해 꿈과 상상력을 키워 나가고 있었다.

1세기 전에 인류는 별들에 이를 수 있는 사다리에 발을 올려놓았다. 그러나 그 순간 단순한 우연의 일치였을까? 별들에게 가는 문이 바로 코앞에서 쾅 닫혀버렸다. 오버로드들은 인간의 활동에 적극적으로 관여한 적이 거의 없지만(전쟁이 아마 가장 큰 예외일 것이다), 우주 비행 연구는 사실상 중단되었다. 오버로드들의 과학과의 격차가 너무나 컸다. 적어도 이제 인류는 우주 비행을 포기하고, 다른 활동 분야로 관심을 돌리고 있었다. 오버로드들이 절대 힌트조차 주지 않는 원리로 만든 무한히 우월한 추진 수단을 가지고 있는 상태에서, 인간이 로켓을 개발하려고 하는 것은 소용없는 일이었다.

수백 명의 사람들이 달에 연구소를 설립하려는 목적으로 달을 방문했다. 그들은 오버로드들에게 빌린 로켓 엔진이 달린 조그만 우주선에 탑승해서 달에 갔다. 우주선의 소유자들이 아무런 조건 없이 그 우주선을 호기심 강한 지구의 과학자들에게 건네준 것을 보면 그 원시적인 우주선을 연구해서는 배울 것이 거의 없다는 게 분명했다.

따라서 인간은 아직도 자신의 행성에 포로로 잡혀 있었다. 지구는 1세기 전에 비해 훨씬 발전했지만, 행성 자체는 더 비좁아졌다. 오버로드들이 전쟁과 기아와 질병을 없애버렸을 때, 그들은 동시에 모험도 파괴해버린 것이다.

떠오르는 달이 창백한 우윳빛으로 동쪽 하늘을 물들이기 시작했다. 그곳에 오버로드들의 주 기지가 있었다. 그 기지가 플라톤 분화구 안쪽 벽에 있다는 것을 잰은 알고 있었다. 보급선이 오간 지는 70년이 넘었지만 보급선들이 지구에서도 분명히 보이는 모습으로 나타난 것은 잰이 태어나고 난 후의 일이었다. 5미터짜리 망원경으로 보면, 아침이나 저녁 해가 달의 평원에 그림자를 몇 킬로미터씩 드리울 때 그 거대한 우주선들의 그림자가 분명하게 보였다. 오버로드들이 하는 일은 모두 인류에게 엄청난 관심을 불러일으켰지만 그들의 실체를 아는 사람은 없었다. 그러나 이제는 그들의 행동(비록 그 이유는 알 수 없었지만)을 지켜볼 수 있었다. 그런 거대한 그림자들 가운데 하나가 몇 시간 전에 사라졌다. 잰이 알기로는 달에서 좀 떨어진 어딘가에 오버로드의 우주선이 떠 있는데, 오버로드들은 그곳에서 먼 미지의 고향으로 가기 전에 필요한 일상적인 준비를 한다고 했다.

재은 그 우주선들 가운데 하나가 별들을 향해 발진하는 모습을 본 적이 없었다. 조건만 맞으면, 그 광경은 지구의 절반의 지역에서 볼 수 있었지만, 재은 늘 운이 좋지 않았다. 정확히 언제 이륙할지는 아무도 알 수 없었다. 물론 오버로드들이 그런 일을 광고할 리가 없었다. 재은 10분을 더 기다렸다가 파티장으로 돌아가기로 했다.

'저게 뭘까? 운석 하나가 에리다누스 강 자리를 통과해 미끄러지는 것이군.' 재은 긴장을 풀었다. 그는 담배가 다 탄 걸 보고는, 새 담배에 불을 붙였다.

담배를 반쯤 피웠을 때, 50만 킬로미터 떨어진 곳에서, 오버로드들의 스타드라이브가 움직이는 것이 보였다. 넓게 퍼지는 달빛의 중심으로부터 아주 작은 불꽃이 천정을 향해 올라가고 있었다. 처음에는 그 움직임이 너무 느려 거의 알아차릴 수가 없었다. 그러나 스타드라이브는 금방 속도를 붙이기 시작했다. 스타드라이브는 위로 올라 가면서 밝아졌다가 갑자기 시야에서 사라졌다. 잠시 후 스타드라이브는 다시 나타났다. 속도도 빨라지고 훨씬 밝아져 있었다. 스타드라이브는 독특한 리듬을 타고 부풀었다 이울었다 하면서, 점점 더 빠르게 올라가고 있었다. 별들을 가로지르며 흔들리는 광선을 그리고 있었다. 스타드라이브까지 실제로 얼마나 떨어져 있는지는 모르지만 속도가 주는 강렬한 인상은 숨을 앗아가고도 남았다. 우주선이 달 너머 어딘가로 가버린 뒤에도 그 속도와 에너지 때문에 머리가 어지러울 정도였다.

잰은 지금 자신이 보고 있는 것이 우주선에서 발산된 에너지의 부산물이라는 것을 알고 있었다. 우주선 자체는 지금 눈에 보이는, 위로 올라가는 빛보다 이미 훨씬 앞서 이미 시야에서는 사라지고 없었다. 높이 날아가는 제트기가 그 뒤로 수증기의 자취를 남기듯, 먼 우주로 향하는 오버로드들의 우주선도 독특한 자취를 남기고 있었다. 일반적으로 알려진 이론에 따르면 스타드라이브의 엄청난 가속 때문에 국지적으로 공간이 뒤틀린다고 한다. 그 이론은 의심의 여지가 없었다. 잰은 지금 자기가 보고 있는 것이 먼 별들의 빛에 불과하다는 것을 알고 있었다. 상태가 좋을 때면 우주선의 항로를 따라 별들이 모여들어 잘 볼 수 있게 된다. 거대한 중력장이 있을 때 빛이 휘는 것은 상대성 이론의 명백한 증거였다.

이제 그 거대하고 연필처럼 가는 렌즈의 끝은 더 느리게 움직이는 것 같았다. 그러나 그것은 보는 각도의 문제일 뿐이었다. 실제로 우주선은 여전히 가속을 하고 있었다. 우주선이 먼 우주에 있는 별들을 향해 튀어나갈 때, 단지 그 행로가 원근법처럼 단축되고 있는 것뿐이다. '많은 과학자들이 지금 저 모습을 보고 있겠군.' 잰은 지구의 과학자들이 스타드라이브의 비밀을 밝히기 위해 애를 쓰고 있다는 사실을 알고 있었다. 벌써 그 주제에 대해 수십 건의 논문이 제출되었다. 오버로드들은 그 논문을 아주 관심 있게 읽었을 것이다.

환상의 빛은 이울기 시작하고 있었다. 이제 빛줄기는 희미해지면서 용골자리의 중심을 가리키고 있었다. 잰이 예상한 대로였다. 오버로드들의 모성은 그 근처 어딘가에 있었다. 그러나 그렇다고 해도 그 부근의 수많은 별들 가운데 어느 것인지 알 수 없었고, 태양계에서 그곳까지의 거리도 짐작할 수 없었다.

다 끝났다. 우주선은 막 여행을 시작했을 뿐이지만 인간의 눈으로는 더 이상 볼 수가 없었다. 그러나 잰의 마음속에서는 그 빛나는 행로에 대한 기억이 불타오르고 있었다. 잰이 꿈을 꾸는 한 그것은 그의 마음속에서 절대 꺼지지 않을 불꽃이었다.

파티는 끝났다. 거의 모든 손님들이 다시 비행기를 타고, 지구의 네 귀퉁이를 향해 흩어지고 있었다. 그러나 몇 명의 예외도 있었다.

하나는 노먼 도즈워스였다. 도즈워스는 시인으로 주정이 심했지만 난폭한 행동으로 사람들을 귀찮게 하지 않고 잠에 떨어져버릴 정도의 분별력은 있었다. 도즈워스의 몸은 그다지 정중하지 않게 잔디밭으로 모셔졌으며, 하이에나가 무례하게 깨워주기를 바랄 뿐이었다. 따라서 사실 도즈워스는 없는 것이나 마찬가지였다.

남은 손님들 가운데는 조지와 진이 있었다. 남자고 제안한 사람은 조지가 아니었다. 조지는 집에 가고 싶었다. 특별한 이유가 있어서 그런 것은 아니었지만 조지는 루퍼트와 진 사이의 우정이 못마땅했다. 조지는 합리적이고 냉정한 자신의 성격에 자부심을 느끼고 있었으며, 진과 루퍼트가 공동으로 관심을 보이는 것이 이 과학의 시대에는 유치할 뿐만 아니라, 약간 불건전하다고까지 생각했다. 이성으로 설명할 수 없는 미지의 세계를 약간이라도 믿는 사람을 조지는 특이하게 여겼다. 때문에 이곳에서 라샤베락을 보고 오버로드들에 대한 그의 믿음은 흔들렸다.

아마도 진의 묵인하에, 루퍼트가 약간 놀랄 만한 일을 꾸몄다는 게 분명해졌다. 조지는 체념하고 우울한 얼굴로 뭔지는 모르지만, 어쨌든 이제 곧 다가올 터무니없는 일을 기다리고 있었다.

루퍼트가 자랑스럽게 말했다. "이것으로 정하기 전에 온갖 것들을 다 사용해봤지. 마찰을 줄여 완전한 자유 운동을 얻는 것이 큰 문제였소. 윤기 나는 구식 탁자와 회전통도 나쁘지는 않았지만 지금까지 그것들은 수백 년 동안 사용되었기 때문에, 난 현대 과학으로 더 나은 것을 만들 수 있다고 확신했소. 그렇게 해서 만든 것이 바로 이것이오. 의자를 바짝 당겨요. 정말 같이 해보지 않겠습니까, 라시?"

오버로드는 아주 짧은 순간 망설이는 것 같더니, 이내 고개를 저었다. '그런 습관은 지구에서 배운 것일까?' 조지는 궁금했다.

라샤베락은 대답했다. "아니, 사양하겠소. 난 그냥 보는 쪽이 좋소. 나중에 함께하지요."

"좋습니다. 나중에라도 마음을 바꿀 시간은 충분하니까."

'아, 그래?' 조지는 우울한 얼굴로 시계를 보며 생각했다.

루퍼트는 친구들을 작지만 육중한 느낌을 주는 탁자 주위에 앉게 했다. 탁자는 완벽한 원 모양이었다. 탁자 위를 덮고 있는 평평한 플라스틱 뚜껑을 들어내자 빽빽하게 담긴 볼 베어링들이 반짝거리며 모습을 드러냈다. 탁자 가장자리가 약간 높아 볼 베어링들은 굴러 떨어지지 않았다. 조지는 그 목적이 무엇인지 도저히 상상할 수가 없었다. 볼 베어링에서 반사되는 수많은 빛들이 매혹적이면서 마치 최면을 거는 듯한 무늬를 만들어내고 있어서 조지는 약간 어지러웠다.

사람들이 의자를 바짝 끌어당겨 앉자, 루퍼트는 탁자 밑으로 손을 집어넣어 직경 10센티미터 정도의 원반을 꺼냈다. 루퍼트는 그 원반을 볼 베어링들 위에 얹었다.

"됐군. 이 위에 손가락을 살짝 얹어보시오. 이 원반은 전혀 저항을 받지 않고 움직일 거요."

조지는 아주 혐오스러운 마음으로 그 장치를 보았다. 그는 탁자 주위에 규칙적인 간격으로 알파벳 문자들이 적혀 있는 것을 보았다. 특별한 순서로 나열된 것 같지는 않았다. 나아가서 1부터 9까지 숫자가 알파벳 사이에 무작위로 적혀 있었다. 그리고 '네'와 '아니요'가 적힌 카드 두 장이 있었다. 이 두 장의 카드는 탁자 양편에 마주 보도록 놓여 있었다.

조지가 중얼거렸다. "난 도저히 뭔지 모르겠는걸. 이런 시대에 이런 장난을 심각하게 받아들이다니 놀라워." 이렇게 가벼운 항의를 하고 나자 마음이 약간 편해졌다. 그 항의는 루퍼트뿐만 아니라 진을 겨냥한 것이기도 했다. 루퍼트는 이런 현상들을 대수롭게 여기지 않았다. 루퍼트는 개방적인 마음을 가진 사람이었으나 쉽게 믿는 사람은 아니었다. 반면에 진은 가끔 불안할 정도로 순진했다. '그래, 때때로 진은 좀 걱정스러워.' 진은 이런 텔레파시와 투시력에 정말로 뭔가가 있다고 생각하는 것처럼 보일 때가 있었다.

조지는 얼마 지나지 않아 자신이 한 말에는 라샤베락에 대한 비판도 포함되어 있다는 것을 깨달았다. 조지는 초조한 표정으로 주위를 흘끔거렸으나, 오버로드는 아무런 반응을 보이지 않았다. 물론 그것이 뭘 증명해주는 것은 아니었지만.

이제 모두들 자기 자리를 하나씩 차지하고 있었다. 탁자 주위에 시계 방향으로 루퍼트, 마이아, 잰, 진, 조지, 베니 쉰버거가 앉아 있었다. 루스 쉰버거는 이 일에 약간 거부감을 느꼈기 때문에 같이 앉지는 않기로 한 모양이었다. 아내의 그런 행동 때문에 베니는 아직도 탈무드를 심각하게 받아들이는 사람들에 대해 은근히 비꼬는 말들을 던졌다. 그러나 루스는 기록자 역할 정도는 기꺼이 해주려는 것 같았다.

루퍼트가 말했다. "자, 잘 들으시오. 조지와 같은 회의주의자를 위해 곧이곧대로 이야기해봅시다. 여기에서 우리가 알 수 없는 일이 벌어지든 아니든, 어쨌든 이건 작동을 하오. 나 개인적으로는 순수하게 기계적인 설명이 가능하리라고 보고 있소. 우리가 이 원반에 손을 얹으면, 설사 우리가 그 움직임에 영향을 주지 않으려 해도, 우리 잠재의식은 장난을 치기 시작하오. 난 강령술 모임을 수도 없이 분석해보았지만, 참석자들 가운데 누군가가 알거나 추측하지 못한 답을 얻은 적은 한 번도 없소. 비록 때로는 그들이 그 사실을 의식하지 못한다 해도. 그러나 난 이런 독특한 상황에서 실험을 해보고 싶소."

독특한 상황이라고 부를 수 있는 존재는 말없이 그들을 지켜
보고 있었다. 무관심한 표정이라고는 할 수 없었다. 조지는 라
샤베락이 이런 우스꽝스러운 짓을 어떻게 생각하는지 궁금했
다. 라샤베락의 반응은 인류학자가 어떤 원시적 종교 의식을 볼
때의 반응과 같은 것일까? 전체적인 준비는 정말로 환상적이었
다. 조지는 자신이 평생 이렇게 바보가 된 적은 없다고 생각했
다.

다른 사람들도 같은 기분인지 아닌지 모르겠지만, 어쨌든 그
들은 감정을 감추고 있었다. 오직 진만이 얼굴을 붉히고 흥분해
있는 것 같았다. 술 때문인지도 모르겠지만.

루퍼트가 말했다. "준비됐나요? 좋소." 그는 효과를 높이기
위해 말을 끊은 다음, 특별히 누구를 지목하지 않고 소리쳤다.
"누가 있습니까?"

조지는 손가락들 밑의 원반이 약간 떨리는 것을 느낄 수 있었
다. 원을 그리고 있는 여섯 명의 사람들이 가하는 압력을 고려할
때, 그것은 놀랄 일이 아니었다. 원반은 작게 8이라고 적힌 곳
주위로 미끄러져 가더니, 다시 중심으로 돌아와 멈추었다.

"누가 있습니까?" 루퍼트가 되풀이했다. 이어 대화하는 말투
로 덧붙였다. "10분이나 15분이 지나야 시작되는 경우도 종종
있소. 하지만 어떤 때는……"

"조용!" 진이 작은 소리로 말했다.

원반이 움직이고 있었다. 그것은 '네'와 '아니요'라고 적힌 두

장의 카드 사이를 크게 원을 그리며 움직이기 시작했다. 조지는 낄낄거리는 웃음이 터져 나오는 것을 참느라 애를 먹었다. 답이 '아니요'로 나온들 그게 무엇을 증명한단 말인가? 조지는 오랜 농담을 기억했다. '여기엔 우리 병아리들밖에 없어요, 나리……'

그러나 그 답은 '네'였다. 원반은 빠른 속도로 다시 탁자의 중심으로 돌아왔다. 이제 마치 원반은 살아서 다음 질문을 기다리고 있는 것 같았다. 조지는 자기도 모르게 놀라고 있었다.

"당신은 누구십니까?" 루퍼트가 물었다.

망설임 없이 문자들이 연결되기 시작했다. 원반은 감각이 있는 존재처럼 빠른 속도로 탁자를 왔다 갔다 했다. 원반이 너무 빠르게 움직이는 바람에 조지는 손가락을 대고 있기가 힘들 정도였다. 원반이 자신의 손가락 때문에 움직이지 않았다는 것은 자신 있게 말할 수 있었다. 조지는 재빨리 탁자 주위를 둘러보았다. 친구들의 얼굴에는 전혀 의심스러운 기색이 없었다. 모두들 조지 자신과 마찬가지로 집중한 채 기다리고 있었다.

"IAMALL." 원반은 그런 문자들을 가리키고 난 다음 다시 평형 상태로 돌아왔다.

"난 모두이다." 루퍼트가 그것을 말로 되뇌고는 덧붙였다. "전형적인 대답이로군. 회피하는 듯하면서도 자극적이야. 이건 어쩌면 여기에서 우리 마음이 합쳐졌다는 뜻일 수도 있지."

루퍼트는 잠시 말을 끊었다. 다음 질문을 뭘로 할까 생각하는 게 분명했다. 이어 루퍼트는 다시 공중에 대고 물었다.

"여기 있는 누구한테 할 말이 있소?"

'아니요'라는 대답이 곧 나왔다.

루퍼트는 탁자를 둘러보았다.

"이건 우리한테 달린 일이오. 이건 때로는 스스로 정보를 주기도 하지만 이번에는 우리가 분명한 질문을 해야 할 것 같소. 누가 시작해보겠소?"

"내일 비가 올까?" 조지가 농담으로 물었다.

즉시 원반은 '네'와 '아니요' 사이를 왔다 갔다 하기 시작했다.

루퍼트가 책망했다. "그건 멍청한 질문이야. 꼭 이곳이 아니더라도 비가 내리는 지역은 있게 마련이지. 모호한 답이 나올 질문은 하지 말게."

조지는 상당히 기가 죽었다. 조지는 다음 사람에게 기회를 주기로 했다.

"내가 좋아하는 색깔이 뭐죠?" 마이아가 물었다.

금방 'BLUE'라는 대답이 나왔다.

"정말 맞네."

"하지만 그걸로 증명되는 건 없소. 여기엔 그걸 아는 사람이 적어도 셋은 있으니까." 조지가 말했다.

"루스가 가장 좋아하는 색깔은?" 이번에는 베니가 물었다.

"RED."

"맞아. 루스?"

기록자는 공책에서 고개를 들었다.

"네, 맞아요. 하지만 베니는 그걸 알고 있고, 또 거기 앉아 있잖아요."

"난 몰랐는걸." 베니가 반박했다.

"당연히 알고 있어야지요, 내가 몇 번이나 말했는데."

루퍼트가 끼어들었다. "잠재의식 속에 있는 기억이지. 흔히 있는 일이야. 하지만 누가 좀 더 지적인 질문을 해보지 않겠소? 멋지게 시작을 했으니 이 효과가 떨어지기 전에."

묘하게도 조지는 이 하찮은 현상에 강한 인상을 받기 시작했다. 조지는 어떤 현상이든 인간이 설명할 수 없는 것은 없다고 확신하고 있었다. 루퍼트가 말했듯이, 원반은 그저 그들의 잠재의식에 따른 근육 운동에 반응하고 있는 것인지도 모른다. 그러나 그 사실 자체만으로도 놀랍고 인상적이었다. 직접 보지 않으면, 이렇게 정확하고 빠른 대답을 얻을 수 있으리라고는 절대 믿지 못했을 것이다. 조지는 한 번은 원반이 그의 이름을 쓰게 해서 모인 사람들 전체에게 영향력을 행사할 수 있는지 알아보려 했다. 조지의 'G'만은 생각대로 되었지만, 그 이상은 무리였다. 그 결과 조지는 나머지 사람들이 모르는 상태에서 한 사람이 이 탁자를 통제하는 것은 거의 불가능하다고 결론을 내렸다.

30분 뒤, 루스는 열두 개가 넘는 메시지를 받아 적었다. 어떤 것들은 아주 길었다. 이따금 철자가 틀리고 문법도 이상하기도 했지만 대부분 정확한 문장이었다. 어떻게 설명해야 할지는 몰랐지만, 조지는 이제 자신이 의식적으로 그 결과에 기여하는 것은 아니라고 확신하고 있었다. 원반이 말을 만들어가는 과정에서 조지는 다음 글자를 예상하고 그 메시지의 의미를 예상하기도 했다. 그러나 매번 원반은 전혀 예상을 벗어난 곳으로 가서 완전히 다른 글자들을 만들어냈다. 때로는 전체 메시지의 뜻을 파악할 수가 없어서 완성된 문장을 루스가 다시 읽어주었을 때에야 의미를 알 수 있기도 했다. 단어가 끝나는 지점과 새로 시작되는 시점에 대한 표시가 없었기 때문이다.

조지는 이런 경험을 하면서 자신이 어떤 목적을 가진 독립적인 정신과 접촉하고 있다는 이상한 느낌을 받았다. 그러나 어느 쪽이든 결정적인 근거는 없었다. 대답들은 워낙 사소하고 또 매우 모호했다. 예를 들어 이런 답변도 있었다.

BELIEVEINMANNATUREISWITHYOU(인간의 본성을 믿는 것은 너에게 달린 일이다).

그러나 때로는 심오하고, 또 혼란스럽기까지 한 암시들도 있었다.

REMEMBERMANISNOTALONENEARMANISCOUNTRYOFOTH ERS(인간은 혼자가 아니라는 것을 기억하라. 인간 옆에는 다른 존재들의 나라가 있다).

물론 모두 그러한 사실을 알고 있었다. 하지만 그게 단지 오버로드들만을 가리키는 것이라고 자신할 수 있는 걸까?

조지는 점점 졸렸다. 조지는 졸음에 겨워 생각했다. 지금 집에 가면 딱 좋은데. 이건 아주 흥미 있는 일이지만 뚜렷한 목적이 없는 일이었고, 재미있는 것도 너무 많이 하면 물리기 마련이었다. 조지는 탁자 주위를 돌아보았다. 베니는 조지와 비슷한 느낌을 받고 있는 것 같았다. 마이아와 루퍼트는 둘 다 약간 눈이 흐릿했다. '그래, 진은 계속 이 일을 너무 심각하게 받아들이고 있어.' 조지는 진의 표정 때문에 걱정이 되었다. 그만두는 것도 무섭고, 그렇다고 계속하는 것도 두려운 듯한 표정이었다.

그렇게 해서 잰만 남았다. 조지는 잰이 매형의 이런 별난 취미를 어떻게 생각하는지 궁금했다. 이 젊은 엔지니어는 아무런 질문도 하지 않았고, 어떤 대답에도 놀라지 않았다. 잰은 마치 원반의 움직임을 일반적인 과학 현상인 양 그 움직임을 연구하고 있는 것 같았다.

루퍼트는 이제까지 푹 빠져 있던 것 같던 혼수상태에서 깨어났다.

"자, 질문을 하나만 더 하고, 오늘은 이만 합시다. 자넨 어떤가, 잰? 지금까지 하나도 묻지 않았는데."

놀랍게도 잰은 전혀 망설이지 않았다. 마치 오래전에 질문을 결정해두고 기회를 기다리고 있었던 것 같았다. 잰은 라샤베락의 무감각한 몸집을 한 번 흘끗 보더니, 분명하고 흔들림 없는 목소리로 물었다.

"오버로드의 태양은 어느 별인가?"

루퍼트는 놀라 휘파람을 불었다. 마이아와 베니는 전혀 반응을 보이지 않았다. 진은 눈을 감고 마치 자는 것 같았다. 라샤베

락은 몸을 앞으로 기울여, 루퍼트의 어깨 너머로 원 안을 내려다
보았다.

원반이 움직이기 시작했다.

원반이 멈추자 짧은 침묵이 흘렀다. 루스가 어리둥절한 목소
리로 말했다.

"NGS 549672가 무슨 뜻이야?"

아무도 대답을 하지 않았다. 동시에 조지가 근심 어린 목소리
로 소리쳤다.

"누가 좀 도와줘. 진이 기절한 것 같아."

9

"이 보이스란 사람, 그에 대해 모든 걸 말해주시오." 캐렐런이
말했다.

물론 감독관이 실제로 그런 말을 사용한 것은 아니었다. 그가
실제로 표현한 말은 훨씬 더 미묘한 것이었다. 인간이 그 말을
들었더라도, 아마 빠르게 조절된 소리들이 짧게 한꺼번에 튀어
나오는 소리로만 들렸을 것이다. 아마 고속으로 모스 부호를 보
내는 소리와 비슷했으리라. 오버로드 언어의 표본들이 많이 녹
음되어 있긴 했지만, 극도로 복잡했기 때문에 어떤 분석도 불가
능했다. 또한 전달의 속도 때문에, 설사 그 언어의 기본 요소를
습득한 통역자가 있다 해도, 오버로드들이 보통 대화에서 말하
는 속도를 절대 따라잡지 못할 것이다.

지구의 감독관은 라샤베락에게 등을 돌리고 서서, 그랜드 캐

넌의 다채로운 계곡을 보고 있었다. 10킬로미터나 떨어진 곳에 있는 계단식 벽들은 멀리 떨어져 있었음에도 불구하고 태양의 강력한 힘을 받아들이는 모습을 선명하게 보여주고 있었다. 캐렐런이 서 있는 절벽 밑으로 수백 미터를 뻗은 그늘진 경사면으로는, 노새가 끄는 수레의 행렬이 계곡 깊은 곳으로 구불거리며 내려가고 있었다. 정말 이상한 일이라고 캐렐런은 생각했다. 아직도 많은 인간들이 기회만 생기면 원시적인 행동을 하는 것을 이해할 수 없었다. 인간들은 이제 원한다면 순식간에 계곡 밑바닥까지 내려갈 수 있었다. 그것도 훨씬 더 편하게. 그렇지만 인간들은, 아마 눈에 보이는 것만큼 위험하고 안전하지도 않을 좁은 길을 따라 덜컹거리며 내려가는 것을 더 좋아했다.

캐렐런은 손짓을 했다. 거대한 파노라마는 시야에서 사라지고, 끝을 알 수 없는 그늘지고 텅 빈 깊은 허공만 남았다. 감독관은 다시 한 번 자신의 썰렁한 사무실로, 즉 처리해야 할 업무가 산적해 있는 현실로 돌아왔다는 것을 느꼈다.

라샤베락이 대답했다. "루퍼트 보이스는 약간 별난 인물입니다. 직업이라는 면에서 보자면, 루퍼트 보이스는 아프리카의 주요 보호 구역의 동물 복지를 책임지고 있습니다. 아주 정력적이고, 자신의 일에 흥미도 가지고 있습니다. 루퍼트 보이스는 수천 제곱킬로미터의 면적을 늘 관찰해야 하기 때문에 입체 텔레비전을 대여해주었습니다. 그 장치를 가지고 있는 열다섯 사람 가운데 하나지요. 물론, 일반적인 안전장치는 달아놓았습니다. 그런데 공교롭게도 그가 가지고 있는 것은 쌍방향 투사 장치가 달린 유일한 것입니다. 루퍼트 보이스가 그것이 필요하다는 이유를 아주 그럴듯하게 댔기 때문에, 우린 그가 그걸 가지도록 해 주었지요."

"그의 주장이 뭐였소?"

"루퍼트 보이스는 자신이 다양한 야생 동물들 앞에 모습을 드러내야, 동물들이 자기를 보는 데 익숙해지고 그가 실제로 나타났을 때도 공격을 하지 않을 거라고 했습니다. 그 이론은 냄새보다는 시각에 의존하는 동물들에게는 아주 잘 맞습니다. 결국 그러다 죽을 수도 있긴 하지만. 그리고 물론 그에게 그 장비를 빌려준 데는 다른 이유도 있었습니다."

"그에게 더 많은 협조를 얻어내기 위해?"

"바로 그겁니다. 제가 원래 루퍼트 보이스와 접촉했던 이유는, 그가 초심리학 관련 분야에 대해 세계에서 가장 훌륭한 장서를 갖추고 있었기 때문입니다. 루퍼트 보이스는 정중하지만 단호하게 책을 빌려줄 수 없다고 했습니다. 그래서 그를 찾아가는 수밖에 없었습니다. 저는 이제 그의 장서 가운데 반가량을 읽었습니다. 상당히 힘든 일이었습니다."

"그렇겠지." 캐렐런이 무뚝뚝하게 대답하고는 말을 이었다. "그 잡동사니들 가운데서 뭘 발견했소?"

"네. 부분적 돌파가 일어난 것이 분명한 11가지 경우와 후보 27가지 경우입니다. 하지만 자료들은 워낙 선별된 것이라 그것을 표본 조사 목적으로 이용할 수는 없습니다. 그리고 증거들은 인간 정신의 최고 탈선이라 할 수 있는 신비주의와 뒤섞여 있습니다."

"그런 것들에 대한 보이스의 태도는 어떤가?"

"개방적이면서도 회의적인 척하고 있습니다. 하지만 어떤 잠재의식적인 믿음 없이 그가 이 분야에 그렇게 많은 시간과 노력을 기울였을 리가 없습니다. 제가 이 점을 지적하자, 그는 제 말이 맞을지도 모른다고 인정했습니다. 보이스는 믿을 만한 증거를 찾고 싶어 합니다. 그래서 그저 게임으로 위장하면서 늘 그런 실험들을 하는 것입니다."

"그가 당신의 관심이 학문적인 것을 넘어선다는 것을 의심하지 않는 건 확실하오?"

"확실합니다. 여러 면에서 보이스는 매우 무디고 단순합니다. 그렇기 때문에 그가 그 많은 분야 가운데도 하필이면 이 분야를 연구하려 하면서도, 그렇게 애처로운 결과밖에 얻지 못하는 것입니다. 보이스에게는 특별한 조치를 취할 필요가 없습니다."

"알겠소. 그런데 그 기절한 여자는?"

"그게 이 사건 전체에서 가장 흥미 있는 부분입니다. 진 모렐이 그 정보가 흘러나온 통로인 것은 거의 틀림없습니다. 하지만 그 여자는 스물여섯 살입니다. 우리의 경험으로 미루어 보았을 때 '제1차 접촉자'라고 하기에는 너무 나이가 많습니다. 따라서 누군가가 진 모렐과 밀접하게 관련되어 있는 것이 틀림없습니다. 결론은 분명합니다. 더 오래 기다릴 시간이 없습니다. 진 모렐을 자주색 카테고리에 포함시켜야 합니다. 그녀가 살아 있는 인간 가운데 가장 중요한 인물일지도 모르니까요."

"그건 내가 하겠소. 그리고 그 질문을 한 그 젊은이는 어떻소? 그냥 호기심이었소, 아니면 어떤 다른 동기가 있었던 거요?"

"그 젊은이가 거기에 있었던 것은 우연입니다. 그의 누이가 막 루퍼트 보이스와 결혼을 했기 때문이지요. 그는 다른 손님들을 전에 한 번도 만난 적이 없습니다. 그 질문은 미리 생각한 게 아니라, 그 특이한 상황에서 즉흥적으로 떠올린 것이 틀림없습니다. 아마 제가 그 자리에 있었기 때문이겠지요. 이런 요인들을 고려할 때, 그가 그런 식으로 행동했다는 것은 그리 놀랄 일이 아닙니다. 그는 우주 비행에 비상한 관심을 갖고 있습니다. 케이프타운 대학의 우주여행 연구회 회장이며, 그 분야를 자신의 필생의 연구 과제로 삼으려 하는 게 확실합니다."

"그 친구 경력이 흥미롭겠군. 그런데 그 젊은이가 앞으로 어떤 행동을 할 것 같소? 그리고 우린 그 젊은이를 어떻게 해야 하는 거요?"

"그 젊은이는 가능한 한 빨리 확인을 해볼 게 틀림없습니다. 하지만 그에게는 정보의 정확성을 입증할 수 있는 방법이 없습니다. 그리고 그 정보를 얻은 상황이 특이하기 때문에 그것을 발표할 가능성도 거의 없습니다. 설사 발표한다 해도, 그게 무슨 대수이겠습니까."

"나 또한 두 경우 모두를 생각해보았소. 우리 행성의 위치를 밝히지 말라는 것도 우리가 받은 지령에 포함되지만, 그 정보가 우리에게 해를 주는 방식으로 사용될 가능성은 없소."

"저도 같은 생각입니다. 잰 로드릭스는 진위가 의심스럽고,

실제적으로는 쓸모도 없는 정보를 가지고 있을 뿐입니다."

"그렇게 보이는군. 하지만 너무 자신하지는 맙시다. 인간들은 아주 기발한 데가 있고, 또 때로는 아주 집요하기도 하오. 인간을 과소평가하지 말아야 하오. 로드릭스의 앞날을 추적해 보는 것도 흥미가 있겠군. 그 문제는 좀 더 생각해보리다."

루퍼트 보이스는 사태의 핵심을 전혀 파악하지 못하고 있었다. 손님들이 평소보다 조용히 떠난 뒤 보이스는 생각에 잠긴 표정으로 탁자를 다시 구석에 옮겨놓았다. 약간 취기가 있어 머릿속이 뿌옇기 때문에, 벌어진 일을 깊이 있게 분석할 수가 없었다. 심지어 '실제적인 일들 자체가 약간 흐릿했다. 보이스도 뭔가 대단히 중요하지만 동시에 뭐라고 딱 꼬집어 말할 수 없는 일이 벌어졌다고는 어렴풋이 느끼고 있었다. 라샤베락과 한 번 이야기를 해볼까? 그러나 다시 생각해보자, 그게 요령 없는 짓일지도 모른다는 생각이 들었다. 사실 처남이 문제를 일으킨 것이기 때문에, 루퍼트는 그에게 약간 화가 나 있었다. 하지만 그게 잰의 잘못일까? 누구의 잘못이라고 할 수 있는 문제일까? 루퍼트는 약간 죄책감을 느끼며, 그게 자신의 실험이었다는 점을 기억했다. 루퍼트는 그 일 전부를 잊어버리기로 작정했다. 그리고 상당 부분 잊을 수 있었다.

루스가 기록한 노트의 마지막 장이 발견되면 뭔가 해볼 수 있는 일이 있을지도 모른다. 그러나 그것은 혼란 속에서 사라져버렸다. 잰은 늘 아무것도 모르는 척하니 그에게 물어봤자 소용이 없었다. 그리고, 라샤베락을 비난할 수는 없는 노릇이었다. 그리고 아무도 그때 나온 말이 정확히 무엇이었는지를 기억하지 못했다. 그게 아무런 의미도 없는 말이라는 사실만 빼고는…….

가장 직접적으로 영향을 받은 사람은 조지 그렉슨이었다. 조지는 진이 자신의 품으로 쓰러졌을 때의 그 소름끼치는 느낌을 절대 잊을 수가 없었다. 진이 갑자기 무력해진 그 순간, 진은 조지의 유쾌한 친구에서 부드러움과 애정을 쏟아야 할 대상으로 바뀌어버렸다. 기억할 수 없는 오랜 옛날부터 여자들은 기절해왔고 (늘 아무런 계획 없이 그런 것은 아니지만) 남자들은 늘 변함없이 여자들이 원하는 반응을 보여주었다. 진이 쓰러진 것은 그녀가 의도한 일이 결코 아니었지만, 의도했다 해도 이보다 더 적절할 수는 없었다. 나중에 깨닫게 되었지만, 그 순간 조지는 그의 삶에서 가장 중요한 결정 가운데 하나를 내리게 되었다. 진은 기묘한 생각들을 하고 있고, 또 자기보다 더 기묘한 친구들을 사귀고 있었지만 그에게는, 분명 중요한 여자였다. 조지는 나오미나 조이나 엘사나, 이름이 뭐더라, 그래, 드니즈를 완전히 버릴 생각은 없었다. 그러나 뭔가 지속적인 마음의 안식처를 찾을 때가 왔다. 조지는 진도 자신의 생각에 동의할 것이라고 믿어 의심치 않았다. 진의 감정은 처음부터 아주 분명했으니까.

조지가 마음을 결정한 데에는 그 자신도 의식하지 못한 또 하나의 요인이 있었다. 오늘밤의 경험을 통해 진의 특이한 관심에 대한 경멸과 회의가 약화된 것이다. 조지 자신은 절대 그 사실을 인정하지 않겠지만 그렇게 해서 그들 사이의 마지막 장벽이 사라진 것이다.

조지는 진을 보았다. 진은 창백하지만 차분한 표정으로, 비행기의 의자를 뒤로 젖히고 몸을 기대고 있었다. 아래는 어두웠고 위로는 별이 있었다. 그것은 그들을 집으로 데려다주고 착륙까지 시켜줄 로봇이 알아서 처리할 문제였다. 계기판에는 아직 57분 남았다는 표시만 있을 뿐이었다.

진은 조지를 마주 보고 웃음을 지으며, 조지의 손에서 자신의 손을 살며시 빼냈다.

"잠깐 혈액 순환 좀 시키고요." 진은 손가락들을 문지르며 말하고는 덧붙였다. "난 이제 완전히 괜찮아요, 조지. 내 말을 믿어주었으면 좋겠어요."

"도대체 무슨 일이 일어났던 거야? 틀림없이 뭔가 기억날 것 아냐?"

"아뇨, 그냥 완전한 공백이에요. 난 잰이 질문을 하는 소리를 들었어요. 그러더니 다음에는 모두들 날 가지고 법석을 떨었죠. 일종의 혼수상태였던 게 틀림없어요, 사실……."

진은 입을 다물었다. 이런 일이 전에도 있었다는 이야기는 안 하는 게 좋겠는 생각이 들었다. 진은 조지가 이런 일에 대해 어떻게 생각하는지 잘 알고 있었다. 더 이상 조지의 기분을 거스르고 싶지 않았다. 아니, 어쩌면 조지가 겁을 집어먹고 완전히 달아나버리게 하고 싶지 않았다고 하는 게 옳을 것이다.

"사실…… 뭐?" 조지가 물었다.

"아, 아무것도 아니에요. 오버로드가 이런 일에 대해 어떻게 생각하는지 궁금해요. 우린 아마 그가 원하는 것보다 더 많은 정보를 제공해주었을지도 몰라요."

진은 가볍게 몸을 떨었다. 눈이 흐려져 있었다.

"난 오버로드들이 무서워요. 조지. 아, 오버로드들이 나쁘다거나 하는 멍청한 소리를 하는 게 아니에요. 나도 오버로드들이 좋은 의도를 가지고 있고, 그들이 판단하기에 우리에게 가장 좋은 방향으로 우리를 안내해주고 있다고 생각하고 있어요. 다만 문제는, 그들의 진짜 계획이 뭐냐 하는 거예요."

조지는 불편하게 몸을 뒤척였다.

"사람들은 오버로드들이 지구에 온 이후 늘 그것을 궁금해했지. 하지만 우리가 준비가 되면 그들이 말을 해줄 거야. 그리고 솔직히 난 그렇게 호기심이 강한 사람이 아니야. 게다가 난 신경써야 할 더 중요한 일들이 많거든." 조지는 진을 돌아보며 진의 두 손을 잡았다.

"내일 기록 보관소에 가서 어디 보자…… 5년 계약에 서명을 하는 게 어때?"

진은 뚫어져라 조지를 보더니, 자신의 눈앞에 있는 사람의 모든 것이 마음에 든다고 판단했다. 진은 말했다.

"10년으로 하죠."

잰은 때를 기다렸다. 서두를 필요가 없었다. 일단 잰은 신중하게 생각하려고 했다. 혹시나 자신이 갖게 된 환상적인 희망이 너무 빨리 깨질까 봐 확인해보는 게 두려운 것인지도 모른다. 아직 불확실한 거라면, 적어도 꿈은 꿀 수 있으니까.

나아가서, 더 이상의 행동을 취하려면, 관측소 사서를 만나야 했다. 그 여자 사서는 잰과 잘 아는 사이기 때문에 잰의 관심사도 잘 알고 있었다. 따라서 틀림없이 잰의 요구에 흥미를 느낄 것이었다. 어쩌면 잰이 하려는 일이 아무것도 아닐 수 있었다. 그러나 잰은 어떤 일도 우연에 맡겨두지 않기로 마음먹고 있었다. 일주일 후면 더 좋은 기회가 있으니까. 잰도 자신이 너무 조심스럽다는 것을 알고 있었다. 그러나 덕분에 자신의 일에 초등학생 같은 열정을 담을 수 있었다. 잰은 또한 오버로드들이 자신을 방해하기 위해 여러 가지 일을 할 수 있다고 생각하고 있었는데, 그 가운데 가장 두려운 것은 조롱이었다. 만일 그가 뜬 구름을 좇는 것이라고 해도, 누구도 그를 비웃지 못하도록 그는 비밀스럽게 일을 진행하기로 했다.

잰은 런던으로 가야 할 아주 적당한 핑계를 가지고 있었다. 준비는 이미 몇 주 전에 끝냈다. 잰은 대표가 되기에는 너무 젊고 또 자격도 제대로 갖추지 못했지만, 국제 천문 연맹의 회의에 참가하는 공식 일행과 동행하게 된 세 명의 학생들 가운데 하나였다. 빈자리는 셋이었다. 잰은 어린 시절 이후에는 런던에 가본 적이 없었기 때문에 그 기회를 놓치면 아까울 것 같았다. 잰은 국제 천문 연맹에서 발표되는 수십 건의 논문들 가운데, 비록 이해는 하겠지만 자신이 조금이라고 흥미를 가질 만한 내용은 없을 거라는 것을 알고 있었다. 잰은 과학 회의에 참가하는 여느 대표처럼, 재미있을 만한 강연에 참석을 하고, 나머지 시간은 열정적인 사람들과 시간을 보내거나 관광을 할 작정이었다.

지난 50년 동안 런던은 엄청나게 변했다. 이제 런던에는 2백만 명도 안 되는 사람들이 살고 있었고 그 몇백 배에 달하는 기계 시설이 있었다. 런던은 더 이상 무역 중심지가 아니었다. 모든 나라가 자국에 필요한 물건들을 자체 생산하고 있었기 때문에, 세계 무역의 형태는 옛날과 판이하게 달랐다. 여전히 특정한 나라가 잘 만드는 물품은 있었지만, 그런 물품들은 하늘을 통해 곧장 그 물품을 필요로 하는 곳으로 운송되었다. 한때 커다란 항구들로 연결되었고 나중에는 커다란 공항으로 연결되었던 무역로는 주요한 연결 지점 없이 전 세계를 뒤덮고 있는 복잡한 망으로 이루어졌다.

그러나 변하지 않은 것도 몇 가지 있었다. 런던은 아직도 행정, 예술, 교육의 중심이었다. 비록 파리처럼 그 주장에 동의하지 않는 도시들도 있었지만 대륙의 어떤 수도도 런던의 경쟁자가 될 수는 없었다. 백 년 전 런던에 살던 사람이 다시 런던을 찾는다 해도, 적어도 도시 중심부에서는 길을 찾을 수가 있었다. 템스 강에는 새로는 다리들이 놓였지만 원래 있던 낡은 다리들을 대체한 것일 뿐이다. 크고 음울해 보이는 철도역들은 교외로 추방당해 사라져버렸다. 그러나 의사당 건물은 변하지 않았고 넬슨 제독의 고독한 눈도 아직 화이트홀을 내려다보고 있었고, 세인트 폴 대성당의 돔은 변함없이 러드게이트 힐 위에 솟아 있었다. 비록 지금은 그 멋진 모습에 도전하는 더 높은 건물들이 있지만.

그리고 버킹엄 궁 앞에서는 여전히 근위병이 행진을 하고 있었다.

'그런 건 다 나중에 볼 수 있어.' 잰은 생각했다. 방학 중이라 잰은 같이 온 학생 두 명과 함께 비어 있는 어느 대학 기숙사에 묵었다. 블룸스베리 역시 지난 세기 동안 그 성격이 변하지 않았다. 블룸스베리는 여전히 호텔과 기숙사들이 모여 있는 섬이었다. 비록 지금은 다닥다닥 붙어 있지 않았고, 숯검정이 묻은 똑같은 모양의 벽돌이 끝도 없이 줄지어 있지는 않았지만.

회의 이틀째 되는 날에야 비로소 잰은 기회를 잡았다. 런던을 세계적인 음악 중심지로 만드는 데 큰 기여를 한 콘서트홀에서 멀지 않은 과학 센터의 큰 회의실에서는 주요 논문들이 발표되고 있었다. 잰은 그날의 첫 번째 강연을 듣고 싶었다. 그 강연은 행성들의 구조에 대한 현재 이론을 완전히 박살낼 거라는 소문이 돌고 있었다.

그러나 잰은 휴식 시간 뒤에 자리를 뜨면서 별로 얻은 게 없다는 생각을 했다. 잰은 서둘러 주소 안내 책자가 있는 곳으로 가, 원하는 곳을 찾아보았다.

유머 감각이 풍부한 어떤 공무원 덕분에, 영국의 왕립천문학회는 거대한 건물의 꼭대기 층에 있었다. 그곳에서는 템스 강을 가로질러 도시의 북부 지역 전체가 멋지게 내려다보였기 때문에, 학회 회원들은 그 공무원에게 무척 고마워하고 있었다. 주위에는 아무도 없는 것 같았지만, 잰은 혹시 누가 물을 경우를 대비해 회원 카드를 여권처럼 손에 꼭 쥐고 있었다. 도서관을 찾는 데는 어려움이 없었다.

잰이 원하는 것을 찾기 위해 수백만 개의 항목이 있는 두꺼운 별 목록을 다루는 법을 배우는 데는 거의 한 시간이 걸렸다. 그의 탐험이 그 끝에 도달하려고 했을 때 그의 몸은 약간 떨렸다. 주위에 사람이 없어 자신의 초조한 모습을 볼 수 없는 게 다행이라고 잰은 생각했다.

이윽고 잰은 목록을 다시 서가에 갖다놓고, 오랫동안 가만히 앉아 앞에 책이 빽빽하게 꽂힌 벽을 멍하니 바라보았다. 곧 잰은 조용한 복도로 천천히 걸어가, 비서의 사무실(책 꾸러미를 바쁘게 푸는 소리가 나는 걸 보니 사무실에는 누군가 있었다)을 지나 계단을 내려갔다. 잰은 생각을 방해받고 싶지 않아 엘리베이터를 타지 않았다. 그가 들으려고 했던 강연이 하나 더 남아 있었지만 그것은 더 이상 중요하지 않았다.

잰의 생각은 아직도 소용돌이치고 있었다. 잰은 길을 건너 템스 강둑으로 가서 천천히 바다로 흘러가고 있는 템스 강을 눈으로 좇았다. 잰이 아니라 하더라도 정통 과학의 훈련을 받은 사람이라면 누구든, 지금 그가 손에 넣은 증거를 받아들이기가 힘들었을 것이다. 잰은 그 진실 여부를 절대 확신할 수 없었다. 그러나 그 가능성은 감정을 압도하는 것이었다. 잰은 강둑을 따라 천천히 걸어가면서, 그가 알고 있는 사실들을 하나씩 정리해보았다.

첫 번째 사실은, 루퍼트의 파티에서 그가 그런 질문을 할 거라는 걸 안 사람은 아무도 없었을 것이라는 것이었다. 그 자신도 모르고 있었으니까. 그것은 상황에 따른 자연발생적인 반응이었다. 따라서, 아무도 어떤 답변도 준비하지 못했을 것이며, 그건 늘 마음속에 있는 답변이었을 것이다.

두 번째 사실, 'NGS 549672'는 아마 천문학자 외에는 누구에게도 의미가 없을 것이다. 대단위의 내셔널 지오그래픽 조사가 반세기 전에 완성되었지만, 그 별의 존재는 불과 수천 명의 전문가들만이 알고 있을 뿐이다. 그리고 거기서 아무 숫자나 골라낼 경우, 아무도 그 특정한 별이 우주 어디에 있는지 알 수가 없었다.

그리고 마지막 세 번째 사실은, 그가 방금 발견해낸 것인데, NGS 549672라는 그 작고 하찮은 별은 정확히 있어야 할 제자리에 있었다. 그 별은 잰이 며칠 전 밤에 그 빛나는 꼬리를 직접 보았던 용골자리의 중심부에 있었다. 용골자리는 태양계로부터 아주 멀리 떨어져 있는 우주에 있었다.

있을 수 없는 우연의 일치였다. NGS 549672는 오버로드들의 고향임에 틀림없었다. 그러나 그 사실을 받아들이는 것은 잰이 소중하게 생각했던 모든 과학적 방법론을 훼손하는 것이었다. '좋아, 훼손하라지 뭐.' 잰은 루퍼트의 황당한 실험이 이제까지는 알려지지 않았던 지식의 원천을 이용하여 진실을 드러나게 했다는 사실을 받아들여야 했다.

라샤베락? 그것이 가장 그럴듯한 설명이었다. 그 오버로드는 함께 앉아 있지는 않았지만, 그것은 사소한 문제였다. 그러나 잰은 초심리 물리학의 구조에는 관심이 없었다. 오직 그 결과를 이용하는 데만 관심이 있었을 뿐이다.

NGS 549672에 대해서는 거의 알려진 게 없었다. 그것을 다른 수많은 별과 구별하게 해주는 뚜렷한 특징도 없었다. 그러나 목록은 그 크기, 좌표, 스펙트럼형에 대해 말해주고 있었다. 조사를 좀 더 해보고, 계산도 좀 더 해봐야 할 것이다. 그러고 나면, 적어도 대략적으로나마 오버로드들의 세계가 지구로부터 얼마나 멀리 떨어져 있는지를 알 수 있을 것이다.

잰의 얼굴에 천천히 웃음이 번졌다. 잰은 템스 강으로부터 몸을 돌려 과학 센터의 어슴프레 빛나는 하얀 입구를 향해 돌아갔다. 아는 것은 힘이었다. 그리고 그야말로 지구상에서 오버로드들이 어디서 왔는지 아는 유일한 사람이었다. 이 지식을 어떻게 활용해야 할지 잰 자신도 알 수가 없었다. 어쨌든 그 지식은 운명의 순간을 기다리며, 그의 머릿속에 안전하게 남아 있었다.

10

인류는 평화와 번영으로 가득 찬, 길고 구름 한 점 없는 여름날 오후의 찬란한 햇빛을 앞으로도 계속 즐길 수 있을 것인가? 과연 다시는 겨울이 오지 않는 것일까? 그것은 생각도 할 수 없는 일이었다. 2백5십 년 전 프랑스 혁명의 지도자들이 너무나 빨리 환영했던 이성의 시대가 이제야 진정으로 도달한 것이다. 이번에는 실수가 없었다.

물론 이 시대에도 약점은 있었지만, 그것들은 기꺼이 받아들일 수 있는 것들이었다. 사람들이 모든 가정에 설치되어 있는 신문전송기가 인쇄해주는 신문들이 정말 따분하기 짝이 없다는 것을 깨닫게 되는 데는 사실 꽤 오랜 시간이 걸렸다. 한때 대문짝만한 활자로 신문을 장식했던 범죄들은 모두 사라졌다. 경찰을 당황하게 하거나, 수많은 사람들에게 도덕적인 분노를 불러 일으켰던 미궁에 빠진 살인 사건 같은 것도 전혀 일어나지 않았다. 심지어 살인 사건들마저도 전혀 비밀스럽지 않았다. 그냥 다이얼만 돌리면, 범죄 현장을 그대로 재현해볼 수 있었다. 이런 것을 가능하게 하는 도구들이 존재한다는 것은 처음에는 법을 아주 잘 지키는 사람들에게도 두려움을 주었다. 이것은 인간의 변덕스런 심리를 완벽하지는 않더라도 대부분 파악했다고 생각한 오버로드들도 누군가 다른 사람의 사생활을 엿보는 일은 절대 없을 거라는 점과 극소수의 인간에게 지급된 그 도구들이 엄격한 통제하에 있다는 점을 분명히 해야 했다. 예를 들어, 루퍼트 보이스의 투사 장치는 지정된 보호 구역 안에서만 작동되기 때문에 그 지역 안에 있는 루퍼트와 마이아 두 사람 이외의 사람에게는 아무런 영향을 끼치지 않는다.

몇 가지 심각한 범죄가 일어나기는 했지만, 뉴스에서는 특별한 관심을 기울이지 않았다. 사실 교양 있는 사람들은 다른 사람들의 사회적 실수에 대해 그리 신경 쓰지 않았다.

주당 근로 시간은 20시간이었다. 하지만 근로 시간은 짧았지만 사람들이 하는 일은 단순하거나 쉬운 것이 아니었다. 일상적이고 기계적인 성격의 일은 별로 없었다. 인간의 정신은 수천개의 트랜지스터, 약간의 광전자 칩, 회로 기판 몇 입방미터가 수행할 수 있는 일에 낭비되기에는 너무 소중했다. 공장들은 단 한 사람도 찾아가지 않아도 몇 주 동안 알아서 돌아갔다. 사람들은 문제를 해결하고, 결정을 내리고, 새로운 사업 계획을 세우는 일만 했다. 나머지는 로봇이 다 했다.

이렇게 많은 여가가 존재한다는 것은 1세기 전만 해도 엄청난 문제들을 야기했을 것이다. 그러나 교육은 이런 문제들 대부분을 해결해주었다. 잘 교육받은 사람들은 권태에 빠지지 않았다. 문화는 예전이라면 환상적이라고 여겨졌을 만한 수준에 도달해 있었다. 인류의 지능이 높아졌다는 증거는 없었지만, 처음으로 인류는 자신의 두뇌의 모든 기능을 완전히 사용할 기회를 얻게 되었다.

대부분의 사람들이 서로 멀리 떨어진 지역에 두 채의 집을 가지고 있었다. 극지방이 개방되었기 때문에, 인류의 상당수가 6개월 간격을 두고 길고 밤 없는 여름을 찾아 북극에서 남극으로 이동했다. 어떤 사람들은 사막으로, 산으로, 심지어 바다 속으로 들어가기도 했다. 사람이 절실하게 원하기만 한다면, 지구상 어디에나 과학과 기술로 편안한 집을 지을 수 있었다.

특이한 거주지들은 뉴스에서 흥분을 자아내는 기삿거리였다. 가장 완벽하게 질서가 잡힌 사회에도 사고는 나게 마련이었다. 사람들이 모험을 좋아하는 것은 다행스런 징조인지도 모른다. 어쨌든 그런 이유 때문에, 사람들은 에베레스트 산 정상 밑에 자리잡은 아늑한 빌라에 살기 위해, 또는 빅토리아 폭포의 물살을 통과하기 위해 목을 부러뜨리곤 했다. 그렇게 해서 늘 어디선가 누군가가 구출되었다. 모험은 일종의 게임처럼 되어버려서 세계적인 스포츠라 할 수 있었다.

사람들은 그런 변덕스러운 행동에 마음껏 빠져들었다. 시간과 돈이 있었기 때문이다. 생산이 증대되었을 뿐만 아니라 군대의 폐지로 인해 세계의 부는 사실상 두 배로 늘어났다. 그 결과 21세기 인류의 생활수준과 그 이전 어느 시대 인류의 생활수준을 비교한다는 것은 터무니없는 일이 되었다. 물가가 너무 싸서, 생활필수품은 한때 도로, 물, 가로등, 하수 처리가 공짜였던 것처럼 공동체가 공공 서비스를 통해 무료로 공급해주었다. 돈 한 푼 내지 않아도 사람들은 원하는 대로 어디든 여행을 할 수 있었으며, 먹고 싶은 음식은 무엇이나 마음대로 먹을 수가 있었다. 그저 공동체의 생산적인 일원이기만 하면 그럴 권리를 얻을 수 있었다.

물론 게으름뱅이도 있었으나, 완전히 게으른 생활에 빠져들 만큼 의지가 강한 사람들의 숫자는 일반적으로 생각하는 것보다 훨씬 적었다. 그런 기생충 같은 존재들을 부양하는 것은 수많은 벌금 징수원, 가게 보조원, 은행 직원, 증권 중개업자 등을 부양하는 것보다 훨씬 덜 부담스러웠다. 세계적인 관점에서 보자면 물건들을 이 선반에서 저 선반으로 이동시키는 것에 불과했다.

인류는 이제 전체 활동의 4분의 1정도를 체스처럼 앉아서 하는 일로부터 산 계곡을 가로질러 스키를 타는 것처럼 위험한 일에 이르기까지, 온갖 종류의 스포츠를 하며 보냈다. 이런 현상이 낳은 뜻밖의 결과는 프로 운동 선수들이 사라졌다는 사실이었다. 워낙 뛰어난 아마추어들이 많았고, 변화된 경제 조건이 옛 시스템을 낡은 것으로 만들어버렸기 때문이다.

스포츠 다음으로는 연예산업이 단일 사업으로는 가장 규모가 컸다. 백 년이 넘도록 할리우드가 세상의 중심이라고 믿는 사람들은 언제나 있었다. 그들은 이제 그 어느때보다도 설득력 있게 그런 주장을 할 수 있었지만, 2050년에 나온 작품의 대부분은 1950년의 그것에 비하면 상상할 수 없을 정도로 지적으로 보인다고 말해도 과언은 아니었다. 그동안 약간의 진보가 있었으며, 더 이상 박스 오피스 집계 결과만으로 그 작품의 모든 것을 판단하지는 않았다.

그러나 행성 전체를 거대한 놀이터로 만들고 있는 듯한 이 모든 오락과 기분전환거리들에도 불구하고, 아직도 오래되고 해답 없는 질문에 매달릴 시간이 있는 사람들이 있었다.

'우리는 지금 여기에서 어디로 가는 걸까?'

11

잰은 코끼리에게 몸을 기대고 두 손을 나무껍질처럼 거친 코끼
리 피부 위에 올려놓았다. 잰은 거대한 상아와 호를 그리는 코를
올려다보았다. 박제사는 코끼리가 도전적인 태도를 보이거나
아니면 경례를 하는 순간을 능숙하게 포착해낸 것 같았다. 먼 미
래에 미지의 세계에서, 지구에서 온 이 유배자를 보게 될 그들은
어떤 존재일지 잰은 궁금했다.

"오버로드들에게 동물을 몇 마리나 보냈습니까?" 잰이 루퍼
트에게 물었다.

"적어도 50마리 이상. 물론 이게 가장 큰 것이긴 하지만, 정말
대단하지 않나? 다른 동물들은 대부분 아주 작았지. 나비, 뱀,
원숭이 같은 것들이었어. 작년에는 하마를 한 마리 보내긴 했지
만."

잰은 일그러진 웃음을 지었다.

"병적인 생각이긴 하지만 지금쯤이면 그들의 수집품 목록에 호모 사피엔스 박제품도 포함되어 있을 것 같은 데요. 누가 그런 박제가 되는 영광을 누렸을까 궁금하네요."

"자네 말이 맞을지도 모르지." 루퍼트는 약간 무관심하게 대답하고는 덧붙였다. "병원을 통해 마련하면 쉬울 텐데."

잰은 생각에 잠긴 표정으로 말했다. "누가 살아 있는 표본으로 나서겠다고 하면 어떻게 될까요? 물론 다시 지구로 돌아온다는 가정하에서."

루퍼트는 웃음을 터뜨렸다. 그러나 공감하지 않는 것 같지는 않았다.

"진심으로 그렇게 제안하는 거야? 내가 라샤베락한테 이야기해볼까?"

잠시 잰은 그 아이디어를 상당히 진지하게 생각해보았다. 이윽고 잰은 고개를 저었다.

"어, 싫습니다. 그냥 머릿속에 있는 생각을 말로 해본 것뿐이에요. 틀림없이 날 받아주지 않을 겁니다. 그런데, 요즘엔 라샤베락을 만난 적이 있나요?"

"한 여섯 주 전에 전화를 했지. 내가 찾고 있던 책을 막 찾았다고 하더군. 좋은 친구야."

잰은 천천히 박제된 코끼리 주위를 걸으며, 이 동물이 이렇게 놀라운 힘을 보여주는 순간을 영원히 포착해놓은 기술에 감탄했다.

"라샤베락이 뭘 찾고 있는지 확인한 적이 있나요? 그러니까, 오버로드들의 과학과 비학(秘學)에 대한 관심은 너무 모순되는 것 같아서요."

루퍼트 처남이 자기 취미를 놀리는 건지 의심하면서 약간 탐색하는 듯한 표정으로 잰을 쳐다보았다.

"그의 설명은 그럴듯하더군. 인류학자로서 그는 우리 문화의 모든 측면에 관심이 있어. 잊지 마. 그들에겐 충분한 시간이 있네. 그들은 인간 연구자가 할 수 있는 것보다 훨씬 더 자세하게 파고들 수가 있어. 아마 내 장서를 전부 읽는 데 라시는 그의 재능의 극히 일부만 사용했을걸."

그게 사실일 수도 있었다. 그러나 잰은 믿지 않았다. 때때로 잰은 루퍼트에게 자신의 비밀을 털어놓을까 생각했지만, 타고난 조심성 때문에 그렇게 하지 않았다. 루퍼트는 오버로드 친구를 다시 만났을 때 말하고 싶은 유혹을 이기지 못하고 비밀을 털어놓을 게 틀림없었다.

루퍼트는 느닷없이 화제를 바꾸었다. "말이 난 김에 이야기하겠는데 자넨 이게 크다고 생각하겠지만, 설리번이 만들고 있는 걸 한 번 봐야 돼. 설리번은 가장 큰 동물 두 마리의 실제 크기 모형을 만들어 오버로드들에게 주겠다고 약속했어. 향유고래와 거대한 오징어야. 그 두 마리 동물의 모형은 서로 사투를 벌이는 장면으로 만들어질 거야. 얼마나 멋진 그림이 되겠나!"

잰은 잠시 입을 다물었다. 그의 머릿속에서 폭발하고 있는 아이디어는 너무 터무니없고, 너무 공상적이라 심각하게 받아들일 수 없었다. 그러나 바로 그 무모함 때문에 성공할 수도 있었다.

"무슨 일이야?" 루퍼트가 근심스럽게 묻고는 덧붙였다. "더위 먹었나?"

잰은 고개를 젓고 다시 현실로 돌아왔다.

"괜찮습니다. 그저 오버로드들이 그런 조그만 보따리들을 어떻게 모아서 가지고 갈까 궁금해하고 있었습니다."

"아, 그들의 화물선 가운데 하나가 내려와서, 해치를 열고, 그걸 들어서 안으로 집어넣지."

"저도 그럴 거라고 생각했습니다."

우주선의 선실이라 할 만한 곳이었지만 실제로는 아니었다. 벽은 각종 계기판과 장치들로 뒤덮여 있었다. 창문은 없었다. 조종사 앞에 커다란 스크린이 하나 있었을 뿐이다. 여기에는 여섯 명이 탈 수 있었지만 지금은 잰 혼자만 탑승해 있었다.

잰은 열심히 스크린을 바라보며, 그의 눈앞을 지나가는 미지의 세계를 눈여겨보았다. 미지의…… 그래, 그의 터무니없는 계획이 성공할 경우 우주 저 너머에서 만나게 될 그 무언가 못지않게 미지의 영역이었다. 잰은 악몽 같은 피조물들의 영역, 세상이 창조된 이래 누구의 방해도 받지 않고 어둠속에서 서로를 잡아먹으며 사는 피조물들의 왕국으로 들어가고 있었다. 그곳은 인간이 수천 년 동안 항해해왔던 곳 아래에 있었다. 그곳은 인간의 배 용골 아래로 1킬로미터도 떨어져 있지 않았다. 그런데도 불과 1백 년 전까지도 인간은 눈으로 보루 수 있는 달의 모습보다도 이곳에 대해 더 무지했다.

조종사는 대양의 산에서 아직 탐험되지 않은 남태평양 분지를 향해 내려가고 있었다. 조종사는 대양 바닥을 따라 설치해놓은 무선 표지가 만들어내는, 눈에 보이지 않는 음파의 격자를 따라 가고 있었다. 잰도 그것은 알고 있었다. 그들은 아직도 구름이 지구 표면 위에 있는 것처럼 바다 밑바닥에서 높이 뜬 채 항해하고 있었다.

볼 만한 것은 별로 없었다. 잠수함의 스캐너들은 쓸데없이 물을 탐색하고 있었다. 아마 작은 물고기들은 잠수함의 제트 엔진이 만들어낸 시끄러운 소리 때문에 놀라 도망갔을 것이다. 만일 어떤 생물이 잠수함을 살펴보러 다가온다면 그것은 너무나 거대해서 두려움이 뭔지 모르는 생물일 것이다.

작은 선실은 잠수함에 가해지는 엄청난 수압과 이 조그만 구안에 사람이 살 수 있도록 빛과 공기를 공급하는 동력을 만들어내는 엔진의 움직임으로 인해 흔들리고 있었다. '만일 잠수함이 고장 난다면 우리는 금속관에 갇혀 대양 깊은 밑바닥에 묻혀버리겠지'라고 잰은 생각했다.

"위치를 파악할 때가 되었군요." 조종사가 말했다. 조종사는 스위치들을 연달아 컸다. 제트 엔진이 추진을 중단하면서, 잠수함은 감속하는 동시에 살짝 위로 떠올랐다 정지했다. 잠수함은 꼼짝도 하지 않은 채 공중에 뜬 풍선처럼 균형을 유지하고 둥둥 떠 있었다.

수중 음파 탐지기의 격자에서 그들의 위치를 파악하는 데는 오래 걸리지 않았다. 조종사는 계기 판독을 마치자 말했다. "다시 모터를 돌리기 전에, 무슨 소리가 나는지 어디 한번 들어봅시다."

확성기에서 흘러나오는 나직하고 중얼거리는 듯한 소리가 연속적으로 조용한 방을 가득 채웠다. 잰이 알아들을 수 있는 특별한 소리는 없었다. 소리 하나하나가 한데 뒤섞여서 마치 배경처럼 깔리고 있었다. 잰은 자기가 지금 헤아릴 수 없이 많은 바다 생물들이 일제히 대화하는 소리를 듣고 있다는 것을 알았다. 마치 생명력으로 가득 찬 숲 한가운데 서 있는 느낌이었다. 물론 숲에서는 개별적인 소리들 가운데 일부를 구분할 수 있긴 했다. 그러나 이곳에서는 소리의 태피스트리 속에서 단 한 가닥의 씨실도 따로 떼어 확인할 수가 없었다. 너무나 귀에 낯설었다. 이제까지 알던 것들과는 너무나 다르게 느껴져, 잰의 머리 가죽이 오싹할 정도였다. 그러나 이곳도 잰이 살고 있는 세계의 일부였다.

마치 폭풍을 동반한 검은 구름을 가르고 떨어지는 번개처럼 비명 소리 같은 것이 바다에 파문을 일으켰다. 그 소리는 금방 밴시*의 통곡 소리처럼 바뀌었다. 그 슬피 우는 소리는 희미해지다 결국 사라져버렸다. 그러나 잠시 후 좀 더 먼 곳에서 되풀이되었다. 곧 이어 비명 소리가 합창처럼 터져 나왔다. 소리가

*아일랜드 전설에 나오는, 사람이 죽기 전에 통곡한다는 노파처럼 생긴 요정.

엄청나게 컸기 때문에 조종사는 재빨리 음량을 조절했다.

"도대체 저게 뭡니까?" 잰이 멍한 표정으로 물었다.

"신비롭지 않습니까? 고래 떼입니다. 여기서 한 10킬로미터쯤 떨어져 있군요. 저놈들이 근처에 있을 줄 알고 있었죠. 당신이 저 소리를 듣고 싶어 할 줄 알았는데요."

잰은 몸을 떨었다.

"난 바다는 늘 고요한 곳으로 생각했습니다! 왜 저 녀석들은 저런 소리를 내는 거지요?"

"아마 서로 이야기를 하는 걸 겁니다. 설리번 교수라면 정확하게 설명해줄 수 있을 텐데…… 나로서는 믿기 힘든 이야기지만 설리번 교수는 고래 몇 마리는 개별적으로 알아볼 수 있다고 하더군요. 이야, 친구가 생겼군요!"

스크린에 믿을 수 없을 정도로 턱이 불거진 물고기가 보였다. 아주 커 보였지만, 잰은 스크린에 나타나는 모습이 얼마나 축소된 것인지를 몰랐기 때문에 실제 크기를 판단하기가 힘들었다. 아가미 바로 밑에는 긴 덩굴손 같은 것이 달려 있었는데, 그 끝에는 뭔지 알 수 없는 종 모양의 기관이 있었다.

조종사가 말했다. "지금은 적외선 화면으로 보는 겁니다. 정상적인 화면으로 볼까요?"

물고기는 완전히 사라져 보이지 않았다. 오직 생생한 형광빛을 발하는 물고기의 턱에 달린 늘어진 장식만이 보였다. 이어 한순간 물고기의 형태를 따라 빛의 선이 깜박거리면서 드러나 물고기의 모습이 눈에 들어왔다.

"아귀로군요. 저건 다른 물고기들을 유혹하는 미끼입니다. 환상적이지 않습니까? 이해하기 어려운 건 왜 저 미끼가 저놈을 잡아먹을 만큼 큰 물고기는 끌어들이지 않느냐 하는 겁니다. 하지만 여기서 하루 종일 기다릴 수는 없습니다. 내가 엔진을 작동시킬 때 저놈이 도망가는 것을 지켜보십시오."

배가 앞으로 천천히 나아가면서 선실이 다시 요동을 치기 시작했다. 빛을 발하던 커다란 물고기는 놀라서인지 더욱 강력한 빛을 내뿜으며 운석처럼 떠돌다 심연의 어둠 속으로 사라져버렸다.

스캐너 빔의 보이지 않는 손가락들이 처음으로 대양 바닥을 훑게 된 것은, 20분쯤 더 천천히 하강한 뒤였다. 잠수함은 저 아래 낮은 언덕들로 이루어진 산맥 부근을 지나가고 있었다. 산맥의 윤곽은 묘하게도 부드러운 곡선으로 이루어져 있었다. 오래전 어떤 모습이었는지 모르지만, 저 위로부터 끊임없이 쏟아지는 비(雨)에 다 마모되어버린 상태였다. 대륙들이 천천히 바다로 쓸어나가는 거대한 강어귀로부터 한참 멀리 떨어져 있는 이 태평양 한가운데에서도 그 비는 결코 멈추지 않았다. 그 비는 안데스 산맥의 폭풍우에 상처 입은 경사면으로부터, 수십 억의 살아 있는 생명체의 몸으로부터, 오랜 세월 우주를 배회하다 마침내 안정하게 된 운석들의 먼지로부터 오는 것이었다. 여기 영원한 밤 속에서도 그것은 장차 육지가 될 곳의 기초를 쌓고 있었다.

언덕들이 천천히 뒤로 물러났다. 그 언덕들은 넓은 평원의 전

초 기지로, 그 평원은 잰이 해도에서도 알 수 있듯이, 너무 깊어 스캐너도 닿을 수 없는 곳에 있었다.

잠수함은 부드럽게 하강을 계속했다. 이제 스크린 위에 영상이 형성되기 시작했다. 보는 각도 때문에, 잰이 눈에 보이는 것을 해석하는 데는 시간이 좀 걸렸다. 이윽고 잰은 그들이 보이지 않는 평원에서 불쑥 튀어나온, 바다에 가라앉은 산에 다가가고 있다는 것을 깨달았다.

이제 영상은 더 분명해졌다. 이런 가까운 범위에서는 스캐너의 해상도도 좋아져서, 스크린에 펼쳐진 광경은 태양빛 아래에서 보는 것처럼 또렷했다. 잰은 세부 사항까지 볼 수 있었고, 바위 사이에서 서로 쫓고 쫓기는 이상한 물고기가 반쯤 가려진 갈라진 틈을 가로질러 천천히 헤엄쳐 가기도 했다. 너무 빨라 눈으로는 그 움직임을 쫓을 수가 없었지만, 그 물고기의 긴 촉수가 쑥 튀어나오더니, 몸부림치는 다른 물고기를 잡아당겨 삼켜버리는 것을 스크린으로 볼 수 있었다.

"거의 다 왔습니다." 조종사가 말했다. "이제 곧 연구소가 보일 겁니다."

잠수함은 산기슭의 깎아지른 듯한 바위가 튀어나온 부분 위를 천천히 지나가고 있었다. 아래의 평원이 시야에 들어왔다. 잰은 잠수함이 바다 밑바닥에서 백 미터도 떨어져 있지 않다는 것을 알았다. 순간 잰은 1킬로미터 정도 앞쪽에, 세 개의 발로 서 있는 구들이 모여 있는 것을 보았다. 그 구들은 관 같은 것으로 서로 연결되어 있었다. 마치 화학 공장의 탱크 같았다. 사실 똑같은 원리로 설계된 것이었다. 다만 차이가 있다면, 여기서는 버텨야 할 압력이 내부에서가 아니라 외부에서 온다는 점이었다.

"저게 뭐죠?" 갑자기 잰이 놀라며 물었다. 잰은 떨리는 손으로 가장 가까운 구를 가리키고 있었다. 그 구의 표면에 있던 묘한 선 무늬가 거대한 촉수의 망으로 변했다. 잠수함이 더 가까이 다가가자, 그 촉수들의 끝에는 커다란 과육 모양의 주머니가 달려 있고, 거기에 거대한 눈 한 쌍이 붙어 있다는 것을 알 수 있었다.

조종사가 무관심하게 대답했다. "저건 아마 루시퍼일 겁니다. 누가 또 먹이를 주고 있군요." 조종사는 스위치를 하나 켜더니, 통제 데스크 너머로 몸을 기울였다.

"연구소, 여기는 S. 2. 연결중이다. 그 애완동물 좀 저리 가라고 할 수 없나?"

금방 대답이 들려왔다.

"S. 2. 여기는 연구소. 좋다, 다가와서 접선하라. 루시는 비킬 것이다."

둥글게 휜 금속 벽이 스크린을 채우기 시작했다. 그들이 다가가자 빨판이 달린 거대한 팔이 채찍처럼 흔들리는 게 마지막으로 보였다. 곧 이어 무디게 덜컹 하는 소리에 뒤이어 죔쇠들이 잠수함의 부드러운 타원형 선체를 고정시킬 곳을 찾느라 기지의 벽과 마찰을 일으키는 소리가 들렸다. 몇 분이 지나자 잠수함을 기지의 벽에 꼭 달라붙었으며, 두 개의 출입구가 꽉 맞물렸다. 두 개의 출입구는 잠수함의 선체를 통과하여 앞으로 움직여 거대하고 텅 빈 공간의 끝에 가 닿았다. 이어 '압력 일치' 표시가 나타나고, 해치가 열려서 심해 제1연구소로 들어갈 수 있었다.

잰은 사무실, 작업장, 실험실의 속성들을 다 합쳐놓은 것으로 보이는 작고 지저분한 방에서 설리번 교수를 찾았다. 설리번 교수는 현미경으로 작은 폭탄 같은 것을 살펴보고 있었다. 아마 심해 생물의 표본이 든 압력 캡슐인 것 같았다. 그 표본은 아직도 센티미터당 몇 톤의 압력이라는 정상적인 조건에서 행복하게 헤엄치고 있었다.

설리번 교수가 접안렌즈에서 눈을 떼어내며 말했다. "그래, 루퍼트는 어떻게 지내나? 그리고 자넨 무슨 일로 온 건가?"

"매형은 잘 있습니다. 안부를 전하라고 하면서, 밀실 공포증만 없다면 꼭 와보고 싶다며 아쉬워하더군요."

"그렇다면 그 친구는 이곳처럼 멀리 위에 5킬로미터의 물이 있는 상태에서는 별로 기분이 좋지 않겠는걸. 그런데 자넨 여기에서도 기분이 괜찮은가?"

잰은 어깨를 으쓱했다.

"성층권 비행기를 탔을 때 기분과 비슷한걸요. 만약 무슨 이상이 생기면 두 경우 모두 결과는 마찬가지겠지요."

"그거 합리적인 접근 방법이로군. 그런데도 그런 식으로 볼 줄 아는 사람이 거의 없다는 건 놀라운 일이야." 설리번 교수는 현미경 통제 장치를 만지작거리다가, 이상하다는 듯이 잰을 쏘아보았다.

설리번 교수가 말을 이어갔다. "기꺼이 자네를 안내해주겠네.

하지만 솔직히 말해, 루퍼트가 자네 요청을 전해주었을 때 난 좀 놀랐다네. 자네처럼 우주를 탐구하는 사람이 왜 우리 일에 관심을 가지는지 이해할 수가 없었네. 엉뚱한 방향으로 가고 있는 것 아닌가?" 설리번 교수는 즐거운 듯 껄껄거리며 웃더니 덧붙였다. "나는 자네가 왜 우주로 나가려고 그렇게 서두르는지 전혀 알 수가 없어. 수백 년이 지나야 우린 겨우 바다의 모든 것을 지도로 만들어 정리를 할 수 있을 텐데 말일세."

재은 깊은 숨을 쉬었다. 설리번 교수가 먼저 말을 꺼낸 게 다행이다 싶었다. 그의 일이 훨씬 수월해졌기 때문이다. 설리번 교수는 어류학을 전문 분야로 삼고는 있었지만, 그래도 두 사람은 공통점이 많았다. 서로 뜻을 교환하고, 설리번 교수의 공감과 도움을 얻는 게 어려울 것 같지는 않았다. 설리번 교수는 상상력이 풍부한 사람이었다. 아니라면 이렇게 해저 세계에 들어와 있지도 않았을 것이다. 그러나 재은 조심해야 했다. 그가 하려는 요청은 아무리 좋게 말하더라도 너무나 관례를 벗어난 것이었으니까.

그러나 재에게 자신감을 주는 사실이 한 가지 있었다. 설리번 교수가 도와주지 않더라도 그의 비밀을 지켜줄 거라는 사실이었다. 그리고 오버로드들이 아무리 알 수 없는 힘을 갖고 있다 하더라도 태평양 밑바닥에 있는 작고 조용한 사무실에서 오가는 대화를 엿듣지는 못할 것 같았다.

재은 입을 열었다. "설리번 교수님, 교수님이 바다에 관심을 가지고 있는데 오버로드들이 바다에 접근하지 못하게 한다면,

교수님 기분은 어떨 것 같습니까?"

"틀림없이 아주 화가 나겠지."

"틀림없이 그럴 겁니다. 그런데 어느 날, 교수님에게 오버로드들이 모르게 자신의 소망을 이룰 기회가 생겼다고 한다면, 교수님은 어떻게 하시겠습니까? 그 기회를 잡으시겠습니까?"

설리번 교수는 전혀 망설이지 않았다.

"물론이지. 일단 저지르고 난 다음 정당성을 주장하겠네."

'생각대로 되는군!' 하고 잰은 생각했다. '이제 설리번 교수는 발을 뺄 수 없을 거야. 그가 오버로드들을 두려워하지 않는 한. 하지만 그가 뭘 무서워하는 사람은 아닌 것 같은데.' 잰은 어지러운 탁자 위로 몸을 기울이고, 자신의 생각을 이야기할 준비를 했다.

설리번 교수는 바보가 아니었다. 잰이 말을 다 하기도 전에, 그는 입술을 뒤틀며 냉소적으로 웃었다.

"그러니까 그런 게임이로군 그래? 아주 흥미롭군! 자, 얼른 내가 왜 자네를 도와야 하는지 그 이유를 말해보게."

12

예전 같았으면 설리번 교수는 별로 쓸모없는 일에 돈을 낭비해
대는 사치스러운 사람으로 간주되었을 것이다. 교수의 작업에
는 작은 전쟁을 치르는 것만큼의 돈이 들어갔다. 사실 그는 절대
쉬지 않는 적과 끝없는 전쟁을 치르는 장군과 흡사했다. 설리번
교수의 적은 바다고, 바다는 추위와 어둠, 그리고 무엇보다도
수압이라는 무기를 가지고 그와 싸우고 있었다. 반면에 설리번
교수는 지능과 공학 기술로 적과 맞섰다. 설리번 교수는 많은 승
리를 거두어왔지만, 바다는 끈질겼으며 기다릴 줄 알았다. 설리
번 교수는 자신이 언젠가 실수를 할 것임을 알고 있었다. 그러나
적어도 익사해 죽는 일은 절대 없을 거라는 위안은 얻을 수 있었
다. 그보다 훨씬 빠르게 죽음이 닥쳐올 것이기 때문에.

　설리번 교수는 잰이 요청을 했을 때 곧바로 분명한 대답은 하

지 않았지만 자신이 뭐라고 대답할 것인지는 알고 있었다. 아주 흥미로운 실험을 할 기회가 생긴 것이다. 다만 자신이 그 결과를 절대 알 수 없으리라는 것이 안타까울 뿐이었다. 그러나 그것은 과학 연구에서는 흔히 있는 일이었으며, 설리번 교수 자신도 수십 년이나 지나야 완성될 프로그램들을 시작해놓은 사람이었다.

설리번 교수는 용감하고 똑똑한 사람이었다. 그러나 자신의 경력을 뒤돌아봤을 때, 그는 후세에 자신의 이름을 알릴 만한 일을 해놓지 못했다는 사실을 의식하지 않을 수 없었다. 그런데 이제 정말로 그의 이름을 역사에 남게 할 기회가 생겼다. 그것은 누구에게도 밝힐 수 없는 야망이었다. 그러나 공정하게 말하건대, 설리번 교수는 이 계획에서 자신이 한 역할이 영원히 비밀로 남더라도 잰을 도와줄 사람이었다.

반면 잰은 생각을 가다듬고 있었다. 처음 사실을 발견했을 때의 관성으로 인해 여기까지 거의 아무런 노력 없이 움직여오기는 했다. 잰은 여러 가지 조사를 하기는 했으나, 자신의 꿈을 이루기 위해 적극적인 발걸음을 내디딘 일은 없었다. 그러나 이제 며칠 후에는 선택을 해야만 했다. 만일 설리번 교수가 도와주기로 한다면, 그로서는 물러날 길이 없었다. 잰은 자신이 선택한 미래와 거기에 함축된 모든 의미를 직시해야 했다.

잰이 결국 마음을 굳히게 된 것은, 만일 자신이 뜻하지 않게 주어진 이 기회를 놓쳐버린다면, 절대 자신을 용서할 수 없을 거라고 생각했기 때문이었다. 평생을 헛된 후회 속에서 보낼 것 같았다. 그보다 더 나쁜 일은 있을 수 없었다.

몇 시간 뒤 설리번 교수가 도와주겠다고 대답했다. 잰은 주사위가 던져졌다는 것을 알았다. 그러나 아직 시간이 많이 남아 있었기 때문에, 잰은 천천히 자신의 주변을 정리하기 시작했다. 편지는 이렇게 시작되었다.

마이아 누나에게

모르긴 몰라도 이 일은 누나한테 좀 놀라운 일이 될 거야. 누나가 이 편지를 받았을 때, 난 지구에 없을 거야. 그렇다고 내가 다른 사람들처럼 달에 가 있을 거라는 얘기는 아니야. 나는 오버로드들의 고향으로 가고 있을 거야. 누나, 내가 태양계를 떠나는 첫 번째 인간이 되는 거야.

난 이 편지를 날 돕고 있는 친구에게 줄 생각이야. 내 친구는 내 계획이 성공해서 (적어도 첫 단계까지) 오버로드들도 개입할 수 없다는 것을 알 때까지 이 편지를 보관하고 있을 거야. 난 너무 멀리 가있고, 또 엄청나게 빠른 속도로 여행하고 있을 것이기 때문에, 날 소환하는 메시지가 나보다 앞서지는 못할 거야. 설령 그렇게 된다 해도, 우주선이 다시 지구로 돌아갈 가능성은 거의 없다고 봐. 어차피 나는 우주선을 지구로 되돌릴 정도로 중요한 인물이 아니니까.

우선, 내가 어떻게 해서 이 계획을 세우게 되었는지 말해줄게. 누나도 내가 늘 우주 비행에 관심을 가지고 있었고, 우리가 다른 행성들로 갈 수가 없다는 점에 대해, 또 오버로드들의 문명에 대해 아무것도 알 수가 없기 때문에 늘 좌절감을 맛보곤 했다는 것을 알지? 만일 오버로드들이 개입하지만 않았다면, 우린 지금쯤 화성과 수성에 도달해 있었을 거야. 물론 20세기에 개발한 코발트 원자폭탄을 비롯한 세계 파괴 무기로 우리 자신을 파멸시켰을 가능성도 있다는 것을 인정해. 하지만 때때로 난 우리가 우리 자신의 발로 설 기회를 가지기를 바랐어.

아마 오버로드들이 우리를 육아실에 가두어두는 데는 그럴 만한 이유가 있을 거야. 어쩌면 아주 타당성 있는 이유들인지도 모르지. 하지만 설사 내가 그 이유들을 안다 해도, 내 감정이나 행동이 크게 달라질지는 잘 모르겠어.

사실은 모든 게 누나 집에서 열린 파티에서 시작되었어(그런데 매형은 날 이런 길로 가게 한 사람임에도, 아무것도 모르고 있어). 매형이 마련한 그 멍청한 강신회 기억나? 그리고 그 강신회가 그 여자(이름을 잊었네)가 기절하는 바람에 끝났던 일도? 난 오버로드들이 어떤 별에서 왔냐고 물었지. 그 대답은 'NGS 549672'였어. 사실 난 어떤 답도 기대하지 않았어. 그때까지는 그저 장난으로 여기고 있었거든. 하지만 그게 실제로 별 목록에 있는 거라는 사실을 깨닫고, 그걸 조사하기로 마음먹었어. 난 그 별이 용골자리에 있다는 것을 알았지. 그리고 우리가 오버로드들에 대해 알고 있는 몇 가지 안 되는 사실 가운데 하나가, 그들이 그쪽 방향에서 왔다는 거였지.

그 정보가 어떻게 해서 우리에게 전달되었고, 또 어디에서부터 온 것인가를 내가 이해한다고 말하지는 않겠어. 누가 라샤베락의 마음을 읽은 것일까? 설사 그렇다 해도, 라샤베락이 우리 목록에 나와 있는 그들의 태양의 번호를 알았을 가능성은 거의 없어. 그건 완전한 수수께끼야. 그리고 그걸 푸는 건 루퍼트 같은 사람들에게 맡겨두겠어. 그가 풀 수 있을지 모르겠지만! 난 그 정보를 얻은 것만으로, 그리고 그 정보에 따라 행동하는 것만으로 만족해.

우리 과학자들은 오버로드들의 우주선이 출발하는 것을 관찰해서, 오버로드들의 우주선의 속도에 대해 많은 것을 알고 있어. 우주선은 엄청난 가속력으로 태양계를 벗어나기 때문에, 한 시간이 안 되어 빛의 속도에 접근해. 그것은 오버로드들이 그들의 우주선의 모든 원자에 똑같이 작용하는 추진 시스템을 가지고 있기 때문에 우주선에 탄 어떤 것도 순간적으로 짜부러지지 않게 한다는 뜻이야. 난 오버로드들이 저 우주 밖으로 나가 장난을 쳐 속도를 올릴 시간이 충분히 있을 텐데도, 왜 그렇게 가까운 데서부터 엄청난 가속을 내는지 궁금해. 내 생각으론 오버로드들이 별들 주위에 있는 에너지장을 이용한다는 것이고, 따라서 태양과 상당히 가까이 있을 때 출발과 정지를 해야 한다는 거야. 하지만 단지 그것만 알고 있을 뿐이야……

중요한 사실은 내가 오버로드들이 얼마나 멀리까지 여행을 해야 하는가를 알게 되었고, 따라서 여행이 얼마나 걸릴지 알게 되었다는 거야. NGS 549672는 지구에서 40광년 떨어져 있어. 오버로드들의 우주선은 빛의 속도에 99퍼센트 이상 근접해. 따라서 여행은 우리 시간으로 40년 동안 지속될 게 틀림없어. 우리 시간으로. 그게 가장 중요한 사실이야.

누나도 들은 적이 있겠지만, 사람이 빛의 속도에 접근하게 되면 이상한 일들이 벌어져. 시간 자체가 다른 속도로 흐르기 시작하지. 시간이 더 늦게 흘러가는 거야. 그래서 지구에서의 몇 달은 오버로드들의 우주선에서는 며칠밖에 안 될 거야. 그 결과는 아주 근본적인 거야. 이것은 백 년 전쯤에 위대한 아인슈타인이 발견한 거지.

난 우리가 스타드라이브에 대해 알고 있는 사실에 근거하여 계산을 해보았어. 그리고 상대성 이론을 적용해봤어. 지구에서는 40년이 흐른다 해도, 오버로드의 우주선에 탄 승객의 관점에서는 NGS 549672까지 여행하는 데 불과 두 달밖에 안 걸릴 거야. 나도 이게 패러독스란 걸 알아. 한 가지 위안이 된다면 아인슈타인이 이 이론을 발표한 이후로 세계 최고의 두뇌들이 혼란을 겪었다는 사실이라고나 할까.

어쩌면 누나는 이 예를 통해 앞으로 벌어질 일이 어떤 것인지 알수 있을 것이고, 상황에 대해 보다 분명한 그림을 그려볼 수 있을 거야. 만일 오버로드들이 날 곧바로 지구로 돌려보낸다면, 난 겨우 넉달 더 늙은 모습으로 지구에 도착하겠지. 하지만 지구에서는 80년이 흘러 있을 거야. 그러니까 마이아, 이제 알 수 있겠지? 무슨 일이 생길지 모르지만, 이것으로 작별이야……

누나가 잘 알듯이, 난 여기에 별로 연고가 없어. 그래서 부담 없는 마음으로 떠날 수 있어. 아직 어머니한테는 말하지 않았어. 어머니는 히스테리를 일으킬 것이고, 난 그걸 견딜 수 없을 거 같거든. 이런 방법이 더 좋아. 아버지가 돌아가신 이후로 어머니의 마음을 이해하려고 노력해왔어. 그런데…… 그만 할게. 이런 얘기 되풀이해봤자 아무 소용도 없을 테니!

난 지금까지 해오던 연구를 끝냈어. 학교에는 집안 사정 때문에 유럽으로 이사한다고 했지. 모든 게 정리되었으니, 누나가 걱정할 일은 없어.

여기까지 읽고 나면, 누나는 내가 미쳤다고 생각할지도 몰라. 오버로드들의 우주선에 탄다는 것이 불가능하게 여겨질 테니까. 하지만 난 방법을 발견했어. 자주 있는 일은 아니지만, 이 다음부터는 그 방법도 아예 사라질지 모르지. 캐렐런이 같은 실수를 두 번 하지는 않을 테니까. 트로이의 목마 알아? 그리스 군사를 트로이로 들어 갈 수 있게 했던 목마 말이야. 하지만 구약 성경에 보면 내가 하는 일에 더 가까운 예가 있지……

설리번 교수가 말했다. "자넨 요나보다는 훨씬 편안할 거야. 요나가 전기나 위생 시설을 제공받았다는 증거는 없거든. 하지만 자네한테는 많은 식량이 제공될 거야. 그리고 산소도 충분히 준비하겠네. 그런데 그렇게 조그만 공간에 두 달 동안 여행하는 데 필요한 걸 다 넣을 수 있겠나?"

설리번 교수는 탁자 위에 놓인, 잰이 신중하게 그린 설계도를 손가락으로 눌렀다. 현미경이 한쪽 끝에 놓여 문진 역할을 하고 있었고, 다른 쪽 끝에서는 원래의 모습이 상상이 안 되는 물고기의 두개골이 같은 역할을 하고 있었다.

"산소는 필요 없게 되었으면 좋겠습니다. 우린 오버로드들이 우리 대기에서 호흡할 수 있다는 걸 알고 있어요. 하지만 오버로드들이 우리 대기를 별로 좋아하는 것 같지는 않더군요. 그런 일은 없어야겠지만 어쩌면 전 오버로드들의 공기로는 전혀 숨을 쉴 수 없을지도 몰라요. 물자 공급은 마취제 나르코사민이면 다 해결돼요. 그건 안전해요. 여기서 출발할 때 전 나르코사민 주사를 맞을 겁니다. 그럼 전 여섯 주 정도 잠들어 있을 거예요. 그때쯤이면 거의 도착해 있을 겁니다. 사실, 제가 걱정하는 건 식량과 산소보다는 권태예요."

설리번 교수는 생각에 잠긴 표정으로 고개를 끄덕였다.

"그래. 나르코사민은 안전하지. 그리고 상당히 정확하게 양을 잴 수 있어. 하지만 꼭 주위에 먹을 걸 충분히 갖다놓도록 하게. 깨어나면 엄청나게 배가 고프고, 새끼 고양이처럼 힘이 없을 테니까. 깡통 따개를 사용할 힘이 없어 굶어 죽는다고 생각해보라고."

"저도 그건 생각해봤습니다." 잰은 약간 불쾌해하며 덧붙였다. "저는 그럴 때 흔히 하는 것처럼 설탕과 초콜릿을 먹고 체력을 회복할 생각입니다."

"좋아. 자네가 발생할 수 있는 문제들을 철저히 연구해봤다니 기쁘군. 그리고 자네가 이 일을 하다 마음에 안 들면 바로 그만둘 수 있는 장난으로 여기지 않는 것도 기뻐. 자네는 지금 자네 목숨을 가지고 노는 거야. 하지만 난 자네가 자살을 하는 걸 도와준다는 느낌을 받고 싶지는 않네."

설리번 교수는 물고기 해골을 집어 들더니 별 생각 없이 공처럼 위로 던졌다. 잰은 설계도가 말리지 않도록 손으로 잡았다.

설리번 교수가 말을 이었다. "다행히도, 자네가 필요로 하는 장비는 상당히 표준적인 거야. 우리 작업장에서 몇 주면 조립할 수 있는 걸세. 혹시 마음이 바뀌면……"

"그럴 리 없습니다."

……난 내가 무릅써야 할 모든 위험을 다 고려했어. 계획에는 별 문제 없는 것 같아. 여섯 주 뒤면, 난 여느 무임 승차자처럼 오버로드들에게 내 모습을 드러내게 될 거야. 우리 시간을 기준으로, 그때쯤이면 여행은 거의 끝났을 거야. 나는 오버로드들의 세계에 곧 발을 딛게 될 테지.

물론 그때부터 일어나는 일은 그들에게 달려 있어. 어쩌면 날 다음 우주선으로 고향으로 돌려보낼지도 모르지. 하지만 적어도 뭔가는 볼 수 있을 거라고 기대하고 있어. 난 4밀리미터 카메라와 수천 미터의 필름을 가져가. 그걸 사용할 수 없더라도 그게 내 잘못은 아닐 거야. 최악의 경우라도, 난 인간을 지구라는 격리 수용소에 영원히 가두어둘 수 없다는 건 증명한 셈이 될 테니까. 난 캐렐런이 뭔가 조치를 취할 수밖에 없는 선례를 만들어놓으려 해.

사랑하는 마이아, 이게 내가 말하고 싶은 것 전부야. 누나가 날 별로 보고 싶어 하지 않을 거라는 걸 잘 알아. 솔직히 우리가 그렇게 강한 유대감을 가진 적은 없었어. 누나는 루퍼트와 결혼한 다음 누나만의 우주에서 아주 행복해하고 있어. 적어도 난 그러기를 바라.

그럼 안녕. 그리고 행운을 빌어. 누나 손자들을 볼 수 있기를 고대할게. 손자들한테 꼭 내 이야기를 해줘야 돼.

누나를 사랑하는
잰

13

 잰은 처음 그것을 보았을 때, 마치 작은 비행기의 동체가 조립
되는 것을 보는 듯했다. 금속 뼈대는 길이가 20미터였고 완벽한
유선형이었다. 뼈대를 둘러싼 가벼운 비계 위에 올라간 일꾼들
은 동력 연장을 들고 일하고 있었다.

 설리번 교수는 잰의 질문에 대답했다. "그래. 우린 표준적인
항공 기술을 사용하고 있지. 여기 있는 사람들 대부분은 항공 산
업 쪽에서 왔어. 이런 크기의 동물이 실제로 살아 있다는 게 믿
어지지 않지? 사실 난 예전에 한 번 본 적이 있는데도 이렇게 큰
고래가 몸을 솟구쳐 완전히 물 밖으로 뛰어오를 수 있다는 것이
잘 믿어지지 않아."

 모든 것이 너무나 매혹적이었다. 그러나 잰은 딴 생각을 하고
있었다. 잰은 그 거대한 뼈대를 보며 자신의 독방을 감출 만한

적당한 자리를 찾고 있었다. 설리번 교수가 명명한 대로 '에어 컨디셔너 장치가 된 관(棺)'을 감출 곳을. 어느 지점에 시선이 닿았을 때 잰은 즉시 마음을 놓았다. 공간의 크기만으로 보자면, 여남은 명의 밀항자가 숨고도 남을 만한 공간이 있었다.

잰이 말했다. "틀은 거의 완성된 것 같군요. 가죽은 언제 씌울 거죠? 가죽을 얻을 고래는 이미 잡은 것 같은데요. 아니면 뼈대를 얼마나 크게 만들어야 할지 정할 수 없었을 것 아니겠어요."

설리번 교수는 그 말에 기분이 아주 좋은 듯했다.

"우린 고래를 잡을 생각이 전혀 없네. 고래는 일반적인 의미에서 가죽을 가지고 있지 않아. 저 틀 위에 20센티미터 두께의 고래 기름으로 만든 담요를 씌우는 것은 실용적인 일이 아니야. 모두 플라스틱으로 만들어서, 고래의 색깔에 맞게 칠할 거야. 일을 끝낼 때쯤이면 아무도 그 차이를 알아보지 못할걸."

'만일 그런 거라면, 오버로드들은 차라리 사진을 찍어서, 자기 고향 행성에서 실물 크기의 모형을 직접 만드는 게 더 합리적인 일일 텐데'라고 잰은 생각했다. 하지만 어차피 보급선은 텅 빈 채로 돌아갈 테고, 그럴 경우 20미터 크기의 향유고래처럼 작은 것이야 별로 문제가 되지 않을 것이다. 엄청난 힘과 자원을 가지고 있을 때는 구태여 사소한 경제적인 문제에 신경을 쓸 필요도 없으리라…….

설리번 교수는 이스터 섬이 발견된 이래 고고학계에 큰 도전이 되었던 그 커다란 석상 옆에 서 있었다. 그 석상이 왕인지 신인지 알 수 없었지만 눈동자가 없는 석상의 쏘아보는 듯한 시선은 자신이 만든 작품을 쳐다보는 설리번 교수의 눈길을 따라가고 있는 것 같았다. 설리번 교수는 자신이 한 일에 자부심을 느끼고 있었다. 이것은 곧 인간의 시야에서 영원히 사라진다는 것은 안타까운 일이었다.

오징어와 향유고래의 수중 전투 장면을 재현해놓은 그 모형은 미치광이 예술가가 마약에 취한 채 환각 상태에서 만든 것 같았다. 그러나 이 작품의 진정한 창조주는 바로 자연이었다. 그것은 수중 텔레비전이 만들어지기 전까지는 누구도 본 적이 없었던 광경이었다. 그리고 그것이 만들어진 이후에도 이 거대한 맞수가 수면으로 몸부림치며 나오는 드문 경우에만 잠깐 볼 수 있는 광경이었다. 그러나 이런 싸움은 향유고래가 먹이를 찾아다니는 한없이 어두운 깊은 바다 속에서 이루어지는 것이다. 그리고 지금 향유고래의 눈앞에 있는 먹이는 산 채로 잡아먹히는 데 강력하게 저항할 수 있는 먹이였다.

향유고래는 톱니 같은 이가 나 있는 긴 아래턱은 넓게 벌리고, 금방이라도 먹이를 씹어서 삼킬 듯한 준비를 하고 있었다. 향유고래의 머리는 살기 위해 필사적으로 몸부림치는 거대한 오징어의 희고 걸쭉한 다리의 꿈틀거리는 망에 거의 싸여 있었다. 오징어의 다리들이 달라붙어 있는 향유고래의 가죽은 직경 20센티미터 넓이의 납빛의 빨판 자국으로 얼룩져 있었다. 오징어의 다리 하나는 이미 잘려나가고 없었다. 싸움의 최종 결과는 의심할 여지가 없었다. 지구에서 가장 큰 두 동물이 맞붙었을 때 승자는 항상 향유고래였다. 무성하게 우거진 숲을 연상시키는 촉수가 가진 엄청난 힘에도 불구하고, 오징어의 유일한 희망은 향유고래의 턱이 몸을 박살내기 전에 탈출하는 것밖에 없었다. 50센티미터쯤 서로 떨어져 있는, 오징어의 커다랗고 표정 없는 두 눈은 자신을 파괴하려는 자를 물끄러미 바라보고 있었다. 그러나 심연의 어둠 속에서 두 생물이 서로를 볼 수 있는 가능성은 없었다.

전시품 전체의 길이는 30미터 이상이었다. 그리고 그것은 새 장처럼 생긴 알루미늄 틀에 둘러싸여 있었고, 틀에는 작품을 위로 들어 올릴 케이블을 연결할 장치가 부착되어 있었다. 모든 준비가 끝났고 오직 오버로드들이 기뻐하는 일만 남아 있었다. 설리번 교수는 오버로드들이 빨리 행동해주기를 바랐다. 기다리는 시간이 이루 말할 수 없이 초조했기 때문이다.

누군가 사무실에서 환한 햇빛 속으로 걸어 나왔다. 설리번 교수를 찾는 게 분명했다. 설리번 교수는 그가 총무 책임자라는 것을 알아보고, 그에게로 다가갔다.

"여, 빌 무슨 일이야?"

빌은 쪽지를 손에 들고 기쁜 표정을 짓고 있었다.

"기쁜 소식입니다, 교수님, 영광입니다! 감독관이 직접 와서 우리 작품이 선적되기 전에 보겠답니다. 우리가 언론에 소개될 것을 생각해보십시오! 지원금을 새로 신청할 때 큰 도움이 될 겁니다. 전 이런 일을 고대하고 있었습니다."

설리번 교수는 마른 침을 삼켰다. 그는 언론에 오르내리는 것

을 반대하는 사람은 절대 아니었지만, 이번에는 너무 많이 오르
내릴까 봐 근심스러워했다.

캐렐런은 고래 머리 옆에 서서 크고 뭉툭한 주둥이와 상아색 이
가 박힌 턱을 쳐다보았다. 설리번 교수는 불안한 기색을 감추
고, 감독관이 무슨 생각을 하고 있을까 궁금해했다. 감독관의
방문은 자연스러운 일이었고 그의 행동에서 의심을 품은 듯한
기색은 찾아볼 수 없었다. 그러나 설리번 교수는 어서 이 일이
끝나기만을 바랐다.
　캐렐런이 말했다. "우리 행성에는 이렇게 큰 생물이 없소, 그
래서 교수에게 이 동물들을 만들어달라고 한 거요. 내 동포들은
이게 아주 매력적이라고 느낄 거요."
　"난 그곳이 중력이 약하기 때문에 당연히 아주 큰 동물들이
있을 거라고 생각했습니다. 사실 당신들도 우리보다 훨씬 크지
않습니까!"
　"그렇소. 하지만 우리 행성에는 바다가 없소. 그리고 크기로
말하자면, 육지는 절대 바다와 경쟁할 수가 없지."
　'그건 맞는 말이고말고' 하고 설리번 교수는 생각했다. 그리고
그가 아는 한, 이것은 오버로드들의 세계에 대해 아직까지 밝혀
지지 않은 사실이었다. '잰이란 녀석도 무척 흥미를 느낄 텐데.'
　그 순간 그 잰이란 녀석은 1킬로미터 떨어진 오두막에 앉아,
쌍안경으로 감독관의 시찰 광경을 근심스러운 표정으로 바라보
고 있었다. 그는 속으로 걱정할 게 없다고 다짐하고 있었다. '고

래를 아무리 가까이서 살핀다 해도 비밀이 드러나지는 않을 거야.' 그러나 캐렐런이 뭔가 의심할 가능성은 늘 있었다. 그러면서도 짐짓 아무런 내색도 하지 않을 가능성이.

그것은 감독관이 고래의 동굴 같은 목 안을 들여다보았을 때 설리번 교수의 마음에서 커지고 있는 생각이기도 했다.

캐렐런이 말했다. "당신네 성경에는, 히브리의 선지자 요나라는 사람에 대한 놀라운 이야기가 있더군요. 요나는 배에서 던져진 뒤에도 고래 배 속에 들어가 땅까지 안전하게 갔지 않소. 그런 전설에 어떤 사실적 근거가 있다고 생각하시오?"

설리번 교수는 조심스럽게 대답했다. "고래잡이가 고래에게 삼켜졌다가 고래가 토해냈을 때 아무런 해를 입지 않고 살아 나왔다는 믿을 만한 이야기가 있다고 알고 있습니다. 물론, 그가 고래 배 속에서 몇 초 이상 머물러 있었다면 질식사했겠지요. 그리고 이빨을 피해 간 것도 아주 운이 좋았다고 봅니다. 믿기 어렵지만 전혀 있을 수 없는 이야기는 아니지요."

"아주 재미있군요." 캐렐런이 말했다. 캐렐런은 선 채로 잠시 더 커다란 턱을 보더니, 오징어를 보기 위해 걸음을 옮겼다. 설리번 교수는 캐렐런이 자신의 안도의 한숨 소리를 듣지 못했기를 바랐다.

설리번 교수가 말했다. "만일 내가 이런 일을 겪게 될 줄 알았다면, 자네가 그 미치광이 같은 생각으로 날 물들인 순간에 자네를 내 사무실에 던져버렸을 걸세."

"죄송합니다. 하지만 무사히 지나가지 않았습니까."

"그러기만 바랄 뿐이지. 행운을 비네. 하지만 자네가 마음을 바꾸고 싶다면, 아직 적어도 여섯 시간의 여유가 있네."

"필요 없습니다. 이제 저를 막을 수 있는 건 캐럴린뿐입니다. 모두 교수님 덕분이에요. 만일 제가 돌아와 오버로드들에 대한 책을 쓰게 되면, 그 책을 교수님께 바치겠습니다."

"나한테 퍽이나 도움이 되겠군." 설리번 교수는 퉁명스럽게 내뱉고는 말을 이었다. "그때 난 이미 죽고 없을 테지만 말이야." 설리번 교수는 감상적인 사람이 아니었다. 그런데 뜻밖에도, 또 약간은 놀랍게도 그는 이 작별 인사 때문에 마음이 흔들리기 시작했다. 그는 함께 음모를 꾸민 몇 주 동안 잰을 좋아하게 되었다. 나아가서 그는 복잡한 자살 사건의 공범이 되지 않나 해서 두려워하기도 했다.

설리번 교수는 잰이 고래의 이빨들을 피해 다니며 커다란 턱 속으로 기어들어가는 동안, 사다리를 잡아주고 있었다. 손전등 불빛에 잰이 몸을 돌려 손을 흔들더니, 동굴 같은 공허 속으로 사라지는 게 보였다. 에어록 해치가 열렸다 닫히는 소리가 들렸다. 그 다음엔 침묵이 찾아왔다.

향유고래와 오징어가 싸우다 얼어붙은 듯한 모형에 교교한 달빛이 비춰지자 마치 악몽의 한 장면 같았다. 달빛을 받으며 설리번 교수는 천천히 걸어서 사무실로 돌아갔다. '내가 무슨 짓을 한 거지? 이 일은 어떻게 될까?' 물론 그로서는 절대 알 수 없는 일이었다. '잰은 오버로드들의 고향에 갔다가 다시 지구로 오는 데 자신의 인생 가운데 불과 몇 달밖에 안 쓸 테니까, 이 자리를 다시 거닐 수도 있겠지. 하지만 그렇게 된다 해도 그것은 건널 수 없는 시간의 장벽 저편에서 일어나는 일일 거야. 지금으로부터 80년 뒤의 일일 테니까.'

잰이 에어록의 안쪽 문을 닫자마자, 그가 들어와 있는 아주 작은 금속관 안에 불이 켜졌다. 잰은 다시 생각할 겨를도 없이, 곧바로 미리 준비해둔 물건들을 다시 점검했다. 필요한 모든 물건과 식량은 며칠 전에 이미 쌓아두었다. 그러나 최종 점검을 다시 해서 부족한 것이 아무것도 없다는 것을 확인해야 마음이 놓일 것 같았다.

한 시간 뒤, 잰은 만족했다. 그는 스폰지 고무로 만들어진 긴 의자에 드러누워 자신의 계획을 반추해보았다. 전기 달력 시계가 희미하게 웅웅거리며 돌아가는 소리만이 정적을 깨고 있었다. 그 시계는 언제 항해가 끝날지 알려줄 것이다.

잰은 지금 그가 있는 방 안에서는 아무것도 느낄 수 없다는 것을 알고 있었다. 엄청난 힘이 오버로드들의 우주선에 가해져도 우주선은 완벽하게 보호될 게 틀림없었기 때문이다. 설리번 교수는 혹시라도 있을 문제를 염려해서 오버로드들에게 만일 강한 중력이 가해지면 이 작품은 붕괴되어버릴 거라고 이야기했다. 설리번 교수의 고객들은 그럴 위험은 없다고 분명히 확인해주었다.

그러나 대기 압력에는 상당한 변화가 있을 것이다. 이것은 중요하지 않았다. 속이 텅 빈 모형들은 몇 개의 구멍을 통해 '숨을 쉴 수' 있었기 때문이다. 잰은 자신의 방을 떠나기 전에 기압 균형을 만들어놓아야 했다. 잰은 오버로드들의 우주선 안에서 호흡할 수 있을 거라고 가정하고 있었다. 그리고 그렇지 않다 해도 간단한 마스크와 산소 장치만 있으면 호흡 문제는 해결할 수 있었다. 정교한 장비는 필요 없었다. 만일 기계의 도움 없이 숨을 쉴 수 있다면, 그건 더 좋은 일이지만 말이다.

더 기다려봤자 소용없었다. 긴장만 더 될 뿐이었다. 잰은 미리 나르코사민을 넣어둔 작은 주사기를 꺼냈다. 나르코사민은 동물의 동면을 연구하던 중에 발견된 것이었다. 흔히 알려진 것과는 달리 동면이 신체의 활동을 정지시키는 것은 아니었다. 동면은 신진대사의 속도를 크게 늦추어줄 뿐이었다. 동면 상태에서 신진대사는 감소된 수준이지만 여전히 지속된다. 마치 생명의 불을 땅에 묻어, 지하에서 연기만 내며 타도록 하는 것과 같았다. 그러나 몇 주 또는 몇 달 뒤에 약의 효과가 떨어지면, 생명의 불은 다시 활활 타오르면서 잠을 자던 사람은 소생하게 된다. 나르코사민은 완벽하게 안전이 확인된 물질이었다. 자연은 먹이를 구하기 어려운 겨울에 자신의 수많은 자녀들을 지키기 위해 백만 년 동안 그것을 사용해왔다.

그렇게 잰은 인공수면에 빠져들었다. 잰은 거대한 금속 틀이 케이블을 통해 들어 올려져 오버로드들의 화물선 창고로 들어가는 동안 조그만 충격도 느끼지 못했다. 그는 3백조 킬로미터에 달하는 거리를 통과하는 동안 두 번 다시는 열리지 않을 해치가 닫히는 소리도 듣지 못했다. 우주선이 화살처럼 오버로드들의 모성을 향해 날아올랐을 때 두꺼운 벽으로 차단된 바깥에서 희미하게 들려오는 지구의 대기가 저항하며 비명을 지르는 소리도 잰은 전혀 듣지 못했다.

　그리고 잰은 스타드라이브가 계속 나아가는 것도 전혀 느끼지 못했다.

14

매주 열리는 이 정례회의 때는 늘 회의실이 꽉 찼다. 그러나 오늘은 사람들이 빽빽이 들어차 있어서 기자들이 뭘 쓰기도 힘들었다. 그들은 수도 없이 서로서로 캐렐런의 보수적이고 배려가 부족한 태도에 대해 불평을 늘어놓았다. 세계의 어느 곳에서나 기자들은 텔레비전 카메라와 녹음기를 비롯한 고도로 발달된 도구들을 가지고 들어갈 수 있었다. 그러나 이곳에서는 종이와 연필이라는 낡은 도구에만 의존해야 했다. 그다지 믿음이 안 가는 속기에 의존해야 했다.

물론 녹음기를 몰래 갖고 들어오려는 시도가 몇 번 있었다. 그리고 다시 몰래 가지고 나가는 데도 성공하기까지 했다. 그러나 녹음기 내부에서 연기가 피어오르는 것을 보고 난 뒤부터는 그게 부질없는 짓이라는 것을 깨닫게 되었다. 그제야 모든 사람들은 왜 오버로드들이 늘 기자들에게 손목시계를 비롯한 모든 쇠붙이는 회의실 밖에 두고 오라고 주의를 주는지 이해할 수 있었다.

더욱 불공평한 것은 캐렐런 자신은 모든 것을 녹음한다는 사실이었다. 부주의하다고 찍히거나, 극히 드물기는 했지만 진짜 오보를 낸 기자는 캐렐런의 부하들에게 불려가서 감독관이 실제로 한 말을 주의 깊게 다시 듣는, 짧지만 불쾌한 시간을 보냈다. 그 뒤로는 아무도 그런 실수를 저지를 생각을 못 하게 되었다.

어떻게 이런 소문이 돌았는지 이상한 일이었다. 사전 발표는 없었다. 그럼에도 캐렐런이 뭔가 중요한 성명을 발표할 때는 늘 방이 꽉 찼다. 이런 일은 일 년에 평균 두세 번 정도 있었다.

커다란 문이 갈라져 열리면서 캐렐런이 나와 단 위에 올라서자, 웅성거리던 소리들은 사라지고 침묵이 깔렸다. 조명은 침침했다. 아주 멀리 있는 오버로드들의 태양빛과 비슷하게 맞추어 놓은 것이 틀림없었다. 그래서 지구의 감독관은 외출할 때는 보통 쓰고 다니는 검은 안경을 벗어두고 있었다.

캐렐런은 여기저기서 들려오는 인사말에 형식적으로 "안녕하십니까, 여러분" 하고 대답하고는, 사람들 앞에 선 키가 크고 눈길을 끄는 인물에게 고개를 돌렸다. 기자단 단장인 골드 씨는 영국 귀족 가문의 집사 말투의 원조라고 해도 지나치지 않을 말투로 말했다. "두 기자와 《타임》의 신사분이 질문을 할 것입니다. 감독관 각하." 골드 씨는 전통 있는 명문교 출신의 외교관처럼 옷을 입었고 또 행동했다. 아무도 그에게 속마음을 털어놓는 것을 망설이지 않았고, 또 아무도 그 후에 그 일에 대해 후회하지 않았다.

"오늘은 사람이 매우 많군요, 골드 씨. 요샌 뉴스가 부족한 모양이오."

《타임》에서 나온 신사는 웃음을 짓더니 헛기침을 했다.

"그 상황을 바꿔주시기 바랍니다, 감독관 각하."

캐렐런이 답변을 생각하는 동안, 《타임》에서 나온 신사는 뚫어져라 그를 바라보고 있었다. 가면처럼 딱딱한 오버로드들의 얼굴이 전혀 감정의 흔적을 드러내지 않는 것 역시 너무 불공평한 일로 보였다. 있으나마나 한 이 정도의 빛에도 눈동자가 심하게 수축된, 미간이 넓은 두 눈이 솔직하게 호기심을 드러내고 있는 인간의 두 눈을 보고 있었다. 양쪽 뺨(그 현무암 빛깔의 가늘고 긴 것을 뺨이라 부를 수 있다면)에 있는 두 개의 숨구멍에서는 희미하게 휘파람 소리가 들렸다. 있는지 없는지 확인해보지는 못했지만 허파가 지구의 희박한 공기 속에서 호흡하느라 내는 소리 같았다. 골드는 뺨을 덮고 있는 아주 작은 흰 털들이 캐렐런이 빠르게 두 번 연달아 숨쉬는 주기에 정확하게 일치하여 위치를 바꾸는 것을 겨우 확인할 수 있었다. 그 털들은 일반적으로 먼지 필터라고 여겨지고 있었다. 그리고 이 빈약한 사실에 근거하여 오버로드들의 고향의 대기에 관한 정교한 이론이 수립되었다.

"그렇소, 여러분에게 줄 뉴스가 있소. 여러분도 다 알고 있겠지만, 보급선 한 척이 기지로 돌아가기 위해 지구를 떠났소. 우린 방금 거기에 밀항자가 타고 있다는 것을 알았소."

수많은 연필이 동시에 멈추었다. 수많은 눈들이 캐렐런에게 집중되었다.

골드가 물었다. "방금 밀항자라고 하셨습니까, 감독관 각하? 그 밀항자가 누구인지, 그리고 어떻게 거기 탔는지 물어봐도 될까요?"

"그의 이름은 잰 로드릭스이며, 케이프타운 대학의 공학도요. 더 많은 정보는 여러분 나름의 아주 능률적인 채널을 통해 직접 알아낼 수 있을 거요."

캐렐런은 웃음을 지었다. 감독관의 웃음은 묘했다. 사실 그 웃음의 대부분은 눈에 머물러 있었다. 입술도 없고 유연성도 없는 입은 거의 움직이지 않았다. '이것 역시 캐렐런이 그렇게 능숙하게 흉내내는 많은 인간의 관습들 가운데 하나일까?' 골드는 궁금해했다. 캐렐런의 얼굴에 떠올라 있는 것은 웃음이었고, 보는 이들도 그것을 미소로 받아들이고 있었기 때문이다.

감독관이 말을 이어갔다. "그가 어떻게 떠났느냐 하는 것은 별로 중요하지 않은 일이오. 여러분에게, 또는 다른 모든 예비 우주인들에게, 아무도 다시는 그런 공을 세울 수가 없다고 장담할 수 있소."

골드가 집요하게 물었다. "그 젊은이는 어떻게 되는 겁니까? 지구로 다시 돌아올 수 있는 겁니까?"

"그건 내 관할권 밖의 일이오. 하지만 난 그가 다음 우주선으로 돌아올 거라고 예상하고 있소. 그 젊은이는 간 곳에서 안락하다고 하기에는 너무 낯선 환경과 마주치게 될 거요. 그리고 그것이 오늘 내가 여러분과 만난 이유요."

캐렐런은 말을 끊었다. 침묵은 더 깊어졌다.

"젊고 또 낭만적인 기질을 가진 사람들 사이에 우주로 나갈 수 없다는 데 약간의 불만을 품은 이가 몇 있다는 건 알고 있소. 하지만 우리가 그렇게 하는 데는 이유가 있소. 우리라고 해서 금지하는 것 자체를 좋아서 그러는 것은 아니오. 약간 불쾌할지도 모르는 비유를 하는 것을 용서해주기 바라오. 여러분 가운데 석기 시대의 인간이 갑자기 현대 도시에 왔을 때 어떤 느낌을 받을지 생각해본 적이 있소?"

〈헤럴드 트리뷴〉 기자가 반발했다. "그것과 이 경우는 근본적으로 다릅니다. 우린 과학에 익숙합니다. 당신들의 세계에는 틀림없이 우리가 이해할 수 없는 것들이 많겠지요. 하지만 그런 것들이 우리에게 마술처럼 보이지는 않을 겁니다."

"정말 그렇게 자신하오?" 너무 작은 소리라 알아듣기도 힘들었다. 캐렐런이 덧붙였다. "전기 시대와 증기 시대 사이에는 불과 백 년의 시간 차이가 있을 뿐이오. 하지만 빅토리아 시대 기술자가 텔레비전이나 컴퓨터를 어떻게 생각하겠소? 그리고 그런 기계들의 구조를 조사하기 시작한다면, 그가 얼마나 오래 살 수 있겠소? 두 기술 사이의 간극은 너무나 커서, 그건 아주 위험하오."

(로이터 기자가 BBC 기자에게 작은 소리로 말했다. "이봐, 우린 운이 좋군. 저치가 이제 곧 주요한 정책 발표를 할 참이야. 난

척 보면 알거든.")

"그리고 우리가 인류를 지구에 묶어두는 데는 다른 이유도 있소. 보시오."

불빛이 희미해지더니 아예 사라져버렸다. 빛이 희미해지는 것과 더불어, 뽀얀 오팔색 빛 무리가 방 중앙에 형성되더니 이내 별들의 소용돌이로 응고되었다. 그 별들 가운데서도 가장 바깥에 있는 태양에서, 아주 멀리 떨어진 지점에서 본 나선형 성운이었다.

어둠 속에서 캐렐런의 목소리가 흘러나왔다. "지금까지 어떤 인간도 이것을 본 적이 없소. 여러분은 지금 당신들이 살고 있는 우주를 보고 있소. 이것이 태양계도 그 구성원 중 하나인 섬 은하를 50만 광년의 거리에서 본 거요."

오랜 침묵이 흘렀다. 이윽고 캐렐런이 말을 이어갔다. 그의 목소리에는 동정도 아니고 경멸이라고도 할 수도 없는 무언가가 담겨 있었다.

"여러분 종족은 자신의 조그만 행성의 문제를 다루는 데도 눈에 띄게 무능한 모습을 보여왔소. 우리가 도착했을 때 여러분은 과학이 무분별하게 제공한 힘으로 스스로를 파괴하기 직전이었소. 우리의 개입이 없었다면, 오늘날 지구는 방사능에 물든 황야가 되었을 거요.

지금 인류는 통일되어 있고 세계는 평화롭소. 곧 여러분은 우리의 지원 없이도 여러분의 행성을 운영할 수 있을 정도로 문명화될 거요. 어쩌면 여러분은 궁극적으로 태양계 전체의 문제들을 처리할 수도 있을 거요. 그러니까 50개의 달과 행성들을. 하지만 여러분은 정말로 이 일에 대처할 수 있을 것이라고 생각하고 있소?"

성운은 넓어졌다. 이제 별들이 하나하나 빠르게 지나갔다. 별들은 대장간의 불꽃처럼 빠르게 나타났다 사라졌다. 잠깐 나타났다 사라진 그 불꽃들은 모두 태양이었다. 그 태양들 주위에서 돌아가는 세계가 얼마나 많을지 누가 알 것인가……

캐렐런이 중얼거리는 말투로 말을 이었다. "이 은하에는 8백7십억 개의 태양이 있소. 그 숫자만으로도 우주의 광대함을 어렴풋하게나마 짐작할 수 있는 거요. 거기에 도전하는 것은 개미들이 세계에 있는 모든 사막의 모래알에 이름을 붙이고 분류를 하려고 하는 것과 같소.

인류는 현재의 진화 단계에서는 그러한 엄청난 도전에 맞설 수가 없소. 내 의무들 가운데 하나는 여러분을 별들 사이에 놓여 있는 힘과 세력으로부터 보호하는 거요. 여러분이 도저히 상상도 할 수 없는 세력으로부터."

소용돌이치는 불꽃의 안개 같은 은하의 모습이 희미해졌다. 불이 켜지는 것과 더불어 커다란 방 안에는 갑자기 침묵이 흘렀다.

캐렐런은 떠나려고 몸을 돌렸다. 기자회견은 끝났다. 캐렐런은 문간에서 걸음을 멈추고 입을 다물고 있는 사람들을 돌아보았다.

"씁쓸한 생각이지만 여러분은 그 사실과 직면해야 하오. 여러분은 언젠가 행성들을 소유할 수도 있소. 그러나 별들은 인간만을 위해 존재하는 것이 아니오."

"별들은 인간만을 위해 존재하는 것이 아니오." 그래, 인간의 얼굴 바로 앞에서 별들의 문이 쾅 닫히는 것은 화나는 일일 수 있었다. 그러나 인류는 진실에 직면해야 했다. 아니 비록 그것이 자비롭게도 오버로드들이 그들에게 던져준 진실의 일부에 지나지 않을지라도 말이다.

성층권 높은 곳에 홀로 있던 캐렐런은 내키지 않는 마음으로 그에게 주어진 세계와 사람들을 내려다보았다. 캐렐런은 지금 그의 앞에 놓여 있는 모든 일을 생각해보았다. 그리고 지금으로부터 불과 10여 년 후에 이 세계에 닥칠 일을.

사람들은 그들이 얼마나 운이 좋았는지 절대 알 수 없을 것이다. 백여 년 동안 인류는 이제까지 어떤 종족도 누리지 못한 행복을 향유했다. 그것은 황금시대였다. 그러나 황금이란 석양의 빛깔, 가을의 빛깔이기도 했다. 오직 캐렐런만이 점점 다가오고 있는 겨울의 세찬 눈보라의 첫 흐느낌 소리를 들을 수 있었다.

그리고 캐렐런만이 황금시대가 얼마나 빠르고 무자비하게 그 종말을 향해 치닫고 있는가를 알고 있었다.

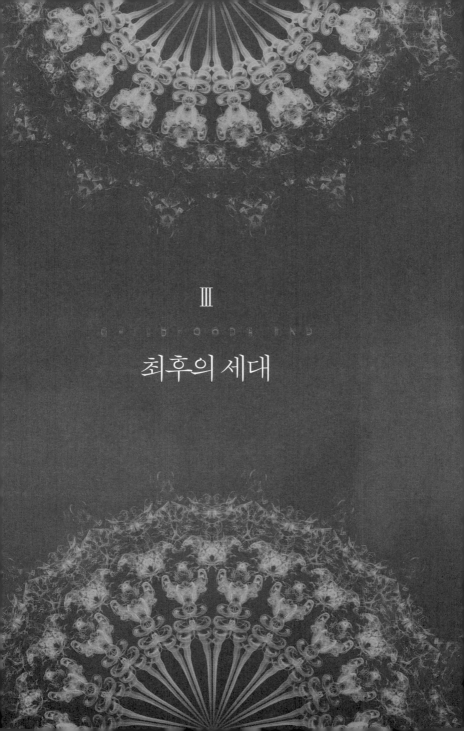

III

CHILDHOOD'S END

최후의 세대

15

"이것 좀 봐!" 조지 그렉슨이 소리를 지르며 손에 들고 있던 신문을 진에게 내던졌다. 진은 그것을 받으려 했지만, 신문은 식탁 위로 맥없이 떨어졌다. 진은 참을성 있게 신문에 묻은 잼을 닦아내고 불쾌한 구절들을 읽으며 못마땅한 표정을 지으려고 최선을 다했다. 그러나 진은 이런 일에는 능숙하지 못했다. 그녀는 오히려 비평가들의 생각에 동의하는 편이었다. 보통 진은 이런 생각을 마음속에 묻어두었는데 가정의 평화와 고요를 위해서만은 아니었다. 조지는 진으로부터 그리고 또 다른 누군가로부터도 찬사만을 받고 싶어 했다. 만일 진이 감히 조지의 작업에 대해 비판한다면, 자신이 예술에 얼마나 무지한지에 대해 지겨운 강의를 한바탕 들을 각오를 해야 했다.

진은 칼럼을 두 번이나 읽고도 조지의 불평을 이해할 수 없었다. 진이 보기에 그 비평은 아주 호의적인 것 같았다.

"이 사람은 공연이 마음에 들었던 것 같은데요. 도대체 당신은 뭐가 불만이에요?"

"이 부분." 조지는 손가락으로 칼럼 중간을 누르며 으르렁거리며 덧붙였다. "이 부분을 다시 읽어봐."

"'특히 보기 좋았던 것은 발레 장면에 배경으로 사용되었던 섬세한 파스텔 톤의 녹색이었다.' 이게 어때서요?"

"그건 녹색이 아니었단 말이야! 내가 바로 그 색조의 푸른빛을 내기 위해 얼마나 오래 공을 들였는데! 그런데 이게 뭐야? 통제실의 멍청한 엔지니어가 색깔의 조화를 망친 것이 아니면 이 멍청한 비평가가 색맹이거나 둘 중의 하나일 거야. 이봐, 우리 텔레비전에는 무슨 색으로 나왔어?"

"어, 기억이 안 나는데요. 그때 귀염둥이가 울기 시작해서 무슨 일인지 가봐야 했거든요."

"아." 이 한마디를 끝으로 투덜거리던 조지는 입을 다물었다. 진은 당장이라도 조지가 다시 폭발할 것임을 알고 있었다. 그러나 그렇다 하더라도 다음번에는 이보다 좀 온화할 것이다.

조지는 우울한 표정으로 중얼거렸다. "난 텔레비전에 대한 새로운 정의를 만들어냈어. 텔레비전이란 건 예술가와 관객 사이의 의사소통을 방해하는 장치야."

"그래서 어떻게 하려고요? 연극 무대로 돌아가려고요?"

"안 될 게 뭐야? 내가 생각하고 있던 게 바로 그거야. 내가 뉴 아테네 사람들에게서 편지를 받은 건 당신도 알고 있잖아. 그 사람들이 나한테 다시 편지를 보냈어. 이번에는 나도 답장을 할 참이야."

"정말요?" 진이 약간 놀란 표정으로 되묻고는 덧붙였다. "난 그 사람들이 좀 괴짜 같던데요."

"글쎄, 그걸 알아낼 방법은 딱 하나뿐이지. 난 다음 두 주 동안 거기 가서 그 사람들을 직접 만나볼 거야. 그 사람들이 발표하는 책들은 아주 멀쩡해 보여. 그리고 거기에는 아주 좋은 사람들도 몇 명 있어."

"만일 내가 장작불로 요리를 하거나, 짐승 가죽으로 만든 옷을 입을 거라고 생각하는 거라면, 당신은……"

"바보 같은 소리하지 마! 그런 이야기들은 터무니없는 소문일 뿐이야. 그 공동체에는 문명화된 생활을 하기 위해 필요한 모든 게 다 갖추어져 있어. 그 사람들은 불필요한 장식물이 필요치 않다고 생각할 뿐이야, 그뿐이라고. 그리고 이유야 어쨌든 태평양에 가본 지도 몇 년 되었으니까. 우리 둘에게도 좋은 여행이 될 거야."

"나도 그 점은 동의해요. 하지만 주니어와 귀염둥이가 폴리네시아 야만인들로 자라는 걸 보고 싶지는 않아요."

"그렇지 않을 거야. 그건 약속할 수 있어."

비록 그가 생각한 것과는 달랐지만 그의 말이 맞았다.

베란다 맞은편에 있던 몸집이 작은 사람이 말했다. "오면서 보셨겠지만, 공동체는 두 개의 섬으로 이루어져 있고, 서로 둑길로 연결되어 있습니다. 이 섬은 뉴 아테네이고 저 쪽 섬은 뉴 스파르타입니다. 그곳은 좀 거칠고 바위도 많지만, 운동을 하기에는 좋은 곳이죠." 그의 눈이 조지의 허리선으로 잠깐 내려갔다. 조지는 등나무 의자에서 몸을 꿈틀했다. 남자가 말을 계속했다. "그런데 뉴 스파르타에는 사화산이 있습니다. 적어도 지질학자들은 사화산이라고 말을 하죠. 하, 하!

다시 뉴 아테네 이야기로 돌아가죠. 짐작하셨겠지만, 공동체는 자기 나름의 예술 전통을 가진 독립적이고 안정된 문화 집단을 형성하자는 아이디어에서 건설된 것입니다. 이 사업을 시작하기 전에 미리 많은 연구를 했습니다. 이것은 정말이지, 이해하기 어려운, 아주 복잡한 수학에 기초를 둔, 응용 사회 공학의 작품입니다. 제가 아는 것이라곤 수학자와 사회학자들이 공동체의 크기가 얼마나 되어야 하고, 얼마나 많은 유형의 사람들이 있어야 하는가를 계산했다는 겁니다. 그리고 무엇보다도 공동체를 장기적으로 안정되게 유지하기 위해서는 이 사회를 어떻게 구성해야 하는지를 연구했지요.

우리는 여덟 명의 지도자들로 이루어진 위원회의 통치를 받고 있는데, 그들은 각각 생산, 권력, 사회 공학, 예술, 경제, 과학, 스포츠, 철학을 대표합니다. 영구 집권을 하는 의장이나 대통령은 없습니다. 그리고 의장직은 지도자들이 돌아가면서 1년씩 맡죠.

우리의 현재 인구는 5만이 약간 넘고 있어서 최적의 인구 수치에는 약간 미달입니다. 우리가 새로운 사람들을 계속 찾고 있는 것은 그런 이유 때문이지요. 그리고 물론 이 과정에서 어느 정도의 손실은 있습니다. 특히 몇 가지 전문적인 분야에서는 그에 알맞은 인재를 공동체에서 길러내는 데까지는 도저히 이르지 못하고 있는 것이 사실입니다.

여기 이 섬에서 우리는 인류의 독립, 그 멋진 전통의 일부를 구하려고 합니다. 오버로드들에 대한 적대감은 없습니다. 단지 독립적으로 우리 자신의 길을 가고 싶을 따름입니다. 오버로드들이 낡은 국가들과 인간의 유구한 전통을 가진 생활 방식을 파괴했을 때, 그들은 나쁜 것과 함께 많은 좋은 것들도 쓸어가버렸습니다. 지금의 세계는 평온하지만 아무런 특색이 없고 문화적으로는 죽은 상태입니다. 오버로드들이 온 이후로 진정으로 새로운 것은 하나도 창조되지 않았습니다. 그 이유는 분명합니다. 더 이상 쟁취할 것이 남지 않았고, 너무나 많은 기분 전환거리와 오락물이 있기 때문입니다. 매일 수많은 채널을 통해 라디오와 텔레비전 프로그램들이 쏟아져 나오고 있다는 것을 알고 계십니까? 설사 잠도 안 자고 다른 아무것도 하지 않는다 해도, 스위치만 돌리면 이용할 수 있는 그 오락물의 20분의 1만큼도 즐길 수가 없습니다! 사람들이 스펀지처럼 수동적으로 변하는 것도 놀랄 일이 아니죠. 흡수만 하지 창조는 하지 못하는 겁니다. 한 사람이 하루에 평균적으로 텔레비전을 시청하는 시간이 세 시간이나 된다는 것을 알고 계십니까? 곧 사람들은 더 이상 자신의 삶을 살지 못할 겁니다. 어쩌면 텔레비전에서 방송되는 다양한 가족 연속극에 뒤떨어지지 않기 위한 어떤 작업을 직업으로 삼는 사람이 생길지도 모릅니다.

여기 뉴 아테네에서는 오락이 적절한 자리를 차지하고 있습니다. 나아가서, 그것은 통조림처럼 찍어낸 것이 아니라 살아 있는 것입니다. 이런 규모의 공동체에서는 배우, 연주자와 예술가들에게 의미 있는 것들 뿐만 아니라 거의 완벽한 관객 참여도 가능합니다. 말이 난 김에 얘기하는데 우리에게는 아주 훌륭한 교향악단이 있습니다. 아마 세계에서 대여섯 손가락 안에 들어갈걸요.

하지만 제 말만 듣고 판단하지는 마십시오. 보통 이곳 시민이 될 가능성을 타진하러 오는 분들은 며칠 머물며 대강 분위기를 보죠. 만일 그분들이 여기에 머물고 싶다고 결정을 내리면, 우리는 심리 테스트를 하는데, 그것은 사실 우리의 주요 방어선입니다. 거기서 지원자 가운데 3분의 1은 탈락됩니다. 그들에게 무슨 특별한 문제가 있어서가 아니고, 또 밖에서 볼 때도 중요하지도 않은 이유들 때문입니다. 테스트에 합격한 사람들은 집으로 돌아가 주변을 정리하고 난 다음, 다시 이곳으로 오게 됩니다. 때로는 이 단계에서 마음이 바뀌는 사람도 있는데 그것은 특별한 경우이며 대개 어쩔 수 없는 개인적 이유들 때문이죠. 우리 테스트는 거의 백 퍼센트 믿을 만합니다. 그 테스트를 통과하는 사람들은 정말로 오고 싶어 하는 사람들입니다."

"나중에 마음이 바뀌면 어떻게 되죠?" 진이 걱정스러운 표정으로 물었다.

"그럼 떠날 수 있습니다. 아무런 제약은 없습니다. 한두 번 그런 일이 있었죠."

긴 침묵이 흘렀다. 진은 조지를 보았다. 조지는 생각에 잠긴 표정으로, 지금 예술가들 사이에서 유행하고 있는 구레나룻을 문지르고 있었다. 진은 배수진을 치는 것이 아닌 한, 지나치게 걱정하지는 않는 사람이었다. 공동체는 흥미 있는 곳으로 보였다. 그리고 물론 사람들이 진이 걱정했던 것처럼 괴짜들도 아니었다. 그리고 아이들도 좋아했다. 사실 결정을 내리는 데 그 점이 제일 중요했다.

그들은 6주 후에 이사를 했다. 단층집은 작았지만, 진과 조지가 현재의 네 식구 이상으로 가족 수를 늘리지 않는다면 아주 적당한 집이었다. 가사 노동을 대신해주는 기본적 장치들은 있었다. 적어도 고된 가사 일의 암흑시대로 돌아갈 위험이 없다는 점은 진도 인정했다. 그러나 부엌이 있는 것을 보았을 때는 약간 혼란스러웠다. 이런 규모의 공동체에서는 보통 중앙 식량 본부에 전화를 하고 5분만 기다리면, 무슨 음식을 고르든 가져다주게 마련이었기 때문이다. 개성을 존중하는 것은 다 좋았다, 그러나 진은 이건 좀 심한 것 아니냐는 생각이 들었다. 진은 어두운 표정으로, 식사를 준비해야 할 뿐만 아니라 가족의 옷까지 만들어야 되지 않을까 하는 생각도 해보았다. 그러나 자동식기 세척기와 레이더 레인지 사이에 물레가 있었던 것은 아니니까 걱정하는 것만큼 심한 건 아니었다.

물론, 집의 나머지 부분은 장식도 없었고 다듬어지지도 않은 상태였다. 그들이 이 집에 거주하게 된 첫 가족이었기 때문에, 이런 활기 없고 낯선 집이 따뜻하고 인간적인 가정으로 변모하게 되는 데는 시간이 좀 걸릴 일이었다. 틀림없이 아이들이 그 과정에서 효과적인 촉매 역할을 해줄 것이다. 진은 아직 모르고 있었지만 이미 제프리는 사고를 친 뒤였다. 제프리가 민물과 바닷물 사이의 차이를 몰랐기 때문에, 제프리가 바다에서 잡아온 물고기를 욕조에 넣었다가 물고기가 죽어버리는 일이 발생한 것이다.

진은 아직 커튼도 달지 않은 창문으로 다가가 공동체를 건너다보았다. 의심의 여지없이 아름다운 곳이었다. 집은 섬의 나지막한 산의 서쪽 경사면에서 자리잡고 있었는데, 이 산은 다른 경쟁 상대 없이 뉴 아테네 섬에 우뚝 솟아 있었다. 북쪽으로 2킬로미터를 가면 뉴 스파르타로 통하는 다리를 볼 수 있었다. 다리는 가는 칼날처럼 물을 가르고 있었다. 바위가 많은 뉴 스파르타 섬에는 화산까지 있어서 평화로운 뉴 아테네와 커다란 대조를 이루고 있었다. 진은 때때로 뉴 스파르타 섬이 두렵기까지 했다. '어떻게 과학자들은 저 화산이 다시 잠에서 깨어나 그들 모두를 삼키지 않을 것이라고 그렇게 자신할 수가 있을까?'

비틀거리며 경사면을 올라오고 있는 형체가 진의 눈에 띄었다. 교통법규를 무시하고 종려나무 그늘을 따라서 조심스럽게 올라오고 있었다. 조지가 첫 회의를 마치고 돌아오는 길이었다. 진도 백일몽에서 깨어나 집안일로 바빠야 할 시간이 된 것이다.

쇠붙이가 부딪히는 소리가 나는 걸 보니 조지의 자전거가 도착한 듯했다. '우리 둘 다 자전거를 배우는 데 얼마나 걸릴까?' 진은 궁금했다. 이것은 섬 생활에서 예기치 못한 또 하나의 측면이었다. 개인 차량은 허용되지 않았다. 사실 직선으로 갈 수 있는 가장 먼 곳까지의 거리가 15킬로미터도 안 되는 곳에서 자동차는 별로 필요하지 않았다. 대신 공동체 소유의 서비스 차량인 트럭, 구급차, 소방차 등은 다양하게 구비되어 있었다. 그러나 이 차들에도 진짜 위급하지 않은 때를 제외하면, 시속 50킬로미터라는 속도 제한이 있었다. 그 결과 뉴 아테네 거주자들은 풍부한 운동 시간과 한산한 도로를 즐길 수 있었고, 물론 교통사고도 없었다.

조지는 아내에게 인사로 가벼운 입맞춤을 하고, 가장 가까운 의자에 털썩 주저앉으며 안도의 한숨을 내쉬었다.

"휴!" 조지는 이마의 땀을 닦으며 말을 이었다. "언덕을 올라오는 데 모두들 나를 지나쳐 앞서가지 뭐야. 아마 사람들은 운동에 익숙해졌나 봐. 난 벌써 10킬로그램은 빠진 것 같아."

"오늘은 어떻게 보냈어요?" 진이 의무감에서 물었다. 진은 조지가 너무 지치지 않아서 짐을 푸는 것을 도와줄 수 있었으면 하는 마음이었다.

"아주 자극적이었지. 물론 내가 만난 사람들 중 반은 기억도 안 나지만. 어쨌든 다들 유쾌한 사람들 같았어. 그리고 극장은 내가 바란 것만큼 좋았어. 우린 다음 주부터 버나드 쇼의 〈므두셀라로 돌아가라〉를 연습을 시작하기로 했어. 난 세트와 무대 디자인 전체를 책임질 거야. 여남은 명이 이런저런 건 못 한다고 떠들지 않을 테니, 크게 달라지겠지. 그래, 이곳이 마음에 들 것 같아."

"자전거를 타고 다녀야 하는 데도요?"

조지는 간신히 힘을 모아 싱긋 웃었다.

"두어 주 지나면, 이 산이 산인지도 모르게 될 거야."

말은 그렇게 했지만 조지는 실제로 그렇게 생각하지는 않았다. 그러나 정말 사실이 되어버렸다. 그러나 진이 차를 그리워하지 않게 되고, 또 사람이 자기 부엌에서 할 수 있는 모든 일을 알게 된 것은 한 달이 더 지난 후의 일이었다.

뉴 아테네는 자연스럽게 발전한 곳이 아니었다. 이 특이한 공동체의 모든 것들은 의도적으로 계획된 것이다. 아주 뛰어난 사람들이 오랜 세월에 걸쳐 연구를 한 결과였다. 이것은 오버로드들에 대항하는 공개적인 음모로서 시작되었다. 즉 그들의 힘에 도전하는 것은 아니더라도 정책에 대해서는 은연중에 도전하고 있었다. 처음에 공동체의 후원자들은 캐렐런이 그들의 계획을 단칼에 좌절시킬 것이라고 확신했다. 그러나 감독관은 어떤 조치도 취하지 않았다. 아무것도. 그렇다고 해서 그게 예상했던 것만큼 안심이 되는 일도 아니었다. 캐렐런에게는 시간이 많다. 시간을 지연시켰다가 반격을 가할지도 모르는 일이었다. 아니면 이 계획의 실패를 워낙 자신하고 있기 때문에 어떤 행동도 취할 필요를 느끼지 않는 것인지도 모른다.

거의 모든 사람들이 이 공동체가 실패할 거라고 예상했다. 사회 역학에 대한 진정한 지식이 전혀 존재하지 않던 과거에도 특별한 종교적 또는 철학적 목적에 귀의하는 많은 공동체들이 있었다. 그런 공동체들은 대부분 실패했으나 일부는 살아남았다. 그리고 뉴 아테네의 창설자들은 그 생존을 현대 과학에서 자신하고 있는 만큼은 확신했다.

공동체의 터를 섬으로 고른 데는 많은 이유가 있었지만, 그중 가장 중요한 이유는 심리적인 것이었다. 비행기가 일반화된 시대에, 바다라는 것은 물리적 장벽으로서는 전혀 의미가 없었다. 그런데도 섬은 고립의 느낌을 주었다. 나아가 한정된 땅은 너무 많은 사람들이 공동체에 들어와 사는 것을 불가능하게 만들었다. 최대 인구는 십만 명으로 고정되어 있어서 그 이상이 되면, 작고 응축된 공동체가 내재적으로 가지는 이점들은 사라지게 되어 있었다. 공동체의 창설자들이 목표로 삼았던 것들 가운데 하나는 뉴 아테네의 어떤 구성원이든 자신과 이해관계를 공유하는 다른 모든 시민을 알아야 한다는 것이었다.

뉴 아테네의 창설을 주도한 사람은 유대인이었다. 모세와 마찬가지로, 그 유대인은 약속된 땅에 들어와 살 수 없었다. 이 공동체는 그가 죽은 지 3년 후에 건립되었기 때문이다.

그는 마지막으로 독립했던 국가이고, 따라서 수명이 가장 짧은 국가 가운데 하나인 이스라엘에서 태어났다. 아마 이스라엘인들은 국가 주권의 종말을 다른 어떤 나라의 사람들보다 비통하게 느꼈던 모양이다. 수백 년 동안의 노력 끝에 막 성취한 꿈을 다시 잃어버린 셈이었으니까.

솔로몬은 광신자가 아니었지만 어린 시절의 기억은 그가 실천에 옮기게 된 철학을 형성하는 데 적지 않게 기여했음에 틀림없다. 솔로몬은 오버로드들이 강림하기 전에 세상이 어때했는지를 기억하고 있었지만, 그 세상으로 되돌아가자고 주장한 것은 아니었다. 현명하고 선한 의도를 가진 다른 수많은 사람들과 마찬가지로, 솔로몬도 캐렐런이 인류를 위해 해준 모든 일에 대해 감사했다. 그러나 감독관의 궁극적 계획에 대해서는 여전히 심사가 불편한 데가 있었다. 솔로몬은 가끔 혼자 생각하곤 했다. '오버로드들의 지능은 높지만 혹시 그들이 인류를 제대로 이해하지 못하는 것은 아닐까? 그래서 그들이 아주 선한 의도를 갖고 있으면서도 끔찍한 실수를 저지르고 있는 것은 아닐까? 그들이 정의와 질서에 대해 이타적인 정열을 가지고 있어, 세계를 개혁하겠다는 결심은 했지만, 그 과정에서 인간의 영혼을 파괴하고 있다는 것을 깨닫지 못하고 있는 것은 아닐까?'

몰락은 이제 막 시작되었지만 부패의 첫 징후는 알아보기 어렵지 않았다. 솔로몬은 예술가가 아니었다. 그러나 예술에 대한 날카로운 감식력을 가지고 있었으며, 자신의 시대가 예술에 관해서는 어느 분야에서도 이전 세기에 이룩된 업적에 필적할 수 없다는 것을 민감하게 깨닫고 있었다. '시간이 지나면 상황이 달라질지도 모르지. 오버로드 문명과 마주친 충격이 사라질 때쯤이면.' 그러나 그렇지 않을 수도 있었다. 신중한 사람이라면 이런 경우 보험에 가입하는 것을 고려해볼 수도 있었다.

뉴 아테네가 바로 그런 보험이었다. 이것을 창건하는 데 20년이 걸렸으며 전 세계의 자금 가운데 아주 작은 일부분에 불과할지 모르겠지만 수십억 파운드의 돈이 들었다. 첫 15년 동안은 아무 일도 없었다. 그러나 모든 일은 마지막 5년 사이에 일어났다.

만일 세계에서 가장 유명한 극소수의 예술가들에게 자신의 계획이 건실하다는 것을 납득시키지 못했다면, 솔로몬의 과업은 이루어지지 않았을 것이다. 예술가들은 그 계획이 인류에게 중요했기 때문이 아니라, 그들의 자아에 호소력을 발휘했기 때문에 공감했다. 그리고 예술가들이 일단 납득하자, 세계는 그들의 말에 귀를 기울였으며, 도덕적 물질적 지원을 해주었다. 이 공동체의 실질적인 건축가들은 이 변덕스러운 재능을 가진 사람들의 화려한 외관 뒤에서 계획대로 작업을 진행해나갔다.

사회란 어떻게 행동할지 예측할 수 없는 개인들로 구성되어 있다. 그러나 기본 자료들을 충분히 모으면, 일정한 법칙들이 나타나기 시작한다. 오래전 생명 보험 회사들이 발견한 그대로다. 아무도 누가 언제 죽을지 알 수 없다. 그러나 죽은 사람들의 총 수는 상당히 정확하게 예측할 수 있다.

20세기 초에 바이너와 라샤베스키와 같은 수학자들이 처음으로 주목하게 된 더 미묘한 법칙들도 있다. 그들은 경제 불황, 군비 경쟁의 결과, 사회 집단들의 안정성, 정치 선거 등등과 같은 사건들을 정확한 수학 법칙으로 분석할 수 있다고 주장했다. 정말 어려운 점은 엄청난 숫자의 변수들이 있다는 점과 그 가운데 많은 수가 수치 항으로 규정하기가 어렵다는 것이다. 몇 개의 곡선들을 그려놓고 분명하게 '이 선에 이르면 전쟁이 일어납니다' 라고 말할 수는 없다. 그리고 주요 인물의 암살이라든가 어떤 새로운 과학적 발견의 영향들과 같은 완전히 예측 불가능한 사건들을 모두 고려하는 것은 불가능했다. 하물며 지진이나 홍수와 같은 자연재해는 말할 것도 없었다. 그런 사건들이 수많은 사람과 그들이 속해 있는 사회 집단들에 심오한 영향을 미칠 수 있음에도 불구하고 말이다.

그러나 지난 1백 년 동안 끈임 없이 축적된 지식 덕분에 가능한 일도 늘어났다. 천 명의 인간 계산기들이 해야 할 작업을 몇 초에 해내는 컴퓨터의 도움이 없었다면 그 일은 불가능했을 것이다. 그리고 그런 도움이 이 공동체를 계획할 때도 최대로 이용되었다.

그런데도 뉴 아테네의 창설자들은 그들이 소중하게 여기는 식물이 꽃을 피울, 또는 피우지 못할 토양과 기후만을 제공할 수 있을 뿐이었다. 솔로몬 자신도 이렇게 말했다. "우리는 우리의 재능에 대해서는 확신하지만 천재는 나오기만 기도할 수 있을 뿐이다." 그러나 이런 집중된 사회에서 어떤 흥미 있는 반응들이 일어나기를 바라는 것은 합당한 희망이라 할 수 있었다. 고독 속에서 성장할 수 있는 예술가는 거의 없었다. 비슷한 관심을 가진 정신들의 갈등보다 예술가의 성장에 더 적합한 것은 없었다.

지금까지 갈등은 조각, 음악, 문학 비평, 영화 제작에서 가치 있는 결과물을 생산해냈다. 그러나 역사적 연구 작업을 하고 있는 집단이 그들을 처음 선동한 사람들의 희망을 충족시킬 수 있을지 없을지 판단하기에는 너무 일렀다. 그들은 솔직하게 인류가 자신의 업적에 대한 자부심을 되찾는 것을 목표로 삼고 있었다. 회화는 아직 맥이 풀린 상태였다. 그것은 정적인 2차원적 예술 형태가 더 이상의 가능성을 가질 수 없다고 생각하는 사람들의 견해를 뒷받침하는 듯했다.

아직 이에 대한 만족스러운 설명이 나오지 않아서 단정하여 말할 수는 없지만 시간이 공동체에서 이룩된 가장 성공한 예술적 업적에서 핵심적인 역할을 했다는 것은 주목할 만한 일이었다. 앤드루 카슨의 흥미로운 부피감의 표현과, 곡선들은, 감상하는 사람들의 다양한 관점에 따라 다르게 이해되었다. 사람들이 아직 그것들을 완전히 이해할 수는 없었지만 말이다. 사실 카슨은 '모빌'의 한 세기가 있고 나서야 그 궁극적 결론인 조각과 발레의 결혼에 이르게 되었다고 주장했는데, 그건 상당히 일리가 있는 이야기였다.

공동체에서 시도된 음악적 실험의 많은 부분은 아주 의도적으로 '시간 경과'라고 부를 수도 있는 것과 관련되어 있었다. '정신이 파악할 수 있는 가장 짧은 음, 또는 정신이 지루해하지 않고 견딜 수 있는 가장 긴 음은 무엇일까? 그 결과가 조건이나 적절한 배합에 따라 달라질까?' 이런 문제들이 끝도 없이 논의되었으며, 그 주장들은 학술적인 논의만으로 그치지 않고 그 주장에 따라 아주 흥미로운 곡이 작곡되기도 했다.

그러나 뉴 아테네가 가장 성공적인 실험을 했던 분야는 무한한 가능성을 가진 애니메이션에서였다. 디즈니 시대 이후 백 년이 지났지만, 가장 유연한 이 매체에는 아직도 개척되지 않은 영역이 많이 남아 있었다. 순수하게 현실주의적인 쪽에서는 실사와 구별될 수 없는 작품이 제작되었다. 이것은 추상적인 선을 따라 만화를 발전시켜 온 많은 사람들이 경멸하는 일이었다.

지금까지 가장 적은 일을 한 예술가들과 과학자들의 집단은 이제 가장 관심을 끌고, 가장 놀라움을 일으키는 집단이 되었다. 이들은 '가상 현실' 작업을 하는 팀이었다. 영화의 역사가 그들의 작업 방향에 실마리를 제공했다. 우선 소리, 그 다음에는 색체, 그 다음에는 입체 영상, 그 다음엔 시네라마 덕분에 낡은 '활동 사진'은 점점 더 현실 그 자체와 가까워졌다. 이 이야기의 끝은 어디일까? 물론 관객이, 자신이 관객이라는 것을 잊고, 행동에 참여하게 될 때 궁극적 단계에 도달할 수 있을 터였다. 그것을 성취하기 위해서는 모든 감각에 대한 자극이 필요하고 어쩌면 최면이 필요할지도 모른다. 그러나 많은 사람들이 이것을 실제적인 목표로 여기고 있었다. 일단 그 목표를 성취하게 되면, 인간의 경험은 엄청나게 풍부해질 터였다. 적어도 한동안 사람은 어떤 다른 사람이 될 수 있었으며, 현실이든 가공이든, 상상할 수 있는 어떤 모험에도 참여할 수가 있었다. 사람은 다른 생물의 감각과 인상을 포착하고 기록하는 것이 가능하다는 게 증명만 된다면, 식물이나 동물이 될 수도 있었다. '프로그램'이 끝나면, 실제 생활에서 했던 여느 경험만큼이나 생생한 기억을 얻을 수 있을 터였다. 사실, 현실 자체와 구별할 수 없을 정도였다.

그 전망은 눈부셨다. 또한 많은 사람들은 그것이 무시무시하다고 여겨, 그 사업이 실패하기를 바랐다. 그러나 그들도 마음속으로는 일단 과학이 어떤 것이 가능하다고 선포하면 그것이 이루어지고 만다는 것을 알고 있었다.

이것이 뉴 아테네였으며, 그 꿈의 일부였다. 뉴 아테네는, 옛 아테네가 노예 대신에 기계를, 미신 대신 과학을 가졌더라면 이룩할 수 있었을 것을 성취하고자 했다. 그러나 아직 그 실험이 성공할지 못 할지 말할 단계는 아니었다.

16

제프리 그렉슨은 선배들이 몰두하는 미학이나 과학에 아직 전혀 관심이 없는 유일한 섬사람이었다. 그러나 제프는 마음 깊은 곳에서 이 공동체를 좋아하고 있었는데, 그것은 순수하게 개인적인 이유에서였다. 우선 사방 어디에서나 불과 몇 킬로미터 밖에 떨어져 있지 않는 바다가 그를 매혹했다. 제프는 그의 짧은 생애의 대부분을 오지에서 보냈기 때문에, 물로 둘러싸여 있는 새로운 환경에 아직 익숙하지 않았다. 제프는 수영을 잘했기 때문에, 오리발과 마스크를 들고 다른 어린 친구들과 자전거를 타고 나가, 산호초가 있는 얕은 바다를 탐험하는 일이 잦았다. 처음에 진은 그 일을 언짢게 생각했으나, 스스로 몇 번 잠수를 해본 뒤로는 바다와, 그 이상한 생물들에 대한 두려움에서 벗어났으며, 제프가 마음껏 즐기도록 해주었다. 단 제프가 절대 혼자서는 수영을 하지 않는다는 조건을 달았다.

그렉슨 가족 가운데 변화를 좋아하는 다른 구성원으로는 페이를 들 수 있었는데, 페이는 명목상으로는 조지의 개였지만 제프와 좀처럼 떨어지지 않는 아름다운 골든 리트리버*였다. 제프와 페이는 진이 야단치지 않는다면 낮이나 밤이나 떼어놓을 수 없을 정도였다. 제프리가 자전거를 타고 나갔을 때만 페이는 집에 있었는데, 그럴 때는 문 앞에 맥없이 누워서 코를 앞발에 대고 촉촉하게 젖은 애처로운 눈길로 거리를 물끄러미 내려다보았다. 좋은 혈통을 가진 페이를 기르기 위해 상당한 대가를 치른 조지는 그 모습을 볼 때마다 왠지 분한 생각이 들었다. 조지가 자신의 개를 가지려면 페이가 새끼를 낳기 위해 필요한 기간인 3개월이나 기다려야 할 것 같았다. 그러나 진은 이 문제에 대해 생각이 달랐다. 진은 페이를 좋아했다. 그러나 그녀는 한 집에 개 한 마리면 그걸로 충분하고도 남는다고 생각했다.

오직 제니퍼 앤만이 이 공동체가 마음에 드는지 아닌지 아직 결정하지 못했다. 그러나 그건 놀랄 일이 아니었다. 제니퍼 앤은 지금까지 아기 침대의 플라스틱 벽 너머의 세상은 보지 못했으며, 따라서 다른 세상이 존재한다는 것도 모르고 있었기 때문이다.

조지 그렉슨은 과거를 자주 떠올리지는 않았다. 조지는 미래에

---

*영국산 새 사냥개로 맹인 안내견으로도 이용된다.

대한 계획 때문에 너무 바빴으며, 그의 일과 자식들에 깊이 몰두해 있었다. 사실 그는 마음속으로 몇 년 전으로 거슬러 올라가 아프리카에서의 그 저녁을 떠올리는 일은 거의 없었으며, 하물며 진과 그 이야기를 한 적도 전혀 없었다. 둘은 그 일에 대해 이야기하지 않기로 합의한 상태였기에 그에 대한 언급을 피했다. 그날 이후 루퍼트는 그들을 여러 번 초대했지만 그들은 한 번도 루퍼트의 집을 찾지 않았다. 그들은 1년에 몇 번씩 루퍼트에게 전화해서 새로운 핑계를 댔으며, 최근에는 루퍼트도 그들을 귀찮게 하지 않게 되었다. 그리고 루퍼트와 마이아는 여전히 행복한 결혼 생활을 하고 있었는데, 이것은 모두가 놀랄 만한 일이었다.

그날 저녁 루퍼트 집에서 일어난 사건 이후 한 가지 달라진 점은 진이 더 이상 인간에게 알려진 과학의 경계에 있는 미스터리를 대상으로 장난을 치고 싶어하지 않는다는 것이다. 루퍼트의 실험에 이끌렸던 순박하고 무비판적인 경이로움은 완전히 사라져버렸다. 어쩌면 진에게는 이제 어떤 확신이 서서 더 이상 증거가 필요하지 않게 된 것인지도 모른다. 어쨌든 조지는 진에게 물어보지 않았다. 어쩌면 어머니로서 떠맡게 된 자잘한 일들 때문에 그런 관심들이 사라져버린 것인지도 모른다.

조지는 절대 해결할 수 없는 미스터리에 대해 걱정하는 것은 아무 소용이 없다고 생각하는 사람이었다. 그러나 때로 밤의 고요 속에서 잠에서 깰 때 그는 궁금해하곤 했다. 그리고 루퍼트 집의 지붕에서 잰 로드릭스를 만난 일을 떠올렸다. 오버로드의 금지 조치에 도전하여 성공한 그 유일한 인간과 나누었던 몇 마디 말도 기억이 났다. 조지는 생각했다. '잰과 이야기한 지가 거의 10년이 되었는데도, 이제 먼 여행객이 되어버린 잰은 불과 며칠밖에 나이를 먹지 않았다는 것은 분명한 과학적 사실이야. 설사 초자연적인 영역에서 벌어지는 일들이라 하더라도 이 사실보다 더 괴상하지는 않을 거야.'

우주는 광대했다. 그러나 조지에게는 우주의 신비보다도 그 과학적 사실이 더 무시무시했다. 조지는 그런 문제를 깊이 생각하는 사람이 아니었다. 그러나 때로는 인간이 바깥 세계의 냉혹한 현실로부터 보호를 받으며, 격리된 운동장에서 놀고 있는 아이들과 같다는 생각이 들기도 했다. 잰 로드릭스는 그 보호에 화가 나 거기서 탈출하여 아무도 모르는 곳으로 갔다. 그러나 이 문제에 대해서 조지는 오버로드 편을 들고 있었다. 조지는 과학의 램프가 비추는 조그만 빛의 반경 너머에 있는 미지의 어둠속에 숨어 있는 게 무엇이든 그것과 마주치고 싶지가 않았다.

조지가 푸념을 했다. "어떻게 내가 집에 있을 때면 제프는 늘 나가 있지? 오늘은 어디를 간 거야?"

진은 최근에 열광적인 인기를 얻으며 부활한 구닥다리 유산인, 뜨개질거리에서 눈을 들었다. 이런 유행들은 상당히 빠르게 섬에 나타났다 사라졌다. 뜨개질이 유행하자 섬의 남자들은 모두 다채로운 색깔의 스웨터를 입고 다녔다. 낮에는 너무 더워 입을 수가 없었지만, 해가 진 뒤에는 아주 유용했다.

"친구들 몇 명과 함께 뉴 스파르타에 갔어요. 저녁 식사 때까지는 온다고 약속했어요."

"난 사실 일을 좀 하려고 집에 왔어." 조지가 생각에 잠긴 표정으로 말을 이었다. "하지만 날이 좋아서 밖에 나가 수영을 좀 했으면 좋겠군. 올 때 무슨 물고기를 가져올까?"

사실 조지는 이제까지 아무것도 잡지 못했다. 산호초 부근 바다의 물고기들은 꾀가 많아 미끼에 걸리지 않았다. 진이 막 그 이야기를 하려는데 예기치 않게 들려온 소리가 오후의 고요를 깨버렸다. 이 평화로운 시대에도 여전히 피를 얼어붙게 만들고, 불안으로 등골을 오싹하게 만드는 소리였다.

사이렌이 흐느끼는 소리였다. 그 소름 끼치는 소리는 고음과 저음을 왔다갔다하면서, 동심원을 그리며 바다로까지 위험 신호를 퍼뜨렸다.

거의 백여 년 동안 이곳 바다 밑바닥의 어둠 속에서는 압력이 점차로 증가하고 있었다. 그 해저 협곡은 몇 지질 시대 이전에 형성된 것인데, 끊임없이 압력을 받아온 바위는 제자리만을 고집하지 않고 끊임없이 위치를 바꿔갔다. 상상도 할 수 없는 물의 무게가 그 불안한 평형 상태를 깨자 지층은 헤아릴 수 없이 여러 번 금이 가고 있었다. 지층들은 이제 거세게 움직일 준비가 되어 있었다.

제프는 좁은 뉴 스파르타 해변을 따라 있는 바위 웅덩이들을 탐사하고 있었다. 그것은 한없이 흥미로운 일이었다. 산호초로 둘러싸여 태평양을 가로질러 끝없이 나아가는 파도에 영향을 받지 않고 고여 있는 물에 어떤 새로운 생물이 살고 있을지 아무도 알 수 없었다. 이곳은 모든 아이들에게 동화의 나라였다. 그리고 지금 제프는 이곳을 몽땅 독차지하고 있었다. 친구들은 언덕 위로 올라가버렸기 때문이다.

조용하고 평화로운 날이었다. 바람 한 점 없었다. 산호 너머 끊임없이 들리는 파도 소리도 웅얼거리는 듯한 저음으로 가라앉아 있었다. 불타는 태양은 하늘을 반쯤 내려가 있었다. 그러나 제프의 마호가니 빛 갈색 몸은 이제 태양 광선에는 완전히 면역이 되어 있었다.

이곳 해변은 가는 띠처럼 생긴 모래밭과 산호초로 이루어져 가파르게 경사를 그리며 내려갔다. 거울처럼 맑은 물을 내려다보자 물에 잠긴 바위들이 보였다. 제프에게는 육지의 여느 지형처럼 낯익은 모습이었다. 10미터쯤 아래에 해초에 덮인 오래된 스쿠너의 늑재가 거의 2백 년 전 떠나온 세상을 바라보며 비스듬히 누워 있었다. 제프와 친구들은 그 난파선을 자주 탐험해보았지만, 숨겨져 있는 보물을 찾겠다는 소망은 이루어지지 않았다. 그들이 찾아낸 것이라고는 따개비가 달라붙은 나침반뿐이었다.

그때 뭔가가 아주 거세게 해변을 움켜쥐더니, 갑자기 한 번 뒤흔들었다. 그 진동이 너무 빠르게 지나가 제프는 자신이 착각한 것이 아닌가 의심했다. '어쩌면 잠깐 어지럼증을 느꼈던 것 인지도 몰라.' 그의 주변에 있는 모든 것은 전혀 변한 게 없었기 때문이다. 산호초로 둘러싸여 있는 물에는 물결이 일지 않았고,

하늘에는 어두운 구름 한 조각 없었다. 그때 아주 이상한 일이 일어났다.

파도가 해안으로부터 밀려나가고 있었다. 조수치고는 너무 빨랐다. 제프는 어리둥절한 표정으로 그 광경을 바라보고 있었다. 전혀 두렵지 않았다. 젖은 모래밭이 드러나면서 햇빛을 받아 반짝거렸다. 제프는 물러나는 파도를 따라갔다. 그는 눈앞에 펼쳐진 해저 세계에서 벌어지는 모든 기적을 살펴보고 싶었다. 이제 해수면이 낮아지자 낡은 난파선의 돛대가 공중으로 치솟았고, 물 밖으로 나온 해초들은 맥없이 뱃전에 걸려 있었다. 제프는 서둘러 앞으로 나아갔다. 다음엔 어떤 신비로운 일이 펼쳐질지 보고 싶었다.

산호초에서 소리가 난다는 것을 알아챈 것은 그때였다. 전에는 그런 소리를 한 번도 들은 적이 없었다. 제프는 걸음을 멈추고 귀를 기울였다. 제프의 맨발은 축축한 모래 속으로 천천히 빠져들고 있었다. 몇 미터 떨어진 곳에서 커다란 물고기 한 마리가 단말마의 고통에 몸부림치고 있었다. 그러나 제프는 그것을 거의 알아채지 못했다. 제프는 바짝 긴장하고 서서 귀를 기울였다. 산호초에서 나는 소리가 조금씩 커지고 있었다.

그것은 물을 빨아들이며 꿀럭거리는 소리였는데, 강물이 좁은 수로를 통과해 흐를 때 나는 소리와 같았다. 그것은 머뭇거리며 물러가는 바다가, 자신이 정당한 소유권을 가진 땅을 잠시라도 잃은 것에 화가 나 내는 소리였다. 우아한 산호의 가지들 사이로, 감추어진 해저의 동굴들 사이로, 수백만 톤의 물이 산호초로부터 광대한 태평양 속으로 빨려들어 가고 있었다.

그러나 이제 곧 그 물은 아주 빠른 속도로 돌아올 터였다.

몇 시간 뒤, 구조단 가운데 한 명이 커다란 산호 덩어리 위에서 제프를 발견했다. 산호초 덩어리는 평소의 해수면보다 20미터 위로 올라와 있었다. 제프는 특별히 겁에 질린 것 같지는 않았다. 다만 자전거를 잃은 것 때문에 속상해할 뿐이었다. 제프는 또한 몹시 배가 고팠다. 다리가 군데군데 무너져, 집으로 돌아갈 길이 없었기 때문에 구출되었을 때는 '헤엄을 쳐 뉴 아테네로 돌아갈까?' 하고 생각했다. 해류가 급격히 변하지만 않았다면, 제프는 틀림없이 별 문제 없이 뉴 아테네까지 헤엄쳐 갔을 것이다.

진과 조지는 쓰나미가 섬을 덮치는 전 과정을 목격했다. 뉴 아테네의 저지대는 심각한 손상을 입었지만, 인명 피해는 없었다. 지진계는 불과 15분 전에야 주의를 주었지만, 그 정도면 모두가 위험선 위로 대피할 수 있는 시간이었다. 이제 공동체는 자신의 상처를 핥으며, 앞으로 오랜 세월 동안 점점 더 소름끼치는 이야기가 되면서 후대로 전해질 엄청난 전설들을 모으고 있었다.

진은 아들이 다시 돌아온 것을 보고 울음을 터뜨렸다. 제프가 바다로 쓸려나갔을 거라고 확신하고 있었기 때문이다. 진은 공포에 질린 눈으로, 검은 몸뚱어리에 거품이 이는 흰 머리를 가진, 거대한 벽과 같은 물이 커다란 소리를 내면서 수평선으로부터 몰려와 뉴 스파르타 섬의 밑둥을 휩싸면서 거품과 물살로 부서지는 모습을 지켜보았다. 그런데도 제프가 제때에 안전한 곳으로 피했다는 것이 믿어지지 않았다.

제프가 어떻게 된 일인지 제대로 설명을 못 한다는 것은 놀랄 일이 아니었다. 제프가 음식을 먹고 편안하게 침대에 누웠을 때, 진과 조지는 아들 옆에 모였다.

진이 말했다. "자거라, 얘야, 넌 이제 괜찮아."

"하지만 재미있었어요. 전 별로 겁나지 않았어요."

조지가 말을 받았다. "그래, 그래. 넌 용감한 아이야. 그리고 네가 분별력 있게 제때 도망친 것은 잘한 일이야. 나도 그런 조수의 물결에 대해서는 전에 들은 적이 있어. 많은 사람들이 무슨 일인가 보려고 파도가 밀려간 모래밭으로 나아갔다가 물에 빠져 죽었지."

"저도 그렇게 했는데 누군가 절 도와줬어요."

"무슨 소리냐? 아무도 너와 함께 있지 않았어. 다른 아이들은 산에 올라가 있었잖아."

제프는 어리둥절한 표정으로 말했다.

"하지만 누가 저더러 도망치라고 말해줬어요."

진과 조지는 약간 놀라 서로 마주 보았다.

"그러니까…… 무슨 이야기를 들은 것 같다는 거니?"

진이 끼어들며 막을 막았다. "아이, 지금은 애를 귀찮게 하지 말아요." 근심스러운 표정으로 한 그 말은 약간 서둘러 말한 느낌이 없지 않았다. 조지는 고집을 부렸다.

"난 이 문제를 분명히 하고 싶어. 제프, 무슨 일이 있었는지 그대로 말해보렴."

"어, 전 해변에 있었어요. 그 오래된 난파선 옆에요. 그때 그 목소리가 말을 했어요."

"뭐라고 하더냐?"

"정확히 기억나지는 않아요. 하지만 대강 이런 거였어요. '제프리, 가능한 한 빨리 언덕으로 올라가거라. 여기 그대로 있으면 물에 빠져 죽는다.' 틀림없이 제프가 아니라 제프리라고 불렀어요. 그러니까 제가 전에 알던 사람일 리 없다는 거예요."

"남자 목소리였니? 그 목소리가 어디서 나왔니?"

"바로 제 곁에서 나는 것 같았어요. 그리고 남자 목소리 같았어요." 제프는 잠시 망설였다. 조지가 재촉했다.

"네가 해변으로 돌아가 있다고 상상해보거라. 그리고 거기서 있었던 일을 그대로 말해보렴."

"어, 전에 제가 들었던 사람들의 말소리하고는 아주 달랐어요, 아주 큰 남자였던 것 같았어요."

"그 목소리가 한 말이 그것뿐이냐?"

"네. 언덕을 올라가기 시작할 때까지는요. 그때 또 웃기는 일이 생겼어요. 절벽으로 올라가는 길 아시죠?"

"그래."

"난 그 길로 올라가고 있었어요. 그게 가장 빠른 길이잖아요. 그때는 저도 무슨 일이 벌어지고 있는지 알고 있었어요. 큰 파도가 밀려오는 것을 보았거든요. 소리도 엄청나게 시끄러웠어요. 그런데 커다란 바위가 길을 가로막고 있지 뭐예요. 전에는 없었던 거였어요. 지나갈 수가 없었어요."

조지가 끼어들었다. "지진 때문에 생긴 게 틀림없어."

진이 말했다. "쉿! 계속해봐라, 제프."

"전 어떻게 해야 할지를 몰랐어요. 파도가 더 가까이 다가오는 소리가 들렸어요. 그때 그 목소리가 말했어요. '눈을 감아라, 제프리. 손을 네 얼굴에 갖다 대.' 웃기는 일 같았지만, 전 한 번 그렇게 해보았어요. 그때 뭐가 크게 번쩍했어요. 온몸으로 느낄 수 있었죠. 눈을 떠봤더니 바위는 사라지고 없었어요."

"사라졌다고?"

"그래요, 그냥 없어졌어요. 그래서 다시 달리기 시작했죠. 그때 전 발을 델 뻔했어요. 길이 너무 뜨거워서요. 파도가 다가오면서 쉭쉭거리는 소리가 났어요. 하지만 그때는 파도도 절 따라잡을 수가 없었죠. 전 절벽 위까지 한참 올라가 있었으니까요. 그게 다예요. 제가 다시 내려왔을 때는 파도가 없었어요. 그때 전 자전거가 사라졌다는 것을 알았어요. 그리고 집으로 가는 길이 끊어졌다는 것도요."

"자전거 걱정은 하지 마라, 얘야." 진이 감사하는 마음으로 아들의 어깨를 다독이며 말했다. "다른 걸로 사줄게. 중요한 건 네가 안전하다는 거야. 우린 어떻게 그런 일이 있었는지는 걱정하지 않을 거야."

물론 그건 진심이 아니었다. 아이 방을 떠나자마자 둘은 이야기를 시작했기 때문이다. 그런 이야기에서 아무것도 해결되지는 않았지만, 거기에는 두 개의 속편이 있었다. 다음 날 진은 조지한테 말하지도 않고, 어린 아들을 데리고 공동체의 아동 심리학자에게 갔다. 심리학자는 제프가 그 이야기를 하는 동안 주의 깊게 귀를 기울였다. 제프는 새로운 환경에도 전혀 어색해하지 않았다. 이어, 아무것도 모르는 제프가 옆방에서 갖다주는 장난 감들을 차례차례 내던지고 있을 때, 의사는 진을 안심시켰다.

"아드님에게는 정신적으로 이상한 부분이 전혀 없군요. 부인 은 아드님이 끔찍한 경험을 했다는 것을 잊지 마셔야 합니다. 아 드님은 그 경험을 아주 잘 헤쳐 나왔습니다. 아드님은 아주 상상 력이 풍부한 아이입니다. 그리고 아마 자기 이야기를 믿고 있을 겁니다. 그러니 그냥 받아들이십시오. 나중에 어떤 증상이 없는 한 걱정하지 마십시오. 그리고 그런 일이 있으면 즉시 알려주시 고요."

그날 저녁, 진은 남편에게 평결을 내렸다. 그러나 조지는 진 이 기대했던 것과는 달리 안심하는 기색이 없었다. 진은 그게 남 편이 사랑하는 극장이 파손되었기 때문에 걱정하고 있어서라고 생각했다. 조지는 그냥 "잘됐군" 하고, 《무대와 스튜디오》 최신 호로 다시 눈길을 돌렸다. 조지는 모든 일에 관심을 잃은 것 같 았다. 진은 조지에게 약간 화가 났다.

그러나 3주 후, 다리가 재개통된 첫날, 조지는 자전거를 타고 활기차게 뉴 스파르타로 향했다. 해변에는 아직도 부서진 산호 초 조각들이 널려 있었다. 어떤 곳에서는 아예 산호초 자체가 박 살이 난 것 같았다. 조지는 궁금했다. 끈기 있는 수많은 폴립들 이 이 손상을 복구하는 데는 얼마나 걸릴까?

절벽으로 올라가는 길은 하나밖에 없었다. 조지는 숨을 돌리고 나서 절벽을 오르기 시작했다. 마른 해초 조각 몇 개가 바위들 사이에 걸려, 물이 어디까지 올라왔었는지 그 흔적을 보여주고 있었다.

조지 그렉슨은 하나뿐인 길 위에 서서 바위가 녹아 덮여 있는 길을 오랫동안 바라보았다. 조지는 그게 오래전에 죽은 화산이 변덕을 부려 생긴 것이라고 생각하려 했다. 그러나 곧 그런 자기기만을 버렸다. 조지의 마음은 오래전 조지와 진이 루퍼트 보이스의 집에서 그 어리석은 실험에 참가했던 밤으로 돌아가 있었다. 그때 무슨 일이 생긴 것인지는 아무도 알지 못했다. 조지는 왠지 이 두 가지 이상한 사건이 서로 관련된다고 느꼈다. 처음에는 진이었고, 이번에는 아들이었다. 조지는 기뻐해야 할지 두려워해야 할지 알 수 없었다. 그는 마음속으로 기도했다.

'고맙습니다, 캐렐런. 당신네들이 제프를 위해 해준 일말입니다. 하지만 난 왜 그랬는지 알고 싶습니다.'

조지는 천천히 해변으로 내려갔다. 커다랗고 하얀 갈매기 떼는 먹이를 주지 않은 것에 화가 났는지 그의 주위에서 맴돌고 있었다.

17

캐렐런의 요청은 비록 공동체가 건립된 이후 언제나 예상하고 있었던 것이었지만 마치 폭탄 같았다. 그것은 모두가 잘 알고 있듯이 뉴 아테네에 위기가 왔음을 의미했으며, 아무도 그 결과가 좋은 쪽으로 나올지 나쁜 쪽으로 나올지 예상할 수가 없었다.

지금까지 공동체의 사람들은 오버로드들로부터 어떤 형태의 간섭도 받지 않고 자기 식으로 살아왔다. 오버로드들은 공동체를 있는 그대로 내버려두었다. 인간이 체제를 전복하려는 행동을 하거나 그들의 행동 규례를 어기지 않는 한 이제까지 대부분 그냥 인간을 내버려두었듯이 말이다. 공동체의 목표가 체제 전복이라고 확실히 말할 수는 없었다. 공동체의 목표는 비정치적이었지만, 지적 예술적 독립을 시도하고 있었다. 거기에서 뭐가 나올지 누가 알겠는가? 어쩌면 오버로드들은 뉴 아테네의 미래를 그 건립자들보다 더 분명하게 예측할 수 있었는지도 모른다.

물론 캐렐런이 관찰자, 조사관 또는 이름을 뭐라 부르든 그런 사람을 보내고자 한다면, 그걸 어쩔 도리는 없었다. 20년 전 오버로드들은 그들의 감시 장치의 사용을 전면 중단하겠다고 발표했다. 그래서 인류는 이제 더 이상 누가 엿본다는 생각을 할 필요가 없었다. 그러나 그런 장치들이 아직도 존재한다는 것은, 오버로드들이 정말로 뭘 보려고 하면 아무것도 감출 수 없다는 뜻이었다.

섬에는 오버로드가 찾아오는 것을 환영하는 사람도 몇 명 있었다. 이번 일을 오버로드들의 심리에 대한 사소한 문제, 즉 오버로드들의 예술에 대한 태도 문제를 알아낼 수 있는 기회로 여겼기 때문이다. 오버로드들은 예술을 인류의 유치한 탈선 행위로 간주할까? 또 오버로드들은 어떤 형태의 예술을 가지고 있을까? 그럴 경우, 이번 방문 목적은 순수하게 미학적인 것일까, 아니면 캐렐런은 그렇게 순수하지만은 않은 이유를 가지고 있는 것일까?

준비가 진행되는 동안, 그런 문제들을 놓고 끝없는 토론이 벌어졌다. 그들을 찾아오는 오버로드에 대해서는 아무것도 알려진 게 없었다. 그러나 공동체 사람들은 오버로드들은 문화를 흡수할 수 있는 능력이 무한하다고 가정하고 있었다. 적어도 실험은 해볼 생각이었으며, 아주 빈틈없는 정신을 가진 사람들이 실험대상자의 반응을 흥미롭게 관찰할 예정이었다.

평의회의 현재 의장은 철학자인 찰스 얀 센이었다. 비꼬기 좋아하지만 기본적으로 명랑한 사람으로, 아직 60대도 되지 않아 인생의 전성기를 누리고 있다고 할 만 한 사람이었다. 플라톤이라면 얀 센을 철학자 겸 정치가의 모범으로 인정해주었을 것이다. 반면에 얀 센은 플라톤을 흔쾌히 인정하지 않았다. 플라톤이 소크라테스를 천박하게 오해했다고 생각했기 때문이다. 얀 센은 이번 방문을 최대한 활용하여, 오버로드들에게 인간들이 아직 많은 독창성을 가지고 있으며, 그의 표현대로 아직 '완전히 길들여지지' 않았다는 것을 보여주자고 하는 쪽이었다.

뉴 아테네에서는 민주적 절차의 상징인 위원회 없이는 아무 일도 이루어지지 않았다. 사실 어떤 사람은 공동체를 서로 맞물린 위원회들로 이루어진 시스템으로 정의한 적이 있었다. 그러나 이 시스템은 뉴 아테네의 진정한 창설자들이었던 사회 심리학자들의 끈기 있는 연구 덕분에 효과적으로 작동할 수 있었다. 이 공동체는 지나치게 크지 않았기 때문에, 모두가 공동체 운영에 어느 정도 참여할 수 있었으며 진정한 의미에서 시민이 될 수 있었다.

예술 조직에서 지도적 위치에 있는 조지는 당연히 환영 위원회의 위원이 될 만했다. 그런데도 조지는 연줄을 이용하여, 자신이 반드시 참여하게 되도록 만반의 준비를 했다. 오버로드들이 공동체를 연구하고 싶다면, 조지 역시 똑같이 오버로드들을 연구하고 싶었다. 진은 이 일이 별로 달갑지 않았다. 보이스의 집에서 보낸 그날 저녁 이후로, 진은 오버로드들에 대해 막연한 적개심을 품고 있었다. 진은 가능한 한 그들과 아무 관계를 맺지 않기를 바랐다. 그런 면에서, 진이 보기에 이 섬이 가진 주된 매력 가운데 하나는 이 섬이 독립을 희망한다는 점이었다. 진은 그 독립이 위협받고 있다는 두려움을 느꼈다.

오버로드는 아무런 기념식 없이 인류가 만든 보통 비행기를 타고 왔다. 좀 더 멋진 것을 기대했던 사람들은 실망했다. 섬에 온 오버로드는 바로 캐렐런 자신인지도 모른다. 아무도 오버로드들을 자신 있게 구별할 수 없었기 때문이다. 오버로드들은 모두 단 하나의 주형에서 찍어낸 것처럼 보였다. 어쩌면 그들은 실제로 어떤 미지의 생물학적 과정을 통해 그렇게 된 것인지도 모른다.

첫 날이 지나자, 섬사람들은 공식 승용차가 관광과 답사를 위해 지나가도 별 주의를 기울이지 않게 되었다. 방문객의 정확한 이름은 탄탈테레스코였다. 부르기 어려운 이름이어서 사람들은 그를 그냥 '조사관'이라고만 부르게 되었다. 그것은 상당히 적절한 호칭이었는데 그의 호기심과 통계를 내려고 하는 욕심은 채워질 줄 모르기 때문이었다.

자정이 훨씬 지나 조사관이 자신의 숙소이자 기지로 사용하고 있는 비행기로 돌아가는 것을 보았을 때, 얀 센은 완전히 진이 빠졌다. 섬 주민이 덧없는 잠에 빠져 있을 때도, 조사관은 밤새 계속 일을 할 게 틀림없었다.

얀 센 부인은 근심스러운 표정으로 돌아온 남편을 맞이했다. 얀 센은 손님들을 맞이할 때 자신의 부인을 크산티페라고 부르는 장난스러운 습관이 있었지만, 사실 두 사람은 헌신적인 부부

270

였다. 얀 센 부인은 오래전 얀 센에게 계속 자신을 그렇게 부른다면, 그에게 소크라테스가 마셨던 헴로크*에서 뽑은 독주를 먹이겠다고 말했다. 그러나 다행히도 옛 아테네와 달리 뉴 아테네에는 그 풀로 만든 음료가 흔치 않았다.

"잘됐나요?" 얀 센 부인은 남편이 때늦은 식사를 하는 것을 보며 물었다.

"그런 것 같아. 하지만 그 이상한 머릿속에서 무슨 일이 벌어지는지는 절대 알 수가 없으니까. 조사관이 관심을 가지고 있는 것은 틀림없어. 심지어 칭찬까지 하던데. 내가 집으로 초대하지 못한 점을 사과했더니 충분히 이해한다고 하더군. 그러면서 자기도 우리 천장에 머리를 부딪히고 싶은 생각은 없다고 했어."

"오늘은 뭘 보여주었어요?"

"공동체의 생산적인 면이지. 난 그게 늘 따분한데, 조사관한테는 그렇지 않은 모양이더군. 생산에 대해 상상할 수 있는 모든 질문을 해댔어. 우리의 예산이나 광물 자원에 대한 문제는 어떠하냐, 출생률의 균형은 어떻게 맞추느냐, 먹을 것은 어떻게 얻느냐 등. 다행히도 비서 해리슨이 옆에 있었지. 그 친구는 공동체가 시작된 이후 만들어진 모든 연감을 다 준비해왔거든. 그들 둘이서 통계를 주고받는 모습을 당신도 봤어야 하는데. 그 연감들을 다 빌려갔어. 틀림없이 내일 거기 나온 어떤 수치든 인용할 수 있을 거야. 그런 정신적 능력은 두려울 정도야."

*미나리과의 독초로 잎과 뿌리에 매우 강한 독성이 있어서 복용하면 죽는다고 알려져 있다.

얀 센은 하품을 하며, 식욕이 없는 듯한 모습으로 음식을 건드리고 있었다. 얀 센이 말을 이었다.

"내일은 틀림없이 더 재미있을 거야. 학교와 아카데미에 가기로 했으니까. 거기서는 내가 질문을 좀 해봐야지. 오버로드들은 애들을 어떻게 키우는지 알고 싶어. 물론 애들을 낳는다는 가정 하에서 하는 이야기지만."

얀 센은 그 질문에 대해서는 대답을 듣지 못했다. 그러나 조사관은 다른 점들에 대해서는 아주 수다스러웠다. 조사관은 어색한 질문들은 상대방의 기분을 상하지 않게 하면서 슬쩍 피해 나갔으며 그랬다가는 전혀 예기치 않게 적극적으로 속을 털어놓기도 했다.

그들이 처음으로 진짜 가까워진 것은 공동체의 주된 자랑거리 가운데 하나인 학교를 떠날 때였다. 얀 센은 이렇게 말했다. "미래에 대비해 이 젊은이들을 훈련시키는 것은 큰 책임감을 느끼게 되는 일입니다. 다행히 인간에게는 유연성이 있기 때문에, 안 좋은 교육을 상당히 오랜 기간 동안 끊임없이 강요하지 않는 한 아마 회복할 수 없는 피해를 줄 수는 없을 겁니다. 설사 우리 교육 방법이 잘못되었다 하더라도, 우리의 어린아이들은 아마 그걸 극복할 겁니다. 그리고 조사관도 보셨듯이, 애들은 아주 행복해 보입니다." 얀 센은 잠시 말을 끊고, 짓궂은 표정으로 옆에 앉은 조사관의 커다란 몸을 흘끗 보았다. 조사관은 빛을 반사하는 은색 천으로 몸을 완전히 감싸고 있어, 몸의 단 1인치도 강한 햇살 아래 드러나지 않았다. 얀 센은 조사관의 검은 안경 너머로 감정 없이 또는 얀 센으로서는 도저히 이해할 수 없는 감정으로 그를 지켜보는 커다란 눈이 있다는 것을 의식하고 있었다. 얀 센이 말을 이었다. "이 아이들을 기르는 과정에서 생기는 문제는 아마 당신네들이 인류와 마주쳤을 때 가졌던 문제와 아주 흡사할 겁니다. 그렇다고 생각하지 않습니까?"

"어떤 면에서는요." 오버로드는 묵직한 음성으로 대답하더니 덧붙였다. "하지만 어떤 면에서는 당신네 세계의 식민지 역사에서 더 유사한 점을 찾을 수 있겠지요. 그런 점에서 로마 제국과 대영 제국은 우리에게는 늘 상당한 관심사였습니다. 인도의 경우가 특히 교훈적이지요. 우리와, 인도를 식민지로 만든 영국인들 사이에는 중요한 차이점이 있습니다. 영국인들은 인도에 갈진짜 동기가 없었습니다. 그들은 어떤 의식적인 목적을 가지고 있지 못했지요. 즉, 무역이나 다른 유럽 세력에 대한 적대감과 같은 사소하고 일시적인 목적밖에 없었다는 겁니다. 그들은 자기들이 뭘 해야 할지도 알기 전에 이미 제국의 소유자가 되어버렸지요. 그리고 다시 그 제국을 없애기 전까지는 절대 행복하지 못했습니다."

얀 센은 이 기회를 놓치지 않고 물었다. "그러면 당신네들도 때가 되면 당신네 제국을 없애버릴 것입니까?"

"조금도 망설이지 않고요."

얀 센은 그 문제를 더 다그치지 않았다. 솔직한 대답이 꼭 기분 좋은 것은 아니었다. 게다가 그들은 이제 아카데미에 도착했기 때문이다. 그곳에 모인 까다로운 선생들은 진짜 살아 있는 오

버로드를 상대로 자신들의 지혜를 훈련해볼 기회를 고대하고
있었다.

뉴 아테네 대학의 총장인 챈스 교수가 말했다. "우리의 훌륭한
동료 얀 센 박사가 설명했겠지만, 우리의 주된 목적은 우리 주민
의 정신을 긴장시키고, 그들이 자신의 모든 잠재력을 깨닫게 하
는 것입니다. 이 섬 너머의……" 챈스 교수는 지구 나머지를 가
리키는 듯한 손짓을 하더니 이어 거부하듯 털어버렸다. "……
인류는 그 독창성을 잃었다고 생각합니다. 인류는 평화를 누리
고 있습니다. 또 많은 것을 가지고 있죠. 그러나 아무런 지평을
가지고 있지 못합니다."

"그런데 여기서는 물론……?" 오버로드가 차분하게 대답했
다.

챈스 교수는 유머 감각이 없었기 때문에 오버로드의 말의 뉘
앙스를 확실하게 알아차리지 못하고, 조사관을 의심스러운 표
정으로 흘끗 보았다.

"여기서 우리는 여가를 즐기는 것을 나쁘게 보는 낡은 강박
관념 때문에 고통을 받지는 않습니다. 그렇다고 우리가 오락을
수동적으로 받아들이는 것으로 족하다고 생각한다는 뜻은 아닙
니다. 이 섬의 모든 사람은 하나의 야망을 가지고 있습니다. 그
야망이란 아주 간단하게 요약하면 아무리 작은 것이라 하더라
도, 어떤 것을 다른 사람보다 잘하고자 하는 것입니다. 물론 그
것은 우리 모두가 성취할 수는 없는 이상입니다. 그러나 오늘날

에는 이상을 가지는 것만으로도 위대한 것입니다. 그에 비하면 이상을 성취하느냐 하는 것은 훨씬 덜 중요한 문제입니다."

조사관은 논평하고 싶지 않은 것 같았다. 조사관은 보호복을 벗고 있었지만, 교수 휴게실의 희미한 조명에서도 검은 안경은 여전히 쓰고 있었다. 챈스 교수는 궁금했다. '저게 생리학적으로 필요한 것일까, 아니면 단지 위장일까?' 가뜩이나 오버로드의 생각을 읽기가 힘든데 그 색안경 때문에 더욱 어려워졌다. 그러나 조사관은 약간 도전적인 말을 하거나 오버로드의 지구 정책을 비판하는 말에도 그리 신경 쓰지 않는 듯했다.

챈스 교수가 막 오버로드에게 공격적인 말을 던지려는데 과학대 학장인 스펄링 교수가 상황을 삼파전으로 만들 심사로 조사관에게 말했다.

"잘 알고 계시겠지만, 조사관. 우리 문화의 큰 문제 중 하나는 예술과 과학 사이의 이분법입니다. 저는 그 문제에 대한 조사관의 견해를 알고 싶습니다. 조사관은 모든 예술가는 비정상적이라는 견해에 동의하십니까? 그들의 작품이나, 그 작품을 만들어 낸 충동이 마음속에 깔려 있는 심리적 불만의 결과라고 생각하십니까?"

챈스 교수는 의도적으로 헛기침을 했다. 그러나 조사관이 먼저 말을 시작했다.

"나는 인간은 누구나 어느 정도는 예술가 기질이 있어서 기초적인 수준이라 하더라도 뭔가를 창조할 능력이 있다고 들었습니다. 예를 들어 어제 당신네 학교에서 나는 그림, 조각, 모형

작업에서 자기 표현을 강조하는 것을 보았습니다. 그 충동은 아주 보편적인 것으로 보입니다. 심지어 분명히 과학자가 될 운명을 타고난 사람들에게서도요. 따라서 모든 예술가들이 비정상이고, 모든 사람들이 예술가라면, 우리는 재미있는 삼단 논법에 이르게 됩니다……"

모두들 오버로드가 그 말을 마무리 짓기를 기다렸다. 그러나 오버로드들은 필요에 따라서는 아주 교묘하게 행동했다.

조사관은 교향악 연주회에서 끝까지 자리를 뜨지 않는 데 성공했다. 그는 오히려 다른 관객들보다 나은 모습을 보인 것이다. 교향악단이 대중적 취향에 따라 유일하게 양보한 것이 있다면 그것은 스트라빈스키의 〈성가 교향곡〉이었다. 나머지 프로그램은 도전적일 정도로 현대적이었다. 현대 음악에 대한 평가야 어쨌든 간에, 연주 자체는 탁월했다. 공동체에는 세계에서 가장 훌륭한 음악가 몇 명이 있다는 것이 자랑거리였는데, 그것은 빈 말이 아니었기 때문이다. 많은 작곡가들은 자기 곡이 프로그램에 포함되는 명예를 얻기 위해 무수한 언쟁을 벌이며 경쟁했다. 비록 몇몇 냉소주의자들은 그게 무슨 명예냐고 생각했지만 말이다. 그렇게 생각하지 않는 사람도 있겠지만, 오버로드들이 음치일 가능성도 있었기 때문이다.

그러나 연주회가 끝난 뒤 조사관이 참석했던 작곡가 세 명을 따로 만나, 그들의 '위대한 독창성'에 대해 칭찬하는 장면이 목격되었다. 작곡가들은 그 말을 듣고 기뻐하면서도 왠지 어리둥절해하는 표정으로 돌아갔다.

조사관이 도착한 지 사흘째가 되어서야 조지 그렉슨은 그를 만날 수 있었다. 극장은 단일 코스 요리라기보다는 뷔페에 가까운 공연 준비를 했다. 1막짜리 연극 두 편, 세계적으로 유명한 배우의 간단한 연기, 발레 한 편. 이 공연들 각각은 훌륭하게 이루어져, 어떤 비평가의 "이제 우리는 적어도 오버로드들이 하품을 할 수 있는지 없는지는 알게 될 것이다"라는 예측은 무위로 돌아가고 말았다. 오히려 오버로드는 몇 번 웃음을 터뜨렸는데, 그것도 정확하게 웃어야 할 대목에서였다.

그렇지만 아무도 확신할 수가 없었다. 오버로드가 훌륭한 연기를 하고 있는 것인지도 모르기 때문이다. 자신의 감정은 전혀 드러내지 않은 채 순전히 논리적으로 연기하고 있는 것인지도 모른다. 마치 인류학자가 어떤 원시 의식에 참석한 것처럼, 오버로드가 적절한 소리를 낸다거나, 예상했던 반응을 보인다는 사실은 실제로 아무것도 증명해주지 못했다.

조지는 조사관과 이야기를 해보겠다고 결심하고 있었지만, 완전히 실패하고 말았다. 공연 뒤 두 사람은 간단한 인사말을 나누었으나, 조사관은 금방 다른 사람들의 물결에 쓸려가버렸다. 조사관을 그 옆에 모여든 사람들에게서 떼어내는 것은 불가능했다. 조지는 심한 좌절감에 빠져 집으로 돌아왔다. 사실 조지는 기회가 있었다 해도 무슨 말을 해야 좋을지 모르고 있었다. 그럼에도 대화를 제프 이야기로 끌고 갈 수 있다는 것은 확신하고 있었다. 그런데 이제 기회가 사라져버린 것이다.

그런 우울한 기분은 이틀 동안 계속되었다. 조사관의 비행기는 많은 이들의 배웅을 받으며 떠났다. 그런데 이야기는 끝난 것이 아니었다. 아무도 제프에게 물어보지 않았기 때문에, 제프는 오랫동안 혼자 생각하다가 잠자리에 들기 바로 전에 조지에게 먼저 다가와 말했다.

"아버지, 우리를 보러 왔던 오버로드 아시죠?"

"그래." 조지가 엄한 목소리로 대답했다.

"그 오버로드가 우리 학교에 왔었는데, 전 오버로드가 선생님들하고 하는 이야기를 들었어요. 무슨 말을 하는지는 이해하지 못했어요. 하지만 목소리는 알아들었어요. 큰 파도가 덮쳤을 때 저한테 말하던 목소리였어요."

"정말이니?"

제프는 잠시 머뭇거렸다.

"확실치는 않아요. 하지만 만일 그 오버로드가 아니라면, 다른 오버로드였던 것 같아요. 전 오버로드한테 감사를 해야 할지 말지 망설였어요. 하지만 그는 이미 가버렸죠, 그렇죠?"

"그래, 안됐지만 가버렸구나. 하지만 혹시 다른 기회가 있을지도 몰라. 이제 침대로 가고, 그런 걱정은 더 이상 하지 마라. 착하지?"

진은 제프가 자기 방으로 가고, 제니퍼 앤이 편히 잠들어 있는 것을 확인한 뒤, 밖으로 나와 조지의 의자 옆에 깔린 양탄자에 앉아 조지의 다리에 몸을 기댔다. 조지가 보기에는 짜증스러울 정도로 감상적인 습관이었으나 지금 이걸 가지고 법석을 떨 필요는 없었다. 조지는 단지 자기 무릎을 가능한 한 툭 튀어나오게 해서 진이 불편하게 했을 뿐이다.

진이 지치고 단조로운 목소리로 물었다. "지금은 어떻게 생각해요? 당신 생각에는 정말 그런 일이 일어났던 것 같아요?"

"일어났어. 하지만 어쩌면 걱정하는 게 어리석을지도 몰라. 결국, 대부분의 부모는 고마워할 거야. 그리고 물론 나도 고맙게 생각하지. 설명은 아주 간단해. 우리는 오버로드들이 공동체에 관심을 갖게 되었다는 것을 알고 있어. 따라서 그들은 틀림없이 그들의 도구로 이곳을 관찰하고 있을 거야. 약속한 것과 다르지만 말이야. 누군가 그 감시 기계를 가지고 어슬렁거리다, 파도가 오는 걸 봤다고 해보자고. 그러다 누가 위험에 처한 걸 보면 미리 주의를 주는 건 당연한 거잖아."

"하지만 그쪽에서는 제프의 이름을 알고 있었어요. 그 점을 잊지 말아요. 아니에요, 우린 감시당하고 있는 거예요. 우리한테는 뭔가 묘한 게 있어요. 오버로드들의 관심을 끌 만한 게 말이에요. 난 루퍼트의 파티 이후로 쭉 그걸 느꼈어요. 그게 우리 두 사람의 인생을 바꾼 걸 생각하면 재미있어요."

조지는 동정하는 표정으로 진을 내려다보았다. 그러나 그 이상은 없었다. 사람이 그렇게 짧은 시간에 얼마나 많이 바뀔 수 있는지 생각해보면 이상한 일이었다. 조지는 진을 좋아했다. 진은 그의 아이들을 낳았고, 그의 인생의 일부가 되어 있었다. 그러나 조지 그렉슨이라는 이름을 가진 분명하게 기억되지 않는 존재가 한때 진 모렐이라 부르던 점점 희미해지는 꿈을 향해 품고 있던 사랑은 지금 얼마나 남아 있는 것일까? 조지의 사랑은 이제 한편으로는 제프와 제니퍼 앤에게 나뉘어져 있었으며 다른 한편으로는 캐롤에게 나뉘어져 있었다. 조지는 진이 캐롤에 대해 알고 있다고는 생각하지 않았다. 그리고 다른 누가 말해주기 전에 자기가 먼저 말해줄 작정이었다. 그러나 왠지 그 말을 꺼낼 수가 없었다.

"좋아. 제프는 감시당하고 있어. 사실, 보호받고 있어. 그게 자랑스러운 일이라고 생각하지 않아? 어쩌면 오버로드들은 제프의 위대한 미래를 계획하고 있을지도 몰라. 그게 뭘지 궁금해."

조지는 진을 안심시키기 위해 그렇게 이야기하고 있었다. 스스로도 그것을 잘 알고 있었다. 조지 자신은 별로 곤혹스럽지 않았다. 단지 흥미롭고 어리둥절할 뿐이었다. 그때 갑자기 다른 생각이 떠올랐다. 벌써 의심해봤어야 하는 생각이었다. 조지의 시선이 아이들 방으로 향했다.

"그들이 감시하고 있는 게 제프뿐일까?"

시간이 되자 조사관은 보고서를 제출했다. 섬사람들은 그것을 볼 수 있다면 무슨 짓이라도 했을 것이다. 그 모든 통계와 기록은 캐렐런 배후에 있는, 보이지 않는 힘의 일부인 커다란 컴퓨터들의 만족할 줄 모르는 메모리 속으로 들어갔다. 그러나 이 비인격적인 기계 영혼이 결론에 도달하기 전에, 조사관은 그의 생각을 담은 권고 사항을 제출했다. 그 내용을 인간의 사고와 언어에 맞게 표현하면 다음과 같다.

"공동체에는 아무런 조치를 취할 필요가 없다. 그것은 흥미로운 실험이지만, 어떤 식으로도 미래에 영향을 미칠 수는 없다. 공동체가 기울이고 있는 예술적 노력은 우리 관심사가 아니며, 위험한 통로들에 대해 과학적 조사가 이루어지고 있다는 증거는 없다.

계획대로 나는 의심받지 않고 대상 O의 학교 기록을 볼 수 있었다. 첨부한 자료를 보면 알 수 있듯이 아직 어떤 특이한 발전의 징후는 보이지 않는다는 것을 알 수 있을 것이다. 그렇지만 알다시피, 돌파는 별다른 사전 경고 없이 일어나는 법이다.

나는 대상 O의 아버지도 만났는데 그가 나와 이야기를 하고 싶어 한다는 인상을 받았다. 다행히도 그 일은 피할 수 있었다. 그는 틀림없이 뭔가 의심하는 것 같았다. 물론 그는 진실을 절대 추측할 수 없고, 또 어떤 영향을 미치지도 못할 것이다.

난 이 사람들이 점점 더 안됐다는 생각이 든다."

조지 그렉슨도 제프에게 특이한 점이 없다는 조사관의 평결에 동의했을 것이다. 길고 평온한 날에 갑자기 천둥이 한 번 울리듯, 그 당혹스러운 사건 하나만 일어났을 뿐이고, 그 뒤로는 아무 일도 없었다.

제프는 여느 일곱 살 난 아이와 마찬가지로 호기심 많고 활발했다. 제프는 군이 노력하면 영리해 보였지만 그렇다고 천재가 될 것 같지는 않았다. 때때로 진은 제프가 일반적으로 사람들이 갖고 있는 남자아이에 대한 선입견에 딱 들어맞는다고 생각했는데, 그녀는 그 때문에 약간 피곤해했다. '흙먼지에 둘러싸인 소음'이라고나 할까? 그렇다고 제프의 몸에 흙먼지가 묻어 있는 것을 보는 게 그렇게 간단한 일은 아니었다. 흙먼지가 제프의 햇빛에 그을린 살갗 위로 드러나려면, 상당한 시간 동안 때가 껴야 했기 때문이다.

제프가 말을 잘 듣는가 하면 수시로 까탈을 부리고, 과묵하다가 쾌활해지고는 했다. 제프는 부모 가운데 어느 한 사람을 더 좋아하거나 하지는 않았으며, 누이동생이 태어났을 때도 질투하지는 않았다. 제프의 병원 기록은 깨끗했다. 평생 단 하루도 아프지 않았다. 그러나 이런 시대, 이런 기후에서는 그것이 특별한 일은 아니었다.

제프는 아버지와 함께 있는 것에 금방 싫증을 내고 자기 또래와 어울릴 수 있는 기회만 있으면 아버지에게 벗어나려고 하는 아이들과는 달랐다. 제프가 조지의 예술적 재능을 물려받은 것은 분명했다. 그래서인지 제프는 걸음마를 시작하자마자 공동체의 극장 뒷무대를 꾸준히 찾아갔다. 사실 극장에서는 제프를 비공식 마스코트로 지정하여, 제프는 연극 무대와 영화관을 찾는 저명인사들에게 꽃다발을 주는 일에 매우 능숙했다.

그렇다, 제프는 아주 평범한 애였다. 조지는 섬에서 함께 산책을 나가거나 자전거를 타러 나갈 때마다 그렇게 스스로를 안심시켰다. 그들은 태초부터 아들과 아버지가 그랬던 것처럼 이야기를 하곤 했다. 다만 이 시대에는 할 이야기가 훨씬 더 많다는 것이 차이라면 차이였다.

제프는 섬을 한 번도 떠난 적이 없지만, 텔레비전 스크린이라는 어디에서나 존재하는 눈을 통해 보고 싶은 모든 것을 다 볼수 있었다. 제프는 다른 공동체 주민들과 마찬가지로 다른 인류를 약간 경멸했다. 그들은 엘리트였고, 진보의 선구자였다. 그들은 인류를 오버로드들이 이르렀던 높은 곳까지 끌고 갈 터였다. 그리고 어쩌면 그 너머까지 갈지도 모를 일이다. 내일 당장은 물론 불가능하지만 언젠가는……

하지만 그들은 그날이 그렇게 빨리 오리라고는 전혀 짐작하지 못했다.

18

꿈은 6주 후에 시작되었다.

조지 그렉슨은 아열대 밤의 어둠 속에서 의식을 향해 위로 천천히 헤엄쳐 갔다. 무엇이 잠을 깨웠는지 알 수 없었다. 조지는 잠시 어리둥절한 상태에 빠져 누워 있었다. 이윽고 조지는 자기가 혼자라는 것을 알았다. 진은 벌써 일어나서 소리도 없이 아이 방으로 간 것이다. 진은 조용히 제프에게 이야기를 하고 있었다. 너무 조용해서 조지는 무슨 말인지 알아들을 수가 없었다.

조지는 침대에서 몸을 빼내 진에게로 갔다. '귀염둥이'의 야간 소풍은 워낙 흔한 일이었다. 하지만 오늘밤에 조지는 그 소동 속에서도 계속 잠을 자고 있었던 게 틀림없었다. 이것은 아주 특이한 일이었다. 조지는 진이 무엇 때문에 잠을 설쳤는지 궁금해졌다.

아이 방의 유일한 빛은 벽의 형광 페인트 무늬에서 나오는 것

뿐이었다. 그렇게 침침한 가운데 조지는 진이 제프의 침대 옆에 앉아 있는 것을 보았다. 조지가 들어서자 진은 고개를 돌리더니 작은 소리로 말했다. "귀염둥이를 방해하지 말아요."

"무슨 일이야?"

"제프가, 내가 옆에 있어주었으면 한다는 걸 느꼈어요. 그래서 잠이 깼어요."

너무나 당연하다는 듯이 간단하게 내뱉은 말 때문에 조지는 구역질이 치밀 것 같은 불안에 휩싸였다. '자기가 옆에 있어줬으면 한다는 걸 느꼈다고? 도대체 어떻게 느꼈단 말인가?' 조지는 궁금했다. 그러나 조지는 그냥 이렇게만 물어보았다.

"제프가 악몽을 꾸었어?"

"모르겠어요. 지금은 괜찮은 것 같아요. 하지만 내가 들어왔을 때는 겁에 질려 있었어요."

"전 겁에 질려 있지 않았어요, 어머니." 작고 화난 목소리가 들리더니 계속 이어졌다. "너무 이상한 곳이었단 말이에요."

조지가 물었다. "뭐가? 어서 다 말해봐."

제프가 꿈을 꾸는 듯한 목소리로 말했다. "산들이 있었어요. 아주 높았는데, 눈은 없었어요. 제가 본 높은 산들에는 다 눈이 있었는데 말이에요. 산 몇 개는 불에 타고 있었어요."

"그러니까…… 화산이란 말이냐?"

"그건 아니었어요. 온통 다 불에 타고 있었는데, 신비로운 파란 불길이 뒤덮고 있었어요. 그런데 내가 그걸 보고 있는 동안, 해가 떴어요."

"계속 해보거라. 왜 말을 멈춘 거냐?"

제프는 어리둥절한 눈길로 아버지를 보았다.

"제가 이해하지 못하는 게 또 하나 생각나서 그래요, 아버지. 해는 아주 빨리 떴는데, 아주 컸어요. 그리고 해 색깔이 아니었어요. 예쁜 파란색이었어요."

심장이 얼어붙을 것 같은 긴 침묵이 흘렀다. 이윽고 조지가 조용히 물었다. "그게 다니?"

"네. 전 좀 외로워졌어요. 그때 어머니가 제게 다가와서 절 깨웠어요."

조지는 한 손으로 아들의 단정치 못한 머리를 매만져주고, 다른 손으로 자신의 가운 자락을 여몄다. 갑자기 몹시 춥고, 자신이 몹시 왜소하게 느껴졌다. 그러나 말투에는 그런 느낌이 배어 나오지 않도록 노력했다.

"그건 그냥 개꿈이야. 저녁 때 밥을 너무 많이 먹어서 그래. 다 잊어버리고 자거라. 착하지?"

"그럴게요." 제프는 잠시 말을 끊더니 생각에 잠긴 표정으로 덧붙였다. "거기에 다시 한 번 가봐야 할 것 같아요."

몇 시간이 지나지 않아서 캐렐런이 말했다. "파란 해라고? 그거라면 찾아내기가 아주 수월하겠군."

라샤베락이 대답했다. "그렇습니다. 그건 틀림없이 알판니돈 2입니다. 유황 산이 있다는 점으로도 그 사실을 확인할 수 있습니다. 그리고 시간 척도의 왜곡도 흥미로운 부분입니다. 그 행성은 상당히 느리게 자전을 하는데, 그 아이는 몇 분 만에 몇 시간 동안 일어난 일을 본 것 같습니다."

"그게 전부요?"

"네. 아이한테 직접 물어보지 않고 알아낸 것입니다."

"직접 물어볼 수는 없는 노릇이지. 우리가 개입하지 않아야 사건들이 자연스럽게 흘러가니까. 그 아이 부모들이 우리한테 접근한다면 그때는 아마 물어볼 수 있겠지."

"그들은 오지 않을 수도 있습니다. 그리고 왔을 때는 이미 너무 늦은 것일 수도 있습니다."

"안됐지만, 그건 어쩔 수 없소. 우린 이 사실을 절대 잊지 말아야 하오. 이 상황에서 우리의 호기심은 중요하지 않다는 것. 그건 심지어 인류의 행복만큼이나 중요치 않은 일이오."

캐렐런은 연결을 끊으려고 손을 뻗으며 덧붙였다.

"물론 감시는 계속하고, 나에게 모든 것을 보고하시오. 하지만 어떤 식으로도 개입하지는 마시오."

제프는 잠이 깼을 때, 평소와 다름없어 보였다. '그것만 해도 감사할 일이지'라고 조지는 생각했지만 조지의 가슴속에서는 두려움이 커지고 있었다.

제프에게는 그것이 놀이일 뿐이었다. 아직 무섭지도 않았다. 꿈이 아무리 이상하다 해도 꿈일 뿐이었다. 제프는 이제 꿈이 그에게 드러내는 세계 속에서 외롭지 않았다. 단지 처음 꿈을 꾸던 날 밤에만 제프의 마음이 제프와 그의 어머니를 가르고 있는 미지의 간극을 가로질러 어머니를 불렀을 뿐이다. 이제 제프는 두려움 없이 혼자 그 앞에 열린 우주 속으로 들어갔다.

아침이면 부모가 질문을 했고, 그러면 제프는 기억나는 것을 이야기하곤 했다. 때로는 말을 더듬거리거나 아예 표현을 못하기도 했다. 제프가 묘사하고자 하는 장면들은 그의 경험을 넘어선 것일 뿐만 아니라, 인간의 상상력을 넘어선 것이기도 했기 때문이다. 부모는 제프에게 새로운 단어를 제시했고, 그가 기억을 되살릴 수 있도록 다양한 색채와 모양의 그림을 보여주었다. 그러면서 제프의 답변을 통해 조각을 맞춰 나가기 시작했다. 그러나 그 결과가 신통치 않을 때도 많았다. 제프의 마음속에서는 그 꿈의 세계가 아주 단순하고 선명한 것처럼 보이는 데도 말이다. 제프는 단지 자신의 꿈을 부모에게 나름대로 설명할 수밖에 없었다, 하지만 어떤 꿈들은 아주 선명했다.

공간이나 행성도 없고, 둘러싼 풍경도 없고, 발밑의 세계도 없는 곳. 검은 벨벳 같은 밤하늘에 별들만 박혀 있고, 심장처럼 고동치는 거대한 붉은 해만 걸려 있는 곳. 한순간 거대하게 부풀었다가 천천히 움츠러들면서, 그 내부에 새로운 연료가 공급된 것처럼 밝아지는 해. 해는 스펙트럼을 기어올라가 노란색의 가장자리에 머물다가, 이어서 그 사이클이 거꾸로 움직였다. 별은 팽창하면서 차가워졌다가, 다시 한 번 불꽃같은 붉은색의 남루한 구름이 되었다……

라샤베락이 열띤 목소리로 말했다. "전형적인 맥동하는 변광성입니다. 역시 엄청난 시간 가속하에서 본 것입니다. 정확히 알아맞힐 수는 없지만, 그 묘사에 가장 가깝게 들어맞는 별은 람산드론 9입니다. 아니면 파라니돈 12일 수도 있습니다."

캐렐런이 대답했다. "어느 쪽이든, 그 아이는 집으로부터 점점 멀어지고 있군."

"아주 멀어지고 있습니다." 라샤베락이 대답했다.

그것은 지구일 수도 있었다. 폭풍을 피해 줄달음질치는 구름들이 점점이 박힌 파란 하늘에는 하얀 태양이 걸려 있었다. 언덕은 부드러운 경사를 이루며 바다로 이어졌고, 게걸스러운 바람은 바다를 찢어 물살을 만들었다. 그러나 아무것도 움직이지 않았다. 그 장면은 번개가 번쩍하는 순간을 사진으로 찍어놓은 것처럼 얼어붙어 있었다. 그리고 수평선 쪽으로 먼, 아주 먼 곳에 뭔가 지구의 것이 아닌 것이 있었다. 안개 속에 기둥들이 일렬로 서 있었다. 기둥들은 바다에서 위로 솟으면서 약간 가늘어지면서 구름 속으로 모습을 감추었다. 기둥들은 행성의 가장자리를 따라 정확히 균등한 간격을 두고 있었다. 인공적이라고 하기에는 너무 거대하고, 자연적이라 하기에는 너무 규칙적이었다.

라샤베락이 경외감을 품은 목소리로 말했다. "시네우스 4와 '새벽의 기둥들'입니다. 아이는 우주의 중심에 도착했습니다."

캐렐런이 말했다. "그럼 이제 비로소 여행을 시작한 것이로군."

그 행성은 완전히 평평했다. 거대한 중력이 오래전에 젊은 혈기가 느껴지는 산들(그래봐야 그 가장 강력한 산꼭대기도 높이가 몇 미터를 넘는 일이 없었지만)을 균일한 수준으로 뭉개버린 것이다. 그리고 여기에는 생명이 있었다. 행성의 표면은 기어 다니고, 움직이고, 색깔을 바꾸는 수많은 기하학적 무늬로 덮여 있었다. 이곳은 2차원의 세계였다. 두께가 불과 몇 분의 1센티미터밖에 안 되는 존재들이 살고 있었다.

그리고 하늘에는 어떤 중독자가 꾸는 가장 황당한 꿈에도 나오지 않을 듯한 이상한 해가 떠 있었다. 그 해는 흰색을 띠기에는 너무 뜨거워, 자외선 외부에서 유령처럼 지글거리며, 지구의 생명체는 즉사해버릴 만한 방사선으로 행성을 불태우고 있었다. 가스와 먼지로 이루어진 엄청난 베일이 수백만 킬로미터에 걸쳐 덮여 있었고, 자외선의 폭풍이 그 베일을 찢으면서 헤아릴 수 없이 많은 빛깔들이 빛을 발하고 있었다. 그것은 지구의 창백한 태양은 그에 비하면 정오에 햇빛 아래에 나온 개똥벌레 유충처럼 희미해 보일 정도로 강렬했다.

라샤베락이 말했다. "헥사너락스 2입니다. 우리가 알고 있는 행성 가운데 이와 비슷한 행성은 없습니다. 아직 우리 우주선 몇 척만이 그곳에 가보았습니다. 그 우주선들도 감히 착륙할 엄두를 못 냈죠. 그런 행성에 생명이 존재하리라고 누가 생각이나 했겠습니까?"

캐렐런이 대답했다. "당신네 과학자들은 스스로 생각하는 것만큼 철저하지는 않은가 보구려. 만일 그 무늬들이 지능을 가지고 있다면, 우리와 의사소통을 할 수 있을지도 모르오. 그것들이 3차원에 대해 어떻게 인식하고 있을지 궁금하군."

이곳은 밤과 낮, 해〔年〕와 계절의 의미가 없는 세계였다. 여섯 가지 색깔의 해들이 하늘 곳곳에 떠 있어 빛의 변화만 있을 뿐이지 어둠이란 것은 없었다. 서로 상충하는 중력장 사이의 충돌하고 잡아당기는 힘으로 인해 행성은 상상할 수 없을 정도로 복잡한 궤도를 따라 움직였으며, 절대 같은 행로를 다시 밟는 적이 없었다. 매 순간이 다 달랐다. 지금 여섯 개의 해가 하늘에 자리 잡고 있는 모습은 다시는 볼 수 없는 광경이었다.

그리고 이곳에도 생명이 있었다. 이 행성은 한 시대에는 뜨겁게 타오르고 또 다른 시대가 끝날 무렵에는 얼어붙을 수 있는 곳인데도, 지능을 가진 생명체가 사는 곳이었다. 많은 면으로 이루어진 거대한 결정체들은 복잡한 기하학적 무늬를 그리며 떼를 지어 추울 때에는 꼼짝도 않고 있다가 세상이 다시 따뜻해지면 광맥을 따라 천천히 성장했다. 이 생명체들은 하나의 생각을 하는 데 천 년이 걸리는 것도 어쩌면 당연한 일이었다. 우주는 아직 젊은 상태였고, 그들 앞에는 무한한 시간이 있었으니…….

라샤베락이 말했다. "기록을 모두 뒤져보았지만 우리는 그런 세계나 그런 식의 태양의 조합에 대해 아는 것이 없습니다. 만일 그것이 우리 우주 내에 존재한다면, 설사 우리 우주선이 갈 수 없는 곳에 있다 해도, 천문학자들이 탐지해냈을 겁니다."

"그렇다면 그 아이는 은하계를 떠난 거로군."

"네. 이제 별로 오래 걸리지 않을 것입니다."

"누가 알겠소. 그 아이는 그저 꿈을 꾸고 있을 뿐인데, 잠을 깨면 그 아이는 평소와 똑같소. 이건 단지 첫 단계일 뿐이오. 변화가 시작되면 우린 곧 알게 될 거요."

오버로드가 무거운 목소리로 말했다. "우린 전에도 만난 적이 있지요. 그렉슨 씨. 제 이름은 라샤베락입니다. 물론 기억하시겠지요?"

"네. 루퍼트의 파티에서 만났지요. 저는 기억력이 좋은 편입니다. 그리고 우리가 다시 만나게 될 것으로 생각했습니다."

"자, 왜 면담을 요청하신 겁니까?"

"이미 알고 계실 텐데요."

"어쩌면요. 하지만 직접 말씀해주시는 게 우리 둘 다에게 도움이 될 겁니다. 그렉슨 씨가 매우 놀랄지도 모르겠습니다만, 저 역시 이해하려고 애를 쓰고 있고, 또 어떤 면에서는 저도 그렉슨 씨와 마찬가지로 모르는 게 많습니다."

조지는 깜짝 놀라 오버로드를 물끄러미 바라보았다. 조지는 그런 생각은 해본 적도 없었다. 조지는 무의식적으로 오버로드들이 전지전능하다고 가정하고 있었던 것이다. 그래서 그들이 지금까지 제프에게 일어난 일들을 이해하고, 또 아마 그 일에 책임이 있을 거라고 생각했다.

"아마 제가 섬의 심리학자에게 제출한 보고서를 보셨을 테니, 그 꿈들에 대해서는 알고 계시겠지요."

"네, 알고 있습니다."

"전 그 꿈들이 단지 아이의 상상이라고 생각한 적은 없습니다. 그 꿈들은 도저히 믿어지지 않는 것들이라, 제 말이 좀 우스꽝스럽게 들린다는 것을 압니다만, 바로 그렇기 때문에 어떤 사실에 근거를 둔 게 틀림없습니다."

조지는 근심스러운 표정으로 라샤베락을 보았다. 라샤베락이 긍정해주는 게 나을지 부인해주는 게 나을지 알 수가 없었다. 오버로드는 아무 말도 않고, 그 크고 차분한 눈으로 조지를 바라보기만 할 뿐이었다. 그들은 거의 얼굴을 맞대고 있었다. 이 방은 이런 면담을 위해 설계된 공간인데, 2층으로 되어 있어서 오버로드가 앉은 육중한 의자는 조지의 의자보다 1미터는 아래에 자리하고 있었다. 이것은 호의적인 배려였다. 이런 면담을 요청한 사람들은 틀림없이 마음이 편치 못할 것이니 그들을 안심시키려는 의도를 반영한 설계였다.

조지가 말을 이었다. "우리는 걱정을 했습니다. 하지만 처음에는 별로 놀라지 않았습니다. 제프는 잠을 깼을 때는 아주 정상적으로 보였으니까요. 그리고 제프가 꿈 때문에 괴로워하는 것 같지도 않았으니까요. 그러다 어느 날 밤……" 조지는 망설이다가, 오버로드의 눈치를 살피고는 말을 이어 나갔다. "……전 이제까지 초자연적인 것은 믿지 않았습니다. 전 과학자는 아닙니다만, 모든 것은 합리적으로 설명될 수 있다고 생각합니다."

"아, 저도 그렉슨 씨가 무엇을 보았는지 압니다. 제가 지켜보고 있었으니까요."

"저도 늘 그럴 거라고 생각했습니다. 하지만 캐럴런은 절대 당신네 도구로 우리를 염탐하지 않겠다고 약속하지 않았습니까? 왜 약속을 어긴 겁니까?"

"전 약속을 어기지 않았습니다. 감독관은 인류가 더 이상 감시를 받지 않을 거라고 말했습니다. 우린 그 약속을 지켰습니다. 저는 그렉슨 씨가 아니라, 아이들을 지켜보고 있었습니다."

몇 초가 지나서야 조지는 라샤베락의 말에 함축된 의미를 이해했다. 이어 조지의 얼굴에서 핏기가 가셨다.

"그러면?" 조지는 입이 떡 벌어졌다. 목이 잠기는 바람에 다시 말을 해야 했다. "그럼 도대체 내 아이들이 뭐란 말입니까?"

라샤베락이 엄숙한 표정으로 대답했다. "우리도 그걸 알아내려고 하는 중입니다."

제니퍼 앤 그렉슨, 요즘 귀염둥이라고 불리는 아이는 똑바로 누워 눈을 꼭 감고 있었다. 제니퍼 앤은 오랫동안 눈을 뜨지 않았다. 앞으로도 절대 눈을 뜨지 않을 터였다. 이제 제니퍼 앤에게 눈으로 본다는 것은 빛이 없는 해저에 사는 감각이 발달한 생물에게처럼 필요없는 것이었기 때문이다. 제니퍼 앤은 자기를 둘러싸고 있는 세계를 의식하고 있었다. 사실 너무 많이 의식하고 있었다.

인간의 진화 과정에서 일어난 어떤 설명할 수 없는 트릭에 의

한 것인지, 제니퍼 앤의 짧은 유아 시절부터 계속 유지해온 습관이 하나 남아 있었다. 한때 제니퍼 앤을 즐겁게 해주었던 딸랑이가 침대 속에서 복잡하고 계속해서 변하는 박자에 맞추어 끊임없이 딸랑거리고 있었던 것이다. 진이 잠에서 깨어나 아이 방으로 달려간 것은 바로 이 이상한 분절음 때문이었다. 그러나 진이 조지를 소리쳐 부른 것은 단지 이 분절음 때문만이 아니었다.

그 흔해 빠진 알록달록한 색깔의 딸랑이는 아무런 받침대 없이 공중에 50센티미터쯤 떠서 저절로 소리를 내고 있었다. 제니퍼 앤은 통통한 손가락들을 서로 맞잡은 채, 차분하고 만족스러운 얼굴로 웃음을 지으며 누워 있었다.

제니퍼 앤은, 출발은 늦었지만 빠른 속도로 발전하고 있었다. 곧 오빠를 따라잡게 될 것이었다. 제니퍼 앤에게는 잊어버릴 게 훨씬 적었기 때문이다.

라샤베락이 말했다. "아이의 장난감을 건드리지 않은 것은 현명한 행동이었습니다. 아마 손을 댔어도 어쩌지 못했을 테지만. 하지만 장난감을 건드렸다면, 아이가 화를 냈을 겁니다. 그럴 경우 무슨 일이 생길지 저도 모릅니다."

조지가 뚝뚝하게 대답했다. "그러니까 당신들도 어쩌지 못한다는 뜻입니까?"

"당신을 속이지는 않겠습니다. 지금처럼 연구하고 관찰할 수는 있습니다. 그러나 개입할 수는 없습니다. 우리도 이해할 수 없기 때문입니다."

"그럼 우린 어쩌란 말입니까? 왜 이런 일이 우리한테 일어난 겁니까?"

"누군가에게 일어날 일이었습니다. 당신한테 특별한 이유가 있어서가 아닙니다. 원자탄의 연쇄 반응을 일으키는 첫 중성자에 특별할 것이 없듯이 말입니다. 그냥 우연히 첫 번째가 된 것뿐이죠. 다른 중성자가 그 일을 해도 무방합니다. 제프리도 세상 여느 아이와 똑같을 수도 있는 거죠. 우리는 그것을 '완전한 돌파'라고 부릅니다. 이제 비밀로 할 것이 없으니 무척 기쁩니다. 우리는 지구에 온 이후로 쭉 이런 일이 생기기를 기다려왔습니다. 언제 어디서 시작될지 알 길은 없었죠. 우연히 우리가 루퍼트 보이스의 파티에서 만날 때까지는요. 그때 전 당신 부인의 자녀들이 첫 번째가 될 것이라고 거의 확신하게 되었습니다."

"하지만 그때 우린 결혼하지 않은 상태였습니다. 우린 심지어……"

"그래요, 압니다. 하지만 모렐 양의 마음에는 순간적이었을지는 모르지만 당시 누구도 알지 못한 지식의 문과 이어진 통로가 생겼습니다. 그것은 오직 다른 정신 즉 모렐 양의 마음과 긴밀하게 연결된 정신으로부터만 올 수 있는 거죠. 그것이 아직 태어나지 않은 존재의 정신이란 것이 그리 이상한 일은 아닙니다. '시간'이란 당신이 생각하는 것보다 훨씬 더 묘한 것이니까요."

"이해가 될 것 같습니다. 제프가 그런 것들을 아는군요. 제프는 다른 세계들을 볼 수 있고, 당신들이 어디서 왔는지 말할 수 있는 거로군요. 그리고 어쩌다가 진이 제프가 태어나기도 전에 제프의 생각을 알아낸 거로군요."

"그렇게 간단한 것은 아닙니다. 당신은 진실에 접근할 수 없을 겁니다. 공간과 시간을 초월하는 것으로 보이는 불가해한 힘을 가진 사람들이 역사적으로 몇 명 있었죠. 그러나 그들은 그것을 이해하지 못했습니다. 그들의 설명은 대부분 쓰레기 같은 것들이었죠. 전 잘 알고 있습니다. 충분히 읽어봤으니까요!

이런 비유가 있습니다. 음, 암시적이고 도움이 되는 비유죠. 그것은 당신네 문헌에서 되풀이되어 나타납니다. 모든 사람의 정신이 바다에 둘러싸인 섬이라고 해봅시다. 모든 섬이 고립되어 있는 것처럼 보이지만, 사실 모든 섬은 자기들의 기반인 반암(盤岩)에 의해 연결되어 있습니다. 만일 바다가 사라진다면 섬도 사라지죠. 그 섬은 모두 대륙의 일부가 될 것이고, 섬의 개별성은 사라질 겁니다.

당신들이 텔레파시라고 부르는 것도 이와 비슷합니다. 적당한 상황에서는 정신들이 서로 합쳐지고 공유될 수 있으며, 그 기억을 가지고 돌아가 다시 고립될 수 있습니다. 최고의 형태에서는, 이 힘은 일반적인 시간과 공간의 한계에 좌우되지 않습니다. 그래서 모렐 양이 태어나지도 않은 아들의 지식을 이용할 수 있었던 것입니다."

오랜 침묵이 흘렀다. 조지는 이 놀라운 이야기와 씨름하고 있었다. 머릿속에 패턴을 그려보기 시작했다. 믿을 수 없는 패턴이었지만, 그 나름의 논리가 있었다. 그리고 그것은 루퍼트 보이스가 그의 집에서 연 저녁 파티에 참석한 이후 일어났던 모든 일들을 설명해주었다. 설명이란 말이 이런 불가해한 것에 적용될 수 있는 거라면 말이다. 이제야 깨달은 것이지만 진이 인지(人知)로 헤아릴 수 없는 것들에 호기심을 가졌던 것도 그와 연관된 일이었다.

조지가 물었다. "무엇 때문에 이런 일이 생긴 겁니까? 그리고 이것이 어떤 결과를 낳는 겁니까?"

"그건 우리가 대답할 수 없는 것입니다. 그러나 우주에는 많은 종족이 있고, 그들 가운데 일부는 당신네 종족이나 우리 종족이 등장하기 훨씬 전에 이런 힘을 발견했습니다. 그들은 당신네들이 자기들과 함께하기를 기다리고 있었고, 이제 때가 된 것입니다."

"그럼 그 구도에서 당신들의 역할은 무엇입니까?"

"아마 대부분의 사람들이 그랬듯이 당신도 우리를 당신들의 주인이라고 여겼겠지요. 그러나 그건 사실이 아닙니다. 우리는 위로부터 받은 의무를 이행하는 보호자의 역할에서 벗어난 적이 없습니다. 그 의무란 것은 규정하기 힘든 것입니다. 우리를, 난산을 도와주는 산파라고 생각하면 되겠네요. 우리는 뭔가 새롭고 멋진 것이 태어나는 것을 도와주고 있습니다."

라샤베락은 머뭇거렸다. 잠깐 동안 적당한 비유를 찾지 못해 당황해하는 듯했다. 잠시 후 라샤베락이 다시 말을 이었다.

"네, 우리는 산파입니다. 하지만 우리 자신은 아이를 낳을 수가 없습니다."

순간 조지는 자신의 한계를 넘어서는 비극과 마주하고 있다는 것을 알았다. 믿을 수 없었지만 어떻게 된 일인지 이해할 수 있을 듯했다. 오버로드들은 그 힘과 지능에도 불구하고, 진화의 단계에서 어떤 막다른 골목 앞에 있었다. 그들은 위대하고 고상한 종족이었다. 거의 모든 면에서 인류보다 우월했다. 그런데도 그들에게는 미래가 없었고, 그들은 그것을 잘 알고 있었다. 이런 사실에 직면하자 조지 자신의 문제는 사소하게 느껴졌다.

"이제 왜 당신네들이 제프를 지켜보고 있었는지 알겠습니다. 그 아이는 이 실험의 모르모트였군요."

"맞습니다. 그 실험은 우리가 통제할 수 없는 것이지만요. 또 우리가 시작한 것도 아닙니다. 우린 그저 관찰만 하려고 했을 뿐이었습니다. 우리는 꼭 필요한 일이 아니면 개입하지 않았습니다."

'그래, 그 조수의 물결.' 조지는 생각했다. '이 가치 있는 종이 파괴되도록 내버려둘 수는 없었겠지.' 순간 조지는 자신이 부끄러웠다. 이런 비꼬인 마음은 하잘것없는 것인데.

조지가 말했다. "질문이 하나 더 있습니다. 우리가 아이들을 어떻게 해야 합니까?"

"함께할 수 있는 동안 즐기십시오." 라샤베락은 상냥하게 대답하고는 덧붙였다. "오랫동안 당신 자식일 수는 없을 테니까."

그것은 어느 시대 어느 부모에게나 줄 수 있는 충고일지도 모른다. 그러나 지금 그 충고에는 전에는 한 번도 느낄 수 없었던 위협과 공포가 담겨 있었다.

19

제프의 꿈의 세계가 더 이상 그의 일상과 확연하게 구분되지 않는 때가 왔다. 제프는 이제 학교에 가지 않았다. 진과 조지에게도 일상생활도 완전히 박살나고 말았다. 곧 전 세계에서 그렇게 될 일이었지만.

그들은 친구들을 모두 피했다. 마치 아무도 그들을 동정해줄 여유가 없다는 것을 벌써 알아차리기라도 한 듯이 말이다. 때때로 주위에 사람이 거의 없는 고요한 밤이면, 그들은 오랫동안 산책을 나가기도 했다. 그들은 결혼 초 이래 이렇게 친밀하게 지낸 적이 없었다. 곧 그들을 삼켜버릴 미지의 비극에 맞서 다시 하나로 뭉치게 된 것이다.

처음에는 잠자는 애들만 집에 놔두고 나온다는 것에 죄책감을 느꼈다. 그러나 이제 그들은 제프와 제니퍼 앤이 그들이 알 수 없는 방식으로 자기 자신을 돌본다는 것을 깨달았다. 그리고 물론 오버로드들도 그 아이들을 지켜보고 있을 터였다. 그들이 혼자 문제에 부딪혀 있는 게 아니며 지혜롭고 동정심 있는 눈이 함께 불침번을 서주고 있다고 생각하자 커다란 위안이 되었다.

제니퍼 앤은 자고 있었다. 제니퍼 앤의 상태를 달리 표현할 수 있는 말이 없었다. 겉으로 보기에는 여전히 아기였다. 그러나 제니퍼 앤 주위에는 무시무시한 기운이 감돌고 있어서 진도 아기 방으로 들어가기가 힘이 들었다.

또한 그럴 필요도 없었다. 한때 제니퍼 앤 그렉슨이었던 존재는 아직 완전히 발달하지는 않았지만 잠을 자는 유충 상태에서도 자신의 필요에 따라 환경을 통제할 만한 힘을 가지고 있었다. 진은 딱 한 번 뭘 먹여보려 했으나, 그것도 실패하고 말았다. 제니퍼 앤은 자신에게 맞는 때에 적절한 방식으로 영양분을 공급받고 있었다.

냉장고에서 음식이 천천히, 그러나 꾸준하게 사라지는 것을 보면 그것을 알 수 있었다. 그러나 제니퍼 앤은 자기 침대에서 한 번도 움직인 적이 없었다.

딸랑거리는 소리는 멈췄다. 딸랑이는 방 바닥에 버려져 있었지만, 제니퍼 앤이 혹시 다시 필요로 할지 몰라 아무도 감히 건드리지 못했다. 때때로 제니퍼 앤은 가구를 움직여 독특한 패턴으로 배열해놓았다. 조지는 벽에 바른 형광 페인트가 전보다 더 밝게 빛나는 듯한 느낌을 받기도 했다.

제니퍼 앤은 아무런 문제도 일으키지 않았다. 제니퍼 앤은 그들이 도울 수 없는 곳에 있었으며, 그들이 사랑할 수 없는 곳에 있었다. 이런 상황도 오래 지속되지 않을 터였다. 그래서 부모는 남아 있는 시간 동안 제프에게 필사적으로 매달렸다.

제프도 변하고 있기는 했지만, 아직 부모를 기억했다. 조지와 진이 아기 때부터 자라는 것을 지켜봐온 제프는 인격을 잃어가고 있었고 시간이 지나면서 점점 부모의 눈앞에서 전혀 다른 존재가 되어갔다. 그러나 제프는 종종 늘 하던 것처럼 부모에게 말을 했으며, 마치 지금의 상황을 모르는 것처럼 자기 장난감이나 친구들에 대해 이야기하기도 했다. 그러나 대부분의 경우 제프는 부모를 보지 않았으며, 그들이 있다는 사실조차 의식하지 못하는 듯했다. 제프는 더 이상 잠을 자지 않았다. 그러나 부모는 마지막 남은 몇 시간을 가능한 한 낭비하지 않으려는 강렬한 욕구를 가지고 있었지만 잠을 잘 수밖에 없었다.

제프는 제니퍼 앤과는 달리 물리적 물체들에 대해 비정상적인 힘을 가지고 있는 것 같지는 않았다. 이미 부분적으로는 성장했기 때문에 그런 힘이 덜 필요한 것인지도 모른다. 제프가 기묘한 것은 전적으로 그의 정신세계 때문이었다. 이제 꿈은 그 정신세계의 일부분일 뿐이었다. 제프는 마치 아무도 들을 수 없는 소리에 귀를 기울이듯, 눈을 꼭 감고 몇 시간이나 가만히 있곤 했다. 제프의 정신 속으로 엄청난 양의 지식이 흘러들고 있었다. 어딘가에서, 또는 어느때인가로부터, 그 지식은 곧 한때 제프리 앵거스 그렉슨이었던 반쯤 형성된 생물을 집어 삼켜버릴 터였다.

그리고 페이는 어리둥절한 눈으로 제프를 지켜보며, 자기 주인이 어디로 갔다 언제 돌아올지 궁금해하고 있었다.

제프와 제니퍼 앤은 온 세상을 통틀어 최초의 존재였다. 그러나 곧 그들과 같은 존재들이 생겨날 터였다. 여기저기로 쏜살같이 퍼지는 전염병처럼, 이 변형은 전 인류를 감염시키고 있었다. 이 변형은 열 살 이상의 사람에게는 거의 일어나지 않았는데, 그 밑의 아이들은 거의 피할 수가 없었다.

이것은 문명의 종말, 태초 이후 인간이 이룩해온 모든 것의 종말이었다. 불과 며칠 사이에 인류는 미래를 잃었다. 자기 자식들이 떠날 때, 모든 종족의 마음은 부서져버렸고, 생존하고자 하는 의지도 완전히 박살나버렸기 때문이다.

1세기 전이라면 공황이라도 일어났겠지만, 지금은 공황도 발생하지 않았다. 세상은 멍한 상태였으며, 대도시들은 잠잠하고 고요했다. 오직 핵심 산업만이 그 기능을 유지하고 있었다. 마치 행성 전체가 애도를 하며, 이제는 결코 이룰 수 없는 모든 것 때문에 탄식하는 것 같았다.

그리고 그때 캐렐런은, 이제는 잊혀진 시대에 그랬듯이 마지막으로 다시 한 번 인류에게 연설을 했다.

20

수많은 라디오에서 캐렐런의 목소리가 흘러 나왔다. "지구에서의 나의 일은 이제 거의 다 끝났습니다. 백여 년의 세월이 흐른 지금 드디어 나는 나의 임무가 무엇이었는지를 여러분에게 말씀드릴 수 있습니다.

우리가 우리의 모습을 오랫동안 숨겨왔던 것처럼 우리는 여러분에게 많은 것을 감추고 말하지 않았습니다. 여러분 가운데 몇몇은 우리가 그렇게 감출 필요가 없었다고 생각했다는 것을 나도 알고 있습니다. 여러분은 우리 존재에 익숙해졌습니다. 여러분은 이제 여러분의 조상들이 우리의 모습을 보고 어떤 반응을 보였을지 상상하지 않습니다. 그리고 여러분은 적어도 우리가 비밀을 유지한 목적을 이해하며, 우리에게 그럴 만한 이유가 있다는 것도 알고 있습니다.

우리가 여러분에게 알리지 않은 가장 큰 비밀은, 우리가 지구에 온 목적입니다. 여러분이 그렇게 끝없이 추측을 해왔던 목적 말입니다. 우리는 지금까지 그것을 여러분에게 알릴 수가 없었습니다. 그 비밀을 밝히는 것은 우리의 권한 밖의 일이기 때문입니다.

우리는 1백 년 전 여러분의 세계에 와서 여러분을 파멸로부터 구했습니다. 그 사실을 아무도 부인하지 못할 거라고 생각합니다. 하지만 그 자기 파멸이 어떤 것이었는지, 여러분은 전혀 짐작하지 못하고 있습니다.

우리가 핵무기를 비롯해, 여러분이 무기고에 쌓아두고 있던 위험한 장난감들을 사용할 수 없게 금지시켰기 때문에 물리적 소멸의 위험은 제거되었습니다. 여러분은 그것이 유일한 위험이라고 생각했습니다. 우리도 여러분이 그렇게 믿기를 바랐지만, 그건 전혀 사실이 아니었습니다. 여러분에게 닥친 가장 큰 위험은 전혀 성격이 다른 것이었습니다. 그리고 그것은 단지 여러분 종족에게만 관련된 것은 아닙니다.

많은 세계가 원자력의 교차로에 이르렀으나, 그 재난을 피했고, 이어 평화롭고 행복한 문명을 건설했습니다. 하지만 그러고 나서 그들은 자신들이 전혀 모르고 있던 힘에 의해 완전히 파괴되었습니다. 20세기에 여러분은 처음으로 그 힘들을 가지고 결코 가볍지 않은 장난을 치기 시작했습니다. 그래서 우리가 움직여야 했습니다.

20세기 내내 인류는 그 심연을 향해 천천히 다가가고 있었습니다. 그런 심연이 있다는 것도 전혀 모르면서 말입니다. 그 심연을 건너는 다리는 하나뿐입니다. 외부의 지원 없이 그 다리를 발견한 종족은 거의 없습니다. 어떤 종족들은 아직 시간이 남았는데도 등을 돌려버려 위험과 성취 모두를 피해버리고 말았습니다. 그들의 세계는 천국의 섬처럼 노력 없는 내용물을 가지게 되긴 했지만, 우주의 역사에서 더 이상 아무런 역할을 맡지 못했습니다. 여러분의 운명, 또는 여러분의 행운은 절대 그런 것이 될 수 없었습니다. 여러분 종족은 그러기에는 너무 활달했습니다. 따라서 여러분은 파멸로 뛰어들면서 다른 종족들까지도 데리고 갈 터였습니다. 여러분 스스로는 절대 다리를 발견할 수 없었을 테니까.

안됐지만 지금부터 내가 하는 말 대부분은 그런 비유를 통해야만 합니다. 여러분이 내가 말하고 싶은 많은 것들에 대한 단어나 개념을 가지고 있지 않기 때문이고 또한 그것들에 대한 우리 자신의 지식 또한 슬프게도 불완전하기 때문입니다.

그것을 이해하기 위해, 여러분은 과거로 돌아가, 여러분의 조상들이 익숙하게 여기던 많은 것들, 그러나 사실 우리가 의도적으로 잊어버리게 만들었던 그 많은 것들을 기억해내야 합니다. 우리가 그렇게 한 것은 우리가 여기 머물기 위해서는 여러분이 직면할 준비가 되어 있지 않은 진실을 감추어야만 했기 때문입니다.

우리가 오기 전 수백 년 동안 지구의 과학자들은 물리적 세계의 비밀을 발견하고, 여러분을 증기 에너지의 시대에서 원자 에너지의 시대로 이끌어갔습니다. 여러분은 미신을 물리쳤습니다. 과학이 인류의 유일한 종교가 되었습니다. 그것은 소수의 서양인이 나머지 인류에게 준 선물이었지만 다른 모든 신앙들을 파괴해버렸습니다. 우리가 왔을 때는 아직 존재하고 있던 신앙들도 죽어가는 중이었습니다. 여러분은 과학이 모든 것을 설명할 수 있다고 믿고 있습니다. 과학의 영역 내로 들어올 수 없는 힘은 없고, 과학이 궁극적으로 설명할 수 없는 사건들은 없다고 믿고 있습니다. 우주의 기원은 영원히 알지 못할 수도 있지만, 그 이후 생겨났던 모든 것은 물리학의 법칙에 복종한다고 여겼습니다.

그러나 여러분들 가운데 신비주의자들은 비록 미망에 빠지긴 했지만, 진실의 일부를 보았습니다. 정신의 힘이란 것이 존재하고, 또 정신을 넘어선 힘 역시 존재하는데, 여러분의 과학은 그 자체의 틀을 완전히 박살내지 않고는 그것을 절대로 그 틀 안에서 설명할 수가 없었습니다. 오랜 시대에 걸쳐 이상한 현상들에 대한 헤아릴 수 없이 많은 이야기가 있었습니다. 소리의 요정, 텔레파시, 예지 등 이런 것들은 여러분이 이름을 붙이기는 했지만 설명할 수는 없는 것들이었습니다. 처음에 과학은 그런 것들을 무시하고, 심지어 5천 년 동안 그런 현상에 대한 증언이 있었는데도, 그 존재를 부정하기까지 했습니다. 그러나 그런 현상들은 존재합니다. 그리고 우주에 대한 그 어떤 이론도 만일 그 이론을 완벽하게 만들려면 반드시 그런 현상까지 고려해야 합니다.

20세기 전반기에 여러분의 과학자들 가운데 소수는 그런 문제들을 연구하기 시작했습니다. 그들 자신은 모르고 있었지만 그들은 사실 판도라의 상자에 달려 있는 자물쇠를 만지작거렸던 것입니다. 그 과학자들이 밝혀낼 수 있었던 힘은 원자력이 가져올 위험을 훨씬 능가하는 것이었습니다. 물리학자들은 기껏해야 지구나 파멸시킬 수 있지만, 초심리 물리학자들은 다른 별들에도 재난을 가져올 수 있기 때문입니다.

그것은 있어서는 안 될 일이었습니다. 나는 여러분이 보여주던 위험의 전체적인 성격을 설명할 수는 없습니다. 그것은 우리에게는 위협이 되지 않을 수도 있었고, 따라서 우리가 그것을 파악하기는 어렵습니다. 하지만 예를 들어 여러분이 텔레파시 암이란 것에 걸렸다고 해봅시다. 이 악성 정신은 그 불가피한 해체 속에서 다른 더 위대한 정신들도 오염시킬 것입니다.

그래서 우리가 지구로 온 것입니다. 보내진 것입니다. 우리는 여러분의 문화 발전에는 그다지 제약을 두지 않았지만 초자연적인 현상에 대한 모든 진지한 연구에는 제동을 걸었습니다. 나는 그 과정에서 우리 두 문명 사이의 차이로 인해 다른 형태의 창조적인 성취에도 제동을 걸게 되었다는 것을 잘 알고 있습니다. 그러나 그것은 과정에 따른 부작용일 뿐, 그리 중요한 게 아닙니다.

이제 나는 여러분에게 여러분이 놀랄 만한, 어쩌면 거의 믿지 못할 수도 있는 이야기를 해드리겠습니다. 여러분이 가진 모든 잠재력, 모든 숨은 힘들을 우리는 소유하고 있지도, 이해하지도 못합니다. 우리 지능은 여러분의 지능보다 훨씬 더 높지만, 여러분의 정신에는 우리가 도저히 이해하지 못할 뭔가가 있습니다. 우리는 지구에 온 후로 줄곧 여러분을 연구해왔습니다. 우리는 많은 것을 배웠으며, 앞으로 더 많이 배울 것입니다. 그러나 그렇게 하더라도 우리가 모든 진실을 빠짐없이 밝혀낼 수 있을지는 의문입니다.

우리 두 종족은 많은 공통점을 가지고 있습니다. 그래서 우리가 이 일을 맡도록 선택된 것입니다. 그러나 다른 점에서 보자면, 우리는 각각 두 가지 서로 다른 진화의 끝을 대표하고 있습니다. 우리의 정신은 그 발전의 끝에 이르렀습니다. 여러분이 현재의 형태로 발전의 끝에 이른 것과 마찬가지입니다. 그러나 여러분은 다음 단계로 도약할 수가 있습니다. 그리고 바로 거기에 우리 두 종족의 차이가 있습니다. 우리의 잠재력은 소진되었지만, 여러분의 잠재력은 아직 이용되지 않았습니다. 그 잠재력은 우리가 이해할 수 없는 방식으로 내가 아까 말한 힘들과 연결되어 있습니다. 지금 여러분 세계에서 깨어나고 있는 힘 말입니다.

우리는 그런 힘들이 발전하는 동안 시간을 붙잡아두었고, 여러분이 대기하도록 만들었습니다. 그 힘들이 그것을 위해 준비되고 있던 통로들로 흘러들어오기까지 말입니다. 우리가 여러분의 행성을 개선하기 위해서, 여러분의 생활수준을 높이기 위해서, 정의와 평화를 가져오기 위해서 한 일들, 그런 일들은 우리가 여러분 일에 개입하게 되었을 때 반드시 했어야 할 일들입니다. 그러나 그 거대한 변화는 여러분의 관심을 진실로부터 다른 곳으로 돌리게 만들었고, 따라서 우리의 목적은 달성되었습니다.

우리는 여러분의 수호자입니다. 하지만 더 이상 그렇지는 않습니다. 여러분은 우리 종족이 우주에서 어떤 위치를 차지하고 있는지 종종 궁금해했을 것입니다. 우리가 여러분 위에 있듯이, 우리 위에도 뭔가가 있으며, 그것은 자신의 목적을 위해 우리를 부리고 있습니다. 우리는 오랜 세월 동안 그것의 도구였고 또 감히 복종하지 않을 생각은 하지도 못 했지만, 우리도 그것이 무엇인지는 밝혀내지 못했습니다. 우리는 매번 명령을 받아, 문명의 개화기에 있는 어떤 세계로 갔고, 그곳에서 그 종족을 우리는 결코 갈 수 없는 길로 인도해주었습니다. 그것이 바로 지금 여러분이 가고 있는 길입니다.

우리는 되풀이하여 우리가 양육의 임무를 띠고 파견된 곳의 진화의 과정을 연구했습니다. 우리의 한계를 벗어날 방법을 배울 수도 있을 거라는 희망에서 말입니다. 그러나 우리는 진실의 모호한 윤곽만을 잠깐 보았을 뿐입니다. 여러분은 그 말이 가진 아이러니도 모른 채 우리를 오버로드라고 부릅니다. 그렇다면 우리 위에 있는 존재는, 도예가가 물레를 사용하듯 우리를 사용하고 있는 존재는 오버마인드라고 부를 수 있을 것입니다.

그리고 여러분 종족은 그 물레에서 빚어지고 있는 진흙입니다.

이론에 불과할 뿐이지만, 우리는 오버마인드가 성장하려 하고 있다고, 자신의 힘과 우주에 대한 지식을 확장하려 하고 있다고 믿고 있습니다. 지금 그 오버마인드는 많은 종족들의 총합임에 틀림없으며, 오래전 오버마인드는 물질의 정복을 끝냈습니다. 오버마인드는 전 우주의 지성체를 감지하고 있습니다. 오버마인드는 여러분이 거의 준비가 되었다는 것을 알고, 우리에게 명령을 내려 우리를 이곳으로 보내 여러분이 당면한 변화에 순응할 수 있도록 준비하게 했습니다.

여러분 종족이 알고 있는 이전의 모든 변화가 일어나는 데는 헤아릴 수 없이 많은 세월이 필요했습니다. 그러나 지금 일어나는 것은 육체의 변화가 아니라 정신의 변화입니다. 진화의 기준에서 보자면 이것은 격변이라 할 수 있습니다. 그 변화는 이미 시작되었습니다. 여러분은 여러분이 호모 사피엔스 최후의 세대라는 사실을 직시해야 합니다.

그 변화의 성격에 대해서는 말씀드릴 수 있는 게 거의 없습니다. 우리는 어떻게 그런 변화가 일어나는지 모릅니다. 오버마인드가 때가 무르익었다고 판단하게 되는 계기를 모릅니다. 우리가 발견한 것은 그것이 단 하나의 개인에서 시작되고 또 그것은 항상 아이였다는 것입니다. 그리고 난 다음에는 포화 용액에서 첫 핵 주위에 결정이 형성되는 것처럼 그 변화가 폭발적으로 번져 나간다는 것입니다. 어른들은 영향을 받지 않을 것입니다. 그들의 정신은 이미 바꿀 수 없는 틀에 맞추어져 있기 때문입니다.

몇 년이 지나면 이 변화는 끝날 것이고, 인류는 둘로 나뉠 것입니다. 다시 돌아갈 길은 없으며, 여러분이 아는 세계에는 미래가 없습니다. 이제 여러분 종족의 희망과 꿈은 끝났습니다. 여러분은 후계자를 낳았습니다. 하지만 여러분이 자신의 후계자를 전혀 이해하지 못한다는 것, 심지어 그들과 결코 의사소통할 수 없다는 것은 비극입니다. 사실 그들은 여러분이 정신이라고 알고 있는 정신을 소유하지는 않을 것입니다. 여러분 자신이 수많은 세포의 총합이듯이, 그들은 단 하나의 실체가 될 것입니다. 여러분은 그들이 인간이라고 생각하지 못할 것이며 또 그것은 맞습니다.

내가 이런 말을 하는 것은, 여러분이 여러분 앞에 놓인 미래를 알아야 하기 때문입니다. 몇 시간 뒤면 위기가 닥칠 것입니다. 이제 내 과제와 의무는 내가 이곳에 파견될 때 수호해야 할 임무를 띠고 온 자들을 보호하는 것입니다. 그들의 힘이 깨어나고 있지만, 그들은 그들 주위의 다수에 의해 죽임을 당할 수도 있습니다. 그렇습니다, 부모들이 진실을 알게 되면 부모가 자식을 죽일 수도 있습니다. 나는 그들을 보호하고 또 여러분을 보호하기 위해, 그들을 데리고 가 고립시켜야 합니다. 내일 내 우주선들이 작전을 시작할 것입니다. 여러분이 간섭하려 한다 해도 여러분을 비난할 수는 없지만 어쨌든 소용은 없을 것입니다. 지금 나의 힘보다 더 큰 힘들이 깨어나고 있습니다. 나는 그들의 도구들 가운데 하나일 뿐입니다.

그러면 그 목적이 달성되었을 때 여러분, 즉 생존자들을 어떻게 해야 할 것인가? 아마도 여러분을 죽이는 것이 가장 단순하고 가장 자비로운 일일 것입니다. 여러분들이 자신이 사랑하는 애완동물이 치명상을 입었을 때 안락사를 시키듯이 말입니다. 하지만 나는 그렇게 할 수 없습니다. 여러분의 미래는 남은 시간 동안 여러분 스스로 선택하는 것입니다. 그러나 나는 여러분이 인류가 그래도 헛되이 살지는 않았다는 것을 느끼고 평화롭게 안식을 취하는 것을 권하겠습니다.

여러분이 세상에 내놓은 것은 완전히 낯선 존재이며, 그 존재는 여러분의 바람과 희망을 전혀 공유하지 않을 수도 있고, 여러분의 가장 위대한 업적을 애들 장난감으로 여길 수도 있습니다. 하지만 그 존재는 뭔가 멋진 것이며, 여러분이 창조한 것입니다.

우리 종족이 잊혀졌을 때, 여러분 종족 가운데 일부는 여전히 존재하고 있을 것입니다. 따라서 우리가 할 수밖에 없었던 일을 가지고 우리를 비난하지 말아주십시오. 그리고 이 점을 기억해 주십시오. 우리는 늘 여러분을 부러워했다는 것을……."

21

진은 전에는 울었지만 지금은 울지 않았다. 섬은 무정하고 냉담한 햇빛 속에 금빛으로 빛나고 있었다. 우주선이 뉴 스파르타의 쌍둥이 산 꼭대기 위로 천천히 모습을 드러냈다. 얼마 전 그 바위 많은 섬에서, 진의 아들은 이제는 진이 너무나 잘 이해할 수 있는 기적 덕분에 죽음을 피했다. 진은 때로는 오버로드들이 옆으로 비켜서서 제프를 자기 운명에 맡겨두었더라면 더 낫지 않았을까 하는 생각을 하기도 했다. 죽음이란 진이 전에도 대면했듯이 지금도 또 대면할 수 있는 것이었다. 그것은 사물의 자연스러운 질서였다. 그러나 지금 벌어지는 일은 죽음보다 더 이상했다. 그리고 더 종말에 가까웠다. 지금까지 인간들은 죽었지만, 그래도 종족은 계속되었다.

아이들은 소리도 움직임도 없었다. 아이들은 모래밭을 따라

뿔뿔이 흩어진 조그만 집단들을 형성하고 있었다. 그들은 자기들이 영원히 떠나게 되는 고향에 대해서 관심을 보이지 않듯 서로에 대해서도 관심을 보이지 않았다. 많은 아이들이 너무 어려 걸을 수가 없거나 또는 걷지 않아도 되는 힘을 행사하고 싶어 하지 않는 아기들을 업고 있었다. 조지는 생각했다. 저 아이들이 살아 있지 않은 물체를 움직일 수 있다면, 틀림없이 자기 몸도 움직일 수 있을 거야. 그런데 왜 오버로드의 우주선이 아이들을 다 모으는 걸까?

그것은 중요하지 않았다. 아이들은 떠나고 있었다. 이것은 아이들이 가겠다고 선택한 길이었다. 순간 조지는 자신의 기억을 괴롭히고 있던 것이 무엇인지 깨달았다. 오래전, 어딘가에서, 조지는 그런 대탈출에 대한 백 년 전의 뉴스 필름을 본 적이 있었다. 제1차 세계대전, 또는 제2차 세계대전이 시작될 무렵이 분명했다. 기차들이 길게 줄지어 서 있었고, 기차 안에는 아이들이 가득 타고 있었다. 기차는 위험에 빠진 도시를 천천히 벗어나고 있었다. 아이들은 부모들을 뒤에 두고 떠나고 있었다. 아이들 가운데 많은 수가 다시는 부모들을 보지 못할 운명이었다. 우는 아이들은 거의 없었다. 어떤 아이들은 어리둥절한 표정으로, 조그만 가방을 지나치게 꽉 움켜쥐고 있었다. 그러나 대부분의 아이들은 미지의 모험을 열렬하게 고대하는 것처럼 보였다.

그러나 그 비유는 잘못된 것이었다. 역사는 결코 되풀이되지 않았다. 지금 떠나는 아이들은 아이들이 아니었다. 뭐라고 불러야 할지는 모르겠지만. 그리고 이번에는 재회라는 것이 없을 터였다.

우주선은 바다의 가장자리를 따라 낮게 날아오다가, 부드러운 모래 위에 내려앉았다. 곡선을 이룬 거대한 패널들이 완벽하게 일치된 동작으로 위로 미끄러져 올라가더니, 다리들이 금속 혀처럼 해변을 향해 뻗어 나왔다. 흩어져 있던, 형언할 수 없을 정도로 외롭게 보이는 형체들이 모여들기 시작하더니 무리를 이루어 인간의 군중이 그러는 것처럼 정확하게 움직이기 시작했다.

'외롭다? 왜 내가 그런 생각을 했을까?' 조지는 궁금했다. '외로움이야말로 저 아이들이 두 번 다시 느끼지 못하는 감정일 텐데.' 오직 개인들만이 외로울 수 있었다. 오직 인간들만이. 마침내 장벽들이 내려졌을 때, 외로움은 인격이 사라지듯 사라져버릴 터였다. 헤아릴 수 없이 많은 빗방울들이 바다로 합쳐지듯이.

조지는 자신의 손을 잡은 진의 손에 힘이 들어가는 것을 느꼈다. 갑자기 마음이 격동하는 모양이었다.

진이 작은 소리로 말했다. "저기 봐요. 제프가 보여요. 두 번째 문에."

아주 멀리 떨어져 있었기 때문에, 자신 있게 말할 수는 없었다. 게다가 조지의 눈에는 안개가 서려 있었기 때문에, 더 보기가 힘들었다. 그러나 그것은 제프였다. 그건 자신할 수 있었다. 조지는 이제 아들의 모습을 알아볼 수 있었다. 제프는 벌써 한 발을 금속 다리에 올려놓고 있었다.

제프가 고개를 돌리더니 뒤를 돌아보았다. 제프의 얼굴은 하얗게 번진 자국으로만 보일 뿐이었다. 이런 먼 거리에서는, 그 얼굴에 뭘 알아보는 표시가 나타나 있는지, 자기가 두고 떠나는 모든 것을 조금이라도 기억하는 표시가 나타나 있는지 알 수가 없었다. 또한 조지는 제프가 순전히 우연히 그들 쪽을 바라본 것인지, 아니면 제프가 여전히 그들의 아들인 그 마지막 순간에 부모들이 멀리 서서 그들은 절대 들어갈 수 없는 땅으로 자신이 들어가는 모습을 지켜보고 있다는 것을 아는 것인지 알 수가 없었다.

커다란 문들이 닫히기 시작했다. 그 순간 페이가 주둥이를 들어 올리더니 낮고 고독한 신음을 토했다. 페이는 아름답고 맑은 눈으로 조지를 바라보았다. 조지는 페이가 주인을 잃었다는 것을 알았다. 이제 조지는 페이를 놓고 경쟁할 필요가 없었다.

남은 사람들에게는 많은 길이 있었지만, 목적지는 오직 하나 뿐이었다. 이렇게 말하는 사람들도 일부 있었다. "세상은 아직 아름답소. 언젠가는 이곳을 떠나야겠지만, 떠날 날을 굳이 앞당길 필요는 없지 않소?"

그러나 현재보다는 미래에 더 많은 것을 걸고 있던 사람들과 인생을 살아갈 가치가 있게 만드는 모든 것을 잃어버린 사람들은 머물고 싶어 하지 않았다. 그들은 자신의 성격에 따라 혼자 또는 친구들과 함께 떠났다.

그것은 뉴 아테네에서도 마찬가지였다. 그 섬은 불 속에서 태어났다. 그리고 불 속에서 죽는 쪽을 택했다. 떠나고 싶어 하는 사람들은 그렇게 했으나, 대부분은 남아서, 그들의 부서진 꿈의 잔해 속에서 종말을 맞이하고자 했다.

아무도 그때가 언제인지는 알지 못했다. 그러나 어느 고요한 날 밤 진은 잠을 깨, 천장으로부터 유령처럼 희미하게 빛나는 빛을 잠시 물끄러미 바라보았다. 이어 진은 손을 뻗어 조지의 손을 잡았다. 조지는 잠을 깊이 자는 사람이었다. 그러나 이번에는 즉시 깨어났다. 둘 다 말을 하지 않았다. 하고 싶은 말들은 존재하지 않았기 때문이다.

진은 이제 무섭지 않았다. 심지어 슬프지도 않았다. 진은 이제 감정을 극복하고 차분해져 있었다. 그러나 아직도 한 가지 해야 할 일이 있었다. 그리고 진은 이제 그것을 할 수 있는 시간이 얼마 남지 않았다는 것을 알았다.

조지 역시 아무 말 없이 진을 따라 고요한 집을 돌아다녔다. 그들은 스튜디오 지붕을 통해 들어오는 한 줄기 달빛을 가로질러, 그 달빛이 드리우는 그림자만큼이나 조용하게 움직여, 텅 빈 아이 방에 이르렀다.

아무것도 변한 게 없었다. 조지가 아주 꼼꼼하게 칠해놓은 형광 무늬들은 아직도 벽에서 빛을 발하고 있었다. 제니퍼 앤은 이제 미지의 낯선 존재로 변해버렸지만, 한때 제니퍼 앤의 것이었던 딸랑이는 제니퍼 앤이 떨어뜨린 그 자리에 그대로 남아 있었다.

'아기는 장난감들도 두고 갔구나.' 조지는 생각했다. '하지만 우리 것은 우리와 함께 가겠지.' 조지는 파라오의 자식들을 생각했다. '그 아이들의 인형과 구슬은 5천 년 전 아이들과 함께 묻혔어. 이제 다시 그렇게 될 테지. 그러나 미래의 어느 누구도 우리의 보물들을 사랑하지 않겠지. 우리는 그것들을 가지고 갈 것이고, 그것들과 함께할 거야.'

진이 천천히 조지를 돌아보았다. 진은 조지의 어깨에 얼굴을 묻었다. 조지는 진의 허리를 끌어안았다. 조지가 한때 가졌던 사랑이 다시 돌아왔다. 먼 언덕들 사이에서 울리는 메아리처럼 희미하지만 분명했다. 이제 와서 모든 게 진 때문이라고 말하는 것은 너무 늦었다. 지금 조지가 느끼는 후회도 자신이 진을 속이고 다른 여자를 사랑했다는 것에 대한 것이라기보다는, 과거 진에게 무관심했던 것에 대한 후회였다.

이어 진이 조용한 목소리로 말했다. "안녕, 여보." 진은 조지를 꼭 끌어안았다. 조지가 대답할 시간은 없었다. 그러나 마지막의 그 짧은 순간에도 조지는 진이 어떻게 그 순간이 왔다는 것을 알았을까 생각하며 놀랐다.

저 아래 바위 속에서, 우라늄 조각들이 빠른 속도로 함께 뭉치며, 이제까지 볼 수 없었던 결합을 이루고 있었다.

그리고 섬은 새벽을 맞이하기 위해 일어나고 있었다.

22

오버로드들의 우주선은 운석 꼬리와 같은 빛을 내며 용골자리
의 중심을 통과하여 미끄러져 나왔다. 우주선은 이제 외곽에 있
는 행성들 사이에서 급격히 속도를 줄이고 있었다. 그러나 화성
을 지나가면서는 여전히 빛의 속도로 운항한다는 것을 느낄 만
한 속도를 유지했다. 태양을 둘러싸고 있는 거대한 장들이 그 운
동량을 천천히 흡수해 들이는 동안, 1백만 킬로미터 뒤에서는
스타드라이브의 길을 잃은 에너지들이 천체를 불로 채색하고
있었다.

잰 로드릭스는 6개월의 나이를 먹고 집으로, 80년 전에 그가
떠나온 세상으로 돌아가는 중이었다.

이번에는 비밀 방에 숨은 밀항자가 아니었다. 잰은 세 명의 조
종사(도대체 왜 이렇게 많은 수가 필요할까? 잰은 궁금했다) 뒤

에 서서 통제실 중앙을 차지하고 있는 거대한 스크린에 나타났다 사라지는 무늬들을 지켜보고 있었다. 스크린에 드러나는 색깔과 형체들은 잰에게는 아무런 의미가 없었다. 잰은 그것이 인간이 설계한 우주선에서라면 여러 줄로 놓인 계기판에 표시될 정보들을 전달해주는 것이라고 추측했다. 때때로 스크린에는 주위를 둘러싼 별무리의 모습이 나타나기도 했다. 잰은 이제 곧 스크린에 지구가 비쳐질 것이라는 희망을 품게 되었다.

잰은 그가 지구를 탈출하기 위해 그렇게 노력했던 것이 겨우 얼마 전의 일이었는데도 다시 고향에 돌아가게 되자 너무나 기뻤다. 이 몇 달 동안 잰은 성장했다. 그는 아주 많은 것을 보았고, 아주 멀리까지 여행을 했고, 이제는 낯익은 세상을 그리워하고 있었다. 잰은 이제 왜 오버로드들이 지구인이 다른 별들로 가는 것을 봉쇄해왔는지 이해했다. 인류는 그가 본 외계의 문명에서 어떤 역할을 하기에는 아직도 가야 할 길이 멀었다.

잰은 받아들이고 싶지 않은 사실이었지만, 인류는 아직 열등한 종을 벗어나지 못하고, 오버로드들이 관리인으로 있는 외딴 동물원에 보내질 가능성도 있었다. 어쩌면 잰이 출발하기 직전 빈다르텐이 그에게 했던 모호한 경고가 그런 뜻인지도 모른다. 그 오버로드는 이렇게 말했다.

"그동안 당신 행성에서는 많은 일들이 일어났을 것이오. 당신이 그 세계를 다시 보았을 때는 너무나 낯선 세계가 되어 있을 수도 있소."

'그럴지도 모르지.' 잰은 생각했다. '80년은 긴 세월이니까.

비록 내가 젊고 적응력이 뛰어나긴 하지만, 그동안 일어난 일들을 이해하기 힘들 수는 있지.' 그러나 잰은 한 가지는 확신하고 있었다. 사람들이 그의 이야기를 듣고 싶어 하고 그가 잠깐 본 오버로드들의 문명에 대해 궁금해하리라는 것을 말이다.

오버로드들은 잰이 예상했던 대로, 잰을 잘 대접해주었다. 잰은 바깥 세계 여행에 대해 아무것도 모르고 있었다. 궤도에 진입하는 인젝션이 사그라지고 잰이 모습을 나타냈을 때, 우주선은 이미 오버로드 시스템으로 들어서 있었다. 잰은 숨어 있던 장소에서 나왔다. 다행히도 산소 장치는 필요 없었다. 공기는 밀도가 높고 무거웠지만, 어려움 없이 숨을 쉴 수 있었다. 잰은 우주선의 빨간 불이 켜진 거대한 요새에 있었다. 우주나 바다를 오가는 정기선에 있을 법한 헤아릴 수 없이 많은 여러 가지 화물과 장애물들이 있는 곳이었다. 잰이 통제실로 가는 길을 찾아 승무원들에게 자기소개를 하는 데는 거의 한 시간이 걸렸다.

잰은 그들이 놀라지 않는 것을 보고 어리둥절해했다. 잰도 오버로드들이 감정을 거의 드러내지 않는다는 것을 알았으나, 그래도 어떤 반응은 있을 것이라고 예상했다. 그러나 조종사들은 그냥 그들이 하던 일을 계속했다. 거대한 스크린을 지켜보며 계기판에 있는 수많은 키들을 누르고 있었다. 그제야 잰은 그들이 착륙중이라는 것을 알았다. 행성의 이미지가 스크린에 나타났기 때문이다. 그러나 우주선의 움직임이나 속도의 변화는 조금도 느끼지 못했다. 지구의 5분의 1정도로 판단되는 완벽하게 일정한 중력이 있을 뿐이었다. 우주선을 움직이는 거대한 힘들은 섬세할 정도로 정확하게 균형을 맞추고 있는 게 틀림없었다.

이윽고 세 명의 오버로드들이 동시에 자리에서 일어났다. 잰은 그것을 보고 여행이 끝났다는 것을 알았다. 그들은 승객에게나 서로에게나 아무런 말도 하지 않았다. 그 가운데 하나가 따라오라고 손짓을 했을 때, 잰은 미리 예상해야 했던 사실을 깨달았다. 캐렐런의 엄청나게 긴 보급 항로의 이쪽 끝에는 영어를 이해하는 존재가 하나도 없을 가능성이 있었다.

잰의 긴장된 눈앞에서 거대한 문이 열리는 동안, 그들은 엄숙한 얼굴로 그를 바라보고 있었다. 이것은 잰의 인생 가운데 최고의 순간이었다. 잰이 다른 태양이 비추는 세계를 처음으로 본 인간이 되는 순간이었다. NGS 549672의 루비빛이 우주선 안으로 밀려 들어왔다. 그리고 잰의 눈앞에 오버로드들의 행성이 펼쳐져 있었다.

'내가 무엇을 예상했던가?' 잰도 잘 몰랐다. 거대한 건물과 고층 건물들이 구름 위로 치솟아 있는 도시들, 상상을 초월한 기계들, 이런 것들이라면 잰은 놀라지 않았을 것이다. 그러나 잰이 본 것은 아무런 특색 없는 평원이었다. 평원은 부자연스러울 정도로 가까운 지평선까지 뻗어 있었으며, 그 안에 있는 것은 몇 킬로미터 떨어진 곳에 있는 오버로드들의 우주선 세 척이 전부였다.

잠시 잰은 엄청난 실망감이 솟아오르는 것을 느꼈다. 이어 그는 어깨를 으쓱했다. '어차피 우주 공항은 이렇게 주민이 살지 않는 외지에 건설될 수도 있는 것 아닌가.'

잰이 견디지 못할 정도는 아니었지만 추웠다. 지평선으로 내려가 있는 거대한 붉은 태양에서 나오는 빛은 인간의 눈에도 충분하기는 했지만, 잰은 오래지 않아 자신이 녹색과 파란색을 그리워할 거라는 생각이 들었다. 순간 잰은 거대하면서도 아주 얇은 초승달이 태양 옆에 놓인 커다란 활처럼 하늘을 올라가고 있는 것을 보았다. 잰은 그것을 오랫동안 바라보다가, 자신의 여행이 아직 완전히 끝나지 않았다는 것을 알았다. '저것이 오버로드들의 세계야. 여기는 위성이야. 우주선들이 작동하는 기지일 뿐이야.'

 그들은 잰을 데리고 평원을 가로질러, 지구의 비행기만한 우주선으로 데리고 들어갔다. 잰은 피그미가 된 듯한 느낌을 받으며, 커다란 의자 한 곳에 기어올라, 창밖으로 다가오는 행성을 구경하려고 했다.

 속도가 너무 빨라 밑에서 점점 커져가는 행성의 세부적인 모습은 거의 관찰할 수 없었다. 오버로드들은 이렇게 고향에 가까운 곳에서도 변형된 형태의 스타드라이브를 이용하는 모양이었다. 몇 분 지나지 않아서 우주선은 벌써 구름 한 점 없는 대기 속으로 진입했다. 문이 열렸을 때, 그들은 천장이 둥근 방에 들어서 있었다. 우주선이 들어서자마자 지붕이 닫혀버린 게 분명했다. 머리 위로 달리 입구가 보이지 않았기 때문이다.

 이틀이 지나서야 잰은 그 건물을 떠나게 되었다. 잰은 예기치 않은 화물이었기 때문에 달리 둘 데가 없었던 것이다. 설상가상으로, 영어를 이해하는 오버로드는 하나도 없었다. 의사소통은 거의 불가능했다. 잰은 씁쓸한 마음으로 외계 종족과의 접촉이 소설에서 종종 묘사되는 것처럼 그렇게 쉬운 일이 아니라는 것을 깨달았다. 특히 몸짓 언어는 별다른 소용이 없었다. 그런 언어는 손짓과 표정과 태도와 같은 것들에 의존하고 있었는데, 오버로드와 인류는 그런 점에서 거의 공통점이 없었기 때문이다.

'영어를 이해하는 오버로드들이 모두 지구에 있는 거라면 이건 여간 실망스러운 게 아닌데'라고 잰은 생각했다. 그러나 그로서는 최선을 바라며 기다릴 수밖에 없었다. '틀림없이 어떤 과학자, 외계 인종에 대한 어떤 전문가들이 와서 날 책임져주겠지! 아니면 난 너무나 하찮은 존재이기 때문에 귀찮아서 아무도 그런 일을 해주지 않으려나?'

잰으로서는 건물 밖으로 나갈 방도가 없었다. 거대한 문들은 눈에 보이는 통제 장치를 가지고 있지 않았기 때문이다. 오버로드가 다가갔을 때는 그냥 열렸다. 잰도 똑같이 해보았다. 문을 통제하는 광선이 있을 만한 곳에 물건들을 높이 던져보기도 했다. 그 외에도 상상할 수 있는 모든 방법을 동원해보았다. 그러나 아무런 소용이 없었다. 잰은 현대 도시나 건물에서 길을 잃은 석기 시대 사람도 똑같은 무력감에 빠질 거라고 생각했다. 오버로드 하나가 나갈 때 같이 나가려고도 해보았으나, 오버로드는 부드러운 동작으로 잰이 밖에 나가지 못하도록 제지했다. 잰은 이곳의 주인들을 화나게 할 생각은 추호도 없었으므로 더 이상 고집을 부리지 않았다.

잰이 절망 상태에 빠지기 시작했을 때쯤 빈다르텐이 왔다. 이 오버로드는 아주 형편없는 영어를 했고, 그것도 너무 빠르게 했으나 곧 놀라운 속도로 실력이 향상되었다. 며칠이 지나자 둘은 전문 용어가 필요하지 않은 주제에 대해서는 거의 아무런 문제 없이 함께 이야기할 수 있게 되었다.

일단 빈다르텐이 잰을 책임지게 되자, 잰은 더 이상 걱정할게 없었다. 반면 잰은 하고 싶은 일을 할 기회를 가지지 못했다. 복잡한 도구들을 가지고 모호한 실험을 하려고 열심인 오버로드 과학자들을 만나는 데 대부분의 시간을 보내야 했기 때문이다. 잰은 이런 기계들을 매우 조심하게 되었다. 어떤 최면 장치가 쓰인 검사가 끝나자 몇 시간 동안 머리가 깨질 듯한 두통으로 고생했기 때문이다. 그은 얼마든지 협조할 마음이었으나, 자신을 조사하는 사람들이 잰의 정신적, 신체적 한계를 알고 있는지가 의심스러웠다. 사실 아주 오랜 시간이 흐른 뒤에야, 잰은 그들에게 자신이 규칙적으로 잠을 자야 한다는 것을 납득시킬 수 있었다.

이런 조사를 받는 사이사이에 잰은 잠깐씩 도시를 흘끔거릴 수 있었다. 잰은 자신이 이 도시를 여행한다는 것이 얼마나 어려운지 그리고 위험한지 깨달을 수 있었다. 거리란 것은 존재하지 않았다. 그리고 땅 위에는 운송 수단이 없는 것 같았다. 이곳은 날 수 있는 생물, 중력을 두려워하지 않는 생물의 고향이었다. 잰은 갑자기 몇 백 미터 높이에서 떨어지게 될 수도 있었으며, 문이라고는 높은 벽에 뚫린 구멍밖에 없는 방에 들어가 있을 수도 있었다. 잰은 날개를 가진 종족의 심리는 땅 위에서 살아가는 생물의 심리와 근본적으로 다를 수밖에 없다는 것을 깨닫기 시작했다.

오버로드들이 도시의 탑 사이를 큰 새처럼 강하고 느린 박자에 맞추어 날아다니는 모습은 이상해 보였다. 여기에는 과학적인 문제가 있었다. 이곳은 큰 행성이었다. 지구보다 컸다. 그런데도 중력은 약했다. 잰은 또한 왜 대기의 밀도는 그렇게 높은지도 궁금해했다. 그는 빈다르텐에게 그 점에 대해 질문을 해보았다. 그 결과 반쯤은 예상했던 대로, 이곳이 오버로드들의 원래의 행성이 아니라는 것을 알게 되었다. 그들은 훨씬 더 작은 세계에서 진화를 했는데, 이 행성을 정복하여 그 대기뿐만 아니라 중력까지도 바꾸어버린 것이다.

오버로드들의 건축은 황량할 정도로 기능적이었다. 잰은 장식물 하나도 기능이 없는 것을 보지 못했다. 그 기능 자체가 그의 이해를 뛰어넘는 경우가 종종 있었지만 말이다. 만일 중세의 인간이 이 붉은빛으로 둘러싸인 도시를 보고 그 사이에서 활동하는 존재들을 보았더라면, 그는 틀림없이 자신이 지옥에 와 있다고 믿었을 것이다. 심지어 호기심 많고 이성과 과학을 존중하는 잰마저도 때때로 비이성적인 공포에 사로잡힐 때가 있었다. 낯익은 사물이 단 하나도 없다는 것은 제아무리 냉정하고 명석한 사람이라도 기가 죽게 만드는 것이었다.

그리고 잰이 이해하지 못하는 것과 동시에 빈다르텐이 설명하려고 시도할 수도 없고 시도하지도 않는 게 너무나 많았다. '저 번쩍이는 불빛들과 수시로 변하는 형체들은 무엇인가? 공기 사이로 너무 빠르게 깜빡거려 있는지 없는지도 잘 모르게 만드는 것은 무엇인가?' 그것들은 뭔가 엄청나고 경외감을 불러일으키는 것일 수도 있었고, 옛날 브로드웨이의 네온 표지판들처럼 장관이기는 하나 하찮은 것들일 수도 있었다.

잰은 또한 오버로드들의 세계가 자신은 들을 수 없는 소리들로 가득 차 있다는 것을 느꼈다. 이따금씩 복잡한 박자로 이루어진 소리들이 가청 영역으로 쏜살같이 들어왔다가 다시 가청 영역 위나 아래로 사라져버렸다. 빈다르텐은 잰이 음악이라고 하는 것이 무엇인지 이해하지 못하는 것 같았다. 그래서 이 문제를 잰이 만족할 만하게 풀어주지 못했다.

도시는 별로 크지 않았다. 전성기의 런던이나 뉴욕에 비해 규모가 훨씬 작은 듯했다. 빈다르텐의 말에 따르면, 행성 전체에 그런 도시가 수천 개 흩어져 있으며, 각 도시는 각각의 특정한 용도에 따라 설계되었다고 했다. 지구에서 이런 도시들과 가장 유사한 곳은 아마 대학 도시일 터였다. 이곳이 훨씬 전문화되어 있다는 것만 제외하면 말이다. 잰은 곧 자기가 있는 도시 전체가 외계 문화 연구를 위해 만들어진 곳이란 것을 깨닫게 되었다.

빈다르텐이 처음 잰이 머물고 있던 작은 방 바깥으로 잰을 데리고 나간 곳은 박물관이었다. 잰은 어떤 장소인지 알 수 있는 곳에 오자 마음속으로 그토록 갈구했던 무언가가 끓어오르는 것을 느낄 수 있었다. 그 규모의 차이만 제외하면, 이 박물관은 지구에 있는 것과 비슷했다. 빈다르텐과 잰은 오랜 시간을 허비한 후에야 박물관에 도착할 수 있었다. 끝을 알 수 없는 수직 실린더 속을 피스톤처럼 움직이는 커다란 플랫폼을 타고 계속 밑으로 내려갔다. 눈에 보이는 통제 장치는 없었다. 하강이 시작될 때와 끝날 때의 속도는 확연히 차이가 났다. 오버로드들은 자기 땅에서는 구태여 장을 보상해주는 장치를 낭비하지 않는 모양이었다. 잰은 이 세계의 지하가 끝까지 다 파여 있는 게 아닌가 하는 생각이 들었다. '왜 이들은 바깥으로 나가는 대신 지하로 내려가 도시의 크기를 제한한 것일까?' 그것 역시 잰이 절대 풀지 못한 수수께끼 가운데 하나였다.

잰이 박물관의 그 거대한 방들을 다 탐험하는 데는 평생이 걸려도 시간이 모자랄 듯했다. 그곳에는 각 행성들로부터 약탈해 온 것이 있었으며, 잰이 도저히 추측도 할 수 없는 문명의 성취물들이 있었다. 그러나 많은 것을 볼 시간은 없었다. 빈다르텐은 조심스럽게 처음에는 장식 무늬처럼 보이던 바닥의 띠 위에 잰을 올려주었다. 순간 잰은 이곳에는 장식물이라는 것이 없다는 것을 다시 한 번 깨달았다. 동시에 눈에 보이지 않는 어떤 것이 그를 잡아 빠른 속도로 앞으로 보내주었다. 잰은 거대한 진열장과 상상할 수 없는 세계들을 볼 수 있는 전망대를 시속 20킬로미터에서 30킬로미터의 속도로 통과했다.

오버로드들은 박물관을 관람할 때 피로가 쌓이는 문제를 해결한 셈이었다. 여기서는 아무도 걸어 다닐 필요가 없었다.

몇 킬로미터나 움직였을까, 잰의 안내자가 다시 잰을 잡더니, 커다란 날개를 펼쳐 날아오르며 잰을 들어올렸다. 그들 앞에는 반쯤 전시물이 차 있는 거대한 홀이 있었다. 그 홀에는 잰이 지구를 떠난 이후로 보지 못했던 익숙한 빛이 넘실거리고 있었다.

희미했기 때문에 오버로드들의 예민한 눈에도 고통을 주지 않을 정도였지만, 틀림없이 햇빛이었다. 잰은 이전에는 이렇게 단순하고 흔한 것이, 마음속에서 그렇게 강한 갈망을 불러일으킬 줄은 생각도 못 했다.

이곳은 바로 지구 전시관이었다. 그들은 몇 분 동안 걸으며, 도시 파리의 아름다운 모형을 지나갔고, 십여 세기의 보물 예술품들이 어울리지 않게 한 군데에 뒤섞여 쌓인 곳을 지나갔고, 현대적인 계산기와 구석기 시대의 도끼들을 지나갔고, 텔레비전 수상기와 '아에올리스의 공'*을 지나갔다. 그들은 곧 커다란 문 앞에 다다랐고 지구관 담당 큐레이터의 사무실로 들어갔다.

'처음으로 인간을 보게 되는 것일까?' 잰은 궁금해졌다. '이 큐레이터는 지구에 갔다 온 것일까, 아니면 그에게 지구란 그 정확한 위치도 모르는 채 책임지고 있는 많은 행성들 가운데 하나에 불과한 것일까?' 물론 그는 영어를 할 줄도 몰랐고 이해하지도 못했다. 빈다르텐이 통역을 해주어야 했다.

잰은 이곳에서 몇 시간을 보내며, 오버로드들이 지구의 다양한 물체들을 그에게 보여주는 동안 녹음 장치에 대고 이야기를 했다. 잰은 부끄럽게도 그들이 보여주는 물건 가운데 많은 것들이 무엇인지를 알지 못했다. 자신의 종족에 대한 그리고 오버로드들의 성취에 대한 자신의 무지는 엄청난 것이었다. 잰은 궁금해졌다. '오버로드들이 제아무리 지능이 높다지만, 정말로 인간

*고대 그리스의 기하학자이자 발명가인 헤론(Heron)이 설계했다고 하는 최초의 증기기관.

의 모든 문화를 완벽하게 양식화해 포착할 수 있을까?'

빈다르텐은 잰을 데리고 다른 길을 통해 박물관에서 빠져나왔다. 다시 한 번 그들은 편안하게 둥둥 떠서 둥근 천장이 있는 커다란 회랑들을 통과해갔다. 그러나 이번에는 문화의 창조물이 아니라 자연의 창조물들 사이를 지나갔다. 잰은 생각했다. '설리번 교수가 이곳에 올 수만 있다면 목숨이라도 내놓았을 텐데. 수많은 세계에서 진화가 이룩해놓은 경이를 볼 수만 있다면. 하지만 설리번 교수는 아마 죽었겠지…….'

순간 예고도 없이, 잰은 커다란 둥근 방 높은 곳에 있는 갤러리에 도착해 있었다. 아마 백 미터는 가로질렀을 것이다. 여느 것과 마찬가지로 이곳에도 보호 난간이 없었기 때문에, 잰은 가장자리로 가까이 다가가는 것을 망설였다. 그러나 빈다르텐은 가장자리에 서서 차분히 아래를 내려다보고 있었다. 그래서 잰도 조심스럽게 앞으로 가서 빈다르텐과 함께 섰다.

바닥은 불과 20미터 아래에 있었다. 너무나, 너무나 가까웠다. 나중에, 잰은 자신의 안내자가 자신을 놀라게 할 의도는 전혀 없었다는 것을 믿게 되었다. 사실 빈다르텐은 오히려 잰의 반응에 더 놀란 모습이었다. 어쨌든 잰은 이때 큰소리로 비명을 지르고 갤러리의 가장자리로부터 펄쩍 뛰어 뒤로 물러섰다. 자기도 모르게 밑에 있는 것으로부터 숨으려 한 것이다. 잰은 자신의 외침이 막힌 메아리가 되어 밀도 높은 대기 속에서 사그라지고 난 뒤에야, 다시 힘을 모아 앞으로 나아갈 수 있었다.

그것은 생명이 없는 것이었다. 당연히 없었다. 잰이 공포를 느긴 순간에 생각했던 것과는 달리 잰을 노려보고 있는 것이 아니었다. 그것은 거대한 원형 공간을 거의 채우고 있었다. 그리고 루비빛이 그 결정체의 깊은 곳에서 희미하게 빛을 발하며 흔들리고 있었다.

그것은 거대한 눈이었다.

"왜 그런 소리를 지른 거지요?" 빈다르텐이 물었다.

"무서웠습니다." 잰은 부끄러워하며 고백했다.

"하지만 왜요? 설마 여기에 무슨 위험이 있다고 생각한 것은 아니겠지요?"

잰은 빈다르텐에게 그가 반사적으로 한 행동에 대해 설명할 수 있을까 생각해보았다. 그러나 시도하지 않기로 했다.

"전혀 예기치 못한 것은 무섭습니다. 새로운 상황에 대한 분석이 끝날 때까지는, 최악을 가정하는 것이 가장 안전하지요."

다시 한 번 그 괴물 같은 눈을 보았을 때까지도 잰의 심장은 격렬하게 쿵쿵거리고 있었다. 물론 그것은 지구 박물관에 있던 세균이나 곤충처럼 거대하게 확대해놓은 모형일 수도 있었다. 그러나 그렇게 질문을 하면서도, 잰은 그게 실물과 똑같은 크기라는 것을 이미 알고 있었고, 더불어 욕지기가 치밀었다.

빈다르텐은 잰에게 말해줄 수 있는 게 별로 없었다. 이것은 그의 전문 분야가 아니고 또 그가 관심을 갖고 있는 분야도 아니었기 때문이다. 오버로드의 설명을 들으면서, 잰은 어느 먼 태양 주변에 있는 소행성 조각 사이에 사는 외눈박이 짐승의 모습을 그려볼 수 있었다. 중력에 성장을 방해받는 일 없이 영양분과 생명 유지를 오직 하나뿐인 그 거대한 눈의 시계와 분해 능력에 의지해 살고 있는 것을.

그들이 자연을 복제하는 데에는 한계가 없는 듯했다. 잰은 오버로드들 같으면 시도도 해보려 하지 않을 것을 생각하고는 비합리적인 기쁨을 느꼈다. 오버로드들은 지구로부터 실물 크기의 고래를 가져왔다. 그러나 그들은 그게 전부 다인 줄 알고 있었다.

반대로 위로 올라간 일도 있었다. 끝없이 위로 오르자 마침내 엘리베이터의 벽들이 유백색을 띠더니 수정처럼 투명해졌다. 잰은 지탱해주는 것 하나 없이 도시의 맨 꼭대기에 서 있는 것처럼 느꼈다. 그 심연으로부터 잰을 보호해줄 것은 아무것도 없었다. 그러나 잰은 비행기에서 현기증을 느끼지 않듯 그곳에서도 현기증을 느끼지 않았다. 여기에는 멀리 있는 땅과의 접촉에 대해 아무런 느낌이 없었기 때문이다.

잰은 구름들 위로 올라와 있었다. 금속이나 돌로 만들어진 몇 개의 작은 뾰족탑들과 하늘을 공유하고 있었다. 잰의 눈 밑에서 붉은 바다처럼 보이는 장밋빛 구름 층이 천천히 움직여갔다. 하늘에는 두 개의 아주 작고 창백한 달이 떠 있었다. 침침한 태양으로부터 그렇게 멀지 않았다. 비대한 붉은 원반 같은 태양 중심에는 작고 어두운 그림자가 있었는데, 그것은 완벽한 원 모양이었다. 흑점일 수도 있었고, 태양을 통과하고 있는 다른 달일 수도 있었다.

잰은 지평선을 따라 천천히 시선을 옮겼다. 구름의 바다는 이 거대한 세계의 가장자리까지 끝없이 뻗어 있었다. 그러나 어느 한 지점, 가늠하기 힘들 정도로 멀리 떨어진 곳에 얼룩 같은 반점이 있었다. 다른 도시의 탑인 것도 같았다. 잰은 그쪽을 한동안 물끄러미 바라보다 다시 계속해서 주위를 주의 깊게 살폈다.

몸을 반쯤 돌렸을 때 산이 보였다. 지평선이 아니라 그 너머에 있었다. 홀로 우뚝 솟은 산이었다. 그것은 톱니처럼 깔쭉깔쭉했으며, 세상의 가장자리에서 위쪽으로 기어오르고 있었다. 산의 아래쪽 경사면들은 마치 빙산 덩어리가 수면 밑에 감추어져 있듯이 숨어 있었다. 잰은 그 크기를 추측해보려 했으나 완전히 실패했다. 아무리 이곳이 중력이 낮은 세계라 하더라도, 그런 산이 존재할 수 있다는 것은 믿기 어려웠다. '오버로드들은 그 경사면에서 운동을 하고, 그 거대한 부벽들 주위를 독수리처럼 나는 걸까?'

그런 생각을 하는 순간 천천히 산이 변하기 시작했다. 처음 보았을 때 산은 음침하고 불길할 정도로 붉었다. 그리고 정상 근처에는 무엇인지 알아볼 수 없는 희미한 자국 몇 개가 있었다. 잰이 더 자세히 보기 위해 눈을 찌푸린 순간, 그는 그것들이 움직이고 있다는 것을 깨달았다.

처음에는 자신의 눈을 믿을 수가 없었다. 하지만 잰은 곧 정신을 차리고 여기서는 어떤 선입견도 가져서는 안 된다는 사실을 떠올렸다. 잰의 정신은 그의 감각이 뇌의 감추어진 방으로 전달하는 어떤 메시지도 놓쳐서는 안 되었다. 이해하려 해서는 안 되었다. 오로지 관찰만 하면 될 뿐이었다. 이해는 나중에 오는 것이거나, 아니면 아예 오지 않는 것이었다.

산, 잰은 여전히 그것을 산으로 생각하고 있었다. 달리 붙일만한 말이 없었기 때문이었다. 그것은 살아 있는 듯했다. 잰은 그 지하 방에 있던 괴물 같은 눈을 기억했다. '하지만, 아냐, 그런 것은 상상할 수 없어.' 잰이 지금 보고 있는 것은 유기적 생명체가 아니었다. 또한 추측하건대 잰이 알고 있는 물질도 아니었다.

태양의 음울한 붉은빛은 이제 성난 듯 변하고 있었다. 선명한 노란색 줄들이 나타났고 잰에게는 마치 그것이 화산이 용암을 뿜어내는 것처럼 보였다. 그러나 이 노란색 줄들은 이따금씩 점들과 얼룩들이 나타나는 것으로 미루어 보아 위로 움직이고 있었다.

그리고 산 아래에 깔려 있던 루비빛 구름들로부터 무언가가 솟아올랐다. 그것은 거대한 고리였다. 완벽하게 수평을 이루고 있었고 완벽하게 원형을 이루고 있었다. 그리고 그것은 잰이 너무나 먼 곳에 남겨두고 온 모든 것의 색깔이었다. 바로 지구의 파란 하늘빛이었다. 오버로드들의 세계 어디에서도 잰은 그런 색을 본 적이 없었다. 그 색이 불러일으키는 갈망과 외로움 때문에 잰은 목이 메었다.

고리는 위로 올라오면서 팽창하고 있었다. 그것은 이제 산보다 높은 곳에 있었다. 잰 가까이 있던 고리 부분이 잰 쪽으로 빠른 속도로 다가오며 팽창하고 있었다. '무슨 소용돌이가 틀림없어.' 잰은 그렇게 생각했다. 하지만 벌써 몇 킬로미터나 늘어난 연기로 이루어진 고리에는 잰이 예상했던 소용돌이의 회전이 없었다. 그리고 크기는 팽창했지만 밀도는 옅어지지 않고 있었다.

고리는 여전히 웅장한 모습으로 계속 하늘 위로 올라가고 있었다. 그것의 그림자는 이미 그보다 앞서 빠른 속도로 지나가버린 후였다. 잰은 고리가 가느다란 푸른 실처럼 되어 그 주위를 둘러싼 하늘의 붉은 기운 때문에 보이지 않게 될 때까지 지켜보았다. 마침내 고리가 사라졌을 때, 그것의 크기가 이미 수천 킬로미터에 이르러 보이지 않는 것이 틀림없었다. 그리고 그것은 여전히 팽창하고 있을 터였다.

잰은 다시 산을 보았다. 이제 산은 금빛을 띠고 있었다. 모든 흔적들이 사라지고 없었다. 어쩌면 상상(이 순간 잰은 뭐라도 믿을 수 있을 것 같았다)이었는지도 모른다. 산은 조금 전보다 더 높아지고 더 훌쭉해진 것처럼 보였다. 그리고 태풍처럼 깔때기 모양으로 빙글빙글 도는 듯했다. 정신을 차리지 못하고 멍하니 서 있던 잰은 그제야 자신에게 카메라가 있다는 것을 떠올렸다. 잰은 카메라 렌즈를 통해 믿을 수 없을 정도로 마음을 뒤흔드는 수수께끼를 바라보았다.

그때 빈다르텐이 잽싸게 잰의 시야를 가렸다. 빈다르텐은 커다란 두 손으로 무자비할 정도로 단호하게 렌즈를 가리고 카메라를 내리게 했다. 잰은 저항하려 하지 않았다. 저항해봤자 소용이 없기 때문이기도 했지만, 갑자기 세상의 가장자리에 존재하는 그것에 대해 죽음과 같은 공포를 느껴 더 이상 그것을 보고 싶지 않았기 때문이기도 했다.

잰이 여행을 할 때 오버로드들이 사진을 찍게 해준 것은 하나도 없었다. 빈다르텐은 설명을 하지 않았다. 대신 많은 시간을 들여 잰에게 잰이 본 것을 아주 세세하게 묘사하게 했다.

   그때야 잰은 빈다르텐의 눈은 완전히 다른 그 무엇을 보고 있다는 것을 깨달았다. 그리고 잰은 처음으로 오버로드들에게도 주인이 있을지 모른다는 추측을 하게 되었다.

이제 잰은 집으로 돌아가고 있었다. 모든 경이와 공포와 신비는 멀리 뒤에 있었다. 승무원들은 분명 달랐지만 우주선은 올 때 탔던 것과 똑같은 것인 듯했다. 오버로드들의 수명이 얼마나 긴지는 몰라도, 그들이 기꺼이 고향을 떠나 항성 간 여행에 수십 년을 쓴다는 것이 믿어지지 않았다.

   물론 상대성에 따르는 시간 팽창 효과는 양쪽으로 다 적용이 되었다. 오버로드들은 왕복 여행을 하면서 겨우 넉 달밖에 나이를 안 먹지만, 그들이 돌아갔을 때 친구들은 80살은 더 늙어 있을 것이다.

   잰이 원했다면, 틀림없이 평생 그곳에 남아 있을 수도 있었다. 그러나 빈다르텐은 앞으로 몇 년 동안은 지구로 가는 우주선이 없을 거라고 주의를 주면서, 이번 기회를 놓치지 말라고 충고했다. 어쩌면 오버로드들은 비교적 짧은 시간 동안에도, 잰의 정신적 자원이 거의 바닥 났다는 것을 깨달았는지도 모른다. 아니면 그저 잰이 귀찮아서 더 이상 그에게 시간을 빼앗기고 싶지 않은 것인지도 모른다.

이제 그것은 중요하지 않았다. 지구가 눈앞에 있기 때문이었다. 잰은 지구의 그런 모습을 전에도 수없이 보았지만, 늘 텔레비전 카메라라는 기계의 눈을 통해서였다. 이제 마침내 잰은 우주 공간에 나오게 되어, 자신의 꿈의 마지막 장을 펼치고 있었고, 저 아래에서 지구는 그렇게 영원한 궤도에 따라 돌고 있었다.

파란색과 녹색이 섞인 커다란 초승달 모양의 지구는 상현의 주기에 있었고 눈에 보이는 원반의 반 이상은 아직 어둠에 싸여 있었다. 구름은 거의 없었다. 무역풍이 부는 길을 따라 몇 개의 구름 무리가 흩어져 있을 뿐이었다. 극지방의 빙산은 환하게 반짝이고 있었지만, 북태평양에 비치는 태양빛의 눈부신 반사 때문에 빛을 잃어가는 중이었다.

이곳은 물의 세계라고 해도 좋을 것 같았다. 이 반구에 육지는 거의 없었다. 눈에 보이는 유일한 대륙은 오스트레일리아였는데, 행성의 둘레를 따라 뽀얗게 안개가 끼어 있어 그것은 좀 더 짙은 안개 정도로만 보였다.

우주선은 거대한 원뿔 모양의 지구 그림자 안으로 돌진하고 있었다. 빛을 발하던 초승달 모양은 줄어들어, 타오르는 불의 활처럼 쭈그러들더니, 눈 깜빡할 사이에 사라져버렸다. 그 아래는 어둠과 밤이었다. 세계는 잠들어 있었다.

순간 잰은 뭔가 잘못되었다는 것을 깨달았다. '저 아래 땅이 있다. 그런데 반짝이는 빛의 목걸이는 어디에 있는가? 인간의 도시들의 반짝이는 광채는 어디에 있는가?' 저 그늘진 반구 어디에도 밤을 몰아내는 단 하나의 불꽃도 없었다. 한때 별들을 향해 부주의하게 빛을 반사했던 수백만 킬로와트는 흔적도 없이 사라져 있었다. 마치 인간이 나타나기 이전의 지구를 내려다보고 있는 것 같았다.

이것은 잰이 예상했던 귀향이 아니었다. 그냥 지켜보는 것 외에는 다른 도리가 없었으나, 잰의 내부에서는 미지의 것에 대한 공포가 싹트고 있었다. '무슨 일이 일어났어. 뭔가 상상도 할 수 없는 일이.' 우주선은 잰의 불안한 마음과는 상관없이 착륙을 위해 긴 곡선을 그리며 하강했다. 우주선은 다시 해가 비치는 반구 쪽으로 진입했다.

잰은 실제 착륙 광경은 보지 못했다. 스크린에 지구의 모습이 갑자기 사라지고, 대신 의미 없는 선과 빛의 무늬들이 나타났기 때문이다. 다시 바깥의 모습이 보였을 때, 우주선은 이미 착륙한 뒤였다. 멀리 거대한 건물들이 보이고, 기계들이 움직이고 있었다. 오버로드들 한 무리가 그 기계들을 지켜보고 있었다.

어딘가에서 공기가 폭발하는 듯한 소리가 들렸다. 우주선이 압력을 균등하게 하는 것이었다. 이어 커다란 문이 열리는 소리가 났다. 잰은 기다리지 않았다. 말없는 거인들은 잰이 통제실에서 달려 나가는 것을 너그럽고도 무관심하게 지켜보고 있었다.

잰은 고향에 와 있었다. 다시 한 번 낯익은 햇빛 아래에서 사물을 보고, 오랜만에 허파를 통과하는 공기로 숨쉬었다. 우주선의 다리는 이미 내려져 있었다. 그러나 잰은 앞을 보지 못할 정도의 강한 빛이 바깥에서 사라질 때까지 기다려야 했다.

캐렐런이 서 있었다. 동료들로부터 약간 떨어져서, 상자들이 가득 쌓인 거대한 운송 차량 옆에 서 있었다. 잰은 자기가 어떻게 감독관을 알아보았는지 이상하게 생각하지 않았다. 캐렐런이 전혀 안 변한 것에 놀라지도 않았다. 사실 이것이야말로 잰이 예상한 대로 된 유일한 일이었다.

"난 당신을 기다리고 있었소." 캐렐런이 말했다.

23

캐렐런이 말했다. "초기에는 우리가 그들 사이에 있어도 안전했소. 그러나 그들은 이제 우리를 필요로 하지 않소. 우리가 그들을 모아 그들의 대륙을 주는 것으로 우리 일은 끝이 났소. 보시오."

잰 앞의 벽이 사라졌다. 잰은 수백 미터 높이에서 울창한 나물들로 둘러싸인 쾌적한 땅을 보고 있었다. 착시는 완벽해서 잰은 잠시 현기증과 싸움을 해야 했다.

"이것은 그때로부터 5년 뒤, 2단계가 시작되었을 때요."

아래에는 움직이는 형체들이 있었다. 카메라는 새처럼 그 형체들을 향해 돌진했다.

캐렐런이 말했다. "이것을 보면 우울해질 거요. 하지만 당신의 기준은 더 이상 적용되지 않는다는 것을 잊지 마시오. 당신은 인간 아이들을 보고 있는 게 아니니까."

그러나 바로 그것이 잰이 받은 첫 인상이었다. 어떤 논리로도 그것을 지울 수는 없었다. 그들은 어떤 복잡한 의식을 치르며 춤을 추는 데 몰두해 있는 야만인들 같았다. 그들은 벌거벗고 있었고 더러웠으며, 떡이 된 머리카락이 눈을 가리고 있었다. 잰이 보기에는, 다섯 살부터 열다섯 살에 걸쳐 모든 연령의 아이들이 있었으나, 모두 똑같은 속도로 일률적으로 움직였고 주위 환경에는 완전히 무관심해 보였다.

순간 잰은 아이들의 얼굴을 보았다. 잰은 마른침을 삼키며, 고개를 돌리지 않으려고 애를 썼다. 그 얼굴들은 죽은 자들의 얼굴보다 더 공허했다. 심지어 시체들도 시간의 끝이 그 이목구비에 조각해놓은 어떤 기록을 가지고 있고 입술은 감각을 잃어도 뭔가 할 말을 담고 있었다. 그러나 이 아이들의 얼굴에는 뱀이나 곤충의 얼굴처럼 어떤 감정이나 느낌도 나타나 있지 않았다. 이들에 비하면 오버로드들이 오히려 인간적이라 할 수 있었다.

캐렐런이 말했다. "당신은 이제는 존재하지 않는 것을 찾고 있는 거요. 잊지 마시오. 이 아이들은 당신 몸의 세포와 마찬가지로 개별적 정체성을 가지고 있지 않소. 하지만 서로 연결되어 이들은 당신보다 훨씬 더 큰 어떤 것을 이루고 있소."

"왜 저렇게 계속 움직입니까?"

"우린 저것에 '롱 댄스'라는 이름을 붙였소. 알다시피 저들은 전혀 잠을 자지 않소. 이런 일이 거의 1년 동안 지속되었소. 3억 명의 아이들이 전 대륙에 퍼져 똑같은 패턴에 따라 움직이고 있소. 우리는 그 패턴을 줄곧 분석해보았지만, 거기에는 아무런 의미도 없었소. 어쩌면 우리가 그 패턴의 겉모습만 보기 때문인 지도 모르오. 그것은 여기 지구 위에 있는 작은 부분만 말이오. 아마 우리가 오버마인드라고 부르는 존재가 여전히 저들을 훈련시키고, 그들을 하나의 단위로 만들고 있을 거요. 그러고 나서 그 존재 속으로 저들을 완전히 흡수해 들일 거요."

"하지만 먹는 건 어떻게 합니까? 그리고 나무나 절벽이나 물 같은 장애물을 만나면 어떻게 합니까?"

"물은 아무런 상관없소. 저 아이들은 물을 두려워하지 않소. 다른 장애물을 만날 때는 부상을 당하기도 하지만, 스스로는 전혀 인식하지 못하오. 먹는 것에 대해 말하자면, 글쎄, 저기에는 그들에게 필요한 많은 과일과 사냥감이 있소. 하지만 이제 저들은 다른 많은 존재들처럼 그런 욕구를 떠났소. 먹을 것이란 대체로 에너지의 원천인데, 그들은 더 큰 원천을 이용하는 것을 배우게 된 거요."

화면은 열기로 인해 아지랑이가 퍼져가는 것처럼 뿌옇게 변했다. 다시 화면이 정상으로 돌아왔을 때, 아래의 움직임은 정지해 있었다.

캐렐런이 말했다. "자, 다시 보시오. 3년 뒤요."

사실을 모른다면 너무나 무력하고 애처롭게 보일 작은 형체들이 숲과 습지와 평원 위에 꼼짝도 않고 서 있었다. 카메라는 불안하게 이 아이 저 아이 사이를 오갔다. '벌써 애들 얼굴이 하나의 틀로 합쳐지고 있구나.' 잰은 전에 '평균적인' 얼굴을 만들어내기 위해 수십 장의 사진을 덧씌우는 것을 본 적이 있었다. 그 결과 만들어진 얼굴도 이 아이들의 얼굴처럼 공허하고 개성이 없었다.

아이들은 잠을 자고 있거나 혼수상태에 빠져 있는 것 같았다. 그들은 눈을 꼭 감고 있었다. 그들 위로 뻗어 있는 나무와 마찬가지로 주위 환경은 의식하지 못하는 듯했다. 그 아이들의 정신은 어떤 거대한 직물의 씨실과 날실이 된 것처럼 복잡한 망을 형성하고 있었다. '저 망에는 어떤 생각들이 메아리치고 있을까?' 잰은 궁금했다. 잰은 그 직물이 많은 세계와 많은 종족을 아우르고 있으며, 여전히 계속해서 성장하고 있다는 것을 깨달았다.

너무나 갑작스럽게 일어난 일이라 눈앞이 아찔했고 머리는 멍했다. 한순간 잰은 아름답고 비옥한 땅을 보고 있었다. 그곳에는 헤아릴 수 없이 많은 작은 상들이 어떤 규칙성을 갖고 사방에 흩어져 있었고 그것을 빼면 이상할 점은 하나도 없었다. 그런데 다음 순간 땅에 있던 모든 나무와 풀과 생물이 눈 깜빡할 사이에 사라져버렸다. 오직 고요한 호수와 굽이치는 강물 그리고 녹색 양탄자를 뺏겨버린 채 누워 있는 갈색 언덕들만이 남아있었다. 그리고 이런 파괴를 자행한 말없고 무관심한 형체들이 있었다.

"왜 저런 짓을 한 거죠?" 잰이 놀라서 물었다.

"어쩌면 다른 정신들의 존재가 그들을 방해한 것인지도 모르오. 식물과 동물의 정신과 같은 초보적인 정신이라 하더라도. 언젠가 저들은 물질세계 역시 방해만 된다고 생각할지도 모르오. 그때가 되면 무슨 일이 생길지 누가 알겠소? 우리는 아직도 저들을 연구하고 있지만 우리는 절대 그 땅에 들어가지도 않고 심지어 우리 도구들을 보내지도 않소. 우리가 할 수 있는 일은 고작 공중에서 관찰하는 것뿐이오."

"그것도 오래전 일이로군요. 그 후에는 어떻게 되었습니까?"

"거의 아무 일도 없었소. 그 시간 내내 저들은 전혀 움직이지 않았소. 낮도 밤도, 여름도 겨울도 의식하지 않았소. 저들은 아직도 자기들의 힘을 실험하고 있소. 어떤 강들은 길을 바꾸었고 산을 거슬러 올라가는 강물도 하나 있소. 하지만 무슨 목적을 가진 일은 하지 않았소."

"그리고 저들이 당신들을 완전히 무시하고 있는 겁니까?"

"그렇소. 놀랄 일도 아니지만 말이오. 저들이 부분을 이루고 있는 그 실체는 우리에 대해 다 알고 있소. 그 실체는 우리가 그것을 연구하려 해도 개의치 않는 것 같소. 우리가 떠나기를 바랄 때나, 우리에게 다른 곳에서 새 임무를 맡길 때는, 그 의사를 아주 분명하게 표현하지요. 그때까지 우리는 여기에 남아서 우리 과학자들이 알아낼 수 있는 것들을 밝혀내려고 하고 있소."

잰은 더 이상 슬퍼하지 않고 체념한 상태였다. '그래, 이것이 인류의 종말이로구나. 이것이 어떤 예언자도 예측하지 못한 종말이로구나. 낙관론과 비관론 둘 다를 거부하는 종말.'

그러나 그것은 적절했다. 그것은 위대한 예술 작품과 같은 숭고한 불가피성을 가지고 있었다. 잰은 경외감을 자아내는 엄청난 우주를 잠깐 보았으며, 이제 그곳이 더 이상 인간을 위한 곳은 아니라는 것을 알았다. 마침내 잰은 그를 별들로 이끌었던 꿈이 얼마나 헛된 것인가를 깨닫게 되었다.

별들로 가는 길은 두 방향으로 갈라져 있었다. 그리고 두 길 모두 인간의 희망이나 두려움은 고려하지 않은 목표를 향하고 있었다.

첫 번째 길의 끝은 오버로드들이었다. 오버로드들은 그들의 개별성을 보존했고, 독립적인 자아를 보존했다. 그들에게는 개별적인 정체성이 있었으며, 그들의 언어에서는 '나'가 의미를 가지고 있었다. 그들에게는 감정이 있었고, 적어도 그 일부를 인간과 공유할 수 있었다. 그러나 그들은 덫에 걸렸다. 잰은 그 것을 깨닫고 있었다. 오버로드들은 절대 빠져나올 수 없는 막다른 골목에 이르러 있었다. 그들의 정신은 인간의 정신보다 열 배나 아니 어쩌면 백 배나 더 강력했다. 그러나 결국에는 그것은 그리 큰 차이가 아니었다. 그들 역시 인간과 똑같이 무력했으며, 똑같이 수천억 개의 태양들로 이루어진 은하계 그리고 수천억 개의 은하계들로 이루어진 우주의 상상할 수 없는 광대함에 압도당하고 있었다.

그러면 두 번째 길의 끝에는? 거기에는 오버마인드가 있었다. 그것이 무엇인지는 몰라도, 인간에 대해 인간이 아메바와 갖는 관계와 같은 관계를 맺고 있었다. 잠재적으로 무한하고, 죽음을 넘어서 있었다. 오버마인드가 별들을 가로질러 퍼져 나가면서 얼마나 오랫동안 종족들을 흡수해왔을까? 오버마인드 역시 욕구와 희미하게 느낄 수는 있지만 절대 이룰 수 없을지도 모르는 목표들을 가지고 있는 것은 아닐까? 오버마인드는 한때 인류가 성취했던 모든 것을 자신의 존재 속으로 끌어들였다. 이것은 비극이 아니라 성취였다. 인류를 구성하고 있던 수십억의 진화의 과정에 있던 의식의 불꽃들은 이제 밤하늘의 개똥벌레처럼 깜빡거리지 않을 터였다. 그러나 인류가 완전히 헛되이 산 것은 아니었다.

재은 마지막 몇 장이 남아 있다는 것을 알고 있었다. 그것은 내일 일어날 수도 있었고, 몇 백 년 뒤에 일어날 수도 있었다. 심지어 오버로드들조차 잘 알지 못했다.

재은 이제 오버로드들의 목적을 이해했다. 그들이 인간에게 무엇을 한 것인지, 왜 아직도 지구에 머물러 있는지를 알 수 있었다. 재은 오버로드들을 보면서 그들이 그토록 오래 기다릴 수 있었던 그 강인한 인내심에 감탄했을 뿐 아니라 겸손함까지 느꼈다.

재은 오버마인드와 그 하인들 사이의 묘한 공생에 대해 완전한 이야기를 들은 적이 없었다. 라샤베락의 말에 따르면, 그의 종족의 역사에서 오버마인드가 없었던 때는 한 번도 없었다고 했다. 비록 오버마인드는 오버로드들이 과학적 문명을 이룩하고 오버마인드의 명령에 따라 우주를 돌아다닐 수 있게 된 다음부터 오버로드들을 이용하긴 했지만 말이다.

재이 물었다. "그런데 왜 오버마인드가 당신들을 필요로 하죠? 그렇게 엄청난 힘을 가지고 있으면 틀림없이 모든 것을 자기 마음대로 할 수 있을 텐데."

"아니지요. 오버마인드에게도 역시 한계는 있소. 우리는 오버마인드가 과거에 다른 종족들의 정신에 직접 개입하여, 그들의 문화 발전에 영향을 주려했다는 것을 알고 있소. 그러나 그것은 늘 실패했소. 아마 정신의 간극이 너무 컸기 때문이겠지요. 우리는 해석자이자 수호자들이오. 또는, 당신네들의 비유를 빌리면 우리는 농작물이 익을 때까지 들판을 가는 것이오. 오버마인드는 추수를 하오. 그럼 우리는 다른 일로 옮겨가지요. 인류는 우리가 이상화(理想化)되는 것을 본 다섯 번째 종족이오. 매번 우리는 조금씩 더 배우지요."

"그런데 당신들은 오버마인드의 도구로 쓰이는 것에 화가 나지 않습니까?"

"이런 일은 약간의 이점을 가지고 있소. 게다가, 지능을 가진 존재라면 어쩔 수 없는 일에 화를 내지 않지요."

잰은 찌푸린 얼굴로 생각했다. 인류는 그 명제를 한 번도 완전히 받아들인 적이 없지. 인류에게는 논리를 넘어선 것들이 있었으며, 오버로드들은 그것을 절대 이해하지 못했다.

잰이 말했다. "당신들한테는 인류에게 잠재해 있던 초심리 물리학적인 힘의 흔적이 전혀 없다면, 오버마인드가 당신들을 선택하여 이런 일을 시키는 것이 이상해 보이는군요. 오버마인드는 어떻게 당신들과 의사소통을 하고, 자신의 의사를 표현합니까?"

"그것은 내가 대답할 수 없는 질문이오. 그리고 내가 왜 그 사실을 당신에게 비밀로 하는지에 대한 이유도 말해줄 수가 없소.

어쩌면 언젠가 당신은 진실의 일부를 알게 되겠지요."

재은 그 말에 잠시 어리둥절했다. 그러나 그런 질문을 계속해 보았자 소용없다는 것을 알았다. 주제를 바꾸어 나중에 실마리를 얻을 수 있기를 바랄 뿐이었다.

재이 말했다. "그럼 이 이야기를 해주십시오. 당신들이 한 번도 설명하지 않은 게 또 있습니다. 당신네 종족이 처음 지구에 왔을 때, 먼 과거에 말입니다. 그때는 뭐가 잘못되었습니까? 왜 당신들은 우리에게 공포와 악의 상징이 된 것입니까?"

라샤베락은 웃음을 지었다. 라샤베락은 캐렐런만큼 웃음 짓는 것을 잘 하지는 못했다. 그러나 비교적 잘 모방하고 있었다.

"그동안 그 답은 아무도 추측하지 못했지요. 그리고 이제는 왜 우리가 그 이야기를 당신들에게 해주지 못했는지 알 거요. 인류에게 그런 영향을 줄 수 있는 사건은 오직 하나뿐이오. 그리고 그 사건은 역사의 새벽에 일어난 것이 아니라, 역사의 종말에 일어난 일이오."

"무슨 뜻입니까?"

"우리의 우주선들이 150년 전 당신네 하늘에 들어왔을 때 우리 두 종족은 처음으로 만났소. 물론 우린 멀리서 당신들을 연구는 해오고 있었소. 그런데 당신들은 우리를 두려워하고 또 알아보았소. 우리가 그러리라고 예상했던 그대로였지요. 그것은 사실 기억에 의한 것이 아니오. 당신은 이미 시간이란 것이 당신네 과학이 상상했던 것보다 더 복잡하다는 증거를 가지고 있소. 그 기억은 과거의 기억이 아니라 미래의 기억이었소. 당신네 종족이 모든 것이 끝났다는 것을 알게 되었던 그 마지막 몇 년의 기억이었소. 우리는 우리가 할 수 있는 일을 했지만 그래도 편안한 종말은 아니었지요. 그리고 우리가 거기 있었기 때문에, 우리가 당신네 종족의 죽음과 동일시되었던 것이오. 그래요, 그게 먼 미래 만 년 후에 일어날 일인데도 말이오! 마치 시간이라는 폐쇄된 원에서, 미래에서부터 과거로, 왜곡된 메아리가 울려 퍼지고 있는 것과 같았소. 그건 기억이 아니라 예감이라고 불러야겠지요."

그 생각은 이해하기가 힘들었다. 잠시 잰은 말없이 그 생각과 씨름을 했다. 그러나 사실 그는 이런 일에 미리 대비하고 있었어야 했다. 이미 원인과 결과의 정상적인 순서가 뒤바뀔 수 있다는 충분한 증거를 보지 않았던가.

종족의 기억이라고 할 만한 게 틀림없이 있고, 그 기억은 시간으로부터 독립해 있었다. 그 기억 속에서 미래와 과거는 하나였다. 그랬기 때문에 수천 년 전에 이미 인류는 공포와 두려움이라는 뿌얀 안개를 통해 오버로드들의 왜곡된 이미지를 흘끗 보았던 것이다.

"이제 이해하겠습니다." 최후의 인간이 말했다.

최후의 인간! 잰은 자신을 최후의 인간으로 생각하기가 무척 힘들었다. 우주로 들어가면서 자신이 인류로부터 영원히 추방될 가능성을 이미 고려했었기 때문에, 아직 외로움은 찾아오지 않았다. 시간이 지나면 다른 인간을 보고 싶다는 욕구가 솟구쳐 그를 압도할지도 모른다. 그러나 지금은 오버로드들과 같이 있기 때문에, 완전한 외로움은 느끼지 않을 수 있었다.

불과 10년 전만 해도 지구에는 인간이 있었다. 그러나 그들은 퇴보한 생존자들이었으며, 잰은 그들이 그립지 않았다. 오버로드들은 설명할 수 없었고, 잰은 심리적인 이유라고 생각했지만, 어쨌든 사라져버린 아이들을 대체할 아이들은 태어나지 않았다. 호모 사피엔스는 멸종한 것이다.

어쩌면 아직도 말짱한 도시들 한 곳에는 기번*과 같은 역사가가 기록한 원고가 남아 있을지도 모른다. 그 원고는 인류의 마지막 날들을 기록하고 있을지도 모른다. 그렇다 해도 잰은 과연 그것을 읽고 싶을지 어떨지 잘 알 수가 없었다. 알고 싶은 것은 라샤베락이 다 말해주었기 때문이다.

자멸을 선택하지 않은 사람들은 점점 더 열띤 활동에서 망각을 구했다. 종종 작은 전쟁이나 마찬가지인 격렬하고 자살적인 스포츠가 벌어졌다. 인구가 급속히 줄어들면서 나이가 들어가는 생존자들은 함께 뭉쳤다. 패배하는 부대는 마지막 퇴각을 하면서 결속을 굳게 한 것이다.

막이 내리기 전의 마지막 장은 영웅주의와 헌신의 불빛으로 밝게 빛났고, 동시에 야만과 이기심으로 어두웠던 게 틀림없었다. 절망 속에서 끝이 났는지 아니면 체념 속에서 끝이 났는지 잰으로서는 절대 알 수 없는 노릇이었다.

*영국의 역사가 에드워드 기번. 로마 카피톨리움의 페허를 보고 로마사 집필을 구상하여 1776년 《로마제국쇠망사》 제1권을, 1788년까지 전 6권을 완성했다.

잰은 생각할 것이 많았다. 오버로드들의 기지는 버려진 빌라에서 1킬로미터 정도 떨어진 곳에 있었다. 잰은 한 30킬로미터 떨어진 마을에서 가져온 장비로 빌라를 꾸미느라 몇 달을 보냈다. 잰은 라샤베락과 함께 그 마을까지 날아갔다. 그러나 잰은 라샤베락의 우정이 전적으로 이타적인 것만은 아니라고 생각했다. 이 오버로드 심리학자는 여전히 최후의 호모 사피엔스를 연구하고 있었다.

　그 마을은 종말이 오기 전에 버려졌던 것이 틀림없었다. 집과 많은 공공 서비스 시설이 아직도 질서 정연하게 자리 잡고 있었기 때문이다. 발전기를 다시 가동시켜, 다시 한 번 불빛으로 넓은 거리를 밝혀 이곳에 생명이 있다는 착각을 심어주는 것도 별로 힘든 일은 아니었을 것이다. 잰은 잠시 궁리를 해보다가, 너무 병적인 것 같아 그 생각을 털어냈다. 잰이 하고 싶지 않은 한 가지 일이 있다면 과거를 깊이 생각하는 것이었다. 그 마을에는 그의 여생을 유지하는 데 필요한 모든 것이 있었다. 그러나 잰이 가장 원했던 것은 전자 피아노와 바흐의 악보들이었다. 잰은 예전에는 원하는 만큼 음악에 시간을 낼 수가 없었으나, 이제 그것을 다 보충할 수 있을 것 같았다. 잰은 직접 연주를 하지 않을 때는 웅장한 교향곡과 협주곡이 녹음된 테이프를 틀었다. 그래서 빌라는 고요한 때가 없었다. 음악은 언젠가 그를 압도하고말, 외로움에 대항하는 부적이 되었다.

　잰은 종종 언덕으로 산책을 나가, 그가 지구를 마지막 본 이후 몇 달 동안 벌어졌던 모든 일을 생각했다. 잰은 지구의 시간으로 80년 전 설리번 교수에게 작별 인사를 했을 때 인류의 최후의 세대가 벌써 자궁 안에 있을 거라고는 상상도 못 했다.

'난 얼마나 어리고 바보였던가!' 그러나 자신의 행동을 후회해야 할지 말아야 할지 잰은 알 수가 없었다. 만일 그가 지구에 있었다면, 지금 시간의 장막에 가려져 있는 그 마지막 순간을 목격했을 것이다. 그러나 잰은 그것들을 지나쳐 미래로 도약해서 다른 어떤 인간도 알지 못했던 문제들에 대한 답을 얻었다. 잰의 호기심은 거의 충족되었으나 때때로 왜 오버로드들이 기다리고 있는지, 그들의 인내심이 마침내 보답을 받았을 때 무슨 일이 일어날지 의아할 때가 있었다.

그러나 잰은 대부분의 시간을 보통 사람이 길고 분주한 인생의 황혼녘에서만 느끼는 만족스러운 체념을 하고 키보드 앞에 앉아 그가 사랑하는 바흐를 연주하며 보냈다. 어쩌면 잰은 자신을 기만하고 있는 것인지도 모른다. 어쩌면 이것은 정신의 자비로운 술수인지도 모른다. 그러나 지금 잰은 이것이 그가 늘 하고 싶었던 일인 것처럼 여겼다. 잰의 은밀한 꿈은 마침내 이루어진 것이다.

잰은 늘 훌륭한 피아니스트가 되고 싶어 했다. 그런데 이제 그가 세상에서 가장 훌륭한 피아니스트가 된 것이다.

24

잰에게 그 소식을 전해준 것은 라샤베락이었다. 그러나 잰은 이미 짐작하고 있었다. 그날 아침 이른 시간이라기보다는, 한밤중에 악몽 때문에 잠에서 깨었을 때 잰은 다시 잠을 이룰 수가 없었다. 잰은 꿈을 기억하려 했지만 거의 기억할 수 없었다. 그것은 아주 이상한 일이었다. 왜냐하면 잰은 깨어나는 즉시 열심히 노력만 하면 모든 꿈을 기억할 수 있다고 믿고 있었기 때문이다. 잰이 이 꿈에서 기억할 수 있는 것이라고는, 자신이 다시 어린아이가 되어 광활하고 텅 빈 평원에서 큰 목소리가 미지의 언어로 걸어오는 이야기에 귀를 기울이고 있었다는 것뿐이었다.

잰은 꿈 때문에 정신이 혼란스러웠다. '외로움에 시달리는 증상이 처음 나타난 것이 아닐까?' 그는 불안한 마음으로 빌라에서 나와 제멋대로 자란 잔디밭으로 나왔다.

보름달이 세상을 아주 환한 금빛으로 비추고 있었기 때문에 잰은 모든 것을 완벽하게 볼 수 있었다. 거대한 원통형으로, 빛을 발하는 캐렐런의 우주선은 오버로드의 기지 건물들 너머에 있었다. 우뚝 솟은 우주선은 그 밑의 건물들을 인공적인 모형들처럼 보이게 했다. 잰은 우주선을 보며, 그것이 한때 그에게 불러일으켰던 감정들을 기억해보려 했다. 그 우주선이 성취할 수 없는 목표였던 때, 그것은 잰이 절대 성취하리라고 기대할 수 없었던 모든 것의 상징이었다. 그러나 그것은 지금 그에게 아무런 의미도 없었다.

얼마나 조용하고 움직임이 없는지! 오버로드들은 물론 평소와 다름없이 활동하고 있을 터였다. 그러나 지금 오버로드들의 모습은 전혀 보이지 않았다. 지구에는 잰 혼자밖에 없는지도 모른다. 사실, 아주 진정한 의미에서는 그랬다. 잰은 달을 흘끗 올려다보았다. 그가 위안을 얻을 수 있는 친밀한 모습을 찾고 있던 것이다.

달에도 잰은 잘 기억하고 있는 아주 오래된 바다들이 있었다. 잰은 40광년이나 떨어져 있는 우주에도 가보았으나, 빛의 속도로 겨우 2초도 안 걸릴 거리에 있는 그 고요하고 먼지 낀 평원을 걸어본 적은 없었다. 잰은 잠시 티코 분화구를 찾아보며 즐거움을 느꼈다. 잰은 티코 분화구를 발견했을 때, 그 빛을 발하는 점이 원반의 중앙선에서 생각했던 것보다 더 멀리 떨어져 있는 것을 보고 어리둥절해했다. 순간 잰은 눈물의 바다의 어두운 타원형 부분이 완전히 사라져버렸다는 것을 깨달았다.

지구의 위성이 지금 지구를 보고 있는 얼굴은 생명의 새벽이 열린 이래 세상을 내려다보던 그 얼굴이 아니었다. 달이 그 축을 중심으로 자전을 시작한 것이다.

이것은 오직 한 가지를 의미했다. 지구의 맞은편에 있는 그들이 오랜 혼수상태로부터 벗어나고 있었다. 그들이 너무나 갑자기 생명을 없애버린 땅에서 깨어나는 아이가 기지개를 켜며 하루를 맞이하듯이, 그들 역시 그들의 근육을 움직여 그들이 새로 발견한 힘을 가지고 장난을 치고 있었던 것이다.

라샤베락이 말했다. "정확하게 추측한 거요. 이제 우리가 여기 있는 건 안전하지 않소. 그들이 계속 우리를 무시할지 모르지만, 그런 모험을 할 수는 없지요. 장비를 다 싣는 대로 우리는 즉시 떠날 거요. 아마 두세 시간쯤 걸릴 거요."

잰은 하늘을 올려다보았다. 마치 어떤 새로운 기적이 곧 빛을 발하는 것을 두려워하는 사람처럼. 그러나 모든 것이 평화로웠다. 달은 졌고, 오직 구름 몇 점만이 서풍을 타고 하늘 높이 솟고 있었다.

라샤베락이 말했다. "달을 가지고 장난을 치는 것은 별 문제가 안 되오. 하지만 그들이 태양의 움직임에 개입한다면? 물론 우리는 도구들을 남겨 놓고 갈 거요. 그래야 무슨 일이 일어나는지 알 수 있을 테니까."

"저는 남을 겁니다." 잰은 불쑥 내뱉고는 덧붙였다. "우주는 이미 충분히 보았습니다. 이제 제가 궁금해하는 것은 단 한 가지입니다. 바로 제 행성의 운명입니다."

발밑의 땅이 아주 가볍게 흔들렸다. 잰이 말을 이었다.

"이런 걸 예상하고 있었습니다. 그들이 달의 자전을 바꾼다면, 각 운동량이 어디론가 가야겠지요. 그래서 지구가 자전하는 속도는 늦어지고 있습니다. 그들이 어떻게 이런 일을 할 수 있는지 왜 이런 일을 하는지 가운데 어느 쪽이 더 궁금한지 잘 모르겠습니다."

"그들은 아직 장난을 하는 거요. 아이의 행동에 무슨 논리가 있겠소? 사실 많은 면에서 당신의 종족이 변해서 이루어진 실체는 아직 아이요. 아직 오버마인드와 유대를 풀 준비가 안 되어 있소. 그러나 이제 곧 그렇게 될 거요. 그리고 그렇게 되면 당신은 혼자 지구를 차지하게 되겠지요."

라샤베락은 말을 끝맺지 않았다. 잰이 대신 끝맺어주었다.

"······지구가 여전히 존재한다면."

"그 위험을 알면서도 남겠다는 말이오?"

"네. 제가 집으로 돌아온 지 5년 아니, 6년 정도의 시간이 흘렀습니다. 앞으로 무슨 일이 일어난다 하더라도 전혀 상관없습니다."

라샤베락이 천천히 말했다. "사실 당신이 남아주기를 우리도 바랐소. 당신이 우리를 위해 해줄 일이 있소."

스타드라이브의 강렬한 빛은 줄어들더니 사그라졌다. 화성의 궤도 너머 어딘 가쯤일 것이다. 잰은 생각했다. 지구 위에서 나고 죽은 수 십 억의 인간들 가운데 오직 나 혼자만이 저 길을 따라 여행을 했었지. 그리고 앞으로 누구도 다시는 저 길을 여행할 수 없을 거야.

세상은 잰의 것이었다. 잰이 필요로 하는 모든 것, 바랄 수 있는 모든 것이 가지기만 하면 잰의 것이 되었다. 그러나 이제 잰은 그런 것에 관심이 없었다. 또한 사람 없는 행성에 홀로 남겨졌다는 것도 두려워하지 않았고, 미지의 유산을 찾아가기 직전에 여기에 머물러 있는 존재도 두려워하지 않았다. 그들이 떠나고 난 뒤의 상상할 수 없는 여파 속에서, 잰은 자신도 자신이 고민하는 문제들도 오래 남아 있지는 않을 것이라고 생각했다.

그것은 잘된 일이었다. 잰은 하고 싶었던 모든 일을 했으며, 이 텅 빈 세계에서 쓸모없는 생명을 유지해간다는 것은 견딜 수 없는 일이라고 생각했다. 오버로드들과 함께 떠날 수는 있었지만, 무엇을 위해 그런단 말인가? 다른 누구도 알지 못했겠지만, 잰은 캐렐런이 "별들은 인간만을 위해 존재하는 것이 아니요"라고 했을 때 그 말에 담긴 진실을 알고 있었다.

잰은 어두운 밤을 뒤로하고, 오버로드들이 세워놓은 기지의 거대한 입구로 걸어 들어갔다. 이제 그 규모는 그에게 전혀 영향을 주지 못했다. 불빛들은 여전히 변함없이 빨갛게 타오르고 있었다. 그리고 아직 그 불빛들을 오랜 세월 밝힐 수 있는 에너지가 남아 있었다. 양편에는 오버로드들이 퇴각하면서 버리고 간 기계들이 남아 있었다. 그로서는 절대 그 비밀을 알 수 없는 기계들이었다. 잰은 그 기계들을 지나, 어색한 걸음걸이로 거대한 계단을 올라가, 통제실에 이르렀다.

그곳에는 아직도 오버로드들의 영혼이 남아 있었다. 그들의 기계들은 여전히 멀리 떠나간 주인들의 명령을 이행하고 있었다. '오버로드들이 우주에서 이미 수집하고 있는 정보에 내가 더 추가할 게 뭐가 있을까?' 잰은 궁금했다.

잰은 거대한 의자 위로 올라가 가능한 한 편안하게 앉았다. 준비되어 있는 마이크는 이미 작동중이었다. 텔레비전 카메라에 해당하는 물건이 그를 지켜보고 있을 테지만, 잰은 그것이 어디 설치되어 있는지 알 수 없었다.

책상과 그 의미 없는 도구들의 계기판 너머 널찍한 창문으로 별이 반짝이는 밤의 풍경이 내려다보였다. 반달과 보름달 중간 모양의 달 아래 잠들어 있는 계곡을 가로질러, 먼 산맥까지 보였다. 강물이 계곡을 따라 굽이쳤고, 달빛이 그 넘실대는 강물에 닿을 때마다 수면이 반짝거렸다. 모든 게 너무나 평화로웠다. 인간의 종말을 맞아 지구가 이렇게 평화롭듯 인간이 태어날 때도 이랬을지도 모른다.

몇 백만 킬로미터나 떨어져 있을지 모르는 우주 저편에서 캐 렐런이 기다리고 있을 것이다. 오버로드들의 우주선이 지구로 부터 그의 신호가 그것을 따라가는 속도만큼이나 빠르게 멀어 지고 있다는 것이 이상하게 느껴졌다. 거의 똑같은 속도이지만 완전히 똑같은 속도는 아니었다. 하지만 꽤 오랫동안 추적이 가 능할 것이다. 잰의 말은 감독관에게 가 닿을 것이고, 감독관은 그가 진 빚을 두 배로 갚아줄 것이다.

잰은 궁금했다. '이 가운데 얼마나 많은 부분이 캐렐런이 계획한 것이고, 얼마나 많은 부분이 능란한 솜씨로 즉흥적으로 꾸며낸 것일까? 거의 1세기 전, 감독관은 일부러 나를 우주로 탈출하게 한 것일까? 그래서 내가 지금 하고 있는 역할을 수행하도록 돌아오게 한 것일까? 아냐, 그건 너무 지나친 상상이야.' 그러나 잰은 캐렐런이 어떤 거대하고 복잡한 음모에 개입되어 있다는 것을 확신했다. 그러나 캐렐런은 그 역할을 수행하면서도, 자신이 동원할 수 있는 모든 도구들을 가지고 오버마인드를 연구하고 있었다. 잰은 감독관이 그런 일을 하는 것이 과학적 호기심 때문만이 아니라고 생각했다. '어쩌면 오버로드들은 언젠가 자신들의 굴레에서 벗어날 꿈을 꾸고 있는지도 몰라. 그들이 지금 봉사하고 있는 힘에 대해 충분히 알게 되었을 때.'

잰은 지금 자신이 하는 일로 그 지식을 증가시킬 수 있다는 게 그다지 믿어지지 않았다. 라샤베락은 이렇게 말했다.

"눈에 보이는 걸 이야기해주시오. 당신 눈에 닿은 상은 우리 카메라를 통해 복제될 것이오. 그러나 당신 뇌에 닿은 메시지는 아주 다를 거요. 그 메시지는 우리에게 많은 것을 이야기해줄 수 있을 거요."

'그래, 난 최선을 다 할 거야.'

잰은 입을 열었다. "아직 보고할 만한 것은 없습니다. 몇 분 전, 당신네 우주선의 흔적이 하늘에서 사라지는 것을 보았습니다. 달은 이제 보름달을 막 지났습니다. 그 낯익은 면의 거의 반이 지구에 등을 보입니다. 하지만 그건 이미 알고 있겠지요."

재은 말을 끊었다. 약간 바보가 된 느낌이었다. 자신이 하는 일에는 뭔가 어울리지 않는 게 있었다. 심지어 약간 터무니없는 측면도 있었다. 이제 모든 역사가 절정에 다다르고 있었다. '그럼에도 난 경마장이나 권투 경기장의 라디오 해설자 역할이나 해야 하다니.' 그러나 곧 재은 어깨를 으쓱하고는 그 생각을 떨쳐버렸다. 모든 위대한 순간에는 바로 옆에 진부함도 있었다. 물론 지금은 재 혼자만이 그런 느낌을 받을 수 있었다.

재은 말을 이었다. "지난 한 시간 동안 세 번의 약한 지진이 일어났습니다. 그들이 지구의 자전을 통제하는 힘은 대단하지만 완벽하지는 않습니다…… 당신도 알다시피, 캐럴런, 당신네 도구들이 당신에게 전달하지 못한 어떤 것을 표현한다는 게 매우 힘들 것 같습니다. 만일 당신들이 제게 기대하는 게 무엇인지 조금만 이야기해주기만 했어도 도움이 되었을 겁니다. 만일 아무런 일도 일어나지 않는다면 우리가 정한대로, 여섯 시간 후에 다시 보고를 하겠습니다……"

"여보세요! 그들은 당신들이 떠나기를 기다렸던 게 틀림없습니다. 무언가 일어나기 시작했습니다. 별들이 침침해지고 있습니다. 커다란 구름이 아주 빠른 속도로 하늘 전체에 깔리는 것 같습니다. 그러나 구름은 아닙니다. 어떤 구조를 가진 것처럼 보입니다. 계속해서 위치를 바꾸는 선과 띠들의 어지러운 망이 보입니다. 마치 별들이 유령과 같은 거미줄에 얽혀버린 것 같습니다.

망 전체가 빛을 발하고 빛과 함께 고동치기 시작했습니다. 꼭 살아 있는 것 같습니다. 아마 살아 있을 겁니다. 아니면 그것이 무생물의 세계를 초월하여 존재하듯이, 생명의 세계도 초월하여 존재하는 것일까요?

빛이 하늘의 한 부분으로 옮겨가는 것 같습니다. 잠깐, 다른 창문 쪽으로 이동하겠습니다.

그래, 벌써 알아차렸어야 했는데, 불타는 나무 같은 거대한 불기둥이 있습니다. 서쪽 지평선 위로 솟아 있습니다. 멀리 떨어져 있습니다. 바로 지구 둘레에 있습니다. 전 저게 어디서 솟아오르는지 압니다. 그들이 마침내 떠나고 있습니다. 오버마인드의 일부가 되기 위해서 말입니다. 그들의 견습 기간은 끝이 났습니다. 그들은 뒤에 남은 마지막 물질의 잔재를 떠나고 있습니다.

그 불이 지구에서 위로 퍼지면서, 망이 점점 더 단단해지고 뿌연 것도 걷히는 게 보입니다. 군데군데 고체처럼 보이는 곳도 있지만, 그래도 별들은 아직 망을 통해 희미하게 빛나고 있습니다.

방금 깨달았습니다. 캐렐런, 당신네 세계에서 무언가 위로 솟아오르는 걸 보았는데, 그게 이것과 아주 흡사합니다. 그것도 오버마인드의 일부였나요? 아마 당신은 제가 선입관을 가지지 않도록 저에게 진실을 숨겼던 것 같군요. 제가 편견 없는 관찰자가 될 수 있도록 말입니다. 당신네 카메라가 지금 비추고 있는 것을 당신도 보았으면 좋겠군요. 그럼 그것을 내 정신이 지금 보고 있는 것과 비교할 수 있을 텐데!

캐렐런, 이것이 오버마인드가 당신에게 말을 하는 방식입니까? 이런 색깔과 형태들이? 당신네 우주선의 통제 스크린이 기억납니다. 그 스크린 위를 가로질렀던 무늬들, 오버마인드는 당신들의 눈이 읽을 수 있는 어떤 시각 언어로 말을 하는 것이군요.

아, 이제는 마치 오로라의 커튼들처럼 보입니다. 별들을 가로질러 춤을 추고 깜빡거리고 있습니다. 아, 저게 그 본모습이군요. 틀림없습니다. 거대한 오로라의 폭풍. 풍경 전체가 밝아졌습니다. 대낮보다 더 밝군요. 빨간색과 황금색과 녹색이 하늘을 가로질러 서로 쫓아다니고 있습니다. 아, 이건 말로 표현할 수가 없군요. 이걸 보는 유일한 존재가 저라는 건 공평한 것 같지 않습니다. 전 저런 색깔들은 상상도 못 해보았습니다.

폭풍우가 잠잠해지기 시작합니다. 하지만 거대하고 뽀얀 망은 여전히 있군요. 아마 그 오로라는 저기 우주의 변경 지대에서 방출되고 있는 에너지들의 부산물인 것 같군요…….

잠깐. 다른 게 또 있습니다. 제 몸무게가 줄어들고 있습니다. 이게 무슨 의미일까요? 연필을 떨어뜨려봤습니다. 천천히 떨어집니다. 중력에 무슨 이상이 생겼습니다. 거대한 바람이 다가오고 있습니다. 저기 골짜기에 나무들이 가지를 흔드는 게 보입니다.

물론 대기도 달아나고 있습니다. 작대기와 돌들이 하늘로 올라갑니다. 마치 대지 자체가 그들을 따라 우주 속으로 들어가려고 하는 것 같군요. 커다란 먼지 구름이 있습니다. 질풍이 그 구름을 내몰고 있습니다. 보기가 어려워집니다…… 곧 걷힐 것 같습니다. 그럼 무슨 일인지 알 수 있을 겁니다.

그래요. 나아졌군요. 움직일 수 있는 모든 것은 사라져버렸습니다. 먼지 구름은 사라졌습니다. 이 건물은 얼마나 오래 버틸지 모르겠군요. 숨쉬기가 점점 어려워집니다. 천천히 말을 하도록 하겠습니다.

　다시 분명하게 보입니다. 거대하게 타오르는 불기둥은 아직 그대로 있습니다. 하지만 조금 전보다 작아지고 쪼그라들고 있습니다. 거대한 회오리바람 같은 깔대기 모양입니다. 구름들 속으로 쑥 들어가 버리려 하는 군요. 그리고 아, 이건 말로 하기가 힘듭니다. 기쁨이나 슬픔이 아니었습니다. 충족감, 성취감이었습니다. 제가 상상한 것일까요? 아니면 외부로부터 무언가가 제 마음을 움직인 것일까요? 잘 모르겠습니다.

　그리고 지금…… 이건 상상하기도 어렵습니다. 세상이 텅 빈 느낌입니다. 완전히 비었습니다. 갑자기 방송이 중단되어버린 라디오에 귀를 기울이고 있는 느낌입니다. 그리고 하늘은 다시 맑아졌습니다. 뿌연 망은 사라졌습니다. 캐렐런, 다음에는 오버마인드가 어느 세계로 가게 될까요, 캐렐런? 그리고 당신들은 거기서 계속 오버마인드에게 봉사할 겁니까?

　이상하군요. 제 주위의 모든 것은 전혀 변하지 않았습니다. 이유는 모르겠지만, 어쩐지 그런 생각이 듭니다…… ."

　잰은 말을 멈추었다. 잠시 적당한 말을 찾다가, 진정하려고 눈을 감았다. 이제 공포나 두려움이 들어설 여지가 없었다. 이행해야 할 의무가 있었다. 인간에 대한 의무였고, 캐렐런에 대한 의무였다.

　잰은 마치 꿈에서 깨어나는 사람처럼 천천히 말을 시작했다.

　"제 주위의 건물들, 땅, 산, 모든 게 유리 같습니다. 그것을 통해서 그 너머를 볼 수가 있습니다. 지구가 해체되고 있습니다.

제 몸무게는 거의 사라졌습니다. 당신 말이 맞았습니다. 그들은 장난감을 가지고 노는 것을 끝냈습니다.

이제 불과 몇 초 밖에 안 남았습니다. 저기 산들이 사라집니다. 연기 줄기들 같아요. 안녕, 캐렐런, 라샤베락, 당신들이 안됐군요. 이해하기 어렵지만, 전 우리 종족이 진화한 모습을 보았습니다. 우리가 이제까지 성취한 모든 것은 저 별들 속으로 들어갔습니다. 어쩌면 그게 옛 종교들이 말하려고 한 것인지도 모릅니다. 그러나 종교들은 완전히 잘못 파악했습니다. 종교들은 인류가 너무나 중요하다고 생각했지만, 우리는 많은 종족들 가운데 하나일 뿐입니다. 얼마나 많은지 당신은 압니까? 어쨌든 이제 우리 종족은 당신들은 절대 될 수 없는 존재가 되었습니다.

저기 강이 사라집니다. 하지만 하늘에는 변화가 없습니다. 거의 숨을 쉴 수가 없습니다. 달이 아직도 저기서 빛나고 있다니 이상하군요. 그들이 달을 남겨두고 가서 기쁘군요. 하지만 달은 이제 외로울 겁니다.

빛! 제 밑에서, 지구 안에서 빛이 올라오고 있습니다. 바위, 땅, 모든 것을 통해 점점 더 밝아지고, 밝아지고, 너무나 눈이 부십……"

빛의 소리 없는 격동 속에서, 지구의 핵은 그동안 쌓아왔던 에너지를 내뿜었다. 잠시 중력파가 태양계를 연거푸 가로지르며 행성들의 궤도에 약간의 혼란을 주었다. 이윽고 남아 있는 태양의 자식들은 다시 한 번 옛 행로를 따라갔다. 평온한 호수에 둥둥 뜬 코르크들이 누군가 던진 돌이 일으킨 파문을 타고 밖으로 퍼지듯이.

지구에는 남은 게 없었다. 그들은 지구의 물질의 마지막 원자까지 거머리처럼 빨아간 것이다. 그동안 지구가 상상할 수 없는 진화를 거치는 격렬했던 순간들 내내 그들을 양육해왔는데도 말이다. 밀알에 저장된 양분이 태양을 향해 뻗어가는 어린 식물을 먹이듯이 그들을 먹여왔는데도.

명왕성 궤도 너머 6십억 킬로미터 떨어진 곳에서, 캐렐런은 갑자기 어두워진 스크린 앞에 앉아 있었다. 녹화는 완벽했다. 임무는 끝났다. 그는 아주 오랫동안 떠나 있었던 고향으로 가고 있었다. 몇 백 년 세월의 무게가, 그리고 어떤 논리로도 떨쳐버릴 수 없는 슬픔이 그를 짓누르고 있었다. 캐렐런은 인간 때문에 애통해하지 않았다. 자신의 종족, 그들이 극복할 수 없는 힘으로 인해 영원히 위대해질 수 없는 종족 때문에 슬퍼했다.

'우리가 세운 그 모든 업적에도 불구하고, 물리적 우주를 정복했는데도 불구하고, 우리 종족은 평평하고 먼지 낀 평원에서 줄곧 살아간 부족보다 나을 게 없어'라고 캐렐런은 생각했다. 멀리 늠름하고 아름다운 산들이 있었다. 그곳에서는 빙하 위에 천둥이 장난치고 있었고, 공기는 맑고 차가웠다. 아래의 모든 땅이 어둠에 싸였을 때도, 그곳에서는 해가 여전히 빛나며, 산꼭대기들을 영광의 모습으로 변형시켰다. 그러나 그들은 그저 바라보고 궁금해할 뿐, 그 높이를 결코 측정할 수 없었다.

'그래도 우리는 끝까지 단념하지 않을 거야.' 캐렐런은 그것을 알고 있었다. '우리는 우리에게 닥칠 운명이 무엇이든 절망하지 않고 기다릴 거야. 지금은 선택의 여지가 없어 오버마인드를 섬기지만 결코 우리 영혼을 잃지는 않을 거야.'

거대한 통제 스크린이 음울한 루비빛으로 바뀌었다. 캐렐런은 의식적인 노력을 기울이지 않고 변화하는 무늬로 표현되는 메시지를 읽었다. 우주선은 태양계의 변경을 떠나고 있었다. 스타드라이브에 동력을 제공했던 에너지들은 빠르게 줄어들고 있었다. 그러나 그 에너지들은 자기 몫을 다했다.

캐렐런은 손을 들어올렸다. 화면이 다시 바뀌었다. 스크린 중앙에서 환한 별 하나가 빛을 발하고 있었다. 이 먼 거리에서는 태양이 행성 가운데 하나를 잃었다는 것을 알 수가 없었다. 캐렐런은 오랫동안 빠르게 멀어지는 간극 너머를 물끄러미 바라보았다. 수많은 기억들이 그의 광대하고 미로 같은 정신 속을 줄달음질쳤다. 캐렐런은 말없이 작별 인사를 하면서, 자신의 목적을 방해했든 도왔든 간에, 그가 알았던 모든 인간들에게 경의를 표했다.

감히 그의 묵상을 혼란스럽게 하거나 중단시키는 자는 아무도 없었다. 곧 캐렐런은 점점 작아져가는 태양으로부터 등을 돌렸다.

《유년기의 끝》
1989년 판본 1장

1989년 아서 클라크는 《유년기의 끝》의 1장을 새로 집필했다. 독일인을 등장시키는 대신 러시아인들이 우주 탐사에서 앞서나가고 있다는 일반적인 믿음을 반영한 내용이었다. 소련이 붕괴된 후, 작가는 다시 최초의 도입부로 돌아가기로 결정했다. 다음은 당시 새로 집필한 1989년의 도입부이다.

발사장으로 향하는 비행기에 오르기 전, 엘레나 랴코프는 항상 같은 의식을 치렀다. 우주비행사 중에는 그녀와 같은 일을 하는 사람이 제법 있었지만, 그런 행동을 입에 올리는 이는 거의 없었다.

관리국 건물을 떠나 침엽수 길을 걸어갈 때쯤에는 이미 날이 어둑해져 있었다. 그녀는 걸음을 옮겨 유명한 동상 앞에 도착했다. 하늘은 구름 한 점 없이 청명했고, 밝은 달이 방금 떠오른 참이었다. 엘레나의 눈은 자동적으로 '비의 바다'를 향했고, 그녀의 마음은 지금은 작은 화성이라 불리는 암스트롱 기지에서 몇 주 동안 훈련을 하던 시절로 되돌아갔다.

"당신은 제가 태어나기 전에 죽었지요, 유리. 냉전이 벌어지던 시절에, 우리나라가 아직도 스탈린의 그림자에 뒤덮여 있던 시절에. 요즘처럼 스타 빌리지에서 온갖 외국어 억양을 듣게 된다면 당신은 무슨 생각을 할까요? 제 생각에는 매우 기뻐할 것 같은데…….

지금 당신이 우리를 볼 수 있다면 기뻐했을 거라는 사실은 알고 있어요. 노인이 되었어도 아직까지 살아 있을 수도 있었을 테니까요. 처음으로 우주로 나간 사람인 당신이, 인간이 월면을 걷는 순간을 볼 수 없었다니 얼마나 비극적인 일이에요! 하지만 당신도 화성은 꿈으로만 꾸었을 테지요…….

그리고 이제 우리는 그곳에 갈 준비를 마쳤어요. 백여 년 전 콘스탄틴 치올코프스키가 꿈꾸었던 새로운 시대가 막을 올리는 거예요. 다음에 다시 만날 때는 해드릴 이야기가 아주 많을 것 같아요."

사무실로 돌아가는 길을 절반쯤 왔을 때, 때늦은 관광객들을 가득 태운 버스가 갑자기 정지했다. 문이 열리며 카메라를 손에 든 승객들이 쏟아져 나왔다. 화성 탐사대의 부사령관인 그녀가 할 수 있는 일은 공무용 미소를 입가에 머금는 것이 전부였다.

그러나 사진 한 장 찍을 사이도 없이, 갑자기 모든 사람들이 달을 가리키며 소리치기 시작했다. 그 모습이 하늘을 가로지르는 거대한 그림자 속으로 사라지기 전에, 엘레나는 간신히 몸을 돌려 그것을 목격할 수 있었다. 그리고 난생처음으로, 그녀는 신을 두려워하게 되었다.

작전사령관 모한 칼리어는 크레이터의 가장자리에 서서 칼데라 반대편 가장자리에 보이는 굳어버린 용암의 바다를 바라보고 있었다. 이 장면의 규모를 짐작하거나, 녹은 바위를 물러나고 흘러내리게 해서 지금 눈앞에 펼쳐진 절벽과 단구를 만든 끓어오르는 힘을 상상하는 일은 쉽지 않았다. 그러나 눈앞에 보이는 모든 것은 앞으로 채 1년도 지나지 않아 그가 마주해야 할 황당한 규모의 화산에 비하면 아무것도 아니었다. 킬라우에아 화산은 그저 올림포스 산을 축소한 조형물에 지나지 않으며, 이곳에서 어떤 훈련을 하더라도 막상 현실을 마주하면 터무니없이 준비가 부족하다는 사실만 깨닫게 될 것이다.

그는 2001년의 취임식 당시 미국 대통령이 40년 전 케네디가 했던 약속, "우리는 달에 갈 것입니다!"를 따라하듯 "태양계의 세기"가 찾아올 것이라 말했던 사실을 떠올렸다. 그는 2100년이 찾아오기 전에 인간이 태양 주위를 도는 모든 주요 천체들을 방문하게 될 것이며, 그중 최소한 하나에 영구적으로 살 수 있으리라 호언장담을 했다.

갓 떠오른 태양의 빛살에 용암 틈새로 새어 나오는 증기가 눈에 띄었고, 칼리어 박사는 그 모습을 보고 화성의 '밤의 미궁' 지역에 쌓이는 아침 안개를 떠올렸다. 대여섯 개 국가에서 모인 동료들과 함께 이미 화성에 와 있다고 상상하는 일은 별로 어렵지 않았다. 이번에는 그 어느 나라도 혼자서는 화성에 가지 않았다. 아니, 갈 수 없었다.

헬리콥터로 돌아오던 도중 묘한 예감이, 눈가에 보인 어떤 움직임이 그의 걸음을 멈추게 만들었다. 그는 영문을 모른 채 크레이터를 돌아보았다. 하늘을 바라볼 생각이 든 것은 잠시 시간이 지난 후였다.

그리고 모한 칼리어는 같은 시간 하늘을 바라본 엘레나 랴코프와 마찬가지로 한 가지 사실을 깨달았다. 지금까지 인류가 알아온 역사는 종막을 맞이했다는 것을. 얼마나 높은지 가늠할 엄두조차 나지 않는 상공에서, 빛나는 괴물들이 구름 너머 하늘을 항해하고 있었다. 라그랑주 점에 모여 있는 작은 우주선 무리를 통나무 카누처럼 미개한 물건으로 보이게 만들 정도였다. 영원히 계속되는 것처럼 느껴지는 한순간 동안, 모한은 세계의 다른 모든 사람들과 마찬가지로 압도하듯 장중하게 고도를 낮추는 거대한 우주선들을 멍하니 바라보고 있었다.

일생일대의 업적이 사라져버린 것에 대한 회한조차 느껴지지 않았다. 그는 인간을 별로 보내기 위해 노력해왔지만, 이제 별들이, 오만하고 무심한 별들이, 스스로 그에게 내려온 것이었다.

역사가 숨을 죽이고, 현재가 과거와 단절되는 순간이었다. 마치 빙산이 자신을 잉태한 절벽에서 떨어져 나와 고고한 자존심을 품은 채 항해에 나서듯. 이전 시대에 이룩한 모든 업적은 전부 무로 돌아가버렸다. 모한의 두뇌 속에서는 오직 한 가지 생각만이 계속해서 메아리치고 있었다.

'인류는 이제 더 이상 혼자가 아니다.'

시대를 앞서 태어난 미래 인간,
아서 C. 클라크

고장원(SF 평론가)

올해 12월이면 로버트 앤슨 하인라인과 아이작 아시모프와 더불어 영미권 SF의 '빅 3' 중 한 사람으로 꼽히던 영국 출신 작가 아서 C. 클라크의 탄생 100주기가 된다. 1980년대와 1990년대에 각기 먼저 세상을 떠난 하인라인이나 아시모프와 달리 클라크는 21세기에 접어들어 무려 90세까지 장수하며 왕성한 필력을 과시했다. 말년에는 어린 시절 앓았던 소아마비의 후유증과 등의 통증으로 고생했지만, 그는 적어도 여섯 대의 컴퓨터와 모뎀, 프린터 그리고 주변 장치들로 빽빽한 스리랑카의 테크노 벙커 같은 방에서 하루에 10시간씩 일했다. 또한 짬짬이 인터넷을 검색하고 지붕에 설치한 망원경으로 별들을 바라보는 동시에 과학 저널 기사는 만화 섹션까지 훑었는데, 이렇게 얻은 박학다식을 작품에 녹여 넣었다. 팩스와 컴퓨터를 다루며 곁에서 돕던

스리랑카인 비서 넷은 그곳 기후에 맞게 맨발이었다.

클라크의 문필 생활은 제2차 세계대전 전야로까지 거슬러 올라간다.* 데뷔한 지 불과 몇 년 만에 SF계에서 이름을 날렸고 자신의 장편소설과 과학 논픽션으로 전설적인 입지를 구축하는 데 그로부터 10여 년이 걸리지 않았다. 하인라인이 정치적 호불호가 명확하여 줄곧 비판에 직면했고 아시모프가 지적인 자기 과시욕에 빠져드는 경향이 있던 데 비해, 클라크는 일희일비할 수밖에 없는 인간사로부터 초연하여 다분히 철학적인 세계관을 드러내는 필치로 자신만의 대가다운 아우라를 창조했다. SF에만 국한해도 일생 동안 그는 10여 종의 단편집과 30여 종의 장편소설을 펴냈다. 그중 〈스페이스 오디세이(Space Odyssey)〉 시리즈(1968~97)가 스탠리 큐브릭과 피터 하이엄스에 의해 일부 영화화된 덕분에 대중에게는 가장 유명하겠지만, 초기작 가운데에는 외계인과의 최초의 접촉을 진지하게 다룬 도발적인 작품 《유년기의 끝》(1953) 또한 평단과 독자들 사이에서 논란을 불러일으켰다. 외계 생명에 대한 작가의 관심은 식을 줄 몰라 팬들을 위해 제작된 90세 생일 기념 비디오 영상에서도 그는 자신이 눈을 감기 전까지 외계 생명의 존재가 확인되었다는 소식을 듣고

---

*그의 데뷔작은 존 W. 캠벨 2세의 SF 잡지 《어스타운딩 스토리즈(Astounding Stories)》에 실린 단편 〈구조 임무(Rescue Mission)〉다. 캠벨의 구미에 딱 맞아 떨어졌던 이 작품은 인류의 도약을 우주적 시야로 넓혀놓았다. 이 작품은 지구촌은 물론이고 우주조차 뒤바꿔놓을 수 있는 인류의 잠재력에 대한 기대와 자신감을 드러낸다. 아울러 〈구조 임무〉는 제2차 세계대전의 참화에 영향받아 외부로부터의 구세주를 갈망하는 《유년기의 끝》이 발표되기 전까지 작가의 초기 성향을 엿볼 수 있게 해준다.

싶어 했다. 그간의 공로로 클라크는 1998년 기사 작위를 받았으며 아폴로 달 탐사 관련 TV 프로그램에 해설자로 등장하기도 했다. 출간작들 가운데에는 〈스페이스 오디세이〉 시리즈의 대미를 장식하는 《3001 최후의 오디세이(3001 : The Final Odyssey)》(1997)가 역사상 전례가 없는 큰 규모의 SF 출판 계약이었던 까닭에 세간의 화제를 모았다. 1004년간 인류의 삶에 관해 상세하고도 믿을 만한 시나리오를 전개한 이 원고의 계약 금액은 과학계는 물론이거니와 콜롬보의 택시 기사들까지 수군거리게 만들었다(콜롬보는 스리랑카의 수도로 클라크는 30년 넘게 이곳에서 살았다).

"우리는 달에서 휴가를 보내게 될걸요." 자전거를 개조한 세 바퀴 택시 툭툭을 모는 한 운전사의 말이었다. 그는 필자를 유행이 앞선 반즈 플레이스에 있는 클라크의 집으로 데려다주었다. "이처럼 대단한 두뇌가 입을 떼면 우리도 알게 되죠. 이 사람은 미래를 알고 있거든요."*

《3001》 출간 기념 인터뷰를 위해 1997년 모 언론에서 작가의 자택을 방문했을 당시 그는 건강이 악화된 데다 폐렴까지 겹쳐 일어서지도 못한 채 다스 베이더처럼 숨 쉬느라 원래 말하려던 문장의 반도 정확히 발음하지 못했지만 집필 의도를 전하기 위

*Millennium 4, black&white, studio magazine Pty Lid, Australia, June 1997.

해 분투했다. 잡지 《천문(Astronomy)》의 편집자 데이비드 아이허는 클라크가 작고한 2008년 CNN과의 인터뷰에서 그의 저작들은 1950~60년대에 우주탐사에 대한 공중의 관심을 불러일으키는 데 기여했다고 평가했다. 1972년 이래 인간이 더 이상 달에 직접 방문하는 데 흥미를 보이지 않게 되었어도 그는 조만간 우주여행의 황금시대가 돌아오리라고 예고한 바 있는데, 최근 블루 오리진과 스페이스 X가 경쟁적으로 재활용 로켓 사업에 뛰어들고 있는 현실과 달 표면에 무한정 쌓여 있다시피 한 헬륨 3의 가치는 이러한 전망이 결코 희망 사항이 아님을 새삼 일깨워준다. 클라크 재단의 테드슨 마이어스는 클라크처럼 좌뇌와 우뇌가 상상의 극한을 달린 사람을 또다시 만날 수 있겠느냐고 반문했는데, 실제로 클라크의 장기는 물리학을 비롯한 자연과학적 지적 토양을 바탕으로 인류 사회의 미래가 어찌 변화할지 조망하는 거시 담론에서 특히 빛을 발했으며 《유년기의 끝》 또한 그러한 자질을 보여준 전형적인 사례에 속한다.

《유년기의 끝》은 어떤 면에서 인류 전체가 주인공이라 할 수 있다. 위기에 처한 대상이 바로 인류라는 종(種)의 운명인 까닭이다. 작가는 성숙된 캐릭터들과 깊이 있는 드라마를 통해 몇 세기에 걸친 외계인들의 지구 정복담을 있을 법한 호소력 있는 이야기로 만들어냈다. 국제연합 의장 스톰그렌과 외계인 우주선에 밀항하는 잰 그리고 뜻밖에 중요한 몫을 하는 어린 소년 제프 등 흥미로운 캐릭터들이 많이 나오지만 뭐니 뭐니 해도 그중 가장 기억할 만한 본보기는 아마 오버로드들이 아닐까? 이들의 인류 진화에 대한 개입은 자칫 평면적으로 흐르기 쉬운 플롯을 도발적으로 비비 꼬아놓아 독자들이 끝까지 시선을 떼지 못하는 자극제 노릇을 한다. 언제고 외계인들과 인류의 만남이 현실화되는 날이 온다면 양자의 관계는 구체적으로 어떠한 양상을 띨까? 이는 상대하는 외계 문명의 과학기술이 인류에 비해 어느 수준이냐에 달려 있으리라. 일찍이 우주생물학자 칼 세이건은 양자 간의 최초의 접촉에서 어느 한쪽이 월등히 우월한 문명을 누린다면 둘 사이에 전쟁 따위가 생겨날 여지가 없다고 예견한 바 있다. SF계에서 일찍이 이와 똑같은 답을 내놓은 작품이 바로 아서 C. 클라크의 《유년기의 끝》이다. 여기서 일명 '오버로드'와 '오버마인드'라 불리는 외계 종족들은 인류에 비해 너무나 앞선 문명 단계에 도달해 있어 거의 신처럼 보인다. 결과적으로 인류는 저항다운 저항 한 번 해보지 못하고 극소수의 오버로드 파견단에게 물리적으로뿐 아니라 심리적으로 완전히 정복되어버린다. 더구나 그것으로도 모자라 외계인들은 차세대 인류의 진화 방향과 속도를 자신들이 세운 방법론과 실행 스케줄에 따라 멋대로 조정한다. 사실 오버로드들이 인류에게 접근했던 까닭은 단지 앞선 문명의 힘으로(물리적으로) 지구를 정복하기 위해서가 아니라, 그들의 상전(오버마인드)이 시키는 대로 향후 진화 잠재력이 높은 종을 찾아 임의로 고속 진화시키기 위해서였다.

작품 발표 당시 논란을 불러일으켰던 문제는 바로 이 점이다. 즉 타의에 의한 생각지도 못한 방향으로의 진화를 어찌 받아들일 것인가? 아무리 외계인들이 나름의 선의로 그랬다 한들, 그로 말미암은 결과가 과연 인류가 원하던 행복인지는 미지수다. 개체로서의 의식을 잃어버린 채 거대한 집단정신 에너지 군체가 되어 심우주로 뻗어나가는 인류의 미래상은 1950년대 독자들에게 큰 충격을 안겨주지 않을 수 없었다. 구체적인 양상이야 어찌 차이가 나든 간에 우리보다 압도적으로 앞선 외계 문명과 진짜로 만난다면 전쟁이 일어나기는커녕 변변한 저항조차 못 해보고 우리가 제압될 공산이 크다. 그리되면 우리의 앞날은 오로지 그들의 뜻에 따라 결정될 것이다. 그렇다면 클라크는 제국주의 논리를 우주적 규모에서 합리화하고 있는 것일까? 작품 발표 당시의 정황을 보면 해석이 그리 간단치가 않다. 초판 해설에서도 밝혔듯이, 양차 세계대전의 고통은 틈만 나면 으르렁거리며 전쟁을 일삼는 소위 강대국들의 해묵은 패권 야욕을 송두리째 꺾어버릴 제3의 힘을 막연하게나마 기대하게 만들었기 때문이다. 이는 H. G. 웰스의 《잠든 자가 깨어날 때(When the Sleeper Wakes)》(1899)와 《다가올 세계의 모습(The Shape of Things to Come)》(1933), 그리고 이반 예프레모프의 《안드로메다 성운(Andromeda Nebula)》(1957) 같은 유토피아 소설들에서 공통적으로 드러나는 세계단일국가의 이상적인 비전과도 비견된다. 어느 쪽이든 간에 인간이건 외계인이건 단일국가체제가 지구촌을 제어함으로써 인류가 더 이상 전쟁의 참화에 시달리지 않게 되는 미래를 그리기 때문이다. 해외 평론가 마크 윌슨 역시 《유년기의 끝》은 클라크의 초기 작풍과 많은 차이가 나고 있음을 다음과 같이 인정한다.

더욱 중요하고 도발적인 측면은 인류의 정신 수준이 아직 어리고 미개발 상태라서 무한한 우주를 보듬어 안을 형편이 못 된다는 클라크의 핵심 개념이다. 이러한 회의적 관점을 만약 받아들인다면, 오늘날 은하계를 종횡무진으로 활보하는 줄거리를 담은 SF소설들 대부분은 우주의 참모습을 무시한 채 자기 생각에만 사로잡힌 몽상이나 다름없어 보인다. 클라크의 작품들은 몇 가지 예외가 있긴 하나 인류가 (자력으로) 태양계를 벗어날 수 있으리라는 기대를 거의 걸지 않는다. 《유년기의 끝》이 바로 그 단적인 예다.*

클라크는 비단 SF 작가에 그치지 않고 미래 비전을 제시하는 구루로서 광범위한 분야에서 인정을 받았다. 각종 기념패들과 증명서들로 도배되어 있다시피 한 그의 방에는 미항공우주국이 수여한 상패와 스리랑카 주재 미국 대사로부터 받은 상패, 그리고 국제우주 명예의 전당에서 보내온 상패가 진열되었다. 특히 마지막 것은 통신위성 세 개면 지구촌 전역의 통신망을 커버할 수 있다는 독창적인 생각을 처음 떠올린 공로로 받았다. 그의 사무실 벽에는 교황 요한 바오로가 클라크를 만나 그의 친필 사인이 든 저서 《궤도로의 비상(Ascent into Orbit)》을 받아 드는 사진이 걸려 있다. 또 다른 사진에서는 다이애나 황태자비가 양자역학에 대한 클라크의 설명을 들으면서 그의 저서들에 깊은 관심

---

*Mark Wilson, Review: 'Childhood's End' by Arthur C. Clarke - The stars are not for humanity(자료원: http://scifi.about.com/od/bookreviews/fr/Review-Childhoods-End-By-Arthur-C-Clarke.htm).

을 드러내는 모습이 담겨 있다. 그러니 루퍼트 머독이 클라크를 20세기의 구루들 중 한 사람으로 꼽은 것이 그리 놀랄 일이 아니다.

마지막으로 클라크의 인간미 넘치는 겸손한 인생관을 엿보게 해주는 한 에피소드로 마무리하고자 한다. 언젠가 미국의 한 냉동인간 연구기업이 고령의 클라크에게 사후 냉동인간 시술을 제안한 바 있다. 냉동인간 사업이 붐을 타려면 사실 클라크 같은 SF계의 명사가 시술받는 데 서명해주는 것 이상의 경사가 없으리라. 그러나 뜻밖에도 돌아온 대답은 '아니요'였다. 이 거물은 연로하여 호흡이 가쁜 처지에도 불구하고 평범한 회의주의자의 길을 택했다. 이는 그가 아직 부활 사례가 없는 냉동인간 시술을 믿지 못해서라기보다는, 낯선 시대에 깨어나 새로운 친구들을 사귀는 식의 완전히 새로운 생(生)의 패러다임을 짤 의사가 없었다는 뜻이다.

"분명히 사람들은 내가 냉동인간 시술에 지원하지 않으려는 의도를 제대로 이해하지 못할 것이다. 무엇보다 나는 미래기술을 늘 포용해온 사람인 까닭에 나의 이러한 처신이 모순처럼 보일 수 있다. 하지만 나는 수천 년이나 미래에 다시 살아나 적응한다는 그러한 발상에 기본적으로 감정적인 반감을 느낀다. 내가 알지도 못하는 세계에서—인간이건 아니건—아는 친구 하나 없이 살아가는 삶은 견뎌낼 자신이 없다. 수많은 과학적 주장이 논문과 이론에서는 말이 되지만 우리는 감정적인 동물이며 냉동인간 기술은 내게 온당해 보이지 않는다."*

  하드SF의 대가답게 과학과 테크놀로지의 미래 그리고 그것이 인간과 사회와 맺는 상호관계에 줄곧 정통했음에도 그가 쾌활한 기술적 낙관주의로 경도되지 않고 인간적인 겸허함에 머물 줄 알았다는 것은 이 작가를 입체적으로 이해하는 열쇠가 된다. 예컨대 뒤에 이어질 해설에서 다시 상술하게 될 《유년기의 끝》과 《도시와 별》, 〈스페이스 오디세이〉 시리즈 그리고 〈라마〉 시리즈 등에서 드러나는 일관된 패턴을 떠올려보라. 클라크는 과학을 인류 발전의 견인차로 생각하긴 하나 인류는 독불장군이 아니며 우주적 규모에서는 명왕성에서 보이는 지구처럼 일종의 '창백한 푸른 점'에 지나지 않는다고 본다. 죽음을 앞둔 클라크가 냉동인간 행을 단칼에 거절한 것은 바로 이러한 작품관이 단지 소설에서뿐 아니라 실제의 삶에도 일관되게 투영되어 있음을 보여주는 증거 아니겠는가!

2016년 12월
고장원

*Millennium 4, black & white, studio magazine Pty Lid, Australia, June 1997.

SF,
작가가 쓰는가, 시대가 쓰는가

고장원(SF 평론가)

1. 1997년, 44년 만에 재패니메이션으로 부활한 《유년기의 끝》

불완전한 마음의 보완,
불필요한 몸을 버리고
모든 영혼을 지금, 하나로
_이카리 겐도

1997년 안노 히데아키가 연출한 화제작 〈신세기 에반게리온〉 TV시리즈의 두 번째 극장판 〈에반게리온의 끝〉이 발표되었을 때, 비단 애니메이션 팬뿐만 아니라 SF 팬들 또한 당시 요란했던 '에바' 열풍과는 또 다른 맥락에서 희열을 느꼈을 것입니다. 작품의 시공간을 2015년 제3 동경시로 설정한, 장장 27개의

TV시리즈와 두 편의 극장판으로 이뤄진 이 영화에서 시종일관 수수께끼처럼 치고 빠지면서 궁금증을 유발하던 '인류보완계획'이란 핵심 콘셉트가 바로 아서 C. 클라크가 1953년 발표한 장편 《유년기의 끝》에서 빌려온 것일 줄이야!

불완전한 개체들의 군집으로 이뤄진 인류를 하나의 단일지성으로 만들어 완벽한 영생을 누리고자 하는 '인류보완계획'이라는 아이디어가 비록 소설에서와는 달리 애니메이션에서는 성공하지 못하지만 그 기본적인 영감을 클라크에게 백 퍼센트 신세지고 있음을 누구도 부인하지 못할 것입니다. (한편 이러한 '에반게리온 식' 결말은 절대자에 가까운 외계 지성에 묵묵히 복종하는 클라크의 운명론에 대한 안티테제로 해석할 수도 있을 것입니다.)

발표 당시로부터 무려 44년이 흐른 지금, 새로운 세기로 접어드는 길목에서 클라크의 고전 《유년기의 끝》은 당당하게 대중의 관심권으로 다시 진입한 것입니다. 그런가 하면 어떤 이는 할리우드 영화 〈인디펜던스 데이〉의 오프닝 시퀀스, 즉 도시 상공의 하늘을 뒤덮으며 위압적인 덩치로 떠 있는 거대한 외계 우주 선단의 이미지에서 《유년기의 끝》의 한 구절을 떠올리기도 합니다.

한 무리의 거대한 우주선들이 알 수 없는 우주의 심연 저쪽에서 밀어닥쳤을 때, 지구인들은 아무런 예고도 받지 못했다. 이런 상황은 SF 소설에서는 수도 없이 이야기된 것이었으나, 실제로 그런 일이 일어나리라고 믿었던 사람은 아무도 없었다. [……] 그 강력한 우주선들이 뉴욕, 런던, 파리, 모스크바, 로마, 케이프타운, 도쿄, 캔

버라 등의 도시 상공에 정지한 채 떠 있다는 사실을 절대 우연이라고 볼 수는 없었다. (34~35쪽)

제가 이 작품을 우리나라에서 번역판으로 처음 접한 것은 1978년의 일이지만, 22년의 세월이 흘러 다시 읽어보아도 그 이후 쏟아져 나온 수많은 SF 소설들에 비해 전혀 시대 감각이 뒤떨어지지 않는다는 점에서 클라크가 '빅 3' 가운데 하나라는 명예를 거저 얻은 것이 아님을 실감할 수 있습니다.* SF 출판 여건이 척박한 상황에서도 현재 클라크의 작품들은 비교적 여러 작품이 번역되어 나와 있습니다. 특히 그중에는 외계의 초지성 문명과 인류와의 첫 만남을 소재로 다룬 대표 장편들이 네 편이나 끼어 있습니다. 클라크에게 관심 있는 분이라면 그의 초기작이라 할 수 있는 《도시와 별(The City and the Stars)》과 《유년기의 끝》뿐만 아니라 70년대에 시작되어 90년대까지 이어진 〈스페이스 오디세이〉 시리즈와 〈라마〉 시리즈까지 읽어보았을 것입니다. 만약 이 작품들을 모두 통독하신 독자분이 계신다면 한 번쯤 이런 질문을 품어보지 않았을까요?

---

*물론 세세한 부분에서는 예측이 어긋난 부분이 없지 않습니다. 2050년이 되어서도 여전히 필름 카메라를 사용한다든가, 수백 개의 채널이 넘는 디지털 방송으로 사람들이 텔레비전 앞에서 자리를 뜨지 못한다는 설정처럼 말입니다. 아직 21세기 초엽입니다만 디스켓을 장착하는 디지털 카메라가 시장의 새로운 대안으로 자리 잡아가고 있습니다. 또 이미 다채널 디지털 방송이 보편화되어가고 있습니다. 하지만 그럼에도 불구하고 여가 시간 가운데 텔레비전 보는 시간은 갈수록 줄어들고 있는 것이 세계적 추세입니다. 하지만 우리를 놀라게 하는 것은 그러한 오류가 아니라 50여 년 전에 이미 다채널 디지털 방송의 출현을 예견했다는 점이 아닐까요?

'아서 C. 클라크는 이처럼 동일한 소재를 여러 장편들을 통해 변주하면서 대체 무슨 이야기를 하고 싶었던 걸까?'

신세기에 다시 출간된《유년기의 끝》은 이러한 논의의 출발점으로 부족함이 없을 것 같습니다. 아울러 앞에서 언급한 비슷한 소재의 대표작들을 함께 비교하고 검토해보는 방법도 도움이 되리라고 생각됩니다. 그럼 독자 여러분, 지금부터 위의 물음에 대한 답을 찾아 길을 떠나보도록 합시다!

2. 정통 SF의 대부, 아서 C. 클라크

아이작 아시모프, 로버트 앤슨 하인라인과 함께 SF 분야의 3대 거장으로서 어깨를 나란히 하는 아서 C. 클라크는 그중에서도 현재까지 왕성하게 활동하고 있는 유일한 현역 작가입니다.* 클라크의 작가로서의 경력은 제2차 세계대전 무렵까지 거슬러 올라가니 실로 대단한 필력이 아닐 수 없습니다. 사회적 다원주의자로서 치열한 적자생존을 합리화하면서 미국인들의 모순된 우월의식을 노골적으로 표명한 하인라인이나(따라서 그의 작풍은 파시즘과 무정부주의 사이의 극단을 종횡무진하죠) 유대인 출신으로 자기 과시욕이 강한 낙관적인 과학만능주의자 아

---

*아이작 아시모프는 자신의 자서전《나, 아시모프》에서 1988년 이후로는 사람들이 '빅 3' 대신 '빅 2'라고 부르게 되었다고 주장합니다. 물론 여기서 빅 2는 클라크와 아시모프를 일컫는 것입니다.

시모프와는 달리(그는 높은 지능의 로봇을 완벽하게 통제할 수 있다고 낙관했고, 그 결과 '착한 로봇'이란 개념을 창안해냈지요), 클라크는 과학과 테크놀로지에 정통한 전문 지식을 바탕으로 우주와 인류의 미래를 진지하고 철학적인 시선으로 조망하는 그만의 특색을 보여줍니다. 클라크의 이러한 성향에서 같은 영국 작가인 H. G. 웰스나 올라프 스테이플던이 미친 영향을 발견하는 것은 그리 어렵지 않습니다. 실례로 브라이언 애시는 평론집《미래의 얼굴들(Faces of the Future)》에서《유년기의 끝》은 스테이플던의《별의 창조자(Star Maker)》에 등장하는 우주정신을 영감의 원천으로 빌려왔다고 주장합니다. 그래서인지 저돌적인 하인라인과 재기발랄한 아시모프에 비해 클라크의 발걸음은 느리지만 한층 무게가 있어 보입니다(그는 1945년 발표한 논문을 통해 통신용 정지위성을 일찌감치 예견한 바 있는데, 이 사건은 소설가로서뿐만 아니라 과학자로서의 그의 안목을 드러낸 유명한 사례라 하겠습니다). 그렇다고 해서 클라크의 작품이 필요 이상으로 무게 잡거나 재미없을 거란 오해를 하지는 말기 바랍니다. 여기서 클라크의 문학세계를 종합적으로 정리한 박상준의 의견을 잠시 들어보겠습니다.

아서 클라크는 여러 SF 작가들 중에서도 가장 '기본'에 충실한 정통파이다. 즉 과학적 설득력이라든가 스토리 구성, 유머나 진지함, 미래에 대한 전망, 사회에 대한 안목 등 모든 면에서 최고의 수준을 보여주면서도 결코 어느 한쪽에 치우치지 않는다. 그 모든 것들을 적절히 버무려내어 전체적으로는 우주를 향한 원대한 동경으로 형상화시킨다. 실로 SF적 감성 본령에 가장 가깝게 다가선 작가라 할 수 있다.*

클라크의 작품이 독자를 얼마나 몰입시키는가를 보여주는 재미있는 사례가 하나 있습니다. 그와 거의 동년배로 친분이 돈독한 아시모프는 자신의 자서전 《나, 아시모프》에서 클라크에게 받은 희한한 편지 한 통을 소개하고 있습니다. 여객기가 추락해 승객의 반밖에 살아남지 못하는 사고가 일어난 적이 있었는데 당시 유독 한 사람만은 추락 도중에도 시종일관 평정을 잃지 않았다고 합니다. 그 이유는 그 승객이 클라크의 작품을 읽고 있었기 때문이라나요. 이 일화가 신문에 활자화되자 의기양양해진 클라크는 해당 기사를 복사해 아시모프에게 보냈답니다. 그는 동봉한 편지에서 "자네 작품을 읽고 있지 않았다니 안됐구먼. 그랬다면 추락이 아무리 겁나도 바로 곯아떨어졌을 텐데" 하며 익살을 떨었죠. 흥분한 아시모프는 아마 클라크의 그런 잘난(?) 편지를 받은 사람들이 적어도 5백만 명이 될 거라고 푸념했습니다.

《유년기의 끝》이 나온 것은 두 번에 걸친 세계대전의 피로가 가시기도 전에 냉전의 음침한 장막이 드리워지기 시작하던 1953

*http://www.3jeong.com/astro/spacebook/book-2001.a.space.odyssey-000904.html.

년입니다. (그리고 같은 해에 이보다 앞서 그의 또 다른 장편 《도시와 별》이 출간되었습니다.) 제2차 세계대전은 미국인과 유럽인의 마음을 황폐하게 만드는 동시에 신중하게 만들었습니다. 원자폭탄, 즉 과학이 보여준 궁극의 결과에 경악한 사람들은 쥘 베른의 《달세계 여행》식 '과학에 대한 낭만적인 꿈'에서 벗어나게 되었던 것입니다. 대신 이들은 방사능으로 일그러진 괴물과 (적성국가를 대신한) 외계의 핵 공격을 영화관에서 구경하고는 경계심을 풀지 못한 채 집에 돌아와 잠자리에 들어야만 했습니다. 미국의 SF 소설가 토머스 M. 디시의 회고에 따르면, 1945년 히로시마에 원자폭탄이 떨어진 해에 불과 다섯 살이었던 그는 초등학교에 들어가서는 폭격이 있으면 머리를 땅에 박고 몸을 웅크리고 앉아 있는 일종의 민방위 훈련을 받았다고 합니다.* 어차피 은하제국과 초광속우주선을 들먹이는 SF 소설가라 해도 과학뿐만 아니라 정치, 사회, 경제라는 인간을 둘러싼 거시적인 울타리들로부터 자유로울 수 없는 법 아닙니까. 냉전의 암담한 분위기는 《유년기의 끝》 도입부에도 흠씬 배어 있습니다. 양 체제의 다툼 속에서 비전의 달성은커녕 이용만 당하는 과학 지식인들의 탄식이 바로 그것입니다.

소련을 생각하자, 라인홀트의 생각은 늘 그렇듯이 콘라트에게로, 그리고 1945년 격동기의 봄 아침으로 되돌아갔다. 그로부터 30년 이

---

*Thomas M. Dish, *The Dreams our stuff is made of*, the Free Press, New York, 1988.

상이 지났지만, 제3제국이 동서로부터 밀려오는 파도에 부서지던 마지막 나날의 기억은 희미해지지 않았다. 피난민 행렬이 끝도 없이 물결을 이루며 지나가던 폐허가 된 프러시아의 마을에서 그들이 악수를 하고 헤어질 때, 콘라트의 지친 푸른 눈, 그리고 턱의 텁수룩한 금빛 수염을 라인홀트는 아직도 생생하게 기억하고 있었다. 그 이별은 그 뒤 세상을 뒤흔든 모든 사건인 동과 서의 분열을 상징하고 있었다. 콘라트가 모스크바로 가는 길을 택했기 때문이었다. 그때 라인홀트는 그가 바보라고 생각했지만, 지금은 그렇게 확신할 수 없었다. (20쪽)

이윽고 대령은 어깨를 으쓱하며 말했다. "[……] 우린 민주주의가 먼저 달에 도달할 수 있다는 것을 보여주어야만 하오."
'민주주의라고, 바보 같은!' 라인홀트는 혼자 생각한 걸 입 밖에 낼 정도로 어리석지는 않았다. (22~23쪽)

결과적으로 1950년대는 정치사회 상황에 민감한 SF 콘텐츠, 특히 영화에 지대한 영향을 미쳤던 시기입니다. (일부 SF영화가 호러 장르와 잡종 교배되는 경향을 띠기 시작한 것 또한 이 시기부터의 특색입니다. 덕분에 비행접시나 외계인, 돌연변이 괴물들이 등장하는 B급 영화는 50년대를 SF의 전성기로 만들었습니다.) 적대적 집단에 대한 히스테리에 가까운 공포는 50년대 미국에서 돈 시겔의 〈신체 강탈자의 침입〉이나 하워드 혹스의 〈괴물〉, 울프 릴라의 〈저주받은 도시〉, 로버트 와이즈의 〈지구 최후의 날〉 같은 영화들을 통해 직간접적으로 표출되었습니다. 여기서 사회의 주류 공동체를 은밀히 잠식해가는 '침입자'는 암묵적으로 냉전기의 적성국을 빗대고 있음을 어렵지 않게 짐작할 수 있습니다.*

이러한 50년대 영화의 모티브는 소위 '펄프 문학'으로 불리는 싸구려 잡지 소설과 만화 잡지에서 영감을 얻어왔습니다. 영국의 SF 평론가 존 클루트에 따르면, 《플래시 고든(Flash Gordon)》류의 소박한 작품에서부터, 레이 브래드버리나 아서 C. 클라크의 깊이 있는 철학적 사색에 이르기까지 이 시대의 영미권 SF 콘텐츠 산업은 전후 냉전 환경을 기반으로 대단한 호황을 누렸다고 합니다. SF 소설이 이처럼 개인의 막연한 상상력의 산물일 뿐만 아니라 당대의 현실을 반영하는 무의식적인 거울일 수밖에 없다면, 개별 작가 역시 시대의 격랑 속에서 어떤 입장으로 대중과 만나야 할지 고민하게 될 것입니다. 그렇다면 클라크는 《유년기의 끝》 집필 당시 어떤 생각을 품고 있었을까요? 클라크 역시 제2차 세계대전이 발발하자 공군에 입대해 레이더 장교로 복무했으니, 작가라지만 다락방 속에서 펜대를 굴리는 몽상가이기는커녕 인류의 최대 비극을 목격하는 맨 앞자리에 있었던 셈입니다. 여기서 제2차 세계대전의 포연이 가시고 유럽에서 재건의 삽질이 막 시작될 무렵인 1946년 클라크가 발표한 첫 데뷔작 단편 〈구조 임무〉는 그의 생각의 일면을 읽게 해줍니다.

*이것은 영국의 SF 소설 평론가 존 클루트의 자료를 인용한 것인데, 아시모프는 클라크의 데뷔작이 〈루프홀(Loophole)〉이라고 주장합니다. 똑같이 《어스타운딩 스토리즈》라는 잡지에 1946년에 실린 것으로 되어 있어 어쩌면 같은 작품을 다르게 부르는 것인지도 모르겠습니다.

오랜 역사를 지녔고 현명한 한 외계 종족의 우주선단이, 태양이 신성이 되고 난 지 몇 년 지난 지구를 찾아온다. 그 함대의 사령관은 젊은 종족인 인류의 멸망을 애도하다가 뜨거운 태양의 불길에서 벗어나려 준광속으로 우주를 헤쳐 나가고 있는 인류의 선단을 발견한다. 이처럼 숭고한 노력에 감동한 외계인 사령관은 인류가 나아가는 길을 도와주라고 명한다. 그는 자기들의 눈부신 과학을 보고서 인류가 느낄 경외감에 만족해한다. 하지만 그로부터 40년 후, 이 철없는 인류 종족이 은하계 중심부의 성운들을 멋대로 헤집고 다니자 그는 차차 근심하게 된다.*

위의 작품에서 외계인의 시선은 인류의 양심이나 도덕률에 대한 비유일 수 있습니다. 인류라는 종(種)이 우주 전체의 구도에서 보면 얼마나 보잘것없는 미미한 존재이겠습니까. 그럼에도 불구하고 이곳저곳 기웃거리면서 주제를 모르고 사고만 치는 인류…… 배우는 능력은 빨라 과학 문명의 금자탑을 쌓을 만한데도 정작 자기 통제력이 부족하여 남들은 물론이고 자신의 존립마저 위태롭게 만드는 인류……. 두 번의 세계대전이라는 홍역을 치르고 나서도 인류 사회는 고작해야 흰색 아니면 검은 색뿐인 양극단의 이데올로기가 판치는 세상이 되지 않았습니까. 인류의 과오를 진정으로 반성하고 이뤄낸 평화가 아니라 새롭게 등장한 두 초강대국끼리 서로를 넘어뜨릴 시간을 벌기 위

*John Clute, *The Illustrated Encyclopedia*, p138, Dorling Kindersley Limited, 1995.

해 잠정적으로 합의한 평화, 한마디로 위장된 평화가 《유년기의 끝》이 출간될 때쯤의 사회 분위기였습니다.

약간 뒤에 발표된 클라크의 또 다른 단편 〈역사의 교훈(History Lesson)〉 또한 지금 잘난 척하며 천방지축으로 설치는 인류가 우주의 잣대로 보면 얼마나 보잘것없는 존재인가를 우회적으로 그리고 있습니다. 금성에 고등생명체가 살게 된 먼 미래, 파충류 비슷한 모양의 금성 탐사대가 지구를 방문합니다. 그러나 새로운 빙하기를 맞아 인류는 이미 멸종한 지 오래였습니다. 지구의 유적에서 발견된 도널드덕 캐릭터를 두고 금성의 모든 학자들이 저마다 해석을 시도하지만 인류와는 전혀 다른 행성에서 발전한 문명이 정답을 찾아낸다는 것은 요원한 일입니다. 이 작품을 통해 클라크는 만물의 영장이라 하는 인류가 얼마나 하잘것없으며 그 정신적 유산마저 얼마나 허망한가를 되묻고 있습니다. 아무리 뛰어나 봤자 정작 그 능력을 합리적인 균형 감각을 갖고 활용할 안목이 부족하다면 오히려 위험하지 않겠습니까? 이처럼 인류를 바라보는 아서 C. 클라크의 불안한 시선은 이로부터 7년 후 발표된 초기 대표 장편 《도시와 별》에서 더욱 무게 있게 다뤄집니다. 더욱이 이러한 시선은 단발로 끝나지 않고 《유년기의 끝》, 〈스페이스 오디세이〉 시리즈, 〈라마〉 시리즈 등을 거치면서 더욱 체계를 잡아나갑니다. 그럼 이제부터 그것들을 하나씩 살펴본 다음 《유년기의 끝》이 그 사이에서 지닌 의미를 되짚어보도록 합시다.

3. 최초의 접촉 그리고 그 이후 인류의 행보
_아서 C. 클라크의 시각

클라크의 작품에서 초기부터 후기까지 관통하는 주요 소재는 '최초의 접촉(The First Contact)' 즉 인류와 초지성 외계 종족과의 만남입니다. 최초의 접촉을 둘러싼 작가들의 견해와 반응은 과학자들 못지않게 다양하며, 이 점은 SF 소설의 영향권 아래 있는 SF 영화들에서 훨씬 더 적나라하게 드러납니다. 〈에이리언〉류, 〈우주 뱀파이어〉 따위의 끔찍한 침입자의 이미지에서부터 〈E. T.〉같이 낭만적이고 친근한 이미지, 또는 〈솔라리스〉에서처럼 인간으로서는 도저히 이해할 수 없는 상대, 그리고 이 글에서 다루고자 하는 《유년기의 끝》에서처럼 인류를 교화시키려는 무소불위의 절대권능자에 이르기까지 말입니다.

이 소재가 어떻게 어떤 시각에서 다뤄지느냐에 상관없이, 과학적 통찰이 결여된 흥미 위주의 오락 소설들(흔히 '스페이스 오페라'라는 딱지가 붙어 있죠)부터 인생관과 세계관의 지평을 넓혀주는 작품들에 이르기까지 두루 사용되는 까닭은 무엇일까요? 아마 그러한 소재를 어떻게 풀어내고 의미 부여를 하느냐에 따라 우리의 삶의 방식과 사고에 근본적인 영향을 끼칠 수 있기 때문일 것입니다. 만약 당장 내일이라도 외계인(아니면 속된 말로 '화성인')이 지구를 침공하리라는 것을 전 인류가 알게 된다면 어떤 일이 벌어질까요? 1938년 10월 30일 오손 웰스가 CBS 라디오 방송국을 통해 H. G. 웰스의 소설 《우주 전쟁》을 드라마로 각색해 방송하자 미국 동부 연안 일대가 끔찍한 공황 상태에 빠진 일화는 유명하지 않습니까. 마치 얼핏 들으면 뉴스 보도인 것처럼 오인할 소지가 있는 형식으로 각색되어 방송되는 바람에 많은 청취자들이 실제로 화성인들이 뉴저지의 프린스턴 지역으로 쳐들어왔다고 착각했던 모양입니다.

어차피 확인할 수 없는 현실에서, 외계인이 있든 없든 그 자체는 별로 중요하지 않습니다. 정작 관심이 가는 것은 최초의 접촉이 비극적으로 그려지든 낭만적으로 그려지든 간에 그러한 가정이 외계인의 실상에 근거한 것이 아니라 어디까지나 작가나 해당 사회·문화의 주관적인 선입관의 반영이라는 사실입니다. 더구나 그러한 관념은 단지 우리 행성과 동떨어진 먼 곳에서 온 외계 종족에게만 해당되는 것이 아니라, 우리 주변에 있는 동시대의 외부인과 이질 문화에 대한 경계와 동경을 우회적으로 담고 있다는 점에서 음미할 만합니다. 제2차 세계대전과 냉전 사이에서 《유년기의 끝》을 써낸 클라크처럼 말입니다. 따라서 이러한 소재를 다룬 작품들은 단지 외계생물학적인 호기심에서만 바라본다면 사회 속의 인간이 쏟아내는 또 하나의 정신적 생산물인 SF를 겉으로만 핥는 것이나 진배없습니다. SF소설은 외계인이란 가공의 대립항 앞에서 우리의 아이덴티티를 다시 한 번 돌아보게 해주니까요.

(1) 《도시와 별》

'영국의 아시모프'라고도 불리는 클라크는 인류가 이해의 폭을 넓혀가다 보면 결국 못 이뤄낼 일이 없다고 보는 아시모프의 관점을 단기적으로 수용하면서도 장기적이고 거시적인 안목에서는 그러한 성취조차 결국은 한계에 부닥치고 말리라는 견해를 조심스럽게 표명합니다. 이러한 차이가 클라크에게서 아시모프와는 다른 철학적인 깊이를 맛보게 해줍니다. 그런 전형적인 작품의 하나로 《도시와 별》을 꼽을 수 있습니다. 이것은 그의 첫 장편소설 《은하제국의 붕괴(Against the Fall of Night)》를 전면 개작한 것으로, 영겁이 불과 몇 년처럼 느껴지는 진화론적인 관점에서 인류를 조망한 장대한 파노라마입니다. 여러 날줄이 복잡하게 뒤엉킨 대작이지만, 여기서는 《유년기의 끝》과 비교하기 위해 진화론의 측면에만 맞춰 줄거리를 요약해보겠습니다.

정신과 물질문명 양쪽 모두에서 정점에 달한 인류는 물질의 한계를 초월한 '순수지성'을 만든다. 그러나 그것은 태어나자마자 미쳐버려 몇 세기 동안 온 은하계를 파탄으로 몰아넣는다. 그때 우주 어디선가 미지의 초지성 종족이 나타나 순수지성을 '검은 태양'이라는 일종의 감옥에 가둬버린다. 그 후 다시 올바른 순수지성을 만들어낸 인류는 그들에게 뒤를 맡긴 채 그 초지성 종족과 지성 진화의 새로운 단계에 이르기 위해 고향 은하계를 떠나간다.

이 작품에서 거주민들의 진화가 정지된 도시 다이어스퍼와 그 사회에 적응하지 못해 늘 지상을 동경하는 일탈자 앨빈의 개인적인 모험만 제거하고 나면, 《도시와 별》은 마치 《유년기의 끝》

을 쓰기 위한 준비 작업 같아 보입니다. 우주로 진출한 인류는 자신들의 발명품으로 인해 곤란에 빠지지만 인류보다 훨씬 뛰어난 외계의 지적 종족의 도움을 받아 위기를 모면하게 됩니다. 최초의 접촉은 아주 우호적이어서 외계 문명은 인류 문명의 든든한 후견인 노릇을 합니다. 하지만 인류는 스스로의 힘으로 우주에 나아갔고 비록 도움은 받지만 외부의 힘에 의해 진화가 가속되지는 않는다는 점에서 《유년기의 끝》과 차이를 보입니다. 아직까지는 인류가 자력으로 뭔가를 해보려 했는데 잘되지 않아서 외부 세력의 도움을 받았다는 정도로 마무리되는 것입니다.

그러나 우주라는 장엄한 파노라마 앞에서, 마치 신 앞에 선 하찮은 인간처럼 숙연하다 못해 다소 움츠러든 감마저 없지 않은 과학철학자의 태도를 취하는 클라크의 결정론적 세계관은 《도시와 별》에서 이미 엿볼 수 있습니다. 이 작품의 주인공 앨빈이 바로 그 증인입니다. 그는 물리적 사회적 제약에도 불구하고 지하도시 다이어스퍼를 떠나 인류의 과거 흔적을 찾아 나섭니다. 우주로 진출한 인류가 잘나가던 과거의 어느 시점에, 인류는 두 패로 나뉩니다. 적극적이었던 대다수 인류는 초지성과 함께 은하계를 떠나버린 반면, 진화를 거부하고 현재의 유전자를 그대로 보존하고자 했던 일부 인류는 황폐해진 지구에 남아 땅속으로 파고들어 지하도시에 은둔하는 길을 선택합니다. 지하도시의 초기 건설자들은 대다수 인류가 그 뒤 어찌 되었을지, 혹여 돌아오지는 않을지 늘 탐지하기 위한 안테나 노릇을 할 인간이 주기적으로 그 사회에 태어나도록 유전적 프로그래밍을 해둡니다. 이 드라마를 이끌어가는 주인공 앨빈이 바로 그러한 유전적 각성 장치 중 하나였음은 종결부에 가서야 밝혀지게 되죠. 즉 앨빈의 실체는 진화 대신 변화 없는 영원한 삶을 고집한 퇴행적인 인류 집단이 만일에 대비해 마련해놓은 최후의 안전장치였던 것입니다. 그러한 앨빈에게 자유의지란 분명 일정 한계를 지니기 마련이며, 차라리 그의 운명은 그렇게 되도록 되어 있었다고 보는 편이 옳습니다. 마치 올더스 헉슬리의 《멋진 신세계》에서 수정란에 알코올이 실수로 주입되는 바람에 비딱한 사고를 갖게 된 버나드 마르크스처럼 말입니다.

다분히 결정론적인 색채가 강한 클라크의 세계관은 《유년기의 끝》처럼 거시적인 국면에서뿐만 아니라 인간 세계의 아주 사소한 부분에까지 적용되고 있음을 《도시와 별》은 보여줍니다. 개인이 아무리 유별나도 그것은 인류의 진화 과정상 예정된 한 부속물에 불과할 뿐이며, 시야를 우주로 확대하면 인류의 입장 역시 개인과 별로 다르지 않다는 것입니다. 우주로 진출한 미래 인류의 진화에 대한 묘사가 《도시와 별》에서 아직 원형적인 개념에 가깝습니다만, 다음 작품 《유년기의 끝》으로 넘어가면 훨씬 더 구체적이고 강력한 모습으로 재단장됩니다.

클라크는 '빅 3'의 다른 멤버들에 비교하면 묵시록적인 시각이 짙습니다. 그러나 헉슬리나 자먀틴 또는 오웰처럼 인류 사회의 미래를 암울한 장막으로 뒤덮을 정도는 아닙니다. 아마 정치 풍자와 결부된 SF 소설 대(對) 과학 테크놀로지와 인류의 결합이 빚을 미래에 주된 관심을 기울이는 SF 소설 사이의 본질적인 차이 탓이겠지요. 따라서 앨빈은 《멋진 신세계》의 존처럼 목을 매어 자살하지 않으며 《1984년》의 윈스턴 스미스처럼 쥐에게 물어뜯기는 고문을 당하거나 자먀틴의 소설 《우리들》에서처럼 기억 소거를 당하지도 않습니다. '안테나'의 임무를 마친 후부터, 그는 어느 정도의 불확실성을 지닌, 다시 말해서 자유의지를 가진 존재로서 새롭게 출발합니다. 나아가 그의 자율성은 다이어스퍼 시민 전원에게 확장됩니다. 그러나 《유년기의 끝》에서 우주로의 진출은 《도시와 별》에서처럼 인류 모두에게 주어진 자율적인 선택의 문제가 아니라 외계인들에 의한 일방적인 선발 형태를 띠게 됩니다. 그렇다고 지구에 남은 사람들에게 다이어스퍼 시민들처럼 목숨을 부지할 수 있게 해주지도 않습니다. 그들은 신인류에게 에너지로 흡수되어버리는 대지와 함께 먼지가 되어버리니까요.

(2) 《유년기의 끝》

'인류는 이제 더 이상 혼자가 아니다.'

1957년 10월 4일은 소련이 세계 최초로 인공위성 스푸트니크 1호를 발사한 날입니다. 전 세계가 놀랐지만 뭐니뭐니 해도 똑같은 프로젝트를 국가와 체제의 자존심을 걸고 경쟁하던 미국만큼 충격을 받은 곳도 없었을 겁니다. 미국은 그 이듬해에야 인공위성을 띄울 수 있었지만 뒤에 분발하여 1969년 7월 20일 달에 사람을 맨 먼저 보내는 경주에서 이겨 역전승을 거두었습니다.

1953년 발표된 《유년기의 끝》은 당시 가열되어가던 미·소 우주 경쟁에 휘말린 독일 출신 과학자들의 시선에서 출발합니다. 그러나 이 소설의 서두는 양 체제 간의 이념적 대리전을 잠시 보여주는 듯싶더니 갑자기 '오버로드'라고 인류가 이름 붙인 미지의 종족이 어마어마한 우주선단을 몰고 와서는 인류의 우주 개발을 고사시키는 상황으로 몰고 갑니다. 이미 우주 개발의 치열한 역사를 잘 알고 있는 오늘날의 우리들이 보기에 마치 대체역사소설의 한 장면 같지 않습니까? 하지만 《유년기의 끝》에서 가정한 이와 같은 사고 실험은 작품이 발표되던 무렵의 독자들에게는 단순히 대체역사적인 아이디어에서 그치지 않고 시대적 상황과 맞물려 암울한 미래에 대한 경고처럼 읽혔을 것입니다. 전체주의에 대한 경고로 조지 오웰의 《1984년》이 유효했듯이 말입니다. 다시 말해서 이 소설은 1953년의 독자들에게 '더 이상 세상이 두 패로 갈려 총질하지 않고 살 수는 없을까? 우리 능력만으로 어렵다면 다른 방법은 없을까?' 하고 자문하고 작가의 속내를 털어놓는 것이 아니었을까요?

오버로드들이 도착하는 것과 더불어, 국가들은 이제 더 이상 서로를 두려워할 필요가 없다는 것을 알게 되었으며, 실험을 해보기 전부터 이미 기존 무기들로 별들 사이를 누빌 수 있는 고도의 문명에 대항하기에는 역부족이라는 사실을 절감했다. 이렇게 해서 인류 행복의 가장 큰 장애물 가운데 하나가 단번에 사라져버린 것이다. (50~51쪽)

지구는 외계인 상전들의 조종으로 일찍이 경험한 적 없는 평화와 태평성대를 누리게 됩니다. 이제 배고픈 소크라테스보다는 배부른 돼지로 전락한 인류는 오버로드들의 진정한 목적이 뭘까 우려하면서도 그들이 내주는 단물을 쪽쪽 빨아먹으며 행복에 겨워합니다. 그러나 자고로 공짜란 없는 법입니다. 인류가 맞이한 황금시대의 유토피아는 새로운 과학적 성취의 포기와 희생을 대가로 지불하게 됩니다. 인류는 행복하지만 더 이상 발전도 없고 문명의 비전을 이끌어갈 구심점조차 잃어버린 것입니다. 이 과정이 순탄하기만 한 것은 아니었고 일부 조직적인 반발이 있었지만 외계인들은 잘도 인간 사회를 주무릅니다.

"모든 정치 문제는 힘을 올바르게 쓰면 해결할 수 있소."
[……] "그건 꼭 '힘이 정의다'라는 말처럼 들립니다. 우리의 지난 역사를 돌아봐도 힘으로 문제를 해결한 적은 없었죠."
"중요한 것은 '올바르게'라는 말이오. 당신들은 진정한 힘을 가져본 적도 없고, 또 그 힘을 적용하는 데 필요한 지식을 배운 적도 없소. 어떤 문제든 능률적인 접근 방법과 비능률적인 접근 방법이 있기 마련이오." (123쪽)

이전의 어떤 시대의 기준으로 봐도 현재는 유토피아였다. 무지, 질병, 궁핍, 공포 등은 사실상 존재하지 않았다. 악몽이 새벽과 함께 사라지듯이, 전쟁에 대한 기억은 과거 속으로 사라져 희미해졌다. [……] 생산은 대부분 자동화되고 무인공장이 쉴 새 없이 소비재를

초판 해설

시장으로 쏟아냈기 때문에, 생활필수품들은 거의 무료로 공급되었다. 사람들은 자기가 원하는 것을 얻기 위해 일을 하기도 했지만, 대부분은 일하지 않고 자기가 원하는 대로 살았다. (126쪽)

사실 인류 역사상 처음으로 이 시대에는 누구나 자기가 좋아하지 않는 일은 하지 않아도 되었다. (148~149쪽)

사람이 절실하게 원하기만 한다면, 지구상 어디에나 과학과 기술로 편안한 집을 지을 수 있었다. [……] 물가가 너무 싸서, 생활필수품은 한때 도로, 물, 가로등, 하수 처리가 공짜였던 것처럼 공동체가 공공 서비스를 통해 무료로 공급해주었다. 돈 한 푼 내지 않아도 사람들은 원하는 대로 어디든 여행을 할 수 있었으며, 먹고 싶은 음식은 무엇이나 마음대로 먹을 수가 있었다. (191~192쪽)

그야말로 무릉도원 아닙니까. 위의 인용문들에서 보듯이, 외계인들이 인류 사회를 속속들이 꿰뚫어 보고 복지가 충만한 사회로 리엔지니어링한다는 클라크의 발상은 솔직히 순진하다는 인상을 지울 수 없습니다. 인류의 과거를 돌아보건대 절대적인 파쇼 독재자이건 존경을 받는 민주 지도자이건 간에 경제를 부흥시키는 것은 결코 쉬운 일이 아니었습니다. 더구나 한 지역이나 국가의 부는 다른 지역이나 국가의 희생을 담보로 하는 경우가 부지기수입니다. 과학이 아무리 발달한 문명사회라 해도 경제를 마음대로 주물러 부풀리는 일은 쉽지 않은 일일 것입니다.

경제를 굴리는 변수들은 한두 가지가 아니오, 이것들이 어떻게 배합되느냐에 따라 결과도 천차만별이 됩니다. 인간 지배자이건 외계의 지배자이건 간에 그들은 대중을 힘으로 누르거나 세뇌하여 수족처럼 부릴 수는 있어도 다수의 사람들을 등 따뜻하고 배부르게 하기란 쉬운 일이 아닙니다. 프랭클린 루스벨트조차 아주 제한된 범위의 시도밖에 할 수 없었습니다.

만일 그것이 가능하다면 클라크는 좀 더 구체적인 방법을 보여줄 필요가 있었을 것입니다. 단지 로봇이 생필품을 다 만들어낸다고 해서 인간이 백 퍼센트 행복해질까요? 예술이나 문화 창달에만 주력할까요? 범죄는 일소되고 미혼모가 생기지 않는 완벽한 사회가 될까요? 클라크는 "아무것도 부족하지 않은 상태에서 훔친다는 것은 의미가 없다"라고 주장합니다. 그러나 인간의 욕구는 일정 수준으로 늘 변화 없이 유지되는 것이 아니라 상황에 따라 기복이 심합니다. 또 그 기복은 사람 개개인에 따라 많은 차이가 납니다. 반드시 생활이 불편하거나 절대적 빈부격차만으로 범죄가 발생하는 것도 아닙니다. 생계형 범죄보다 사회에 더 해를 끼치지만 은밀하게 자행되어 눈에 띄지 않는 화이트칼라 계층의 금융 범죄, 그리고 정치권과 군산복합체의 결탁에 따른 비리처럼 국민 대중의 등을 치는 엄청난 도둑질이 오버로드의 강림으로 진정 사라진단 말입니까? 성적으로 개방되고 성적 착취가 없는 사회가 된다는 설정은 또 어떻습니까? 성개방이란 잣대는 누가 만드는 겁니까? 예를 들어 이성애가 아니라 동성애를 선호하는 사람이라면 성개방 개념부터 다시 정의해야 하지 않겠습니까. 클라크는 오버로드 무리의 지구 감독관 캐렐런의 입을 빌려 "힘을 올바르게 쓰면"이란 표현을 쓰고 있습니다만, 이것이야말로 인간과 사회를 제대로 이해하지 못한 채 추상적 개념을 부정확하게 적용한 사례가 아닐까요.

이처럼 객관적이지 못한 잣대는 소설 종결부에서 드러나는 오버로드 강림의 진정한 의도와 인류의 급격한 진화를 통한 새로운 도약이란 주제에도 곧장 적용됩니다. '진화'라는 개념은 흔히 긍정적이자 발전적인 뉘앙스로 쓰입니다. 그러나 그 진화가 환경의 도전에 대한 응전의 결과물로 자연스레 얻은 것이 아니라 강제 주입식 교육으로 (연속선상에서가 아니라 외부 개입에 의해) 단절적으로 획득한 것이라면 어떻게 받아들여야 할까요?

《유년기의 끝》은 제목 그대로 인류의 유년기가 끝나고 질적으로 전혀 다른 신인류가 등장하는 이야기입니다. 캐렐런으로 대표되는 오버로드들은 인류 혼자서는 아무리 오랜 세월이 흘러도 불가능한 비약을 자신들의 도움으로 불과 백 년 남짓한 짧은 세월 동안 이뤄냈다고 생색냅니다. 그러나 그렇게 해서 얻은 결과가 정신적으로나 육체적으로나 기존 인류와는 공통점을 찾기 어려운 거대 에너지 집합체라니요! 그것은 부모들을 삼키고 고향별을 산산 조각내 빨아들이면서 태양계 밖을 향해 나아갑니다. 신인류의 우주를 향한 일보는 동시에 지금까지 알고 있던 인류라는 종의 종말에 바탕을 둔 것입니다.

그렇다면 소설 속에서 클라크의 초기 대변인 역할을 하는 유엔 사무총장 스톰그렌이 주창한 '의도가 선한' 지배자라는 개념을 과연 어떻게 이해해야 할까요? 아직까지 어느 시대 어떤 문명사회에서도 객관화된 바 없는 이 개념을 말입니다. 그럼 공부를 좋아하는 아이가 있다고 칩시다. 그런데 부모는 자식이 굶어죽기 딱 좋은 화가보다는 변호사가 되어야 하니 법대를 가라고 세칭 일류 입시학원에 그 아이를 강제로 집어넣어버립니다. 설사 그 아이가 나중에 변호사가 되었다고 해도 유능한 변호사는 될 수 있을지언정 행복한 변호사가 될 수 있을까요?

오버로드들과 인류의 사이도 마찬가지 아니겠습니까. 그들은 어느 날 갑자기 나타나 우리보고 이래라 저래라 합니다. 그러고는 우리 몰래 오버로드의 상전인 오버마인드까지 나서서 우리의 아이들에게 모종의 공작을 합니다. 기존 인류의 탈을 벗어던져버린 우리의 아이들은 외계인 상전들이 마련한 길을 따라 단일 에너지체가 되어 망연자실한 부모들을 내팽개쳐둔 채 우주로 훨훨 날아오릅니다. 그 길은 부모들이 선택한 것도 아이들이 선택한 것도, 그리고 인류가 선택한 것도 아닙니다. 그렇다면 우리의 아이들이 강요된 진화 과정을 통해 상상을 초월하는 강력한 힘을 얻게 되었다 한들 행복하다고 볼 수 있을까요? 그것이 대체 누구를 위한 진화란 말입니까? 이것을 인류의 역사에 비춰보면 인디언들이나 태즈메이니아 섬의 원주민들을 강제로 서구 문명에 동화시키려는 작태와 무엇이 다르단 말입니까?

아직 수준 미달인 종족을 잘 계도해서 혼자 걸을 수 있도록 어머니처럼 돌봐주는 외계의 지성 종족이라니! 사실 관대하고 온화한 독재자란 그 얼마나 터무니없는 사상누각에 불과합니까!

보는 기준에 따라 《유년기의 끝》은 다분히 《멋진 신세계》나 《우리들》과 정반대편에 서서 '이성적인 조건부 전체주의'를 미화하고 있다는 인상을 줍니다. 또한 인류의 진화 자체가 사회생활에서의 상호작용을 거쳐 개개인의 문화유산이 축적되는 방식이 아니라 하나의 거대한 유기체로 통합되는 형태를 띤다는 설정은 얼마나 끔찍하고 위험한 발상입니까? 똑같은 생각, 똑같은 견해를 가진 하나의 거대 유기체는 가이아적 사고로 아무리 포장해보았자 결국 획일적인 통일에 지나지 않습니다. 그나마 이 작품에서는 그러한 진화가 좋든 나쁘든 간에 제 스스로 선택한 길도 아니지 않습니까? 아무리 파격적인 진화라 해도 스스로 시행착오의 과정 끝에 도달한 것이 아니라면 그 진화로 얻은 잠재력을 제대로 써먹을 수 있을까요?

《유년기의 끝》은 SF 소설로서의 경이와 인류의 미래에 대한 진지한 고민을 담은 수작임은 분명합니다. 클라크의 초기 걸작으로 꼽아도 손색이 없는 작품입니다. 마크 윌슨이 지적한 바 있듯이, 《유년기의 끝》에 등장하는 주인공들은 소설의 전형적인 틀에서 벗어나 있다는 점에서 이채롭습니다. 이 소설에는 주인공이 한둘이 아닙니다. 지구와 오버로드의 고향 행성을 무대로 다양한 시점을 제공하기 위해 각양각색의 인물들이 줄을 잇습니다. 《유년기의 끝》은 한 주인공의 모험담이 아니라 모든 인류에게 미치는 일련의 사건들의 흐름에 초점이 맞춰져 있습니다. 어찌 보면 인류 전체가 주인공이라 할 수 있겠지요. 또한 인간들보다 더 인간적인 연민을 불러일으키는 오버로드들에 대한 묘사도 시선을 끕니다. 인류에게는 태양보다 더 높은 곳에 우뚝 서 있는 듯 보였던 오버로드들이 사실 알고 보면 오버마인드라는 보다 상위 종족의 하인에 불과하다는 반전은 광대한 우주에 대해 인간이 가져야 할 겸허함에 대해 많은 시사를 하고 있습니다.

이 소설에서 별들에게로 가는 길은 두 가지입니다. 하나는 진화를 하되 오버로드들처럼 개체의 독자성과 자아를 잃지 않는 방법입니다. 대신 이것은 부작용이 있습니다. 어떤 선을 넘어서면 진화가 정체되어버리는 것입니다. 다른 하나는 오버마인드의 지도 아래 전 개체가 하나의 단일체로 환골탈태하여 새로운 종으로 거듭나는 방법입니다. 이 역시 부작용이 생깁니다. 개체의 인격과 기억을 다 잃어버리게 되니 말입니다. 당신이라면 어떤 길을 선택하겠습니까? 어떤 의미에서 오버로드들은 오히려 무정한 괴물이 되어버리는 신인류보다 더 인간적으로 다가옵니다. 오버로드들이 인류를 양육하는 것은 단순히 오버마인드의 명령 때문만은 아닙니다. 그들은 진화의 잠재력이 풍부한 다른 종족들에 대한 사례 연구를 통해 자신들의 문제를 풀고자 하는 것입니다. 분명히 자신들 앞에 한계가 그어져 있음을 알면서도 포기하지 않고 꿋꿋하게 타산지석으로 삼아 해결책을 모색하는 오버로드 종족의 불굴의 노력은 수동적으로 단맛만 따라다니다가 괴물이 되거나 제 풀에 지쳐 자포자기하는 인류와 좋은 대비가 됩니다. 이쯤 되면 오버로드들에게서 전쟁과 대립으로 얼룩진 인류의 역사에서 그 한계를 넘어설 방도를 찾고자 하는 작가의 고민을 읽어낼 수 있지 않을까요?

하지만 이러한 미덕들에도 불구하고 출간 당시의 암울한 역사적 정치적 상황에 긍정적으로 맞대응하지 못한 채《유년기의 끝》은 밑도 끝도 없는 한없이 초월적인 존재를 상정해서는 우리의 미래를 우리의 뜻과는 무관한 롤러코스터 레일 위에 올려놓는다는 점에서 그 비전에 쉽사리 공감하기 어렵습니다. 그나마《유년기의 끝》은 이후 여러 편의 시리즈로 묶여 등장하게 될 〈스페이스 오디세이〉나 〈라마〉에 비하면 나은 편입니다. 이보다 앞서 발표된《도시와 별》에서 인류는 비록 훨씬 뛰어난 외계 문명을 만나기는 하지만 우주로 진출할 자체 능력이 있을 뿐만 아니라 그 이질적인 문명과 연대하여 우주 저편으로 나아가지 않습니까. 그리고《유년기의 끝》에서 인류는 제 발로는 우주에 한 발짝도 나서지 못하는 강등된 신세가 되지만, 일단 진화의 도약을 하고 나면 오버로드 종족보다 앞서 나갈 수 있는 잠재력을 지니고 있다는 점에서 적잖이 위안이 되지 않습니까. 비록 우주 최강의 종족인 오버마인드들을 능가할 수 없을지는 모르나, 인류는 오버로드 같은 변방 지배 종족 따위는 거뜬히 넘어설 존재로 나오는 것입니다. 하지만 이후 발표되는 〈스페이스 오디세이〉 시리즈와 〈라마〉 시리즈로 가면 이러한 가능성이 거의 언급되지 않거나 인류는 그저 우주의 모래처럼 흩뿌려진 고만고만한 지적 종족들 가운데 하나로 완전히 추락하고 맙니다.

(3) 〈스페이스 오디세이〉 시리즈

1968년 발표된《2001 스페이스 오디세이》는 스탠리 큐브릭이 감독한 동명의 영화 덕분에 아서 C. 클라크를 단지 SF 소설의 거장 자리에 그치지 않고 전 세계의 유명인사로 만들어주었습니다. 여기서 인류와 외계의 고등지성과의 관계는 다시 한 번 변주되고 있습니다. 《2001년 스페이스 오디세이》에서, 인류의 진화를 촉진시킨 견인차는 무려 3백만 년 전 모놀리스를 지구와 달에 심어놓았던 외계의 초지성들이었음이 밝혀집니다. 여기서 모놀리스는 외계 지성이 인류 진화의 가속이 붙도록 뿌려놓은 씨앗이 얼마만큼 결실을 맺었는지를 확인시켜주는 중계 안테나 역할을 합니다.

에리히 폰 데니켄과 뜻을 같이하는 일부 선정적인 과학 에세이스트들은 선사 시대 이전부터 역사 시대 초기에 이르기까지 외계의 문명이 인류에 지대한 영향을 미쳤다고 주장합니다. 이러한 주장을 펴는 이들이 내거는 간접적인 증거 중 하나로 잃어버린 진화의 연결고리 '미싱 링크'가 있습니다. 미싱 링크 가설은 인류가 자연스럽게 진화했다고 보기 어색할 만치 일부 시대의 화석들이 서로 연결성이 부족하다는 사실에서 출발합니다. 즉 인류는 한 계단씩 차례차례 밟아 올라온 것이 아니라 불연속적으로 들쭉날쭉하게 진화했다는 것입니다. 이러한 가설은 아직 인류의 화석이 충분히 발굴되었다고 볼 수 없는 만큼 말 그대로 가설에 불과합니다만, 〈스페이스 오디세이〉 시리즈를 전개해 나가기에는 더할 나위 없이 좋은 디딤돌 아니겠습니까.

〈스페이스 오디세이〉 시리즈에서 클라크는 《유년기의 끝》에서보다 운명론적 진화론으로 한층 더 기웁니다. 《유년기의 끝》

에서 인류는 비록 강제로 외부의 힘에 의해 가속적인 진화를 당하기는 하지만 그전까지만 해도 인류는 잘났건 못났건 자기 능력으로 먹고살았습니다. 그러나 〈스페이스 오디세이〉 시리즈는 이보다 더 과거로 거슬러 올라갑니다. 인류가 현대에 마주친 외계 지성에게 힘에 떠밀려 허리를 굽힌 것이 아니라 호랑이 담배 먹던 시절보다 한참 전부터 그들에게 음으로 양으로 보살핌을 받으면서 진화해온 모범생 하인이라는 것이 이 작품의 골자입니다. 《유년기의 끝》에서 점령당한 인류는 이제 〈스페이스 오디세이〉에 와서 아예 족보가 긴 노예가 되어버린 것입니다.

이 시리즈의 두 번째인 《2010 스페이스 오디세이》는 한술 더 뜹니다. 외계 문명은 인류 출신의 사절 데이비드 보먼을 통해 인류에게 이렇게 경고합니다. "유로파에는 한 발도 딛지 마라." 목성의 위성인 유로파에서 그사이 외계 문명이 또 다른 지적 생명체를 태동시키기 위한 진화의 실험을 시작한 까닭입니다. 《유년기의 끝》에서 우주 진출을 봉쇄당했던 인류는 《2010 스페이스 오디세이》로 오면 삼국시대가 아닌 우주시대의 소도를 인정해야만 하는 신세가 됩니다. 그나마 우주를 돌아다닐 수는 있게 되었으니 감사해야 할까요?

칼 세이건은 우주에서 두 이질적인 문명이 만나면 그 수준의 차이가 워낙 커서 어느 한쪽이 다른 한쪽에게 신으로밖에 비쳐지지 않을 확률이 높다고 주장한 바 있습니다. 〈스페이스 오디세이〉 시리즈에서 인류는 외계 문명에게는 스파링 파트너조차 되지 못하는 걸음마 아기, 그렇습니다, 클라크의 말대로 별의 아기에 불과합니다. 전지전능한 아빠가 인도해주는 마당에서만 놀아야 하고 다른 애와 싸우면 안 됩니다. 물론 유로파인의 입장에서 보면 공명정대한 이 아빠가 고마울 것입니다. 하지만 그것은 그들의 머리가 굵어지기 전까지의 이야기입니다. 유로파인이건 인류이건 자발적으로 이룩한 평화와 공존이 아니라 철학적인 도를 깨달은 아빠의 권위에 눌려 따르는 시늉을 하고 있을 뿐이라면, 막상 힘의 균형이 무너졌을 때 그 관계는 곧 본색을 드러내게 될 것입니다. 클라크는 플라톤이 꿈꿨던 이상적인 철학자 군주가 통치하는 사회를 외계 문명으로 확대해보고 싶었던 것일까요? 현실의 플라톤은 그러한 실험을 작은 나라에서 직접 해보다가 망치고 도망쳐버렸지만 말입니다.

더구나 이것은 어디까지나 두 하인 종족만을 고려했을 때 이야기입니다. 인류와 인류를 키워준 주인 종족과의 관계는 어떻게 변모해갈까요? 인류는 앞으로도 주인 종족이 금을 그어놓은 곳으로는 단 한 발짝도 들여놓을 수 없을까요? 주인 종족이 인류와 유로파인 사이에서 언제까지고 공평무사하리라는 근거가 어디 있습니까? 더욱이 공평무사한 판단이라는 것 자체가 아예 고향 환경이 판이한 세 종족 사이에 가능한 것일까요? 어쨌든 힘이 밀리는 인류는 무조건 주인 종족의 의지대로 따라야만 할 판입니다. 《유년기의 끝》에서 인류는 강제로 진화당해야만(?) 했습니다. 이제 〈스페이스 오디세이〉 시리즈에서 인류는 강제로 조기 진화당하는 여러 종족들 사이에서 공정하게 (그러나 현실적으로는 치열하게) 경쟁해야만 합니다. 인류에게는 최소한

의 자유의지만 허락된 채 전반적인 운명은 앞으로도 외계의 초지성 손아귀에서 놀아나야만 하는 것입니다. 이 무슨 기독교 교리 같은 이야기입니까! 클라크는 〈스페이스 오디세이〉 시리즈 전반을 통해 인류와 초월적인 지성 사이의 관계를 마치 창조주 하느님과 아담의 관계처럼 그림으로써 인류의 미래 활동 반경이 여전히 수동적이고 제한적인 테두리 안에서 이뤄질 수밖에 없음을 암시합니다.

한 가지 재미있는 것은 《유년기의 끝》에 등장하는 외계 문명에 비해 〈스페이스 오디세이〉의 외계 문명은 훨씬 세련되게 인류를 다루고 있다는 점입니다. 뛰어난 작가라면 자신의 철학을 일관성 있게 심화시켜가는 것 못지않게 테크닉을 세련되게 업그레이드해 나가는 법이니까요. 《유년기의 끝》에서는 외계 문명이 단기간에 너무 노골적이고 직접적으로 인류에게 변화를 요구하는 바람에, 외계인들의 하수인이자 인류의 대표라는 묘한 직책을 맡고 있는 국제연합 사무총장 존 스톰그렌이 납치되는 불상사가 발생합니다. 그러나 〈스페이스 오디세이〉 시리즈에서는 외계 문명은 인류의 진화에 원인(猿人) 단계에서부터 끼어들지만 그 개입 수준이 워낙 은밀하고 간접적인지라 인류는 지금까지의 진화가 자발적인 것으로 착각합니다. 인류가 달에서 그 구체적인 증거인 모놀리스를 발견하기 전까지는 말입니다. 《유년기의 끝》에 나오는 외계 문명은 상대적으로 실무적이고 행정적인 데 비해 〈스페이스 오디세이〉의 외계 문명이 학구적이고 훨씬 철학적으로 느껴지는 것은 이 같은 작가의 방법론상의 변화에도 원인이 있을 것입니다. 후자에서 외계 문명은 실제로는 인류의 진화에 깊숙이 개입하지만 내러티브의 표면에서 멀찌감치 뒤로 물러나 앉아 전체 상황을 관조하는 관찰자로 그려집니다. 이러한 묵시론적 경향은 〈라마〉 시리즈에서 더욱 강화되지요.

(4) 〈라마〉 시리즈

〈라마〉 시리즈의 첫 번째 작품 《라마와의 랑데부(Rendezvous with Rama)》가 보여주는 최초의 접촉은 그 시작이 범상치 않습니다. 호모 사피엔스는 외계 지성과 첫 대면을 했지만 완전히 문전박대 내지 무시당하는 수모를 겪으니까요. 이는 아예 커뮤니케이션 메커니즘이 우리와는 너무 동떨어져 있거나, 우리 같은 '원시 종족'보다 외계 지성이 과학적으로 그리고 문화적 정신적으로 천문학적일 만큼 현격한 차이를 보이기 때문일 것입니다. 《라마와의 랑데부》 말미에 가면 우리는 다음과 같은 구절에 마주치게 됩니다.

> 그들은 태양계를 재급유 정거장—일종의 보조 정거장, 또는 그것을 우리가 뭐라 부르든 간에—으로 사용했다. 그러고는 자신들의 우주선을 보다 중요한 볼일이 있는 방향으로 완전히 돌려버렸다. 그들은 인류라는 종(種)이 존재했는지조차도 결코 알지 못할 것이다. 이처럼 믿을 수 없을 정도의 무관심은 차라리 그 어떤 의도적인 모욕보다도 치욕스러운 것이었다. 《라마와의 랑데부》 중에서

위의 인용문은 〈라마〉 시리즈가 표방하고 있는 주제의 일부를 일목요연하게 압축요약하고 있습니다. 특히 1부에서 지구인들은 그들이 임의로 별명 지은 소위 '라마'라는 인공 천체가 태양 궤도에 진입했다 떠나가는 이유를 도무지 짐작조차 할 수 없습니다. 이후 2부에서 4부까지 이어지면서 그 이유가 개략적으로 짐작되긴 하지만 그것은 과학적이라기보다는 과학을 볼모로 삼아 신화와 종교적 신념이 융합된 해석에 보다 가까워집니다.

'라마'는 '노드'라는 외계의 지적인 집합체(생물로도 무생물로도 딱히 구분이 어려운)가 보낸 초거대 탐사선입니다. 그 목적은 이 연작 시리즈의 후반에 가서 밝혀지는데, 적어도 자신들이 살고 있는 행성을 벗어나 그들 주변에 선회하고 있는 라마에 도착할 수 있는 기술력을 지닌 '우주여행 종족들'을 채집하는 것입니다. '노드'는 하느님 또는 조물주(그 밖의 어떤 명칭으로 부르든 간에)의 뜻을 실험하고 그 결과치를 자료로 보관하는 작은 행성 크기만 한 우주 박물관(또는 도서관)입니다. 이러한 노드는 단 하나만 존재하는 것이 아니라, 우주 전체를 기준으로 놓고 보면 헤아릴 수 없이 많이 흩어져 있습니다.

이 말은 우리 우주는 단지 다음번에 (창조주에 의해) 탄생될, 아마 이번보다 상대적으로 더욱 완벽해질 우주를 위한 실험용 데이터와 다를 바 없다는 이야기로 들립니다. 다시 한 번 이 말을 곱씹어보면, 우리 우주 역시 신이 만든 첫 작품이 아니라 수많은 시행착오와 실험 끝에 도달한 중간 과정인지도 모릅니다. 난데없이 인도 신화로 빠져드는 기분이 들지 않습니까?

양자역학에 기초를 두고 있는 현대 우주론에 따르면, 빅뱅을 통해 창조된 우리 우주는 그 탄생 시점으로부터 10~36초 후 급격한 팽창(인플레이션)을 일으켰으며 그 와중에 '진공의 상전이(相轉移)'가 일어났다고 추정되고 있습니다. '진공의 상전이'란 높은 에너지의 낡은 진공에서 낮은 에너지의 새로운 진공이 생겨나는 현상인데, 이때 극적인 결과가 부수적으로 발생한다고 알려져 있습니다. 즉 새로운 진공의 거품에 밀려서 쭈그러든 낡은 진공의 영역이 인플레이션을 일으켜 또 다른 '자식 우주'로 진화한다는 것입니다. 부모 우주와 자식 우주는 전혀 별개의 우주인데, 이들은 웜홀로 연결되어 있습니다. 한편 자식 우주 역시 인플레이션을 일으켜 또 다른 진공의 상전이를 일으키므로 자식 우주에서도 새로운 '손자 우주'가 태어나게 됩니다. 이렇게 하여 부모 우주가 하나 만들어지면 거기서부터 무수한 자식 우주와 손자 우주가 생겨납니다. 이를 두고 '우주의 다중발생'이라 부릅니다. 어쩌면 우리가 살고 있는 이 우주도 그렇게 해서 무수히 만들어진 우주들 가운데 하나인지 모르죠.

이러한 논리에서 보면, 창조주가 완벽한 이상형의 우주를 만들 때까지 헤아릴 수 없이 많은 우주들을 대상으로 인간의 시간 기준상 거의 영겁에 가깝게 끊임없이 실험하고 있다는 클라크의 가정이 그럴듯해 보입니다.

이런 조물주의 원대한 뜻을 감히 인류 따위가 어찌 이해할 수 있겠습니까. 〈라마〉 시리즈에서 인류는 외계 지성(그것이 단순히 다른 행성의 앞선 문명이든, 아니면 종교적인 의미의 신이

든 간에)의 본래 의도를 거의 이해하지 못하고 있습니다. 1부인 《라마와의 랑데부》에서는 그 힌트마저도 아예 배제되어 있고 뒤이어 4부까지 이어지는 연작에서도 창조주의 원대한 실험이란 구실만 제공될 뿐 명확한 해석이 뒤따르지 않습니다. 인간은 어디까지나 신의 연구 대상일 뿐, 인간이 신의 내밀한 구석을 살펴볼 수 있는 여지는 매우 한정적일 수밖에 없는 것입니다.

〈라마〉 시리즈에서는 인류 같은 발전 가능성 있는 종족의 양성을 위해 찾아 나서는 외계 초지성 문명의 적극성이 더욱 두드러집니다. 《도시와 별》에서는 우연히 그들과 만났고 《유년기의 끝》과 〈스페이스 오디세이〉 시리즈에서는 그들이 어찌어찌 찾아왔습니다만, 〈라마〉 시리즈에서는 그들이 찾아올 수 있었던 근거를 구체적인 거대 인공 탐사체까지 동원하여 보여주고 있으니까요. 반면 그들의 목적성은 훨씬 더 애매모호해졌습니다. 얼토당토않게 우주의 질서와 조화라는 명분을 내걸다니요? 궁극적으로 신은 왜 완벽한 우주를 얻기 위한 실험을 할까요? 그러한 신을 과연 신이라 명명하는 것이 적절할까요? 마땅히 신은 완벽한 존재여야 하므로 어떤 결론을 내리기 위한 실험 따위는 필요 없지 않을까요? 이 연작 시리즈에 등장하는 어느 생명체도 그 까닭을 알지 못하며 다 읽고 나서 책을 덮는 독자 역시 그러할 것입니다.

〈라마〉 시리즈가 장장 4부작에 걸쳐 말하고자 한 핵심은 무엇일까요? 〈라마〉에서 인류가 직면하게 되는 외계 지성은 과학 실험을 하고 있는 뉴턴적 신의 이미지입니다. 이 창조주급 외계 지성은 우주에서 발생하는 사상(事象)을 관찰하고 기록하면서 간섭은 최소한으로 줄입니다. 《유년기의 끝》처럼 강제 진화를 애용하지 않으며 〈스페이스 오디세이〉 시리즈에서처럼 한 종족을 몇백만 년에 걸쳐 두고두고 관찰하면서 진화의 자극제를 주입하지도 않습니다. 우주 곳곳에서 벌어지는 일들을 목격하고 분석하는 선에서 만족할 뿐입니다. 다음에 보다 완벽하게 탄생할 우주를 위한 준비, 이것이 〈라마〉의 창조주가 하는 본업이니까요. 일종의 범신론적인 조물주라 할 수 있을까요? 이런 상대하면 어떤 시각으로 보든 간에 (아무리 냉철한 무신론적 과학자라 해도) 일종의 종교적 경이감에서 자유롭기란 쉽지 않을 것입니다.

그렇다면 왜 신은 계속 시행착오를 거듭하면서까지 완벽한 우주를 만들려는 걸까요? 이 질문에는 클라크도 섣불리 대답을 하지 못합니다. 어이없는 사실은 《도시와 별》에서 출발한 '최후의 접촉'에 대한 클라크의 견해가 70~90년대에 걸쳐 집필된 후기작 〈라마〉 시리즈에 이르러서는 돌연 과학의 탈을 쓴 유신론과 모호하게 엉켜 있다는 점입니다. 어차피 설명할 수 없는 차원으로까지 이 작품의 지평을 광대하게 넓히다 보니 종교적 색채(꼭 인격신적 요소는 아니더라도 창조론 관점에서 마무리 짓고 있다는 점에서)를 덧댈 수밖에 없었던 모양입니다. 이미 과학의 변두리에서는 수많은 사람들이 이러한 전철을 밟아왔습니다. 1947년 이래 수백만의 사람들이 비행접시의 존재를 믿게 되었으며, 1960년대 이후로 에리히 폰 데니켄은 '신들'에 대한 자신의 사변을 추종하는 지지층을 (그 진위 여부에 상관없이) 전 세계적으로 끌어모았습니다. 그가 여기서 말하는 '신들'이란 실은 역사시대에 지구를 방문한 데 그치지 않고 호모 사피엔스의 진화에까지 유전적인 관여를 했던 것으로 추정되는 외계 우주비행사들을 의미합니다. 다시 말해서 그는 클라크의 픽션을 현실 다큐멘터리로 바꾸려 시도하고 있는 셈입니다.

4. 외계 지성 대 인류의 관계 설정
_아서 C. 클라크의 시각

클라크가 본 외계 지성 대 인류의 관계 설정의 변화

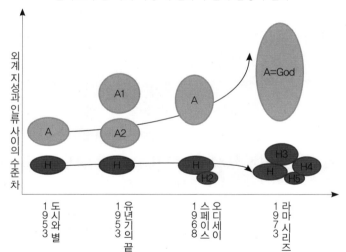

지금까지의 개별 작품들 분석을 바탕으로 위와 같은 도표를 그려보는 것이 가능할 것 같습니다. 이 표에서 A는 Alien, 즉 인

류보다 수준이 월등히 높은 외계의 지적 문명을 지칭합니다. H
는 Human, 바로 우리 인류입니다. 《유년기의 끝》 항목에서 A를
다시 A1과 A2로 나눈 것은 오버로드와 오버마인드를 분리해 표
시해놓았기 때문입니다. 오버마인드 종족(A1)은 실무형 스태
프인 오버로드 종족(A2)을 부려먹는 기획자 그룹이라고 보면
됩니다.

H2-H^n까지의 오리지널 H 이외의 종족들은 휴머노이드형이
든 아니든 A들로부터 교육을 받거나 양육의 대상이 되는 하인
종족들을 의미합니다. H보다 위나 아래에 자리 잡은 H^n들은 인
류보다 문명이 더 발달했거나 뒤처진 정도를 반영하고 있습니
다. 예를 들어 H2는 〈스페이스 오디세이〉 시리즈에 등장하는 유
로파 위성의 신흥 종족을 가리키며, H3은 〈라마〉 시리즈에 나오
는 지적인 문명인 팔지거미 종족을 지칭하고 있습니다. 각 종족
이 차지하고 있는 타원의 면적은 그들의 권능의 정도를 비유하
고 있습니다. 일례로 《도시와 별》에 나오는 A에 비해 〈라마〉 시
리즈에 나오는 A는 거의 창조주에 육박할 만큼 훨씬 더 강력한
힘을 갖고 있음을 시사하고 있습니다.

이와 같은 기준으로 개별 작품에 나오는 외계 종족들과 인류
의 관계를 비교해보면 하나의 일관된 흐름이 보입니다. 이 도표
를 보면 A와 H의 격차는 초기 작품에서 후기 작품으로 갈수록
더욱더 벌어지고 있음을 알 수 있습니다. A는 작품이 거듭될수
록 전지전능한 존재에 가까워지는 데 반해, H는 고만고만한 수
준을 유지하다가 〈라마〉에 이르러 우주에 존재하는 수많은 지적

종족 가운데서 어정쩡한 중하위권에 속하게 되는 것입니다. A 는《도시와 별》의 인류를 도와주는 형 같은 존재에서《유년기의 끝》의 산고를 겪는 어머니 같은 존재로 변모하더니, 〈스페이스 오디세이〉에 이르러서는 우리를 실험하는 과학자 겸 철학자 집 단처럼 행동하며 〈라마〉에서는 다음 우주를 준비하기 위해 우리 에게서 데이터를 수집하는 창조주 노릇을 자임하고 있지 않습 니까.

재미있는 것은 A와 H의 격차가 커질수록, 즉 외계 지성과 인 류의 수준 차이가 벌어질수록, H에 대한 A의 개입은 간접적이 고 우회적인 형태를 띤다는 것입니다.《도시와 별》에서는 직접 만나서 도움을 주고받던 관계에서《유년기의 끝》에 와서는 수직 적인 하인과 주인 관계로 격차가 벌어지더니, 〈스페이스 오디세 이〉나 〈라마〉 시리즈에서는 극소수의 사람들을 제외하고는 인 류가 그러한 존재 자체를 깨닫지도 못하는 것으로 그려집니다. 이러한 관계 변화는《유년기의 끝》에서 이미 실마리를 찾아볼 수 있습니다. 인류가 신인류로 도약하기 직전까지 이들을 양성 하는 쪽은 상위 우주 문명인 오버마인드 종족이 아니라 그보다 한참 아래급인 오버로드 종족입니다. 인류와 오버마인드 사이 의 커뮤니케이션 장벽이 워낙 크기 때문에 양쪽 누구와도 의사 소통이 가능한 오버로드들이 중계자 역할을 맡게 된 것입니다.

위와 같은 변천 속에서 클라크는 우리에게 무엇을 말하고자 하는 것일까요? 그가 보기엔 인류가 독자적으로 자신의 의지에 의해 관철시킬 수 있는 우주의 미래는 존재하지 않는 모양입니